RÉCITS FANTASTIQUES

ISBN : 2-87714-155-1

THÉOPHILE GAUTIER

Récits fantastiques

THÉOPHILE GAUTIER
(1811-1872)

Fils d'un fonctionnaire en poste à Tarbes, dans les Pyrénées, Théophile Gautier y voit le jour en 1811. Trois ans plus tard, la famille monte à Paris. Au lycée, Théophile Gautier a pour condisciple Gérard de Nerval ; ils resteront amis jusqu'à la mort tragique du second. Avec lui il découvre les écrivains anglais, Shakespeare, Byron, Walter Scott, et fréquente les ateliers des peintres.

Théophile a décidé d'être artiste, et hésite entre la peinture et la poésie. Sa rencontre, en 1829, avec Victor Hugo, le fait opter pour la poésie. En 1830 il fait paraître, à compte d'auteur, ses premières *Poésies* et fait, dans les salons et les théâtres, où ses cheveux longs et son gilet rouge vermillon ne passent pas inaperçus, ses débuts de dandy.

En 1836, son premier roman, *Mademoiselle de Maupin*, fait scandale, à cause de sa préface, où il s'en prend violemment aux critiques littéraires, qu'il traite de « crétins, d'imbéciles et de goitreux », tout en affirmant « tout ce qui est utile est laid ». Pour gagner de l'argent et entretenir famille et maîtresses, il collabore à *La Presse*, le premier grand journal populaire français fondé par Émile de Girardin ; toute sa vie, pour tenir son train de vie, il devra « tirer à la ligne » dans divers journaux, comme grand reporter, critique d'art ou de théâtre. C'est en écrivant des livrets d'opéra qu'il tombe amoureux de la danseuse Carlotta Grisi, mais c'est avec la sœur de cette dernière qu'il aura deux filles, qui toutes deux épouseront des poètes. Judith, qui sera elle aussi romancière, et dont la beauté inspirera et Victor Hugo, et Wagner, sera la première femme à siéger à l'académie Goncourt.

Grand voyageur, il visite l'Espagne, l'Algérie, la Grèce, l'Italie, la Russie, tirant de ses périples reportages et récits. Son recueil de poèmes *Émaux et Camées*, publié en 1852, est un succès : de nombreux poètes, parmi lesquels les Parnassiens, et Baudelaire (qui lui dédiera *Les Fleurs du Mal*) se réclameront de cet ouvrage. Mais son renom ne suffit pas pour rembourser ses créanciers...

En 1858, année de la parution du *Roman de la momie*, il s'installe, en bordure de Paris, dans une villa qui deviendra le point de ralliement de tous les artistes de son temps : les romanciers Flaubert et Dumas fils, les poètes Hérédia et Théodore de Banville, le dessinateur Gustave Doré... Son *Capitaine Fracasse*, publié en feuilleton en 1863, est un succès public. Pourtant Théophile Gautier, dont l'érudition et le talent sont unanimement reconnus voit, à plusieurs reprises, sa candidature à l'Académie française repoussée.

Le révolutionnaire littéraire s'est assagi, le « bon Théo », ainsi que l'ont surnommé ses amis à cause de sa générosité proverbiale est devenu un notable des lettres. La princesse Mathilde Bonaparte l'a nommé son bibliothécaire personnel pour le seul plaisir de sa conversation... Avec la chute de l'Empire, en 1870, il perd la pension qui le faisait vivre. Sa compagne l'a quitté, ses filles se sont mariées.

C'est désormais un vieil homme malade, ayant du mal à se déplacer, et assisté de ses deux sœurs, mais toujours cigare aux lèvres que les jeunes poètes vont visiter. Il a entrepris une *Histoire du romantisme* (qui restera inachevée) quand il s'éteint, le 23 octobre 1872, cinq ans après son ami et admirateur Baudelaire, qui l'avait désigné comme le « parfait magicien es-lettres françaises ».

Dans l'édition de 1883, les *Œuvres complètes* de ce génie foisonnant pour qui, l'art, c'était la vie, comprennent 34 volumes, et c'est en lisant *Les Grotesques*, où Gautier réhabilitait des poètes de l'époque de Louis XIII, qu'Edmond Rostand aura l'idée de son *Cyrano de Bergerac*.

LA CAFETIÈRE

CONTE FANTASTIQUE

I

J'ai vu sous de sombres voiles
   Onze étoiles,
La lune, aussi le soleil,
Me faisant la révérence,
   En silence,
Tout le long de mon sommeil.

La Vision de Joseph.

L'année dernière, je fus invité, ainsi que deux de mes camarades d'atelier, Arrigo Cohic et Pedrino Borgnioli, à passer quelques jours dans une terre au fond de la Normandie.

Le temps, qui, à notre départ, promettait d'être superbe, s'avisa de changer tout à coup, et il tomba tant de pluie, que les chemins creux où nous marchions étaient comme le lit d'un torrent.

Nous enfoncions dans la bourbe jusqu'aux genoux, une couche épaisse de terre grasse s'était attachée aux semelles de nos bottes, et par sa pesanteur ralentissait tellement nos pas, que nous n'arrivâmes au lieu de notre destination qu'une heure après le coucher du soleil.

Nous étions harassés ; aussi, notre hôte, voyant les efforts que nous faisions pour comprimer nos bâillements et tenir les yeux ouverts, aussitôt que nous eûmes soupé, nous fit conduire chacun dans notre chambre.

La mienne était vaste ; je sentis, en y entrant,

comme un frisson de fièvre, car il me sembla que j'entrais dans un monde nouveau.

En effet, l'on aurait pu se croire au temps de la Régence, à voir les dessus de porte de Boucher représentant les quatre Saisons, les meubles surchargés d'ornements de rocaille du plus mauvais goût, et les trumeaux des glaces sculptés lourdement.

Rien n'était dérangé. La toilette couverte de boîtes à peignes, de houppes à poudrer, paraissait avoir servi la veille. Deux ou trois robes de couleurs changeantes, un éventail semé de paillettes d'argent, jonchaient le parquet bien ciré, et, à mon grand étonnement, une tabatière d'écaille ouverte sur la cheminée était pleine de tabac encore frais.

Je ne remarquai ces choses qu'après que le domestique, déposant son bougeoir sur la table de nuit, m'eut souhaité un bon somme, et, je l'avoue, je commençai à trembler comme la feuille. Je me déshabillai promptement, je me couchai, et, pour en finir avec ces sottes frayeurs, je fermai bientôt les yeux en me tournant du côté de la muraille.

Mais il me fut impossible de rester dans cette position : le lit s'agitait sous moi comme une vague, mes paupières se retiraient violemment en arrière. Force me fut de me retourner et de voir.

Le feu qui flambait jetait des reflets rougeâtres dans l'appartement, de sorte qu'on pouvait sans peine distinguer les personnages de la tapisserie et les figures des portraits enfumés pendus à la muraille.

C'étaient les aïeux de notre hôte, des chevaliers bardés de fer, des conseillers en perruque, et de belles dames au visage fardé et aux cheveux poudrés à blanc, tenant une rose à la main.

Tout à coup le feu prit un étrange degré d'activité ; une lueur blafarde illumina la chambre, et je vis clairement que ce que j'avais pris pour de vaines peintures était la réalité ; car les prunelles de ces êtres encadrés remuaient, scintillaient d'une façon singulière ; leurs lèvres s'ouvraient et se fermaient comme des lèvres de gens qui parlent, mais je n'entendais rien que le tic-tac de la pendule et le sifflement de la bise d'automne.

Une terreur insurmontable s'empara de moi, mes cheveux se hérissèrent sur mon front, mes dents s'entre-choquèrent à se briser, une sueur froide inonda tout mon corps.

La pendule sonna onze heures. Le vibrement du dernier coup retentit longtemps, et, lorsqu'il fut éteint tout à fait...

Oh ! non, je n'ose pas dire ce qui arriva, personne ne me croirait, et l'on me prendrait pour un fou.

Les bougies s'allumèrent toutes seules ; le soufflet, sans qu'aucun être visible lui imprimât le mouvement, se prit à souffler le feu, en râlant comme un vieillard asthmatique, pendant que les pincettes fourgonnaient dans les tisons et que la pelle relevait les cendres.

Ensuite une cafetière se jeta en bas d'une table où elle était posée, et se dirigea, clopin-clopant, vers le foyer, où elle se plaça entre les tisons.

Quelques instants après, les fauteuils commencèrent à s'ébranler, et, agitant leurs pieds tortillés d'une manière surprenante, vinrent se ranger autour de la cheminée.

II

Je ne savais que penser de ce que je voyais ; mais ce qui me restait à voir était encore bien plus extraordinaire.

Un des portraits, le plus ancien de tous, celui d'un gros joufflu à barbe grise, ressemblant, à s'y méprendre, à l'idée que je me suis faite du vieux sir John Falstaff, sortit, en grimaçant, la tête de son cadre, et, après de grands efforts, ayant fait passer ses épaules et son ventre rebondi entre les ais étroits de la bordure, sauta lourdement par terre.

Il n'eut pas plutôt pris haleine, qu'il tira de la poche de son pourpoint une clef d'une petitesse remarquable ; il souffla dedans, pour s'assurer si la forure était bien nette, et il l'appliqua à tous les cadres les uns après les autres.

Et tous les cadres s'élargirent de façon à laisser passer aisément les figures qu'ils renfermaient.

Petits abbés poupins, douairières sèches et jaunes, magistrats à l'air grave ensevelis dans de grandes robes noires, petits-maîtres en bas de soie, en culotte de prunelle, la pointe de l'épée en haut, tous ces personnages présentaient un spectacle si bizarre, que, malgré ma frayeur, je ne pus m'empêcher de rire.

Ces dignes personnages s'assirent ; la cafetière sauta légèrement sur la table. Ils prirent le café dans des tasses du Japon blanches et bleues, qui accoururent spontanément de dessus un secrétaire, chacune d'elles munie d'un morceau de sucre et d'une petite cuiller d'argent.

Quand le café fut pris, tasses, cafetière et cuillers disparurent à la fois, et la conversation commença, certes la plus curieuse que j'aie jamais ouïe, car aucun de ces étranges causeurs ne regardait l'autre en parlant : ils avaient tous les yeux fixés sur la pendule.

Je ne pouvais moi-même en détourner mes regards et m'empêcher de suivre l'aiguille, qui marchait vers minuit à pas imperceptibles.

Enfin, minuit sonna ; une voix, dont le timbre était exactement celui de la pendule, se fit entendre et dit :

— Voici l'heure, il faut danser.

Toute l'assemblée se leva. Les fauteuils se reculèrent de leur propre mouvement ; alors, chaque cavalier prit la main d'une dame, et la même voix dit :

— Allons, messieurs de l'orchestre, commencez !

J'ai oublié de dire que le sujet de la tapisserie était un concerto italien d'un côté, et de l'autre une chasse au cerf où plusieurs valets donnaient du cor. Les piqueurs et les musiciens, qui, jusque-là, n'avaient fait aucun geste, inclinèrent la tête en signe d'adhésion.

Le maestro leva sa baguette, et une harmonie vive et dansante s'élança des deux bouts de la salle. On dansa d'abord le menuet.

Mais les notes rapides de la partition exécutée par les musiciens s'accordaient mal avec ces graves révérences : aussi chaque couple de danseurs, au bout de quelques minutes, se mit à pirouetter comme une toupie d'Allemagne. Les robes de soie des femmes, froissées dans ce tourbillon dansant, rendaient des sons d'une nature particulière ; on aurait dit le bruit d'ailes d'un vol de pigeons. Le vent qui s'engouffrait par-dessous les gonflait prodigieusement, de sorte qu'elles avaient l'air de cloches en branle.

L'archet des virtuoses passait si rapidement sur les cordes, qu'il en jaillissait des étincelles électriques. Les doigts des flûteurs se haussaient et se baissaient comme s'ils eussent été de vif-argent ; les joues des piqueurs étaient enflées comme des ballons, et tout cela formait un déluge de notes et de trilles si pressés et de gammes ascendantes et descendantes si entortillées, si inconcevables, que les démons eux-mêmes n'auraient pu deux minutes suivre une pareille mesure.

Aussi, c'était pitié de voir tous les efforts de ces danseurs pour rattraper la cadence. Ils sautaient, cabriolaient, faisaient des ronds de jambe, des jetés battus et des entrechats de trois pieds de haut, tant que la sueur, leur coulant du front sur les yeux, leur emportait les mouches et le fard. Mais ils avaient beau faire, l'orchestre les devançait toujours de trois ou quatre notes.

La pendule sonna une heure ; ils s'arrêtèrent. Je vis quelque chose qui m'était échappé : une femme qui ne dansait pas.

Elle était assise dans une bergère au coin de la cheminée, et ne paraissait pas le moins du monde prendre part à ce qui se passait autour d'elle.

Jamais, même en rêve, rien d'aussi parfait ne s'était présenté à mes yeux ; une peau d'une blancheur éblouissante, des cheveux d'un blond cendré, de longs cils et des prunelles bleues, si claires et si transparentes, que je voyais son âme à travers aussi distinctement qu'un caillou au fond d'un ruisseau.

Et je sentis que, si jamais il m'arrivait d'aimer quelqu'un, ce serait elle. Je me précipitai hors du lit, d'où jusque-là je n'avais pu bouger, et je me dirigeai vers elle, conduit par quelque chose qui agissait en moi sans que je pusse m'en rendre compte ; et je me trouvai à ses genoux, une de ses mains dans les miennes, causant avec elle comme si je l'eusse connue depuis vingt ans.

Mais, par un prodige bien étrange, tout en lui parlant, je marquais d'une oscillation de tête la musique qui n'avait pas cessé de jouer ; et, quoique je fusse au comble du bonheur d'entretenir une aussi belle personne, les pieds me brûlaient de danser avec elle.

Cependant je n'osais lui en faire la proposition. Il paraît qu'elle comprit ce que je voulais, car, levant vers le cadran de l'horloge la main que je ne tenais pas :

— Quand l'aiguille sera là, nous verrons, mon cher Théodore.

Je ne sais comment cela se fit, je ne fus nullement surpris de m'entendre ainsi appeler par mon nom, et nous continuâmes à causer. Enfin, l'heure indiquée sonna, la voix au timbre d'argent vibra encore dans la chambre et dit :

— Angéla, vous pouvez danser avec monsieur, si cela vous fait plaisir, mais vous savez ce qui en résultera.

— N'importe, répondit Angéla d'un ton boudeur.

Et elle passa son bras d'ivoire autour de mon cou.

— *Prestissimo !* cria la voix.

Et nous commençâmes à valser. Le sein de la

jeune fille touchait ma poitrine, sa joue veloutée effleurait la mienne, et son haleine suave flottait sur ma bouche.

Jamais de la vie je n'avais éprouvé une pareille émotion ; mes nerfs tressaillaient comme des ressorts d'acier, mon sang coulait dans mes artères en torrent de lave, et j'entendais battre mon cœur comme une montre accrochée à mes oreilles.

Pourtant cet état n'avait rien de pénible. J'étais inondé d'une joie ineffable et j'aurais toujours voulu demeurer ainsi, et, chose remarquable, quoique l'orchestre eût triplé de vitesse, nous n'avions besoin de faire aucun effort pour le suivre.

Les assistants, émerveillés de notre agilité, criaient bravo, et frappaient de toutes leurs forces dans leurs mains, qui ne rendaient aucun son.

Angéla, qui jusqu'alors avait valsé avec une énergie et une justesse surprenantes, parut tout à coup se fatiguer ; elle pesait sur mon épaule comme si les jambes lui eussent manqué ; ses petits pieds, qui, une minute auparavant, effleuraient le plancher, ne s'en détachaient que lentement, comme s'ils eussent été chargés d'une masse de plomb.

— Angéla, vous êtes lasse, lui dis-je, reposons-nous.

— Je le veux bien, répondit-elle en s'essuyant le front avec son mouchoir. Mais, pendant que nous valsions, ils se sont tous assis ; il n'y a plus qu'un fauteuil, et nous sommes deux.

— Qu'est-ce que cela fait, mon bel ange ? Je vous prendrai sur mes genoux.

III

Sans faire la moindre objection, Angéla s'assit, m'entourant de ses bras comme d'une écharpe blanche, cachant sa tête dans mon sein pour se réchauffer un peu, car elle était devenue froide comme un marbre.

Je ne sais pas combien de temps nous restâmes dans cette position, car tous mes sens étaient absorbés dans la contemplation de cette mystérieuse et fantastique créature.

Je n'avais plus aucune idée de l'heure ni du lieu ; le monde réel n'existait plus pour moi, et tous les liens qui m'y attachent étaient rompus ; mon âme, dégagée de sa prison de boue, nageait dans le vague et l'infini ; je comprenais ce que nul homme ne peut comprendre, les pensées d'Angéla se révélant à moi sans qu'elle eût besoin de parler ; car son âme brillait dans son corps comme une lampe d'albâtre, et les rayons partis de sa poitrine perçaient la mienne de part en part.

L'alouette chanta, une lueur pâle se joua sur les rideaux.

Aussitôt qu'Angéla l'aperçut, elle se leva précipitamment, me fit un geste d'adieu, et, après quelques pas, poussa un cri et tomba de sa hauteur.

Saisi d'effroi, je m'élançai pour la relever... Mon sang se fige rien que d'y penser : je ne trouvai rien que la cafetière brisée en mille morceaux.

A cette vue, persuadé que j'avais été le jouet de quelque illusion diabolique, une telle frayeur s'empara de moi, que je m'évanouis.

IV

Lorsque je repris connaissance, j'étais dans mon lit ; Arrigo Cohic et Pedrino Borgnioli se tenaient debout à mon chevet.

Aussitôt que j'eus ouvert les yeux, Arrigo s'écria :

— Ah ! ce n'est pas dommage ! voilà bientôt une heure que je te frotte les tempes d'eau de Cologne. Que diable as-tu fait cette nuit ? Ce matin, voyant que tu ne descendais pas, je suis entré dans ta chambre, et je t'ai trouvé tout du long étendu par terre, en habit à la française, serrant dans tes bras un morceau de porcelaine brisée, comme si c'eût été une jeune et jolie fille.

— Pardieu ! c'est l'habit de noce de mon grand-père, dit l'autre en soulevant une des basques de soie fond rose à ramages verts. Voilà les boutons de strass et de filigrane qu'il nous vantait tant. Théodore l'aura trouvé dans quelque coin et l'aura mis pour s'amuser. Mais à propos de quoi t'es-tu trouvé mal ? ajouta Borgnioli. Cela est bon pour une petite maîtresse qui a des épaules blanches ; on la délace, on lui ôte ses colliers, son écharpe, et c'est une belle occasion de faire des minauderies.

— Ce n'est qu'une faiblesse qui m'a pris ; je suis sujet à cela, répondis-je sèchement.

Je me levai, je me dépouillai de mon ridicule accoutrement.

Et puis l'on déjeuna.

Mes trois camarades mangèrent beaucoup et burent encore plus ; moi, je ne mangeais presque pas, le souvenir de ce qui s'était passé me causait d'étranges distractions.

Le déjeuner fini, comme il pleuvait à verse, il n'y eut pas moyen de sortir ; chacun s'occupa comme il put. Borgnioli tambourina des marches guerrières sur les vitres ; Arrigo et l'hôte firent une partie de dames ; moi, je tirai de mon album un carré de vélin, et je me mis à dessiner.

Les linéaments presque imperceptibles tracés par mon crayon, sans que j'y eusse songé le moins du monde, se trouvèrent représenter avec la plus merveilleuse exactitude la cafetière qui avait joué un rôle si important dans les scènes de la nuit.

— C'est étonnant comme cette tête ressemble à ma sœur Angéla, dit l'hôte, qui, ayant terminé sa partie, me regardait travailler par-dessus mon épaule.

En effet, ce qui m'avait semblé tout à l'heure une cafetière était bien réellement le profil doux et mélancolique d'Angéla.

— De par tous les saints du paradis ! est-elle

morte ou vivante ? m'écriai-je d'un ton de voix tremblant, comme si ma vie eût dépendu de sa réponse.

— Elle est morte, il y a deux ans, d'une fluxion de poitrine à la suite d'un bal.

— Hélas ! répondis-je douloureusement.

Et, retenant une larme qui était près de tomber, je replaçai le papier dans l'album.

Je venais de comprendre qu'il n'y avait plus pour moi de bonheur sur la terre !

ONUPHRIUS

OU LES VEXATIONS FANTASTIQUES
D'UN ADMIRATEUR D'HOFFMANN

> Croyoit que nues feussent pailles
> d'arain, et que vessies feussent lan-
> ternes.
>
> *Gargantua*, liv. I, ch. XI.

— Kling, kling, kling ! — Pas de réponse. —
Est-ce qu'il n'y serait pas ? dit la jeune fille.

Elle tira une seconde fois le cordon de la sonnette ; aucun bruit ne se fit entendre dans l'appartement : il n'y avait personne.

— C'est étrange !

Elle se mordit la lèvre, une rougeur de dépit
passa de sa joue à son front ; elle se mit à descendre les escaliers un à un, bien lentement,
comme à regret, retournant la tête pour voir si la
porte fatale s'ouvrait. — Rien.

Au détour de la rue, elle aperçut de loin Onuphrius, qui marchait du côté du soleil, avec l'air le
plus inoccupé du monde, s'arrêtant à chaque
carreau, regardant les chiens se battre et les polissons jouer au palet, lisant les inscriptions de la
muraille, épelant les enseignes, comme un
homme qui a une heure devant lui et n'a aucun
besoin de se presser.

Quand il fut auprès d'elle, l'ébahissement lui fit
écarquiller les prunelles : il ne comptait guère la
trouver là.

— Quoi ! c'est vous, déjà ! — Quelle heure est-il
donc ?

— Déjà ! le mot est galant. Quant à l'heure, vous devriez la savoir, et ce n'est guère à moi à vous l'apprendre, répondit d'un ton boudeur la jeune fille, tout en prenant son bras ; il est onze heures et demie.

— Impossible, fit Onuphrius. Je viens de passer devant Saint-Paul, il n'était que dix heures ; il n'y a pas cinq minutes, j'en mettrais la main au feu ; je parie.

— Ne mettez rien du tout et ne pariez pas, vous perdriez.

Onuphrius s'entêta ; comme l'église n'était qu'à une cinquantaine de pas, Jacintha, pour le convaincre, voulut bien aller jusque-là avec lui. Onuphrius était triomphant. Quand ils furent devant le portail : — Eh bien ! lui dit Jacintha.

On eût mis le soleil ou la lune en place du cadran qu'il n'eût pas été plus stupéfait. Il était onze heures et demie passées ; il tira son lorgnon, en essuya le verre avec son mouchoir, se frotta les yeux pour s'éclaircir la vue ; l'aiguille aînée allait rejoindre sa petite sœur sur l'X de midi.

— Midi ! murmura-t-il entre ses dents ; il faut que quelque diablotin se soit amusé à pousser ces aiguilles ; c'est bien dix heures que j'ai vu !

Jacintha était bonne ; elle n'insista pas, et reprit avec lui le chemin de son atelier, car Onuphrius était peintre, et, en ce moment, faisait son portrait. Elle s'assit dans la pose convenue. Onuphrius alla chercher sa toile, qui était tournée au mur, et la mit sur son chevalet.

Au-dessus de la petite bouche de Jacintha, une main inconnue avait dessiné une paire de moustaches qui eussent fait honneur à un tambour-major. La colère de notre artiste, en voyant son esquisse ainsi barbouillée, n'est pas difficile à imaginer ; il aurait crevé la toile sans les exhortations de Jacintha. Il effaça donc comme il put ces insignes virils, non sans jurer plus d'une fois après le drôle qui avait fait cette belle équipée ; mais, quand il voulut se remettre à peindre, ses pinceaux, quoiqu'il les eût trempés dans l'huile, étaient si roides et si hérissés, qu'il ne put s'en servir. Il fut obligé d'en envoyer chercher d'autres : en attendant qu'ils fussent arrivés, il se mit à faire sur sa palette plusieurs tons qui lui manquaient.

Autre tribulation. Les vessies étaient dures comme si elles eussent renfermé des balles de plomb, il avait beau les presser, il ne pouvait en faire sortir la couleur ; ou bien elles éclataient tout à coup comme de petites bombes, crachant à droite, à gauche, l'ocre, la laque ou le bitume.

S'il eût été seul, je crois qu'en dépit du premier commandement du Décalogue, il aurait attesté le nom du Seigneur plus d'une fois. Il se contint, les pinceaux arrivèrent, il se mit à l'œuvre ; pendant une heure environ tout alla bien.

Le sang commençait à courir sous les chairs, les contours se dessinaient, les formes se modelaient, la lumière se débrouillait de l'ombre, une moitié de la toile vivait déjà.

Les yeux surtout étaient admirables ; l'arc des sourcils était parfaitement bien indiqué, et se fondait moelleusement vers les tempes en tons bleuâtres et veloutés ; l'ombre des cils adoucissait merveilleusement bien l'éclatante blancheur de la cornée, la prunelle regardait bien, l'iris et la pupille ne laissaient rien à désirer ; il n'y manquait plus que ce petit diamant de lumière, cette paillette de jour que les peintres nomment point visuel.

Pour l'enchâsser dans son disque de jais (Jacintha avait les yeux noirs), il prit le plus fin, le plus mignon de ses pinceaux, trois poils pris à la queue d'une martre zibeline.

Il le trempa vers le sommet de sa palette dans le blanc d'argent qui s'élevait, à côté des ocres et des terres de Sienne, comme un piton couvert de neige à côté de rochers noirs.

Vous eussiez dit, à voir trembler le point brillant au bout du pinceau, une gouttelette de rosée au bout d'une aiguille ; il allait le déposer sur la prunelle, quand un coup violent dans le coude fit dévier sa main, porter le point blanc dans les sourcils, et traîner le parement de son habit sur la joue encore fraîche qu'il venait de terminer. Il se détourna si brusquement à cette nouvelle catastrophe, que son escabeau roula à dix pas. Il ne vit personne. Si quelqu'un se fût trouvé là par hasard, il l'aurait certainement tué.

— C'est vraiment inconcevable ! dit-il en lui-même tout troublé ; Jacintha, je ne me sens pas en train ; nous ne ferons plus rien aujourd'hui.

Jacintha se leva pour sortir.

Onuphrius voulut la retenir ; il lui passa le bras autour du corps. La robe de Jacintha était blanche ; les doigts d'Onuphrius, qui n'avait pas songé à les essuyer, y firent un arc-en-ciel.

— Maladroit ! dit la petite, comme vous m'avez arrangée ! et ma tante qui ne veut pas que je vienne vous voir seule, qu'est-ce qu'elle va dire ?

— Tu changeras de robe, elle n'en verra rien.

Et il l'embrassa. Jacintha ne s'y opposa pas.

— Que faites-vous demain ? dit-elle après un silence.

— Moi, rien ; et vous ?

— Je vais dîner avec ma tante chez le vieux M. de ***, que vous connaissez, et j'y passerai peut-être la soirée.

— J'y serai, dit Onuphrius ; vous pouvez compter sur moi.

— Ne venez pas plus tard que six heures ; vous savez, ma tante est poltronne, et si nous ne trouvons pas chez M. de *** quelque galant chevalier pour nous reconduire, elle s'en ira avant la nuit tombée.

— Bon, j'y serai à cinq. A demain, Jacintha, à demain.

Et il se penchait sur la rampe pour regarder la svelte jeune fille qui s'en allait. Les derniers plis de sa robe disparurent sous l'arcade, et il rentra.

Avant d'aller plus loin, quelques mots sur Onuphrius. C'était un jeune homme de vingt à vingt-deux ans, quoique au premier abord il parût en avoir davantage. On distinguait ensuite à travers ses traits blêmes et fatigués quelque chose d'enfantin et de peu arrêté, quelques formes de transition de l'adolescence à la virilité. Ainsi tout le haut de la tête était grave et réfléchi comme un front de vieillard, tandis que la bouche était à peine noircie à ses coins d'une ombre bleuâtre, et qu'un sourire jeune errait sur deux lèvres d'un rose assez vif qui contrastait étrangement avec la pâleur des joues et du reste de la physionomie.

Ainsi fait, Onuphrius ne pouvait manquer d'avoir l'air assez singulier, mais sa bizarrerie naturelle était encore augmentée par sa mise et sa coiffure. Ses cheveux, séparés sur le front comme des cheveux de femme, descendaient symétriquement le long de ses tempes jusqu'à ses épaules, sans frisure aucune, aplatis et lustrés à la mode gothique, comme on en voit aux anges de Giotto et de Cimabue. Une ample simarre de couleur obscure tombait à plis roides et droits autour de son corps souple et mince, d'une manière toute dantesque. Il est vrai de dire qu'il ne sortait pas encore avec ce costume ; mais c'est la hardiesse plutôt que l'envie qui lui manquait ; car je n'ai pas besoin de vous le dire, Onuphrius était Jeune-France et romantique forcené.

Dans la rue, et il n'y allait pas souvent, pour ne pas être obligé de se souiller de l'ignoble accoutrement bourgeois, ses mouvements étaient heurtés, saccadés ; ses gestes anguleux, comme s'ils eussent été produits par des ressorts d'acier ; sa démarche incertaine, entrecoupée d'élans subits, de zigzags, ou suspendue tout à coup ; ce qui, aux yeux de bien des gens, le faisait passer pour un fou ou du moins pour un original, ce qui ne vaut guère mieux.

Onuphrius ne l'ignorait pas, et c'était peut-être ce qui lui faisait éviter ce qu'on nomme le monde et donnait à sa conversation un ton d'humeur et

de causticité qui ne ressemblait pas mal à de la
vengeance ; aussi, quand il était forcé de sortir de
sa retraite, n'importe pour quel motif, il apportait
dans la société une gaucherie sans timidité, une
absence de toute forme convenue, un dédain si
parfait de ce qu'on y admire, qu'au bout de quelques minutes, avec trois ou quatre syllabes, il
avait trouvé moyen de se faire une meute d'ennemis acharnés.

Ce n'est pas qu'il ne fût très aimable lorsqu'il
voulait, mais il ne le voulait pas souvent, et il
répondait à ses amis qui lui en faisaient des
reproches : A quoi bon ? Car il avait des amis ; pas
beaucoup, deux ou trois au plus, mais qui
l'aimaient de tout l'amour que lui refusaient les
autres, qui l'aimaient comme des gens qui ont une
injustice à réparer. — A quoi bon ? ceux qui sont
dignes de moi et me comprennent ne s'arrêtent
pas à cette écorce noueuse : ils savent que la perle
est cachée dans une coquille grossière ; les sots
qui ne savent pas sont rebutés et s'éloignent : où
est le mal ? Pour un fou, ce n'était pas trop mal
raisonné.

Onuphrius, comme je l'ai déjà dit, était peintre,
il était de plus poète ; il n'y avait guère moyen que
sa cervelle en réchappât, et ce qui n'avait pas peu
contribué à l'entretenir dans cette exaltation
fébrile, dont Jacintha n'était pas toujours maîtresse, c'étaient ses lectures. Il ne lisait que des
légendes merveilleuses et d'anciens romans de
chevalerie, des poésies mystiques, des traités de
cabale, des ballades allemandes, des livres de
sorcellerie et de démonographie ; avec cela il se
faisait, au milieu du monde réel bourdonnant
autour de lui, un monde d'extase et de vision où il
était donné à bien peu d'entrer. Du détail le plus
commun et le plus positif, par l'habitude qu'il
avait de chercher le côté surnaturel, il savait faire
jaillir quelque chose de fantastique et d'inat-
tendu. Vous l'auriez mis dans une chambre carrée
et blanchie à la chaux sur toutes ses parois, et

vitrée de carreaux dépolis, il aurait été capable de voir quelque apparition étrange tout aussi bien que dans un intérieur de Rembrandt inondé d'ombres et illuminé de fauves lueurs, tant les yeux de son âme et de son corps avaient la faculté de déranger les lignes les plus droites et de rendre compliquées les choses les plus simples, à peu près comme les miroirs courbes ou à facettes qui trahissent les objets qui leur sont présentés, et les font paraître grotesques ou terribles.

Aussi Hoffmann et Jean-Paul le trouvèrent admirablement disposé ; ils achevèrent à eux deux ce que les légendaires avaient commencé. L'imagination d'Onuphrius s'échauffa et se déprava de plus en plus, ses compositions peintes et écrites s'en ressentirent, la griffe ou la queue du diable y perçait toujours par quelque endroit, et sur la toile, à côté de la tête suave et pure de Jacintha, grimaçait fatalement quelque figure monstrueuse, fille de son cerveau en délire.

Il y avait deux ans qu'il avait fait la connaissance de Jacintha, et c'était à une époque de sa vie où il était si malheureux, que je ne souhaiterais pas d'autre supplice à mon plus fier ennemi ; il était dans cette situation atroce où se trouve tout homme qui a inventé quelque chose et qui ne rencontre personne pour y croire. Jacintha crut à ce qu'il disait sur sa parole, car l'œuvre était encore en lui, et il l'aima comme Christophe Colomb dut aimer le premier qui ne lui rit pas au nez lorsqu'il parla du nouveau monde qu'il avait deviné. Jacintha l'aimait comme une mère aime son fils, et il se mêlait à son amour une pitié profonde ; car, elle excepté, qui l'aurait aimé comme il fallait qu'il le fût ?

Qui l'eût consolé dans ses malheurs imaginaires, les seuls réels pour lui, qui ne vivait que d'imaginations ? Qui l'eût rassuré, soutenu, exhorté ? Qui eût calmé cette exaltation maladive qui touchait à la folie par plus d'un point, en la partageant plutôt qu'en la combattant ? Personne, à coup sûr.

Et puis lui dire de quelle manière il pourrait la voir, lui donner elle-même les rendez-vous, lui faire mille de ces avances que le monde condamne, l'embrasser de son propre mouvement, lui en fournir l'occasion quand elle la lui voyait chercher, une coquette ne l'eût pas fait ; mais elle savait combien tout cela coûtait au pauvre Onuphrius, et elle lui en épargnait la peine.

Aussi peu accoutumé qu'il était à vivre de la vie réelle, il ne savait comment s'y prendre pour mettre son idée en action, et il se faisait des monstres de la moindre chose.

Ses longues méditations, ses voyages dans les mondes métaphysiques ne lui avaient pas laissé le temps de s'occuper de celui-ci. Sa tête avait trente ans, son corps avait six mois ; il avait si totalement négligé de dresser sa bête, que, si Jacintha et ses amis n'eussent pris soin de la diriger, elle eût commis d'étranges bévues. En un mot, il fallait vivre pour lui, il lui fallait un intendant pour son corps, comme il en faut aux grands seigneurs pour leurs terres.

Puis, je n'ose l'avouer qu'en tremblant, dans ce siècle d'incrédulité, cela pourrait faire passer mon pauvre ami pour un imbécile : il avait peur. De quoi ? Je vous le donne à deviner en cent ; il avait peur du diable, des revenants, des esprits et de mille autres billevesées ; du reste, il se moquait d'un homme, et de deux, comme vous d'un fantôme.

Le soir il ne se fût pas regardé dans une glace pour un empire, de peur d'y voir autre chose que sa propre figure ; il n'eût pas fourré sa main sous son lit pour y prendre ses pantoufles ou quelque autre ustensile, parce qu'il craignait qu'une main froide et moite ne vînt au-devant de la sienne, et ne l'attirât dans la ruelle ; ni jeté les yeux dans les encoignures sombres, tremblant d'y apercevoir de petites têtes de vieilles ratatinées emmanchées sur des manches à balai.

Quand il était seul dans son grand atelier, il voyait tourner autour de lui une ronde fantastique, le conseiller Tusmann, le docteur Tabraccio, le digne Peregrinus Tyss, Crespel avec son violon et sa fille Antonia, l'inconnue de la maison déserte et toute la famille étrange du château de Bohême ; c'était un sabbat complet, et il ne se fût pas fait prier pour avoir peur de son chat comme d'un autre Mürr.

Dès que Jacintha fut partie, il s'assit devant sa toile, et se prit à réfléchir sur ce qu'il appelait les événements de la matinée. Le cadran de Saint-Paul, les moustaches, les pinceaux durcis, les vessies crevées, et surtout le point visuel, tout cela se représenta à sa mémoire avec un air fantastique et surnaturel ; il se creusa la tête pour y trouver une explication plausible ; il bâtit là-dessus un volume in-octavo de suppositions les plus extravagantes, les plus invraisemblables qui soient jamais entrées dans un cerveau malade. Après avoir longtemps cherché, ce qu'il rencontra de mieux, c'est que la chose était tout à fait inexplicable... à moins que ce ne fût le diable en personne... Cette idée, dont il se moqua d'abord lui-même, prit racine dans son esprit, et lui semblant moins ridicule à mesure qu'il se familiarisait avec elle, il finit par en être convaincu.

Qu'y avait-il au fond de déraisonnable dans cette supposition ? L'existence du diable est prouvée par les autorités les plus respectables, tout comme celle de Dieu. C'est même un article de foi, et Onuphrius, pour s'empêcher d'en douter, compulsa sur les registres de sa vaste mémoire tous les endroits des auteurs profanes ou sacrés dans lesquels on traite de cette matière importante.

Le diable rôde autour de l'homme ; Jésus lui-même n'a pas été à l'abri de ses embûches ; la tentation de saint Antoine est populaire ; Martin Luther fut aussi tourmenté par Satan, et, pour s'en débarrasser, fut obligé de lui jeter son écritoire à la tête. On voit encore la tache d'encre sur le mur de la cellule.

Il se rappela toutes les histoires d'obsession, depuis le possédé de la Bible jusqu'aux religieuses de Loudun ; tous les livres de sorcellerie qu'il avait lus : Bodin, Delrio, Le Loyer, Bordelon, le *Monde invisible* de Bekker, l'*Infernalia*, les *Farfadets* de M. de Berbiguier de Terre-Neuve-du-Thym, le *Grand et le Petit Albert*, et tout ce qui lui parut obscur devint clair comme le jour ; c'était le diable qui avait fait avancer l'aiguille, qui avait mis des moustaches à son portrait, changé le crin de ses brosses en fils d'archal et rempli ses vessies de poudre fulminante. Le coup dans le coude s'expliquait tout naturellement ; mais quel intérêt Belzébuth pouvait-il avoir à le persécuter ? Était-ce pour avoir son âme ? ce n'est pas la manière dont il s'y prend ; enfin il se rappela qu'il avait fait, il n'y a pas bien longtemps, un tableau de saint Dunstan tenant le diable par le nez avec des pincettes rouges ; il ne douta pas que ce ne fût pour avoir été représenté par lui dans une position aussi humiliante que le diable lui faisait ces petites niches. Le jour tombait, de longues ombres bizarres se découpaient sur le plancher de l'atelier. Cette idée grandissant dans sa tête, le frisson commençait à lui courir le long du dos, et la peur l'aurait bientôt pris, si un de ses amis n'eût fait, en entrant, diversion à toutes ses visions cornues. Il sortit avec lui, et comme personne au monde n'était plus impressionnable, et que son ami était gai, un essaim de pensées folâtres eut bientôt chassé ces rêveries lugubres. Il oublia totalement ce qui était arrivé, ou, s'il s'en ressouvenait, il riait tout bas en lui-même. Le lendemain il se remit à l'œuvre. Il travailla trois ou quatre heures avec acharnement. Quoique Jacintha fût absente, ses traits étaient si profondément gravés dans son cœur, qu'il n'avait pas besoin d'elle pour terminer son portrait. Il était presque fini, il n'y avait plus que deux ou trois

dernières touches à poser, et la signature à
mettre, quand une petite peluche, qui dansait
avec ses frères les atomes dans un beau rayon
jaune, par une fantaisie inexplicable, quitta tout à
coup sa lumineuse salle de bal, se dirigea en se
dandinant vers la toile d'Onuphrius, et vint
s'abattre sur un rehaut, qu'il venait de poser.

Onuphrius retourna son pinceau, et, avec le
manche l'enleva le plus délicatement possible.
Cependant il ne put le faire si légèrement qu'il ne
découvrît le champ de la toile en emportant un
peu de couleur. Il refit une teinte pour réparer le
dommage : la teinte était trop foncée, et faisait
tache ; il ne put rétablir l'harmonie qu'en rema-
niant tout le morceau ; mais, en le faisant, il
perdit son contour, et le nez devint aquilin, de
presque à la Roxelane qu'il était, ce qui changea
tout à fait le caractère de la tête ; ce n'était plus
Jacintha, mais bien une de ses amies avec qui elle
s'était brouillée, parce qu'Onuphrius la trouvait
jolie.

L'idée du Diable revint à Onuphrius à cette
métamorphose étrange ; mais, en regardant plus
attentivement, il vit que ce n'était qu'un jeu de
son imagination, et comme la journée s'avançait,
il se leva et sortit pour rejoindre sa maîtresse chez
M. de ***. Le cheval allait comme le vent : bientôt Onuphrius vit poindre au dos de la colline la
maison de M. de ***, blanche entre les marron-
niers. Comme la grande route faisait un détour, il
la quitta pour un chemin de traverse, un chemin
creux qu'il connaissait très bien, où tout enfant il
venait cueillir des mûres et chasser aux hanne-
tons.

Il était à peu près au milieu quand il se trouva
derrière une charrette à foin, que les détours du
sentier l'avaient empêché d'apercevoir. Le chemin était si étroit, la charrette si large, qu'il était
impossible de passer devant : il remit son cheval
au pas, espérant que la route, en s'élargissant, lui
permettrait un peu plus loin de le faire. Son

espérance fut trompée ; c'était comme un mur qui
reculait imperceptiblement. Il voulut retourner
sur ses pas, une autre charrette de foin le suivait
par-derrière et le faisait prisonnier. Il eut un
instant la pensée d'escalader les bords du ravin,
mais ils étaient à pic et couronnés d'une haie
vive ; il fallut donc se résigner : le temps coulait,
les minutes lui semblaient des éternités, sa fureur
était au comble, ses artères palpitaient, son front
était perlé de sueur.

Une horloge à la voix fêlée, celle du village
voisin, sonna six heures ; aussitôt qu'elle eut fini,
celle du château, dans un ton différent, sonna à
son tour ; puis une autre, puis une autre encore ;
toutes les horloges de la banlieue d'abord successivement, ensuite toutes à la fois. C'était un tutti
de cloches, un concerto de timbres flûtés, ron-
flants, glapissants, criards, un carillon à vous
fendre la tête. Les idées d'Onuphrius se confondirent, le vertige le prit. Les clochers s'inclinaient
sur le chemin creux pour le regarder passer, ils le
montraient au doigt, lui faisaient la nique et lui
tendaient par dérision leurs cadrans dont les
aiguilles étaient perpendiculaires. Les cloches lui
tiraient la langue et lui faisaient la grimace, sonnant toujours les six coups maudits. Cela dura
longtemps, six heures sonnèrent ce jour-là jusqu'à
sept.

Enfin, la voiture déboucha dans la plaine. Onuphrius enfonça ses éperons dans le ventre de son
cheval : le jour tombait, on eût dit que sa monture
comprenait combien il lui était important d'arriver. Ses pieds touchaient à peine la terre, et, sans
les aigrettes d'étincelles qui jaillissaient de loin
en loin de quelque caillou heurté, on eût pu croire
qu'elle volait. Bientôt une blanche écume enveloppa comme une housse d'argent son poitrail
d'ébène : il était plus de sept heures quand Onuphrius arriva. Jacintha était partie. M. de *** lui
fit les plus grandes politesses, se mit à causer
littérature avec lui, et finit par lui proposer une
partie de dames.

Onuphrius ne put faire autrement que d'accepter, quoique toute espèce de jeux, et en particulier celui-là, l'ennuyât mortellement. On apporta le damier. M. de *** prit les noires, Onuphrius les blanches : la partie commença, les joueurs étaient à peu près de même force ; il se passa quelque temps avant que la balance penchât d'un côté ou de l'autre.

Tout à coup elle tourna du côté du vieux gentilhomme ; ses pions avançaient avec une inconcevable rapidité, sans qu'Onuphrius, malgré tous les efforts qu'il faisait, pût y apporter aucun obstacle. Préoccupé qu'il était d'idées diaboliques, cela ne lui parut pas naturel ; il redoubla donc d'attention, et finit par découvrir, à côté du doigt dont il se servait pour remuer ses pions, un autre doigt maigre, noueux, terminé par une griffe (que d'abord il avait pris pour l'ombre du sien), qui poussait ses dames sur la ligne blanche, tandis que celles de son adversaire défilaient processionnellement sur la ligne noire. Il devint pâle, ses cheveux se hérissèrent sur sa tête. Cependant il remit ses pions en place, et continua de jouer. Il se persuada que ce n'était que l'ombre, et, pour s'en convaincre, il changea la bougie de place : l'ombre passa de l'autre côté, et se projeta en sens inverse ; mais le doigt à griffe resta ferme à son poste, déplaçant les dames d'Onuphrius, et employant tous les moyens pour le faire perdre.

D'ailleurs, il n'y avait aucun doute à avoir, le doigt était orné d'un gros rubis. Onuphrius n'avait pas de bague.

— Pardieu ! c'est trop fort ! s'écria-t-il en donnant un grand coup de poing dans le damier et en se levant brusquement ; vieux scélérat ! vieux gredin !

M. de ***, qui le connaissait d'enfance et qui attribuait cette algarade au dépit d'avoir perdu, se mit à rire aux éclats et à lui offrir d'ironiques consolations. La colère et la terreur se disputaient l'âme d'Onuphrius : il prit son chapeau et sortit.

La nuit était si noire qu'il fut obligé de mettre son cheval au pas. A peine une étoile passait-elle çà et là le nez hors de sa mantille de nuages ; les arbres de la route avaient l'air de grands spectres tendant les bras ; de temps en temps un feu follet traversait le chemin, le vent ricanait dans les branches d'une façon singulière. L'heure s'avançait, et Onuphrius n'arrivait pas ; cependant les fers de son cheval sonnant sur le pavé montraient qu'il ne s'était pas fourvoyé.

Une rafale déchira le brouillard, la lune reparut ; mais au lieu d'être ronde, elle était ovale. Onuphrius, en la considérant plus attentivement, vit qu'elle avait un serre-tête de taffetas noir, et qu'elle s'était mis de la farine sur les joues ; ses traits se dessinèrent plus distinctement, et il reconnut, à n'en pouvoir douter, la figure blême et allongée de son ami intime Jean-Gaspard Deburau, le grand paillasse des Funambules, qui le regardait avec une expression indéfinissable de malice et de bonhomie.

Le ciel clignait aussi ses yeux bleus aux cils d'or, comme s'il eût été d'intelligence ; et, comme à la clarté des étoiles on pouvait distinguer les objets, il entrevit quatre personnages de mauvaise mine, habillés mi-partie rouge et noir, qui portaient quelque chose de blanchâtre par les quatre coins, comme des gens qui changeraient un tapis de place ; ils passèrent rapidement à côté de lui, et jetèrent ce qu'ils portaient sous les pieds de son cheval. Onuphrius, malgré sa frayeur, n'eut pas de peine à voir que c'était le chemin qu'il avait déjà parcouru, et que le Diable remettait devant lui pour lui faire pièce. Il piqua des deux ; son cheval fit une ruade et refusa d'avancer autrement qu'au pas ; les quatre démons continuèrent leur manège.

Onuphrius vit que l'un d'eux avait au doigt un rubis pareil à celui du doigt qui l'avait si fort effrayé sur le damier : l'identité du personnage n'était plus douteuse. La terreur d'Onuphrius

était si grande, qu'il ne sentait plus, qu'il ne
voyait ni n'entendait ; ses dents claquaient
comme dans la fièvre, un rire convulsif tordait sa
bouche. Une fois, il essaya de dire ses prières et de
faire un signe de croix, il ne put en venir à bout.
La nuit s'écoula ainsi.

Enfin, une raie bleuâtre se dessina sur le bord
du ciel : son cheval huma bruyamment par ses
naseaux l'air balsamique du matin, le coq de la
ferme voisine fit entendre sa voix grêle et éraillée,
les fantômes disparurent, le cheval prit de lui-
même le galop, et, au point du jour, Onuphrius se
trouva devant la porte de son atelier.

Harassé de fatigue, il se jeta sur un divan et ne
tarda pas à s'endormir : son sommeil était agité ;
le cauchemar lui avait mis le genou sur l'estomac.
Il fit une multitude de rêves incohérents, monstrueux, qui ne contribuèrent pas peu à déranger
sa raison déjà ébranlée. En voici un qui l'avait
frappé, et qu'il m'a raconté plusieurs fois depuis.

« J'étais dans une chambre qui n'était pas la
mienne ni celle d'aucun de mes amis, une
chambre où je n'étais jamais venu, et que cependant je connaissais parfaitement bien : les jalou-
sies étaient fermées, les rideaux tirés ; sur la table
de nuit une pâle veilleuse jetait sa lueur agoni-
sante. On ne marchait que sur la pointe du pied, le
doigt sur la bouche ; des fioles, des tasses
encombraient la cheminée. Moi, j'étais au lit
comme si j'eusse été malade, et pourtant je ne
m'étais jamais mieux porté. Les personnes qui
traversaient l'appartement avaient un air triste et
affairé qui semblait extraordinaire.

« Jacintha était à la tête de mon lit, qui tenait sa
petite main sur mon front, et se penchait vers moi
pour écouter si je respirais bien. De temps en
temps une larme tombait de ses cils sur mes
joues, et elle l'essuyait légèrement avec un baiser.

« Ses larmes me fendaient le cœur, et j'aurais
bien voulu la consoler ; mais il m'était impossible
de faire le plus petit mouvement, ou d'articuler

une seule syllabe : ma langue était clouée à mon palais, mon corps était comme pétrifié.

« Un monsieur vêtu de noir entra, me tâta le pouls, hocha la tête d'un air découragé, et dit tout haut : "C'est fini !" Alors Jacintha se prit à sangloter, à se tordre les mains, et à donner toutes les démonstrations de la plus violente douleur : tous ceux qui étaient dans la chambre en firent autant. Ce fut un concert de pleurs et de soupirs à apitoyer un roc.

« J'éprouvais un secret plaisir d'être regretté ainsi. On me présenta une glace devant la bouche ; je fis des efforts prodigieux pour la ternir de mon souffle, afin de montrer que je n'étais pas mort : je ne pus en venir à bout. Après cette épreuve on me jeta le drap par-dessus la tête ; j'étais au désespoir, je voyais bien qu'on me croyait trépassé et que l'on allait m'enterrer tout vivant. Tout le monde sortit : il ne resta qu'un prêtre qui marmotta des prières et qui finit par s'endormir.

« Le croque-mort vint qui me prit mesure d'une bière et d'un linceul ; j'essayai encore de me remuer et de parler, ce fut inutile, un pouvoir invincible m'enchaînait : force me fut de me résigner. Je restai ainsi beaucoup de temps en proie aux plus douloureuses réflexions. Le croque-mort revint avec mes derniers vêtements, les derniers de tout homme, la bière et le linceul : il n'y avait plus qu'à m'en accoutrer.

« Il m'entortilla dans le drap, et se mit à me coudre sans précaution comme quelqu'un qui a hâte d'en finir : la pointe de son aiguille m'entrait dans la peau, et me faisait des milliers de piqûres ; ma situation était insupportable. Quand ce fut fait, un de ses camarades me prit par les pieds, lui par la tête, ils me déposèrent dans la boîte ; elle était un peu juste pour moi, de sorte qu'ils furent obligés de me donner de grands coups sur les genoux pour pouvoir enfoncer le couvercle.

« Ils en vinrent à bout à la fin, et l'on planta le premier clou. Cela faisait un bruit horrible. Le marteau rebondissait sur les planches, et j'en sentais le contrecoup. Tant que l'opération dura, je ne perdis pas tout à fait l'espérance ; mais au dernier clou je me sentis défaillir, mon cœur se serra, car je compris qu'il n'y avait plus rien de commun entre le monde et moi : ce dernier clou me rivait au néant pour toujours. Alors seulement je compris toute l'horreur de ma position.

« On m'emporta ; le roulement sourd des roues m'apprit que j'étais dans le corbillard ; car bien que je ne pusse manifester mon existence d'aucune manière, je n'étais privé d'aucun de mes sens. La voiture s'arrêta, on retira le cercueil. J'étais à l'église, j'entendais parfaitement le chant nasillard des prêtres, et je voyais briller à travers les fentes de la bière la lueur jaune des cierges. La messe finie, on partit pour le cimetière ; quand on me descendit dans la fosse, je ramassai toutes mes forces, et je crois que je parvins à pousser un cri ; mais le fracas de la terre qui roulait sur le cercueil le couvrit entièrement : je me trouvais dans une obscurité palpable et compacte, plus noire que celle de la nuit. Du reste, je ne souffrais pas, corporellement du moins ; quant à mes souffrances morales, il faudrait un volume pour les analyser. L'idée que j'allais mourir de faim ou être mangé aux vers, sans pouvoir l'empêcher, se présenta la première ; ensuite je pensai aux événements de la veille, à Jacintha, à mon tableau qui aurait eu tant de succès au Salon, à mon drame qui allait être joué, à une partie que j'avais projetée avec mes camarades, à un habit que mon tailleur devait me rapporter ce jour-là ; que sais-je, moi ? à mille choses dont je n'aurais guère dû m'inquiéter ; puis revenant à Jacintha, je réfléchis sur la manière dont elle s'était conduite ; je repassai chacun de ses gestes, chacune de ses paroles, dans ma mémoire ; je crus me rappeler qu'il y avait quelque chose d'outré et d'affecté dans ses larmes, dont je n'aurais pas dû être la dupe : cela me fit ressouvenir de plusieurs choses que j'avais totalement oubliées ; plusieurs détails auxquels je n'avais pas pris garde, considérés sous un nouveau jour, me parurent d'une haute importance ; des démonstrations que j'aurais juré sincères me semblèrent louches ; il me revint dans l'esprit qu'un jeune homme, un espèce de fat moitié cravate, moitié éperons, lui avait autrefois fait la cour. Un soir, nous jouions ensemble, Jacintha m'avait appelé du nom de ce jeune homme au lieu du mien, signe certain de préoccupation ; d'ailleurs je savais qu'elle en avait parlé favorablement dans le monde à plusieurs reprises, et comme de quelqu'un qui ne lui déplairait pas.

« Cette idée s'empara de moi, ma tête commença à fermenter ; je fis des rapprochements, des suppositions, des interprétations : comme on doit bien le penser, elles ne furent pas favorables à Jacintha. Un sentiment inconnu se glissa dans mon cœur, et m'apprit ce que c'était que souffrir ; je devins horriblement jaloux, et je ne doutai pas que ce ne fût Jacintha qui, de concert avec son amant, ne m'eût fait enterrer tout vif pour se débarrasser de moi. Je pensai que peut-être en ce moment même ils riaient à gorge déployée du succès de leur stratagème, et que Jacintha livrait aux baisers de l'autre cette bouche qui m'avait juré tant de fois n'avoir jamais été touchée par d'autres lèvres que les miennes.

« A cette idée, j'entrai dans une fureur telle que je repris la faculté de me mouvoir ; je fis un soubresaut si violent, que je rompis d'un seul coup les coutures de mon linceul. Quand j'eus les jambes et les bras libres, je donnai de grands coups de coudes et de genoux au couvercle de la bière pour le faire sauter et aller tuer mon infidèle aux bras de son lâche et misérable galant. Sanglante dérision, moi, enterré, je voulais donner la mort ! Le poids énorme de la terre qui pesait sur les planches rendit mes efforts inutiles. Épuisé de fatigue, je retombai dans ma première torpeur, mes articulations s'ossifièrent : de nouveau je redevins cadavre. Mon agitation mentale se calma, je jugeai plus sainement les choses : les souvenirs de tout ce que la jeune femme avait fait pour moi, son dévouement, ses soins qui ne s'étaient jamais démentis, eurent bientôt fait évanouir ces ridicules soupçons.

« Ayant usé tous mes sujets de méditation, et ne sachant comment tuer le temps, je me mis à faire des vers ; dans ma triste situation, ils ne pouvaient pas être fort gais : ceux du nocturne Young et du sépulcral Hervey ne sont que des bouffonneries, comparés à ceux-là. J'y dépeignais les sensations d'un homme conservant sous terre toutes les passions qu'il avait eues dessus, et j'intitulai cette rêverie cadavéreuse : *La vie dans la mort.* Un beau titre, sur ma foi ! et ce qui me désespérait, c'était de ne pouvoir les réciter à personne.

« J'avais à peine terminé la dernière strophe, que j'entendis piocher avec ardeur au-dessus de ma tête. Un rayon d'espérance illumina ma nuit. Les coups de pioche se rapprochaient rapidement. La joie que je ressentis ne fut pas de longue durée : les coups de pioche cessèrent. Non, l'on ne peut rendre avec des mots humains l'angoisse abominable que j'éprouvai en ce moment ; la mort réelle n'est rien en comparaison. Enfin j'entendis encore du bruit : les fossoyeurs, après s'être reposés, avaient repris leur besogne. J'étais au ciel ; je sentais ma délivrance s'approcher. Le dessus du cercueil sauta. Je sentis l'air froid de la nuit. Cela me fit grand bien, car je commençais à étouffer. Cependant mon immobilité continuait ; quoique vivant, j'avais toutes les apparences d'un mort. Deux hommes me saisirent : voyant les coutures du linceul rompues, ils échangèrent en ricanant quelques plaisanteries grossières, me chargèrent sur leurs épaules et m'emportèrent.

Tout en marchant ils chantonnaient à demi-voix
des couplets obscènes. Cela me fit penser à la
scène des fossoyeurs, dans *Hamlet,* et je me dis en
moi-même que Shakespeare était un bien grand
homme.

« Après m'avoir fait passer par bien des ruelles
détournées, ils entrèrent dans une maison que je
reconnus pour être celle de mon médecin ; c'était
lui qui m'avait fait déterrer afin de savoir de quoi
j'étais mort. On me déposa sur une table de
marbre. Le docteur entra avec une trousse d'instruments ; il les étala complaisamment sur une
commode. A la vue de ces scalpels, de ces bistou-
ris, de ces lancettes, de ces scies d'acier luisantes
et polies, j'éprouvai une frayeur horrible, car je
compris qu'on allait me disséquer ; mon âme, qui
jusque-là n'avait pas abandonné mon corps,
n'hésita plus à me quitter : au premier coup de
scalpel elle était tout à fait dégagée de ses
entraves. Elle aimait mieux subir tous les désa-
gréments d'une intelligence dépossédée de ses
moyens de manifestation physique, que de partager avec mon corps ces effroyables tortures. D'ailleurs, il n'y avait plus espérance de le conserver, il
allait être mis en pièces, et n'aurait pu servir à
grand-chose quand même ce déchiquètement ne
l'eût pas tué tout de bon. Ne voulant pas assister
au dépècement de sa chère enveloppe, mon âme
se hâta de sortir.

« Elle traversa rapidement une enfilade de
chambres, et se trouva sur l'escalier. Par habitude, je descendis les marches une à une ; mais
j'avais besoin de me retenir, car je me sentais une
légèreté merveilleuse. J'avais beau me cramponn-
er au sol, une force invincible m'attirait en haut ;
c'était comme si j'eusse été attaché à un ballon
gonflé de gaz : la terre fuyait mes pieds, je n'y
touchais que par l'extrémité des orteils ; je dis des
orteils, car bien que je ne fusse qu'un pur esprit,
j'avais conservé le sentiment des membres que je
n'avais plus, à peu près comme un amputé qui

souffre de son bras ou de sa jambe absente. Lassé
de ces efforts pour rester dans une attitude normale, et, du reste, ayant fait réflexion que mon
âme immatérielle ne devait pas se voiturer d'un
lieu à l'autre par les mêmes procédés que ma
misérable guenille de corps, je me laissai faire à
cet ascendant, et je commençai à quitter terre
sans pourtant m'élever trop, et me maintenant
dans la région moyenne. Bientôt je m'enhardis, et
je volai tantôt haut, tantôt bas, comme si je
n'eusse fait autre chose de ma vie. Il commençait
à faire jour : je montai, je montai, regardant aux
vitres des mansardes des grisettes qui se levaient
et faisaient leur toilette, me servant des chemi-
nées comme de tubes acoustiques pour entendre
ce qu'on disait dans les appartements. Je dois dire
que je ne vis rien de bien beau, et que je ne
recueillis rien de piquant. M'accoutumant à ces
façons d'aller, je planai sans crainte dans l'air
libre, au-dessus du brouillard, et je considérai de
haut cette immense étendue de toits qu'on prendrait pour une mer figée au moment d'une tempête, ce chaos hérissé de tuyaux, de flèches, de
dômes, de pignons, baigné de brume et de fumée,
si beau, si pittoresque, que je ne regrettai pas
d'avoir perdu mon corps. Le Louvre m'apparut
blanc et noir, son fleuve à ses pieds, ses jardins
verts à l'autre bout. La foule s'y portait ; il y avait
exposition : j'entrai. Les murailles flamboyaient
diaprées de peintures nouvelles, chamarrées de
cadres d'or richement sculptés. Les bourgeois
allaient, venaient, se coudoyaient, se marchaient
sur les pieds, ouvraient des yeux hébétés, se
consultaient les uns les autres comme des gens
dont on n'a pas encore fait l'avis, et qui ne savent
ce qu'ils doivent penser et dire. Dans la grand-
salle, au milieu des tableaux de nos jeunes grands
maîtres, Delacroix, Ingres, Decamps, j'aperçus
mon tableau à moi : la foule se serrait autour,
c'était un rugissement d'admiration ; ceux qui
étaient derrière et ne voyaient rien criaient deux

fois plus fort : Prodigieux ! prodigieux ! Mon
tableau me sembla à moi-même beaucoup mieux
qu'auparavant, et je me sentis saisi d'un profond
respect pour ma propre personne. Cependant, à
toutes ces formules admiratives se mêlait un nom
qui n'était pas le mien ; je vis qu'il y avait là-
dessous quelque surpercherie. J'examinai la toile
avec attention : un nom en petits caractères
rouges était écrit à l'un de ses coins. C'était celui
d'un de mes amis qui, me voyant mort, ne s'était
pas fait scrupule de s'approprier mon œuvre. Oh !
alors, que je regrettai mon pauvre corps ! Je ne
pouvais ni parler, ni écrire ; je n'avais aucun
moyen de réclamer ma gloire et de démasquer
l'infâme plagiaire. Le cœur navré, je me retirai
tristement pour ne pas assister à ce triomphe qui
m'était dû. Je voulus voir Jacintha. J'allai chez
elle, je ne la trouvai pas ; je la cherchai vainement
dans plusieurs maisons où je pensais qu'elle pourrait être. Ennuyé d'être seul, quoiqu'il fût déjà
tard, l'envie me prit d'aller au spectacle ; j'entrai
à la Porte-Saint-Martin, je fis réflexion que mon
nouvel état avait cela d'agréable que je passais
partout sans payer : La pièce finissait, c'était la
catastrophe. Dorval, l'œil sanglant, noyée de
larmes, les lèvres bleues, les tempes livides, échevelée, à moitié nue, se tordait sur l'avant-scène à
deux pas de la rampe. Bocage, fatal et silencieux,
se tenait debout dans le fond : tous les mouchoirs
étaient en jeu ; les sanglots brisaient les corsets ;
un tonnerre d'applaudissements entrecoupait
chaque râle de la tragédienne ; le parterre, noir de
têtes, houlait comme une mer ; les loges se penchaient sur les galeries, les galeries sur le balcon.
La toile tomba : je crus que la salle allait crouler :
c'étaient des battements de mains, des trépigne-
ments, des hurlements ; or, cette pièce était ma
pièce : jugez ! J'étais grand à toucher le plafond.
Le rideau se leva, on jeta à cette foule le nom de
l'auteur.

« Ce n'était pas le mien, c'était le nom de l'ami

qui m'avait déjà volé mon tableau. Les applaudissements redoublèrent. On voulait traîner
l'auteur sur le théâtre : le monstre était dans une
loge obscure avec Jacintha. Quand on proclama
son nom, elle se jeta à son cou, et lui appuya sur la
bouche le baiser le plus enragé que jamais femme
ait donné à un homme. Plusieurs personnes la
virent ; elle ne rougit même pas : elle était si
enivrée, si folle et si fière de son succès, qu'elle se
serait, je crois, prostituée à lui dans cette loge et
devant tout le monde. Plusieurs voix crièrent : Le
voilà ! le voilà ! Le drôle prit un air modeste, et
salua profondément. Le lustre, qui s'éteignit, mit
fin à cette scène. Je n'essayerai pas de décrire ce
qui se passait dans moi ; la jalousie, le mépris,
l'indignation se heurtaient dans mon âme ; c'était
un orage d'autant plus furieux que je n'avais
aucun moyen de le mettre au-dehors : la foule
s'écoula, je sortis du théâtre ; j'errai quelque
temps dans la rue, ne sachant où aller. La promenade ne me réjouissait guère. Il sifflait une bise
piquante : ma pauvre âme, frileuse comme l'était
mon corps, grelottait et mourait de froid. Je ren-
contrai une fenêtre ouverte, j'entrai, résolu de
gîter dans cette chambre jusqu'au lendemain. La
fenêtre se ferma sur moi : j'aperçus assis dans une
grande bergère à ramages un personnage des plus
singuliers. C'était un grand homme, maigre, sec,
poudré à frimas, la figure ridée comme une vieille
pomme, une énorme paire de besicles à cheval sur
un maître-nez, baisant presque le menton. Une
petite estafilade transversale, semblable à une
ouverture de tirelire, enfouie sous une infinité de
plis et de poils roides comme des soies de sanglier, représentait tant bien que mal ce que nous
appellerons une bouche, faute d'autre terme. Un
antique habit noir, limé jusqu'à la corde, blanc
sur toutes les coutures, une veste d'étoffe changeante, une culotte courte, des bas chinés et des
souliers à boucles : voilà pour le costume. A mon
arrivée, ce digne personnage se leva, et alla

prendre dans une armoire deux brosses faites
d'une manière spéciale : je n'en pus deviner
d'abord l'usage ; il en prit une dans chaque main,
et se mit à parcourir la chambre avec une agilité
surprenante comme s'il poursuivait quelqu'un, et
choquant ses brosses l'une contre l'autre du côté
des barbes ; je compris alors que c'était le fameux
M. Berbiguier de Terre-Neuve-du-Thym, qui faisait la chasse aux farfadets ; j'étais fort inquiet de
ce qui allait arriver, il semblait que cet hétéroclite
individu eût la faculté de voir l'invisible, il me
suivait exactement, et j'avais toutes les peines du
monde à lui échapper. Enfin, il m'accula dans une
encoignure, il brandit ses deux fatales brosses,
des millions de dards me criblèrent l'âme, chaque
crin faisait un trou, la douleur était insoutenable :
oubliant que je n'avais ni langue, ni poitrine, je fis
de merveilleux efforts pour crier ; et... »

Onuphrius en était là de son rêve lorsque
j'entrai dans l'atelier : il criait effectivement à
pleine gorge ; je le secouai, il se frotta les yeux et
me regarda d'un air hébété ; enfin il me reconnut,
et me raconta, ne sachant trop s'il avait veillé ou
dormi, la série de ses tribulations que l'on vient
de lire ; ce n'était pas, hélas ! les dernières qu'il
devait éprouver réellement ou non. Depuis cette
nuit fatale, il resta dans un état d'hallucination
presque perpétuel qui ne lui permettait pas de
distinguer ses rêveries d'avec le vrai. Pendant
qu'il dormait, Jacintha avait envoyé chercher le
portrait ; elle aurait bien voulu y aller elle-même,
mais sa robe tachée l'avait trahie auprès de sa
tante, dont elle n'avait pu tromper la surveil-
lance.

Onuphrius, on ne peut plus désappointé de ce
contretemps, se jeta dans un fauteuil, et, les
coudes sur la table, se prit tristement à réfléchir ;
ses regards flottaient devant lui sans se fixer
particulièrement sur rien : le hasard fit qu'ils
tombèrent sur une grande glace de Venise à bordure de cristal, qui garnissait le fond de l'atelier ;

aucun rayon de jour ne venait s'y briser, aucun
objet ne s'y réfléchissait assez exactement pour
que l'on pût en apercevoir les contours : cela
faisait un espace vide dans la muraille, une
fenêtre ouverte sur le néant, d'où l'esprit pouvait
plonger dans les mondes imaginaires. Les prunelles d'Onuphrius fouillaient ce prisme profond
et sombre, comme pour en faire jaillir quelque
apparition. Il se pencha, il vit son reflet double, il
pensa que c'était une illusion d'optique ; mais en
examinant plus attentivement, il trouva que le
second reflet ne lui ressemblait en aucune façon ;
il crut que quelqu'un était entré dans l'atelier
sans qu'il l'eût entendu : il se retourna. Personne.
L'ombre continuait cependant à se projeter dans
la glace, c'était un homme pâle, ayant au doigt un
gros rubis, pareil au mystérieux rubis qui avait
joué un rôle dans les fantasmagories de la nuit
précédente. Onuphrius commençait à se sentir
mal à l'aise. Tout à coup le reflet sortit de la glace,
descendit dans la chambre, vint droit à lui, le
força à s'asseoir, et, malgré sa résistance, lui
enleva le dessus de la tête comme on ferait de la
calotte d'un pâté. L'opération finie, il mit le morceau dans sa poche, et s'en retourna par où il était
venu. Onuphrius, avant de le perdre tout à fait de
vue dans les profondeurs de la glace, apercevait
encore à une distance incommensurable son rubis
qui brillait comme une comète. Du reste, cette
espèce de trépan ne lui avait fait aucun mal.
Seulement, au bout de quelques minutes, il entendit un bourdonnement étrange au-dessus de sa
tête ; il leva les yeux, et vit que c'étaient ses idées
qui, n'étant plus contenues par la voûte du crâne,
s'échappaient en désordre comme des oiseaux
dont on ouvre la cage. Chaque idéal de femme
qu'il avait rêvé sortit avec son costume, son parler, son attitude (nous devons dire à la louange
d'Onuphrius qu'elles avaient l'air de sœurs
jumelles de Jacintha), les héroïnes des romans
qu'il avait projetés ; chacune de ces dames avait

son cortège d'amants, les unes en cotte armoriée
du Moyen Age, les autres en chapeaux et en robe
de dix-huit cent trente-deux. Les types qu'il avait
créés grandioses, grotesques ou monstrueux, les
esquisses de ses tableaux à faire, de toute nation
et de tout temps, ses idées métaphysiques sous la
forme de petites bulles de savon, les réminiscences de ses lectures, tout cela sortit pendant une
heure au moins : l'atelier en était plein. Ces
dames et ces messieurs se promenaient en long et
en large sans se gêner le moins du monde, causant, riant, se disputant, comme s'ils eussent été
chez eux.

Onuphrius, abasourdi, ne sachant où se mettre,
ne trouva rien de mieux à faire que de leur céder
la place ; lorsqu'il passa sous la porte, le
concierge lui remit deux lettres ; deux lettres de
femmes, bleues, ambrées, l'écriture petite, le pli
long, le cachet rose.

La première était de Jacintha, elle était conçue
ainsi :

« Monsieur, vous pouvez bien avoir mademoiselle de *** pour maîtresse si cela vous fait plaisir ; quant à moi, je ne veux plus l'être, tout mon
regret est de l'avoir été. Vous m'obligerez beaucoup de ne pas chercher à me revoir. »

Onuphrius était anéanti ; il comprit que c'était
la maudite ressemblance du portrait qui était
cause de tout ; ne se sentant pas coupable, il
espéra qu'avec le temps tout s'éclaircirait à son
avantage. La seconde lettre était une invitation de
soirée.

— Bon ! dit-il, j'irai, cela me distraira un peu et
dissipera toutes ces vapeurs noires. L'heure vint ;
il s'habilla, la toilette fut longue ; comme tous les
artistes (quand ils ne sont pas sales à faire peur),
Onuphrius était recherché dans sa mise, non que
ce fût un fashionable, mais il cherchait à donner à
nos pitoyables vêtements un galbe pittoresque,
une tournure moins prosaïque. Il se modelait sur
un beau Van Dyck qu'il avait dans son atelier, et

vraiment il y ressemblait à s'y méprendre. On eût dit le portrait descendu du cadre ou la réflexion de la peinture dans un miroir.

Il y avait beaucoup de monde ; pour arriver à la maîtresse de la maison il lui fallut fendre un flot de femmes, et ce ne fut pas sans froisser plus d'une dentelle, aplatir plus d'une manche, noircir plus d'un soulier, qu'il y put parvenir ; après avoir échangé les deux ou trois banalités d'usage, il tourna sur ses talons, et se mit à chercher quelque figure amie dans toute cette cohue. Ne trouvant personne de connaissance, il s'établit dans une causeuse à l'embrasure d'une croisée, d'où, à demi caché par les rideaux, il pouvait voir sans être vu, car depuis la fantastique évaporation de ses idées, il ne se souciait pas d'entrer en conversation ; il se croyait stupide quoiqu'il n'en fût rien ; le contact du monde l'avait remis dans la réalité.

La soirée était des plus brillantes. Un coup d'œil magnifique ! Cela reluisait, chatoyait, scintillait ; cela bourdonnait, papillonnait, tourbillonnait. Des gazes comme des ailes d'abeilles, des tulles, des crêpes, des blondes, lamés, côtelés, ondés, découpés, déchiquetés à jour ; toiles d'araignée, air filé, brouillard tissu ; de l'or et de l'argent, de la soie et du velours, des paillettes, du clinquant, des fleurs, des plumes, des diamants et des perles ; tous les écrins vidés, le luxe de tous les mondes à contribution. Un beau tableau, sur ma foi ! Les girandoles de cristal étincelaient comme des étoiles ; des gerbes de lumière, des iris prismatiques s'échappaient des pierreries ; les épaules des femmes, lustrées, satinées, trempées d'une molle sueur, semblaient des agates ou des onyx dans l'eau ; les yeux papillotaient, les gorges battaient la campagne, les mains s'étreignaient, les têtes penchaient, les écharpes allaient au vent, c'était le beau moment ; la musique étouffée par les voix, les voix par le frôlement des petits pieds sur le parquet et le frou-frou des robes, tout cela

formait une harmonie de fête, un bruissement
joyeux à enivrer le plus mélancolique, à rendre
fou tout autre qu'un fou.

Pour Onuphrius, il n'y prenait pas garde, il
songeait à Jacintha.

Tout à coup son œil s'alluma, il avait vu quelque chose d'extraordinaire : un jeune homme qui
venait d'entrer ; il pouvait avoir vingt-cinq ans,
un frac noir, le pantalon pareil, un gilet de velours
rouge taillé en pourpoint, des gants blancs, un
binocle d'or, des cheveux en brosse, une barbe
rousse à la Saint-Mégrin, il n'y avait là rien
d'étrange, plusieurs merveilleux avaient le même
costume ; ces traits étaient parfaitement réguliers, son profil fin et correct eût fait envie à plus
d'une petite-maîtresse, mais il y avait tant d'ironie dans cette bouche pâle et mince, dont les coins
fuyaient perpétuellement sous l'ombre de leurs
moustaches fauves, tant de méchanceté dans cette
prunelle qui flamboyait à travers la glace du
lorgnon comme l'œil d'un vampire, qu'il était
impossible de ne pas le distinguer entre mille.

Il se déganta. Lord Byron ou Bonarparte se
fussent honorés de sa petite main aux doigts
ronds et effilés, si frêle, si blanche, si transparente, qu'on eût craint de la briser en la serrant ; il
portait un gros anneau à l'index, le chaton était le
fatal rubis ; il brillait d'un éclat si vif, qu'il vous
forçait à baisser les yeux.

Un frisson courut dans les cheveux d'Onuphrius.

La lumière des candélabres devint blafarde et
verte ; les yeux des femmes et les diamants s'éteignirent ; le rubis radieux étincelait seul au milieu
du salon obscurci comme un soleil dans la brume.

L'enivrement de la fête, la folie du bal étaient
au plus haut degré ; personne, Onuphrius
excepté, ne fit attention à cette circonstance ; ce
singulier personnage se glissait comme une
ombre entre les groupes, disant un mot à celui-ci,
donnant une poignée de main à celui-là, saluant

les femmes avec un air de respect dérisoire et de galanterie exagérée qui faisait rougir les unes et mordre les lèvres aux autres ; on eût dit que son regard de lynx et de loup-cervier plongeait au profond de leur cœur ; un satanique dédain perçait dans ses moindres mouvements, un imperceptible clignement d'œil, un pli du front, l'ondulation des sourcils, la proéminence que conservait toujours sa lèvre inférieure, même dans son détestable demi-sourire, tout trahissait en lui, malgré la politesse de ses manières et l'humilité de ses discours, des pensées d'orgueil qu'il aurait voulu réprimer.

Onuphrius, qui le couvait des yeux, ne savait que penser ; s'il n'eût pas été en si nombreuse compagnie, il aurait eu grand-peur.

Il s'imagina même un instant reconnaître le personnage qui lui avait enlevé le dessus de la tête ; mais il se convainquit bientôt que c'était une erreur. Plusieurs personnes s'approchèrent, la conversation s'engagea ; la persuasion où il était qu'il n'avait plus d'idées les lui ôtait effectivement ; inférieur à lui-même, il était au niveau des autres ; on le trouva charmant et beaucoup plus spirituel qu'à l'ordinaire. Le tourbillon emporta ses interlocuteurs, il resta seul ; ses idées prirent un autre cours ; il oublia le bal, l'inconnu, le bruit lui-même et tout ; il était à cent lieues.

Un doigt se posa sur son épaule, il tressaillit comme s'il se fût réveillé en sursaut. Il vit devant lui madame de ***, qui depuis un quart d'heure se tenait debout sans pouvoir attirer son attention.

— Eh bien ! Monsieur, à quoi pensez-vous donc ? A moi, peut-être ?

— A rien, je vous jure.

Il se leva, madame de *** prit son bras ; ils firent quelques tours. Après plusieurs propos :

— J'ai une grâce à vous demander.

— Parlez, vous savez bien que je ne suis pas cruel surtout avec vous.

— Récitez à ces dames la pièce de vers que vous m'avez dite l'autre jour, je leur en ai parlé, elles meurent d'envie de l'entendre.

A cette proposition, le front d'Onuphrius se rembrunit, il répondit par un *non* bien accentué ; madame de *** insista comme les femmes savent insister. Onuphrius résista autant qu'il le fallait pour se justifier à ses propres yeux de ce qu'il appelait une faiblesse, et finit par céder, quoique d'assez mauvaise grâce.

Madame de ***, triomphante, le tenant par le bout du doigt pour qu'il ne pût s'esquiver, l'amena au milieu du cercle, et lui lâcha la main ; la main tomba comme si elle eût été morte. Onuphrius, décontenancé, promenait autour de lui des regards mornes et effarés comme un taureau sauvage que le picador vient de lancer dans le cirque. Le dandy à barbe rouge était là, retroussant ses moustaches et considérant Onuphrius d'un air de méchanceté satisfaite. Pour faire cesser cette situation pénible, madame de *** lui fit signe de commencer. Il exposa le sujet de sa pièce, et en dit le titre d'une voix assez mal assurée. Le bourdonnement cessa, les chuchotements se turent, on se disposa à écouter, un grand silence se fit.

Onuphrius était debout, la main sur le dos d'un fauteuil qui lui servait comme de tribune. Le dandy vint se placer tout à côté, si près qu'il le touchait ; quand il vit qu'Onuphrius allait ouvrir la bouche, il tira de sa poche une spatule d'argent et un réseau de gaze, emmanché à l'un de ses bouts d'une petite baguette d'ébène ; la spatule était chargée d'une substance mousseuse et rosâtre, assez semblable à la crème qui remplit les meringues, qu'Onuphrius reconnut aussitôt pour des vers de Dorat, de Bouffiers, de Bernis et de M. le chevalier de Pezay, réduits à l'état de bouillie ou de gélatine. Le réseau était vide.

Onuphrius, craignant que le dandy ne lui jouât quelque tour, changea le fauteuil de place, et s'assit dedans ; l'homme aux yeux verts vint se planter juste derrière lui ; ne pouvant plus reculer, Onuphrius commença. A peine la dernière syllabe du premier vers s'était-elle envolée de sa lèvre, que le dandy, allongeant son réseau avec une dextérité merveilleuse, la saisit au vol, et l'intercepta avant que le son eût le temps de parvenir à l'oreille de l'assemblée ; et puis, brandissant sa spatule il lui fourra dans la bouche une cuillerée de son insipide mélange. Onuphrius eût bien voulu s'arrêter ou se sauver ; mais une chaîne magique le clouait au fauteuil. Il lui fallut continuer et cracher cette odieuse mixture en friperies mythologiques et en madrigaux quintessenciés. Le manège se renouvelait à chaque vers ; personne, cependant, n'avait l'air de s'en apercevoir.

Les pensées neuves, les belles rimes d'Onuphrius, diaprées de mille couleurs romantiques, se débattaient et sautelaient dans la résille comme des poissons dans un filet ou des papillons sous un mouchoir.

Le pauvre poète était à la torture, des gouttes de sueur ruisselaient de ses tempes. Quand tout fut fini, le dandy prit délicatement les rimes et les pensées d'Onuphrius par les ailes et les serra dans son portefeuille.

— Bien, très bien, dirent quelques hommes poètes ou artistes en se rapprochant d'Onuphrius, un délicieux pastiche, un admirable pastel, du Watteau tout pur, de la régence à s'y tromper, des mouches, de la poudre et du fard, comment diable as-tu fait pour grimer ainsi ta poésie ? C'est d'un rococo admirable ; bravo, bravo, d'honneur, une plaisanterie fort spirituelle ! Quelques dames l'entourèrent et dirent aussi : Délicieux ! en ricanant d'une manière à montrer qu'elles étaient au-dessus de semblables bagatelles quoique au fond du cœur elles trouvassent cela charmant et se fussent très fort accommodées d'une pareille poésie pour leur consommation particulière.

— Vous êtes tous des brigands ! s'écria Onuphrius d'une voix de tonnerre en renversant sur le
plateau le verre d'eau sucrée qu'on lui présentait.
C'est un coup monté, une mystification complète ;
vous m'avez fait venir ici pour être le jouet du
diable, oui, de Satan en personne, ajouta-t-il en
désignant du doigt le fashionable à gilet écarlate.

Après cette algarade, il enfonça son chapeau sur
ses yeux et sortit sans saluer.

— Vraiment, dit le jeune homme en refourrant
sous les basques de son habit une demi-aune de
queue velue qui venait de s'échapper et qui se
déroulait en frétillant, me prendre pour le diable,
l'invention est plaisante ! Décidément, ce pauvre
Onuphrius est fou. Me ferez-vous l'honneur de
danser cette contredanse avec moi, mademoiselle ? reprit-il, un instant après, en baisant la
main d'une angélique créature de quinze ans,
blonde et nacrée, un idéal de Lawrence.

— Oh ! mon Dieu, oui, dit la jeune fille avec son
sourire ingénu, levant ses longues paupières
soyeuses laissant nager vers lui ses beaux yeux
couleur du ciel.

Au mot Dieu, un long jet sulfureux s'échappa du
rubis, la pâleur du réprouvé doubla ; la jeune fille
n'en vit rien ; et quand elle l'aurait vu ? elle
l'aimait !

Quand Onuphrius fut dans la rue, il se mit à
courir de toutes ses forces ; il avait la fièvre, il
délirait, il parcourut au hasard une infinité de
ruelles et de passages. Le ciel était orageux, les
girouettes grinçaient, les volets battaient les
murs, les marteaux des portes retentissaient, les
vitrages s'éteignaient successivement ; le roulement des voitures se perdait dans le lointain,
quelques piétons attardés longeaient les maisons,
quelques filles de joie traînaient leurs robes de
gaze dans la boue ; les réverbères, bercés par le
vent, jetaient des lueurs rouges et échevelées sur
les ruisseaux gonflés de pluie ; les oreilles d'Onuphrius tintaient ; toutes les rumeurs étouffées de

la nuit, le ronflement d'une ville qui dort, l'aboi
d'un chien, le miaulement d'un matou, le son de
la goutte d'eau tombant du toit, le quart sonnant à
l'horloge gothique, les lamentations de la bise,
tous ces bruits du silence agitaient convulsive-
ment ses fibres, tendues à rompre par les événements de la soirée. Chaque lanterne était un œil
sanglant qui l'espionnait ; il croyait voir grouiller
dans l'ombre des formes sans nom, pulluler sous
ses pieds des reptiles immondes ; il entendait des
ricanements diaboliques, des chuchotements
mystérieux. Les maisons valsaient autour de lui ;
le pavé ondait, le ciel s'abaissait comme une
coupole dont on aurait brisé les colonnes ; les
nuages couraient, couraient, couraient, comme si
le diable les eût emportés ; une grande cocarde
tricolore avait remplacé la lune. Les rues et les
ruelles s'en allaient bras dessus bras dessous,
caquetant comme de vieilles portières ; il en
passa beaucoup de la sorte. La maison de
madame de *** passa. On sortait du bal, il y avait
encombrement à la porte ; on jurait, on appelait
les équipages. Le jeune homme au réseau descendit ; il donnait le bras à une dame ; cette dame
n'était autre que Jacintha ; le marchepied de la
voiture s'abaissa, le dandy lui présenta la main ;
ils montèrent ; la fureur d'Onuphrius était au
comble ; décidé à éclaircir cette affaire, il croisa
ses bras sur sa poitrine, et se planta au milieu du
chemin. Le cocher fit claquer son fouet, une
myriade d'étincelles jaillit du pied des chevaux.
Ils partirent au galop ; le cocher cria : Gare ! il ne
se dérangea pas : les chevaux étaient lancés trop
fort pour qu'on pût les retenir. Jacintha poussa un
cri ; Onuphrius crut que c'était fait de lui ; mais
chevaux, cocher, voiture, n'étaient qu'une vapeur
que son corps divisa comme l'arche d'un pont fait
d'une masse d'eau qui se rejoint ensuite. Les
morceaux du fantastique équipage se réunirent à
quelques pas derrière lui, et la voiture continua à
rouler comme s'il ne fût rien arrivé. Onuphrius,

atterré, la suivit des yeux : il entrevit Jacintha,
qui, ayant levé le store, le regardait d'un air triste
et doux, et le dandy à barbe rouge qui riait
comme une hyène ; un angle de la rue l'empêcha
d'en voir davantage ; inondé de sueur, pantelant,
crotté jusqu'à l'échine, pâle, harassé de fatigue et
vieilli de dix ans, Onuphrius regagna péniblement
le logis. Il faisait grand jour comme la
veille ; en mettant le pied sur le seuil il tomba
évanoui. Il ne sortit de sa pâmoison qu'au bout
d'une heure ; une fièvre furieuse y succéda.
Sachant Onuphrius en danger, Jacintha oublia
bien vite sa jalousie et sa promesse de ne plus le
voir ; elle vint s'établir au chevet de son lit, et lui
prodigua les soins et les caresses les plus tendres.
Il ne la reconnaissait pas ; huit jours se passèrent
ainsi ; la fièvre diminua ; son corps se rétablit,
mais non pas sa raison ; il s'imaginait que le
diable lui avait escamoté son corps, se fondant
sur ce qu'il n'avait rien senti lorsque la voiture lui
avait passé dessus.

L'histoire de Pierre Schlemil, dont le diable
avait pris l'ombre ; celle de la nuit de Saint-
Sylvestre, où un homme perd son reflet, lui
revinrent en mémoire ; il s'obstinait à ne pas voir
son image dans les glaces et son ombre sur le
plancher, chose toute naturelle, puisqu'il n'était
qu'une substance impalpable ; on avait beau le
frapper, le pincer, pour lui démontrer le
contraire, il était dans un état de somnambulisme
et de catalepsie qui ne lui permettait pas de sentir
même les baisers de Jacintha.

La lumière s'était éteinte dans la lampe ; cette
belle imagination, surexcitée par des moyens fac-
tices, s'était usée en de vaines débauches ; à force
d'être spectateur de son existence, Onuphrius
avait oublié celle des autres, et les liens qui le
rattachaient au monde s'étaient brisés un à un.

Sorti de l'arche du réel, il s'était lancé dans les
profondeurs nébuleuses de la fantaisie et de la
métaphysique ; mais il n'avait pu revenir avec le

rameau d'olive ; il n'avait pas rencontré la terre
sèche où poser le pied et n'avait pas su retrouver
le chemin par où il était venu ; il ne put, quand le
vertige le prit d'être si haut et si loin, redescendre
comme il l'aurait souhaité, et renouer avec le
monde positif. Il eût été capable, sans cette tendance funeste, d'être le plus grand des poètes ; il
ne fut que le plus singulier des fous. Pour avoir
trop regardé sa vie à la loupe, car son fantastique,
il le prenait presque toujours dans les événements
ordinaires, il lui arriva ce qui arrive à ces gens qui
aperçoivent, à l'aide du microscope, des vers dans
les aliments les plus sains, des serpents dans les
liqueurs les plus limpides. Ils n'osent plus manger ; la chose la plus naturelle, grossie par son
imagination, lui paraissait monstrueuse.

M. le docteur Esquirol fit, l'année passée, un
tableau statistique de la folie.

Fous par amour		Hommes	2	Femmes	60
—	par dévotion	—	6	—	20
—	par politique	—	48	—	3
—	perte de fortune	—	27	—	24
Pour cause inconnue		—	1		

Celui-là, c'est notre pauvre ami.

Et Jacintha ? Ma foi, elle pleura quinze jours,
fut triste quinze autres, et, au bout d'un mois, elle
prit plusieurs amants, cinq ou six, je crois, pour
faire la monnaie d'Onuphrius ; un an après, elle
l'avait totalement oublié, et ne se souvenait même
plus de son nom. N'est-ce pas, lecteur, que cette
fin est bien commune pour une histoire extraordinaire ? Prenez-la ou laissez-la, je me coupe-
rais la gorge plutôt que de mentir d'une syllabe.

OMPHALE

HISTOIRE ROCOCO

Mon oncle, le chevalier de ***, habitait une petite maison donnant d'un côté sur la triste rue des Tournelles et de l'autre sur le triste boulevard Saint-Antoine. Entre le boulevard et le corps du logis, quelques vieilles charmilles, dévorées d'insectes et de mousse, étiraient piteusement leurs bras décharnés au fond d'une espèce de cloaque encaissé par de noires et hautes murailles. Quelques pauvres fleurs étiolées penchaient languissamment la tête comme des jeunes filles poitrinaires, attendant qu'un rayon de soleil vînt sécher leurs feuilles à moitié pourries. Les herbes avaient fait irruption dans les allées, qu'on avait peine à reconnaître, tant il y avait longtemps que le râteau ne s'y était promené. Un ou deux poissons rouges flottaient plutôt qu'ils ne nageaient dans un bassin couvert de lentilles d'eau et de plantes de marais.

Mon oncle appelait cela son jardin.

Dans le jardin de mon oncle, outre toutes les belles choses que nous venons de décrire, il y avait un pavillon passablement maussade, auquel, sans doute par antiphrase, il avait donné le nom de *Délices*. Il était dans un état de dégradation complète. Les murs faisaient ventre ; de larges plaques de crépi s'étaient détachées et gisaient à terre entre les orties et la folle avoine ; une moisissure putride verdissait les assises inférieures ; les bois des volets et des portes avaient joué, et ne fermaient plus ou fort mal. Une espèce

de gros pot à feu avec des effluves rayonnantes
formait la décoration de l'entrée principale ; car,
au temps de Louis XV, temps de la construction
des *Délices*, il y avait toujours, par précaution,
deux entrées. Des oves, des chicorées et des
volutes surchargeaient la corniche toute démantelée par l'infiltration des eaux pluviales. Bref,
c'était une fabrique assez lamentable à voir que
les *Délices* de mon oncle le chevalier de ***.

Cette pauvre ruine d'hier, aussi délabrée que si
elle eût eu mille ans, ruine de plâtre et non de
pierre, toute ridée, toute gercée, couverte de lèpre,
rongée de mousse et de salpêtre, avait l'air d'un
de ces vieillards précoces, usés par de sales
débauches ; elle n'inspirait aucun respect, car il
n'y a rien d'aussi laid et d'aussi misérable au
monde qu'une vieille robe de gaze et un vieux
mur de plâtre, deux choses qui ne doivent pas
durer et qui durent.

C'était dans ce pavillon que mon oncle m'avait
logé.

L'intérieur n'en était pas moins *rococo* que
l'extérieur, quoiqu'un peu mieux conservé. Le lit
était de lampas jaune à grandes fleurs blanches.
Une pendule de rocaille posait sur un piédouche
incrusté de nacre et d'ivoire. Une guirlande de
roses pompon circulait coquettement autour
d'une glace de Venise ; au-dessus des portes les
quatre saisons étaient peintes en camaïeu. Une
belle dame, poudrée à frimas, avec un corset bleu
de ciel et une échelle de rubans de la même
couleur, un arc dans la main droite, une perdrix
dans la main gauche, un croissant sur le front, un
lévrier à ses pieds, se prélassait et souriait le plus
gracieusement du monde dans un large cadre
ovale. C'était une des anciennes maîtresses de
mon oncle, qu'il avait fait peindre en Diane.
L'ameublement, comme on voit, n'était pas des
plus modernes. Rien n'empêchait que l'on ne se
crût au temps de la Régence, et la tapisserie
mythologique qui tendait les murs complétait
l'illusion on ne peut mieux.

La tapisserie représentait Hercule filant aux pieds d'Omphale. Le dessin était tourmenté à la façon de Van Loo et dans le style le plus *Pompadour* qu'il soit possible d'imaginer. Hercule avait une quenouille entourée d'une faveur couleur de rose ; il relevait son petit doigt avec une grâce toute particulière, comme un marquis qui prend une prise de tabac, en faisant tourner, entre son pouce et son index, une blanche flammèche de filasse ; son cou nerveux était chargé de nœuds de rubans, de rosettes, de rangs de perles et de mille affiquets féminins ; une large jupe gorge de pigeon, avec deux immenses paniers, achevait de donner un air tout à fait galant au héros vainqueur de monstres.

Omphale avait ses blanches épaules à moitié couvertes par la peau du lion de Némée ; sa main frêle s'appuyait sur la noueuse massue de son amant ; ses beaux cheveux blond cendré avec un œil de poudre descendaient nonchalamment le long de son cou, souple et onduleux comme un cou de colombe ; ses petits pieds, vrais pieds d'Espagnole ou de Chinoise, et qui eussent été au large dans la pantoufle de verre de Cendrillon, étaient chaussés de cothurnes demi-antiques, lilas tendre, avec un semis de perles. Vraiment elle était charmante ! Sa tête se rejetait en arrière d'un air de crânerie adorable ; sa bouche se plissait et faisait une délicieuse petite moue ; sa narine était légèrement gonflée, ses joues un peu allumées ; un *assassin*, savamment placé, en rehaussait l'éclat d'une façon merveilleuse ; il ne lui manquait qu'une petite moustache pour faire un mousquetaire accompli.

Il y avait encore bien d'autres personnages dans la tapisserie, la suivante obligée, le petit Amour de rigueur ; mais ils n'ont pas laissé dans mon souvenir une silhouette assez distincte pour que je les puisse décrire.

En ce temps-là j'étais fort jeune, ce qui ne veut pas dire que je sois très vieux aujourd'hui ; mais

je venais de sortir du collège, et je restais chez
mon oncle en attendant que j'eusse fait choix
d'une profession. Si le bonhomme avait pu pré-
voir que j'embrasserais celle de conteur fantastique, nul doute qu'il ne m'eût mis à la porte et
déshérité irrévocablement ; car il professait pour
la littérature en général, et les auteurs en particulier, le dédain le plus aristocratique. En vrai
gentilhomme qu'il était, il voulait faire pendre ou
rouer de coups de bâton, par ses gens, tous ces
petits grimauds qui se mêlent de noircir du papier
et parlent irrévérencieusement des personnes de
qualité. Dieu fasse paix à mon pauvre oncle ! mais
il n'estimait réellement au monde que l'épître à
Zétulbé.

Donc je venais de sortir du collège. J'étais plein
de rêves et d'illusions ; j'étais naïf autant et peut-
être plus qu'une rosière de Salency. Tout heureux
de ne plus avoir de *pensums* à faire, je trouvais
que tout était pour le mieux dans le meilleur des
mondes possibles. Je croyais à une infinité de
choses ; je croyais à la bergère de M. de Florian,
aux moutons peignés et poudrés à blanc ; je ne
doutais pas un instant du troupeau de madame
Deshoulières. Je pensais qu'il y avait effectivement neuf muses, comme l'affirmait l'*Appendix de
Diis et Heroïbus* du père Jouvency. Mes souvenirs
de Berquin et de Gessner me créaient un petit
monde où tout était rose, bleu de ciel et vert-
pomme. O sainte innocence ! *sancta simplicitas !*
comme dit Méphistophélès.

Quand je me trouvai dans cette belle chambre,
chambre à moi, à moi tout seul, je ressentis une
joie à nulle autre seconde. J'inventoriai soigneusement jusqu'au moindre meuble ; je furetai dans
tous les coins, et je l'explorai dans tous les sens.
J'étais au quatrième ciel, heureux comme un roi
ou deux. Après le souper (car on soupait chez mon
oncle), charmante coutume qui s'est perdue avec
tant d'autres non moins charmantes que je
regrette de tout ce que j'ai de cœur, je pris mon

bougeoir et je me retirai, tant j'étais impatient de jouir de ma nouvelle demeure.

En me déshabillant, il me sembla que les yeux d'Omphale avaient remué ; je regardai plus attentivement, non sans un léger sentiment de frayeur, car la chambre était grande, et la faible pénombre lumineuse qui flottait autour de la bougie ne servait qu'à rendre les ténèbres plus visibles. Je crus voir qu'elle avait la tête tournée en sens inverse. La peur commençait à me travailler sérieusement ; je soufflai la lumière. Je me tournai du côté du mur, je mis mon drap par-dessus ma tête, je tirai mon bonnet jusqu'à mon menton, et je finis par m'endormir.

Je fus plusieurs jours sans oser jeter les yeux sur la maudite tapisserie.

Il ne serait peut-être pas inutile, pour rendre plus vraisemblable l'invraisemblable histoire que je vais raconter, d'apprendre à mes belles lectrices qu'à cette époque j'étais en vérité un assez joli garçon. J'avais les yeux les plus beaux du monde : je le dis parce qu'on me l'a dit ; un teint un peu plus frais que celui que j'ai maintenant, un vrai teint d'œillet ; une chevelure brune et bouclée que j'ai encore, et dix-sept ans que je n'ai plus. Il ne me manquait qu'une jolie marraine pour faire un très passable Chérubin ; malheureusement la mienne avait cinquante-sept ans et trois dents, ce qui était trop d'un côté et pas assez de l'autre.

Un soir, pourtant, je m'aguerris au point de jeter un coup d'œil sur la belle maîtresse d'Hercule ; elle me regardait de l'air le plus triste et le plus langoureux du monde. Cette fois-là j'enfonçai mon bonnet jusque sur mes épaules et je fourrai ma tête sous le traversin.

Je fis cette nuit-là un rêve singulier, si toutefois c'était un rêve.

J'entendis les anneaux des rideaux de mon lit glisser en criant sur leurs tringles, comme si l'on eût tiré précipitamment les courtines. Je m'éveillai ; du moins dans mon rêve il me sembla que je m'éveillais. Je ne vis personne.

La lune donnait sur les carreaux et projetait dans la chambre sa lueur bleue et blafarde. De grandes ombres, des formes bizarres, se dessinaient sur le plancher et sur les murailles. La pendule sonna un quart ; la vibration fut longue à s'éteindre ; on aurait dit un soupir. Les pulsations du balancier, qu'on entendait parfaitement, ressemblaient à s'y méprendre au cœur d'une personne émue.

Je n'étais rien moins qu'à mon aise et je ne savais trop que penser.

Un furieux coup de vent fit battre les volets et ployer le vitrage de la fenêtre. Les boiseries craquèrent, la tapisserie ondula. Je me hasardai à regarder du côté d'Omphale, soupçonnant confusément qu'elle était pour quelque chose dans tout cela. Je ne m'étais pas trompé.

La tapisserie s'agita violemment. Omphale se détacha du mur et sauta légèrement sur le parquet ; elle vint à mon lit en ayant soin de se tourner du côté de l'endroit. Je crois qu'il n'est pas nécessaire de raconter ma stupéfaction. Le vieux militaire le plus intrépide n'aurait pas été trop rassuré dans une pareille circonstance, et je n'étais ni vieux ni militaire. J'attendis en silence la fin de l'aventure.

Une petite voix flûtée et perlée résonna doucement à mon oreille, avec ce grasseyement mignard affecté sous la Régence par les marquises et les gens du bon ton :

« Est-ce que je te fais peur, mon enfant ? Il est vrai que tu n'es qu'un enfant ; mais cela n'est pas joli d'avoir peur des dames, surtout de celles qui sont jeunes et te veulent du bien ; cela n'est ni honnête ni français ; il faut te corriger de ces craintes-là. Allons, petit sauvage, quitte cette mine et ne te cache pas la tête sous les couvertures. Il y aura beaucoup à faire à ton éducation, et tu n'es guère avancé, mon beau page ; de mon

temps les Chérubins étaient plus délibérés que tu
ne l'es.

— Mais, dame, c'est que...

— C'est que cela te semble étrange de me voir
ici et non là, dit-elle en pinçant légèrement sa
lèvre rouge avec ses dents blanches, et en étendant vers la muraille son doigt long et effilé. En
effet, la chose n'est pas trop naturelle ; mais,
quand je te l'expliquerais, tu ne la comprendrais
guère mieux : qu'il te suffise donc de savoir que tu
ne cours aucun danger.

— Je crains que vous ne soyez le... le...

— Le diable, tranchons le mot, n'est-ce pas ?
c'est cela que tu voulais dire ; au moins tu
conviendras que je ne suis pas trop noire pour un
diable, et que, si l'enfer était peuplé de diables
faits comme moi, on y passerait son temps aussi
agréablement qu'en paradis.

Pour montrer qu'elle ne se vantait pas,
Omphale rejeta en arrière sa peau de lion et me fit
voir des épaules et un sein d'une forme parfaite et
d'une blancheur éblouissante.

« Eh bien ! qu'en dis-tu ? fit-elle d'un petit air
de coquetterie satisfaite.

— Je dis que, quand vous seriez le diable en
personne, je n'aurais plus peur, Madame
Omphale.

— Voilà qui est parler ; mais ne m'appelez plus
ni madame ni Omphale. Je ne veux pas être
madame pour toi, et je ne suis pas plus Omphale
que je ne suis le diable.

— Qu'êtes-vous donc, alors ?

— Je suis la marquise de T ***. Quelque temps
après mon mariage le marquis fit exécuter cette
tapisserie pour mon appartement, et m'y fit
représenter sous le costume d'Omphale ; lui-
même y figure sous les traits d'Hercule. C'est une
singulière idée qu'il a eue là ; car, Dieu le sait,
personne au monde ne ressemblait moins à Hercule que le pauvre marquis. Il y a bien longtemps
que cette chambre n'a été habitée. Moi, qui aime

naturellement la compagnie, je m'ennuyais à périr, et j'en avais la migraine. Être avec mon mari, c'est être seule. Tu es venu, cela m'a réjouie ; cette chambre morte s'est ranimée, j'ai eu à m'occuper de quelqu'un. Je te regardais aller et venir, je t'écoutais dormir et rêver ; je suivais tes lectures. Je te trouvais bonne grâce, un air avenant, quelque chose qui me plaisait : je t'aimais enfin. Je tâchai de te le faire comprendre ; je poussais des soupirs, tu les prenais pour ceux du vent ; je te faisais des signes, je te lançais des œillades langoureuses, je ne réussissais qu'à te causer des frayeurs horribles. En désespoir de cause, je me suis décidée à la démarche inconvenante que je fais, et à te dire franchement ce que tu ne pouvais entendre à demi-mot. Maintenant que tu sais que je t'aime, j'espère que... »

La conversation en était là, lorsqu'un bruit de clef se fit entendre dans la serrure.

Omphale tressaillit et rougit jusque dans le blanc des yeux.

« Adieu ! dit-elle, à demain. » Et elle retourna à sa muraille à reculons, de peur sans doute de me laisser voir son envers.

C'était Baptiste qui venait chercher mes habits pour les brosser.

« Vous avez tort, monsieur, me dit-il, de dormir les rideaux ouverts. Vous pourriez vous enrhumer du cerveau ; cette chambre est si froide ! »

En effet, les rideaux étaient ouverts ; moi qui croyais n'avoir fait qu'un rêve, je fus très étonné, car j'étais sûr qu'on les avait fermés le soir.

Aussitôt que Baptiste fut parti, je courus à la tapisserie. Je la palpai dans tous les sens ; c'était bien une vraie tapisserie de laine, raboteuse au toucher comme toutes les tapisseries possibles. Omphale ressemblait au charmant fantôme de la nuit comme un mort ressemble à un vivant. Je relevai le pan ; le mur était plein ; il n'y avait ni panneau masqué ni porte dérobée. Je fis seulement cette remarque, que plusieurs fils étaient rompus dans le morceau de terrain où portaient les pieds d'Omphale. Cela me donna à penser.

Je fus toute la journée d'une distraction sans pareille ; j'attendais le soir avec inquiétude et impatience tout ensemble. Je me retirai de bonne heure, décidé à voir comment tout cela finirait. Je me couchai ; la marquise ne se fit pas attendre ; elle sauta à bas du trumeau et vint tomber droit à mon lit ; elle s'assit à mon chevet, et la conversation commença.

Comme la veille, je lui fis des questions, je lui demandai des explications. Elle éludait les unes, répondait aux autres d'une manière évasive, mais avec tant d'esprit qu'au bout d'une heure je n'avais pas le moindre scrupule sur ma liaison avec elle.

Tout en parlant, elle passait ses doigts dans mes cheveux, me donnait de petits coups sur les joues et de légers baisers sur le front.

Elle babillait, elle babillait d'une manière moqueuse et mignarde, dans un style à la fois élégant et familier, et tout à fait grande dame, que je n'ai jamais retrouvé depuis dans personne.

Elle était assise d'abord sur la bergère à côté du lit ; bientôt elle passa un de ses bras autour de mon cou, je sentais son cœur battre avec force contre moi. C'était bien une belle et charmante femme réelle, une véritable marquise, qui se trouvait à côté de moi. Pauvre écolier de dix-sept ans ! Il y avait de quoi en perdre la tête ; aussi je la perdis. Je ne savais pas trop ce qui allait se passer, mais je pressentais vaguement que cela ne pouvait plaire au marquis.

« Et monsieur le marquis, que va-t-il dire là-bas sur son mur ? »

La peau du lion était tombée à terre, et les cothurnes lilas tendre glacé d'argent gisaient à côté de mes pantoufles.

« Il ne dira rien, reprit la marquise en riant de tout son cœur. Est-ce qu'il voit quelque chose ?

D'ailleurs, quand il verrait, c'est le mari le plus philosophe et le plus inoffensif du monde ; il est habitué à cela. M'aimes-tu, enfant ?

— Oui, beaucoup, beaucoup... »

Le jour vint ; ma maîtresse s'esquiva.

La journée me parut d'une longueur effroyable. Le soir arriva enfin. Les choses se passèrent comme la veille, et la seconde nuit n'eut rien à envier à la première. La marquise était de plus en plus adorable. Ce manège se répéta pendant assez longtemps encore. Comme je ne dormais pas la nuit, j'avais tout le jour une espèce de somnolence qui ne parut pas de bon augure à mon oncle. Il se douta de quelque chose ; il écouta probablement à la porte, et entendit tout ; car un beau matin il entra dans ma chambre si brusquement, qu'Antoinette eut à peine le temps de remonter à sa place.

Il était suivi d'un ouvrier tapissier avec des tenailles et une échelle.

Il me regarda d'un air rogue et sévère qui me fit voir qu'il savait tout.

« Cette marquise de T *** est vraiment folle ; où diable avait-elle la tête de s'éprendre d'un morveux de cette espèce ? fit mon oncle entre ses dents ; elle avait pourtant promis d'être sage !

Jean, décrochez cette tapisserie, roulez-la et portez-la au grenier. »

Chaque mot de mon oncle était un coup de poignard.

Jean roula mon amante Omphale, ou la marquise Antoinette de T ***, avec Hercule, ou le marquis de T ***, et porta le tout au grenier. Je ne pus retenir mes larmes.

Le lendemain, mon oncle me renvoya par la diligence de B*** chez mes respectables parents, auxquels, comme on pense bien, je ne soufflai pas mot de mon aventure.

Mon oncle mourut ; on vendit sa maison et les meubles ; la tapisserie fut probablement vendue avec le reste.

Toujours est-il qu'il y a quelque temps, en furetant chez un marchand de bric-à-brac pour trouver des momeries, je heurtai du pied un gros
rouleau tout poudreux et couvert de toiles d'araignée.

« Qu'est cela ? dis-je à l'Auvergnat.

— C'est une tapisserie rococo qui représente les
amours de madame Omphale et de monsieur
Hercule ; c'est du Beauvais, tout en soie et joliment conservé. Achetez-moi donc cela pour votre
cabinet ; je ne vous le vendrai pas cher, parce que
c'est vous. »

Au nom d'Omphale, tout mon sang reflua sur
mon cœur.

« Déroulez cette tapisserie », fis-je au marchand d'un ton bref et entrecoupé comme si
j'avais la fièvre.

C'était bien elle. Il me sembla que sa bouche me
fit un gracieux sourire et que son œil s'alluma en
rencontrant le mien.

« Combien en voulez-vous ?

— Mais je ne puis vous céder cela à moins de
quatre cents francs, tout au juste.

— Je ne les ai pas sur moi. Je m'en vais les
chercher ; avant une heure je suis ici. »

Je revins avec l'argent ; la tapisserie n'y était
plus. Un Anglais l'avait marchandée pendant
mon absence, en avait donné six cents francs et
l'avait emportée.

Au fond, peut-être vaut-il mieux que cela se soit
passé ainsi et que j'aie gardé intact ce délicieux
souvenir. On dit qu'il ne faut pas revenir sur ses
premières amours ni aller voir la rose qu'on a
admirée la veille.

Et puis je ne suis plus assez jeune ni assez joli
garçon pour que les tapisseries descendent du
mur en mon honneur.

LA MORTE AMOUREUSE

Vous me demandez, frère, si j'ai aimé ; oui.
C'est une histoire singulière et terrible, et,
quoique j'aie soixante-six ans, j'ose à peine
remuer la cendre de ce souvenir. Je ne veux rien
vous refuser, mais je ne ferais pas à une âme
moins éprouvée un pareil récit. Ce sont des événements si étranges, que je ne puis croire qu'ils me
soient arrivés. J'ai été pendant plus de trois ans le
jouet d'une illusion singulière et diabolique. Moi,
pauvre prêtre de campagne, j'ai mené en rêve
toutes les nuits (Dieu veuille que ce soit un rêve !)
une vie de damné, une vie de mondain et de
Sardanapale. Un seul regard trop plein de
complaisance jeté sur une femme pensa causer la
perte de mon âme ; mais enfin, avec l'aide de Dieu
et de mon saint patron, je suis parvenu à chasser
l'esprit malin qui s'était emparé de moi. Mon
existence s'était compliquée d'une existence nocturne entièrement différente. Le jour, j'étais un
prêtre du Seigneur, chaste, occupé de la prière et
des choses saintes ; la nuit, dès que j'avais fermé
les yeux, je devenais un jeune seigneur, fin
connaisseur en femmes, en chiens et en chevaux,
jouant aux dés, buvant et blasphémant ; et
lorsqu'au lever de l'aube je me réveillais, il me
semblait au contraire que je m'endormais et que
je rêvais que j'étais prêtre. De cette vie somnambulique il m'est resté des souvenirs d'objets et de
mots dont je ne puis pas me défendre, et, quoique
je ne sois jamais sorti des murs de mon pres-

bytère, on dirait plutôt, à m'entendre, un homme
ayant usé de tout et revenu du monde, qui est
entré en religion et qui veut finir dans le sein de
Dieu des jours trop agités, qu'un humble séminariste qui a vieilli dans une cure ignorée, au fond
d'un bois et sans aucun rapport avec les choses du
siècle.

Oui, j'ai aimé comme personne au monde n'a
aimé, d'un amour insensé et furieux, si violent
que je suis étonné qu'il n'ait pas fait éclater mon
cœur. Ah ! quelles nuits ! quelles nuits !

Dès ma plus tendre enfance, je m'étais senti de
la vocation pour l'état de prêtre ; aussi toutes mes
études furent-elles dirigées dans ce sens-là, et ma
vie, jusqu'à vingt-quatre ans, ne fut-elle qu'un
long noviciat. Ma théologie achevée, je passai
successivement par tous les petits ordres, et mes
supérieurs me jugèrent digne, malgré ma grande
jeunesse, de franchir le dernier et redoutable
degré. Le jour de mon ordination fut fixé à la
semaine de Pâques.

Je n'étais jamais allé dans le monde ; le monde,
c'était pour moi l'enclos du collège et du séminaire. Je savais vaguement qu'il y avait quelque
chose que l'on appelait femme, mais je n'y arrê-
tais pas ma pensée ; j'étais d'une innocence parfaite. Je ne voyais ma mère vieille et infirme que
deux fois l'an. C'étaient là toutes mes relations
avec le dehors.

Je ne regrettais rien, je n'éprouvais pas la
moindre hésitation devant cet engagement irrévocable ; j'étais plein de joie et d'impatience.
Jamais jeune fiancé n'a compté les heures avec
une ardeur plus fiévreuse ; je n'en dormais pas, je
rêvais que je disais la messe ; être prêtre, je ne
voyais rien de plus beau au monde : j'aurais
refusé d'être roi ou poète. Mon ambition ne concevait pas au-delà.

Ce que je dis là est pour vous montrer combien
ce qui m'est arrivé ne devait pas m'arriver, et de
quelle fascination inexplicable j'ai été la victime.

Le grand jour venu, je marchai à l'église d'un pas si léger, qu'il me semblait que je fusse soutenu en l'air ou que j'eusse des ailes aux épaules. Je me croyais un ange, et je m'étonnais de la physionomie sombre et préoccupée de mes compagnons ; car nous étions plusieurs. J'avais passé la nuit en prières, et j'étais dans un état qui touchait presque à l'extase. L'évêque, vieillard vénérable, me paraissait Dieu le Père penché sur son éternité, et je voyais le ciel à travers les voûtes du temple.

Vous savez les détails de cette cérémonie : la bénédiction, la communion sous les deux espèces, l'onction de la paume des mains avec l'huile des catéchumènes, et enfin le saint sacrifice offert de concert avec l'évêque. Je ne m'appesantirai pas sur cela. Oh ! que Job a raison, et que celui-là est imprudent qui ne conclut pas un pacte avec ses yeux ! Je levai par hasard ma tête, que j'avais jusque-là tenue inclinée, et j'aperçus devant moi, si près que j'aurais pu la toucher, quoique en réalité elle fût à une assez grande distance et de l'autre côté de la balustrade, une jeune femme d'une beauté rare et vêtue avec une magnificence royale. Ce fut comme si des écailles me tombaient des prunelles. J'éprouvai la sensation d'un aveugle qui recouvrerait subitement la vue. L'évêque, si rayonnant tout à l'heure, s'éteignit tout à coup, les cierges pâlirent sur leurs chandeliers d'or comme les étoiles au matin, et il se fit par toute l'église une complète obscurité. La charmante créature se détachait sur ce fond d'ombre comme une révélation angélique ; elle semblait éclairée d'elle-même et donner le jour plutôt que le recevoir.

Je baissai la paupière, bien résolu à ne plus la relever pour me soustraire à l'influence des objets extérieurs ; car la distraction m'envahissait de plus en plus, et je savais à peine ce que je faisais.

Une minute après, je rouvris les yeux, car à travers mes cils je la voyais étincelante des couleurs du prisme, et dans une pénombre pourprée comme lorsqu'on regarde le soleil.

Oh ! comme elle était belle ! Les plus grands peintres, lorsque, poursuivant dans le ciel, la beauté idéale, ils ont rapporté sur la terre le divin portrait de la Madone, n'approchent même pas de cette fabuleuse réalité. Ni les vers du poète ni la palette du peintre n'en peuvent donner une idée. Elle était assez grande, avec une taille et un port de déesse ; ses cheveux, d'un blond doux, se séparaient sur le haut de sa tête et coulaient sur ses tempes comme deux fleuves d'or ; on aurait dit une reine avec son diadème ; son front, d'une blancheur bleuâtre et transparente, s'étendait large et serein sur les arcs de deux cils presque bruns, singularité qui ajoutait encore à l'effet de prunelles vert de mer d'une vivacité et d'un éclat insoutenables. Quels yeux ! avec un éclair ils décidaient de la destinée d'un homme ; ils avaient une vie, une limpidité, une ardeur, une humidité brillante que je n'ai jamais vues à un œil humain ; il s'en échappait des rayons pareils à des flèches et que je voyais distinctement aboutir à mon cœur. Je ne sais si la flamme qui les illuminait venait du ciel ou de l'enfer, mais à coup sûr elle venait de l'un ou de l'autre. Cette femme était un ange ou un démon, et peut-être tous les deux ; elle ne sortait certainement pas du flanc d'Ève, la mère commune. Des dents du plus bel orient scintillaient dans son rouge sourire, et de petites fossettes se creusaient à chaque inflexion de sa bouche dans le satin rose de ses adorables joues. Pour son nez, il était d'une finesse et d'une fierté toute royale, et décelait la plus noble origine. Des luisants d'agate jouaient sur la peau unie et lustrée de ses épaules à demi découvertes, et des rangs de grosses perles blondes, d'un ton presque semblable à son cou, lui descendaient sur la poitrine. De temps en temps elle redressait sa tête avec un mouvement onduleux de couleuvre ou de paon qui se rengorge, et imprimait un léger frisson à la haute fraise brodée à jour qui l'entourait comme un treillis d'argent.

Elle portait une robe de velours nacarat, et de ses larges manches doublées d'hermine sortaient des mains patriciennes d'une délicatesse infinie, aux doigts longs et potelés, et d'une si idéale transparence qu'ils laissaient passer le jour comme ceux de l'Aurore.

Tous ces détails me sont encore aussi présents que s'ils dataient d'hier, et, quoique je fusse dans un trouble extrême, rien ne m'échappait : la plus légère nuance, le petit point noir au coin du menton, l'imperceptible duvet aux commissures des lèvres, le velouté du front, l'ombre tremblante des cils sur les joues, je saisissais tout avec une lucidité étonnante.

A mesure que je la regardais, je sentais s'ouvrir dans moi des portes qui jusqu'alors avaient été fermées ; des soupiraux obstrués se débouchaient dans tous les sens et laissaient entrevoir des perspectives inconnues ; la vie m'apparaissait sous un aspect tout autre ; je venais de naître à un nouvel ordre d'idées. Une angoisse effroyable me tenaillait le cœur ; chaque minute qui s'écoulait me semblait une seconde et un siècle. La cérémonie avançait cependant, et j'étais emporté bien loin du monde dont mes désirs naissants assiégeaient furieusement l'entrée. Je dis oui cependant, lorsque je voulais dire non, lorsque tout en moi se révoltait et protestait contre la violence que ma langue faisait à mon âme : une force occulte m'arrachait malgré moi les mots du gosier. C'est là peut-être ce qui fait que tant de jeunes filles marchent à l'autel avec la ferme résolution de refuser d'une manière éclatante l'époux qu'on leur impose, et que pas une seule n'exécute son projet. C'est là sans doute ce qui fait que tant de pauvres novices prennent le voile, quoique bien décidées à le déchirer en pièces au moment de prononcer leurs vœux. On n'ose causer un tel scandale devant tout le monde ni tromper

l'attente de tant de personnes ; toutes ces volontés, tous ces regards semblent peser sur vous
comme une chape de plomb : et puis les mesures
sont si bien prises, tout est si bien réglé à l'avance,
d'une façon si évidemment irrévocable, que la
pensée cède au poids de la chose et s'affaisse
complètement.

Le regard de la belle inconnue changeait
d'expression selon le progrès de la cérémonie. De
tendre et caressant qu'il était d'abord, il prit un
air de dédain et de mécontentement comme de ne
pas avoir été compris.

Je fis un effort suffisant pour arracher une
montagne, pour m'écrier que je ne voulais pas
être prêtre ; mais je ne pus en venir à bout ; ma
langue resta clouée à mon palais, et il me fut
impossible de traduire ma volonté par le plus
léger mouvement négatif. J'étais, tout éveillé,
dans un état pareil à celui du cauchemar, où l'on
veut crier un mot dont votre vie dépend, sans en
pouvoir venir à bout.

Elle parut sensible au martyre que j'éprouvais,
et, comme pour m'encourager, elle me lança une
œillade pleine de divines promesses. Ses yeux
étaient un poème dont chaque regard formait un
chant.

Elle me disait :

« Si tu veux être à moi, je te ferai plus heureux
que Dieu lui-même dans son paradis ; les anges te
jalouseront. Déchire ce funèbre linceul où tu vas
t'envelopper ; je suis la beauté, je suis la jeunesse,
je suis la vie ; viens à moi, nous serons l'amour.
Que pourrait t'offrir Jéhovah pour compensa-
tion ? Notre existence coulera comme un rêve et
ne sera qu'un baiser éternel.

« Répands le vin de ce calice, et tu es libre. Je
t'emmènerai vers les îles inconnues ; tu dormiras
sur mon sein, dans un lit d'or massif et sous un
pavillon d'argent ; car je t'aime et je veux te
prendre à ton Dieu, devant qui tant de nobles
cœurs répandent des flots d'amour qui n'arrivent
pas jusqu'à lui. »

Il me semblait entendre ces paroles sur un rythme d'une douceur infinie, car son regard avait presque la sonorité, et les phrases que ses yeux m'envoyaient retentissaient au fond de mon cœur comme si une bouche invisible les eût soufflées dans mon âme. Je me sentais prêt à renoncer à Dieu, et cependant mon cœur accomplissait machinalement les formalités de la cérémonie. La belle me jeta un second coup d'œil si suppliant, si désespéré, que des lames acérées me traversèrent le cœur, que je me sentis plus de glaives dans la poitrine que la mère des douleurs.

C'en était fait, j'étais prêtre.

Jamais physionomie humaine ne peignit une angoisse aussi poignante ; la jeune fille qui voit tomber son fiancé mort subitement à côté d'elle, la mère auprès du berceau vide de son enfant, Ève assise sur le seuil de la porte du paradis, l'avare qui trouve une pierre à la place de son trésor, le poète qui a laissé rouler dans le feu le manuscrit unique de son plus bel ouvrage, n'ont point un air plus atterré et plus inconsolable. Le sang abandonna complètement sa charmante figure, et elle devint d'une blancheur de marbre ; ses beaux bras tombèrent le long de son corps, comme si les muscles en avaient été dénoués, et elle s'appuya contre un pilier, car ses jambes fléchissaient et se dérobaient sous elle. Pour moi, livide, le front inondé d'une sueur plus sanglante que celle du Calvaire, je me dirigeai en chancelant vers la porte de l'église ; j'étouffais ; les voûtes s'aplatissaient sur mes épaules, et il me semblait que ma tête soutenait seule tout le poids de la coupole.

Comme j'allais franchir le seuil, une main s'empara brusquement de la mienne ; une main de femme ! Je n'en avais jamais touché. Elle était froide comme la peau d'un serpent, et l'empreinte m'en resta brûlante comme la marque d'un fer rouge. C'était elle. « Malheureux ! malheureux ! qu'as-tu fait ? » me dit-elle à voix basse ; puis elle disparut dans la foule.

Le vieil évêque passa ; il me regarda d'un air
sévère. Je faisais la plus étrange contenance du
monde ; je pâlissais, je rougissais, j'avais des
éblouissements. Un de mes camarades eut pitié
de moi, il me prit et m'emmena ; j'aurais été
incapable de retrouver tout seul le chemin du
séminaire. Au détour d'une rue, pendant que le
jeune prêtre tournait la tête d'un autre côté, un
page nègre, bizarrement vêtu, s'approcha de moi,
et me remit, sans s'arrêter dans sa course, un petit
portefeuille à coins d'or ciselés, en me faisant
signe de le cacher ; je le fis glisser dans ma
manche et l'y tins jusqu'à ce que je fusse seul dans
ma cellule. Je fis sauter le fermoir, il n'y avait que
deux feuilles avec ces mots : « Clarimonde, au
palais Concini. » J'étais alors si peu au courant
des choses de la vie, que je ne connaissais pas
Clarimonde, malgré sa célébrité, et que j'ignorais
complètement où était situé le palais Concini. Je
fis mille conjectures, plus extravagantes les unes
que les autres ; mais à la vérité, pourvu que je
pusse la revoir, j'étais fort peu inquiet de ce
qu'elle pouvait être, grande dame ou courtisane.

Cet amour né tout à l'heure s'était indestruc-
tiblement enraciné ; je ne songeai même pas à
essayer de l'arracher, tant je sentais que c'était là
chose impossible. Cette femme s'était complètement emparée de moi, un seul regard avait suffi
pour me changer ; elle m'avait soufflé sa volonté ;
je ne vivais plus dans moi, mais dans elle et par
elle. Je faisais mille extravagances, je baisais sur
ma main la place qu'elle avait touchée, et je
répétais son nom des heures entières. Je n'avais
qu'à fermer les yeux pour la voir aussi distinctement que si elle eût été présente en réalité, et je
me redisais ces mots, qu'elle m'avait dits sous le
portail de l'église : « Malheureux ! malheureux !
qu'as-tu fait ? » Je comprenais toute l'horreur de
ma situation, et les côtés funèbres et terribles de
l'état que je venais d'embrasser se révélaient clairement à moi. Être prêtre ! c'est-à-dire chaste, ne

pas aimer, ne distinguer ni le sexe ni l'âge, se détourner de toute beauté, se crever les yeux, ramper sous l'ombre glaciale d'un cloître ou d'une église, ne voir que des mourants, veiller auprès de cadavres inconnus et porter soi-même son deuil sur sa soutane noire, de sorte que l'on peut faire de votre habit un drap pour votre cercueil !

Et je sentais la vie monter en moi comme un lac intérieur qui s'enfle et qui déborde ; mon sang battait avec force dans mes artères ; ma jeunesse, si longtemps comprimée, éclatait tout d'un coup comme l'aloès qui met cent ans à fleurir et qui éclôt avec un coup de tonnerre.

Comment faire pour revoir Clarimonde ? Je n'avais aucun prétexte pour sortir du séminaire, ne connaissant personne dans la ville ; je n'y devais même pas rester, et j'y attendais seulement que l'on me désignât la cure que je devais occuper. J'essayai de desceller les barreaux de la fenêtre ; mais elle était à une hauteur effrayante, et n'ayant pas d'échelle, il n'y fallait pas penser. Et d'ailleurs je ne pouvais descendre que de nuit ; et comment me serais-je conduit dans l'inextricable dédale des rues ? Toutes ces difficultés, qui n'eussent rien été pour d'autres, étaient immenses pour moi, pauvre séminariste, amoureux d'hier, sans expérience, sans argent et sans habits.

Ah ! si je n'eusse pas été prêtre, j'aurais pu la voir tous les jours ; j'aurais été son amant, son époux, me disais-je dans mon aveuglement ; au lieu d'être enveloppé dans mon triste suaire, j'aurais des habits de soie et de velours, des chaînes d'or, une épée et des plumes comme les beaux jeunes cavaliers. Mes cheveux, au lieu d'être déshonorés par une large tonsure, se joue-raient autour de mon cou en boucles ondoyantes. J'aurais une belle moustache cirée, je serais un vaillant. Mais une heure passée devant un autel, quelques paroles à peine articulées, me retranchaient à tout jamais du nombre des vivants, et j'avais scellé moi-même la pierre de mon tombeau, j'avais poussé de ma main le verrou de ma prison !

Je me mis à la fenêtre. Le ciel était admirablement bleu, les arbres avaient mis leur robe de printemps ; la nature faisait parade d'une joie ironique. La place était pleine de monde ; les uns allaient, les autres venaient ; de jeunes muguets et de jeunes beautés, couple par couple, se dirigeaient du côté du jardin et des tonnelles. Des compagnons passaient en chantant des refrains à boire ; c'était un mouvement, une vie, un entrain, une gaieté qui faisaient péniblement ressortir mon deuil et ma solitude. Une jeune mère, sur le pas de la porte, jouait avec son enfant ; elle baisait sa petite bouche rose, encore emperlée de gouttes de lait, et lui faisait, en l'agaçant, mille de ces divines puérilités que les mères seules savent trouver. Le père, qui se tenait debout à quelque distance, souriait doucement à ce charmant groupe, et ses bras croisés pressaient sa joie sur son cœur. Je ne pus supporter ce spectacle ; je fermai la fenêtre, et je me jetai sur mon lit avec une haine et une jalousie effroyables dans le cœur, mordant mes doigts et ma couverture comme un tigre à jeun depuis trois jours.

Je ne sais pas combien de jours je restai ainsi ; mais, en me retournant dans un mouvement de spasme furieux, j'aperçus l'abbé Sérapion qui se tenait debout au milieu de la chambre et qui me considérait attentivement. J'eus honte de moi-même, et, laissant tomber ma tête sur ma poitrine, je voilai mes yeux avec mes mains.

« Romuald, mon ami, il se passe quelque chose d'extraordinaire en vous, me dit Sérapion au bout de quelques minutes de silence ; votre conduite est vraiment inexplicable ! Vous, si pieux, si calme et si doux, vous vous agitez dans votre cellule comme une bête fauve. Prenez garde, mon frère, et n'écoutez pas les suggestions du diable ;

l'esprit malin, irrité de ce que vous vous êtes à tout jamais consacré au Seigneur, rôde autour de vous comme un loup ravissant et fait un dernier effort pour vous attirer à lui. Au lieu de vous laisser abattre, mon cher Romuald, faites-vous une cuirasse de prières, un bouclier de mortifications, et combattez vaillamment l'ennemi ; vous le vaincrez. L'épreuve est nécessaire à la vertu et l'or sort plus fin de la coupelle. Ne vous effrayez ni ne vous découragez ; les âmes les mieux gardées et les plus affermies ont eu de ces moments. Priez, jeûnez, méditez, et le mauvais esprit se retirera. »

Le discours de l'abbé Sérapion me fit rentrer en moi-même, et je devins un peu plus calme. « Je venais vous annoncer votre nomination à la cure de C *** ; le prêtre qui la possédait vient de mourir, et monseigneur l'évêque m'a chargé d'aller vous y installer ; soyez prêt pour demain. » Je répondis d'un signe de tête que je le serais, et l'abbé se retira. J'ouvris mon missel, et je commençai à lire des prières ; mais ces lignes se confondirent bientôt sous mes yeux ; le fil des idées s'enchevêtra dans mon cerveau, et le volume me glissa des mains sans que j'y prisse garde.

Partir demain sans l'avoir revue ! ajouter encore une impossibilité à toutes celles qui étaient déjà entre nous ! perdre à tout jamais l'espérance de la rencontrer, à moins d'un miracle ! Lui écrire ? par qui ferais-je parvenir ma lettre ? Avec le sacré caractère dont j'étais revêtu, à qui s'ouvrir, se fier ? J'éprouvais une anxiété terrible. Puis, ce que l'abbé Sérapion m'avait dit des artifices du diable me revenait en mémoire ; l'étrangeté de l'aventure, la beauté surnaturelle de Clarimonde, l'éclat phosphorique de ses yeux, l'impression brûlante de sa main, le trouble où elle m'avait jeté, le changement subit qui s'était opéré en moi, ma piété évanouie en un instant, tout cela prouvait clairement la présence du

diable, et cette main satinée n'était peut-être que
le gant dont il avait recouvert sa griffe. Ces idées
me jetèrent dans une grande frayeur, je ramassai
le missel qui de mes genoux était roulé à terre, et
je me remis en prières.

Le lendemain, Séparion me vint prendre ; deux
mules nous attendaient à la porte, chargées de nos
maigres valises ; il monta l'une et moi l'autre tant
que bien que mal. Tout en parcourant les rues de
la ville, je regardais à toutes les fenêtres et à tous
les balcons si je ne verrais pas Clarimonde ; mais
il était trop matin, et la ville n'avait pas encore
ouvert les yeux. Mon regard tâchait de plonger
derrière les stores et à travers les rideaux de tous
les palais devant lesquels nous passions. Sérapion
attribuait sans doute cette curiosité à l'admiration que me causait la beauté de l'architecture,
car il ralentissait le pas de sa monture pour me
donner le temps de voir. Enfin nous arrivâmes à
la porte de la ville et nous commençâmes à gravir
la colline. Quand je fus tout en haut, je me retournai pour regarder une fois encore les lieux où
vivait Clarimonde. L'ombre d'un nuage couvrait
entièrement la ville ; ses toits bleus et rouges
étaient confondus dans une demi-teinte générale,
où surnageaient çà et là, comme de blancs flocons
d'écume, les fumées du matin. Par un singulier
effet d'optique, se dessinait, blond et doré sous un
rayon unique de lumière, un édifice qui surpas-
sait en hauteur les constructions voisines,
complètement noyées dans la vapeur ; quoiqu'il
fût à plus d'une lieue, il paraissait tout proche. On
en distinguait les moindres détails, les tourelles,
les plates-formes, les croisées, et jusqu'aux
girouettes en queue d'aronde.

« Quel est donc ce palais que je vois tout là-bas
éclairé d'un rayon du soleil ? » demandai-je à
Sérapion. Il mit sa main au-dessus de ses yeux, et,
ayant regardé, il me répondit : « C'est l'ancien
palais que le prince Concini a donné à la courtisane Clarimonde ; il s'y passe d'épouvantables
choses. »

En ce moment, je ne sais encore si c'est une réalité ou une illusion, je crus voir y glisser sur la terrasse une forme svelte et blanche qui étincela une seconde et s'éteignit. C'était Clarimonde !

Oh ! savait-elle qu'à cette heure, du haut de cet âpre chemin qui m'éloignait d'elle, et que je ne devais plus redescendre, ardent et inquiet, je couvais de l'œil le palais qu'elle habitait, et qu'un jeu dérisoire de lumière semblait rapprocher de moi, comme pour m'inviter à y entrer en maître ? Sans doute, elle le savait, car son âme était trop sympathiquement liée à la mienne pour n'en point ressentir les moindres ébranlements, et c'était ce sentiment qui l'avait poussée, encore enveloppée de ses voiles de nuit, à monter sur le haut de la terrasse, dans la glaciale rosée du matin.

L'ombre gagna le palais, et ce ne fut plus qu'un océan immobile de toits et de combles où l'on ne distinguait rien qu'une ondulation montueuse. Sérapion toucha sa mule, dont la mienne prit aussitôt l'allure, et un coude du chemin me déroba pour toujours la ville de S..., car je n'y devais pas revenir. Au bout de trois journées de route par des campagnes assez tristes, nous vîmes poindre à travers les arbres le coq du clocher de l'église que je devais desservir ; et, après avoir suivi quelques rues tortueuses bordées de chaumières et de courtils, nous nous trouvâmes devant la façade qui n'était pas d'une grande magnificence. Un porche orné de quelques nervures et de deux ou trois piliers de grès grossièrement taillés, un toit en tuiles et des contreforts du même grès que les piliers, c'était tout : à gauche le cimetière tout plein de hautes herbes, avec une grande croix de fer au milieu ; à droite et dans l'ombre de l'église, le presbytère. C'était une maison d'une simplicité extrême et d'une propreté aride. Nous entrâmes ; quelques poules picotaient sur la terre de rares grains d'avoine ; accoutumées apparemment à l'habit noir des ecclésiastiques, elles ne s'effarouchèrent point de notre

présence et se dérangèrent à peine pour nous
laisser passer. Un aboi éraillé et enroué se fit
entendre, et nous vîmes accourir un vieux chien.

C'était le chien de mon prédécesseur. Il avait
l'œil terne, le poil gris et tous les symptômes de la
plus haute vieillesse où puisse atteindre un chien.
Je le flattai doucement de la main, et il se mit
aussitôt à marcher à côté de moi avec un air de
satisfaction inexprimable. Une femme assez âgée,
et qui avait été la gouvernante de l'ancien curé,
vint aussi à notre rencontre, et, après m'avoir fait
entrer dans une salle basse, me demanda si mon
intention était de la garder. Je lui répondis que je
la garderais, elle et le chien, et aussi les poules, et
tout le mobilier que son maître lui avait laissé à sa
mort, ce qui la fit entrer dans un transport de joie,
l'abbé Sérapion lui ayant donné sur-le-champ le
prix qu'elle en voulait.

Mon installation faite, l'abbé Sérapion
retourna au séminaire. Je demeurai donc seul et
sans autre appui que moi-même. La pensée de
Clarimonde recommença à m'obséder, et, quelques efforts que je fisse pour la chasser, je n'y
parvenais pas toujours. Un soir, en me promenant
dans les allées bordées de buis de mon petit
jardin, il me sembla voir à travers la charmille
une forme de femme qui suivait tous mes mouvements, et entre les feuilles étinceler les deux prunelles vert de mer ; mais ce n'était qu'une illusion,
et, ayant passé de l'autre côté de l'allée, je n'y
trouvai rien qu'une trace de pied sur le sable, si
petit qu'on eût dit un pied d'enfant. Le jardin était
entouré de murailles très hautes ; j'en visitai tous
les coins et recoins, il n'y avait personne. Je n'ai
jamais pu m'expliquer cette circonstance qui, du
reste, n'était rien à côté des étranges choses qui
me devaient arriver. Je vivais ainsi depuis un an,
remplissant avec exactitude tous les devoirs de
mon état, priant, jeûnant, exhortant et secourant
les malades, faisant l'aumône jusqu'à me retran-
cher les nécessités les plus indispensables. Mais je

sentais au-dedans de moi une aridité extrême, et
les sources de la grâce m'étaient fermées. Je ne
jouissais pas de ce bonheur que donne
l'accomplissement d'une sainte mission ; mon
idée était ailleurs, et les paroles de Clarimonde
me revenaient souvent sur les lèvres comme une
espèce de refrain involontaire. O frère, méditez
bien ceci ! Pour avoir levé une seule fois le regard
sur une femme, pour une faute en apparence si
légère, j'ai éprouvé pendant plusieurs années les
plus misérables agitations : ma vie a été troublée
à tout jamais.

Je ne vous retiendrai pas plus longtemps sur ces
défaites et sur ces victoires intérieures toujours
suivies de rechutes plus profondes, et je passerai
sur-le-champ à une circonstance décisive. Une
nuit l'on sonna violemment à ma porte. La vieille
gouvernante alla ouvrir, et un homme au teint
cuivré et richement vêtu, mais selon une mode
étrangère, avec un long poignard, se dessina sous
les rayons de la lanterne de Barbara. Son premier
mouvement fut la frayeur ; mais l'homme la rassura, et lui dit qu'il avait besoin de me voir
sur-le-champ pour quelque chose qui concernait
mon ministère. Barbara le fit monter. J'allais me
mettre au lit. L'homme me dit que sa maîtresse,
une très grande dame, était à l'article de la mort
et désirait un prêtre. Je répondis que j'étais prêt à
le suivre ; je pris avec moi ce qu'il fallait pour
l'extrême-onction et je descendis en toute hâte. A
la porte piaffaient d'impatience deux chevaux
noirs comme la nuit, et soufflant sur leur poitrail
deux longs flots de fumée. Il me tint l'étrier et
m'aida à monter sur l'un, puis il sauta sur l'autre
en appuyant seulement une main sur le pommeau
de la selle. Il serra les genoux et lâcha les guides à
son cheval qui partit comme la flèche. Le mien,
dont il tenait la bride, prit aussi le galop et se
maintint dans une égalité parfaite. Nous dévo-
rions le chemin ; la terre filait sous nous grise et
rayée, et les silhouettes noires des arbres

s'enfuyaient comme une armée en déroute. Nous traversâmes une forêt d'un sombre si opaque et si glacial, que je me sentis courir sur la peau un frisson de superstitieuse terreur. Les aigrettes d'étincelles que les fers de nos chevaux arrachaient aux cailloux laissaient sur notre passage comme une traînée de feu, et si quelqu'un, à cette heure de nuit, nous eût vus, mon conducteur et moi, il nous eût pris pour deux spectres à cheval sur le cauchemar. Des feux follets traversaient de temps en temps le chemin, et les choucas piaulaient piteusement dans l'épaisseur du bois, où brillaient de loin en loin les yeux phosphoriques de quelques chats sauvages. La crinière des chevaux s'échevelait de plus en plus, la sueur ruisselait sur leurs flancs, et leur haleine sortait bruyante et pressée de leurs narines. Mais, quand il les voyait faiblir, l'écuyer pour les ranimer poussait un cri guttural qui n'avait rien d'humain, et la course recommençait avec furie. Enfin le tourbillon s'arrêta ; une masse noire piquée de quelques points brillants se dressa subitement devant nous ; les pas de nos montures sonnèrent plus bruyants sur un plancher ferré, et nous entrâmes sous une voûte qui ouvrait sa gueule sombre entre deux énormes tours. Une grande agitation régnait dans le château ; des domestiques avec des torches à la main traversaient les cours en tous sens, et des lumières montaient et descendaient de palier en palier. J'entrevis confusément d'immenses architectures, des colonnes, des arcades, des perrons et des rampes, un luxe de construction tout à fait royal et féerique. Un page nègre, le même qui m'avait donné les tablettes de Clarimonde et que je reconnus à l'instant, me vint aider à descendre, et un majordome, vêtu de velours noir avec une chaîne d'or au col et une canne d'ivoire à la main, s'avança au-devant de moi. De grosses larmes débordaient de ses yeux et coulaient le long de ses joues sur sa barbe blanche. « Trop tard ! fit-il en

hochant la tête, trop tard ! seigneur prêtre ; mais,
si vous n'avez pu sauver l'âme, venez veiller le
pauvre corps. » Il me prit par le bras et me
conduisit à la salle funèbre ; je pleurais aussi fort
que lui, car j'avais compris que la morte n'était
autre que cette Clarimonde tant et si follement
aimée. Un prie-Dieu était disposé à côté du lit ;
une flamme bleuâtre voltigeant sur une patère de
bronze jetait par toute la chambre un jour faible
et douteux, et çà et là faisait papilloter dans
l'ombre quelque arête saillante de meuble ou de
corniche. Sur la table, dans une urne ciselée,
trempait une rose blanche fanée dont les feuilles,
à l'exception d'une seule qui tenait encore, étaient
toutes tombées au pied du vase comme des
larmes odorantes ; un masque noir brisé, un éventail, des déguisements de toute espèce, traînaient
sur les fauteuils et faisaient voir que la mort était
arrivée dans cette somptueuse demeure à l'impro-
viste et sans se faire annoncer. Je m'agenouillai
sans oser jeter les yeux sur le lit, et je me mis à
réciter les psaumes avec une grande ferveur,
remerciant Dieu qu'il eût mis la tombe entre
l'idée de cette femme et moi, pour que je pusse
ajouter à mes prières son nom désormais sancti-
fié. Mais peu à peu cet élan se ralentit, et je
tombai en rêverie. Cette chambre n'avait rien
d'une chambre de mort. Au lieu de l'air fétide et
cadavéreux que j'étais accoutumé à respirer en
ces veilles funèbres, une langoureuse fumée
d'essences orientales, je ne sais quelle amoureuse
odeur de femme, nageait doucement dans l'air
attiédi. Cette pâle lueur avait plutôt l'air d'un
demi-jour ménagé pour la volupté que de la veilleuse au reflet jaune qui tremblote près des
cadavres. Je songeais au singulier hasard qui
m'avait fait retrouver Clarimonde au moment où
je la perdais pour toujours, et un soupir de regret
s'échappa de ma poitrine. Il me sembla qu'on
avait soupiré aussi derrière moi, et je me retournai involontairement. C'était l'écho. Dans ce

mouvement, mes yeux tombèrent sur le lit de
parade qu'ils avaient jusqu'alors évité. Les
rideaux de damas rouge à grandes fleurs, relevés
par des torsades d'or, laissaient voir la morte
couchée tout de son long et les mains jointes sur la
poitrine. Elle était couverte d'un voile de lin d'une
blancheur éblouissante, que le pourpre sombre de
la tenture faisait encore mieux ressortir, et d'une
telle finesse qu'il ne dérobait en rien la forme
charmante de son corps et permettait de suivre
ces belles lignes onduleuses comme le cou d'un
cygne que la mort même n'avait pu roidir. On eût
dit une statue d'albâtre faite par quelque sculpteur habile pour mettre sur un tombeau de reine,
ou encore une jeune fille endormie sur qui il
aurait neigé.

Je ne pouvais plus y tenir ; cet air d'alcôve
m'enivrait, cette fébrile senteur de rose à demi-
fanée me montait au cerveau, et je marchais à
grands pas dans la chambre, m'arrêtant à chaque
tour devant l'estrade pour considérer la gracieuse
trépassée sous la transparence de son linceul.
D'étranges pensées me traversaient l'esprit ; je
me figurais qu'elle n'était point morte réellement,
et que ce n'était qu'une feinte qu'elle avait
employée pour m'attirer dans son château et me
conter son amour. Un instant même je crus avoir
vu bouger son pied dans la blancheur des voiles,
et se déranger les plis droits du suaire.

Et puis je me disais : « Est-ce bien Clarimonde ?
quelle preuve en ai-je ? Ce page noir ne peut-il être
passé au service d'une autre femme ? Je suis bien
fou de me désoler et de m'agiter ainsi. » Mais mon
cœur me répondit avec un battement : « C'est
bien elle, c'est bien elle. » Je me rapprochai du lit,
et je regardai avec un redoublement d'attention
l'objet de mon incertitude. Vous l'avouerai-je ?
cette perfection de formes, quoique purifiée et
sanctifiée par l'ombre de la mort, me troublait
plus voluptueusement qu'il n'aurait fallu, et ce
repos ressemblait tant à un sommeil que l'on s'y

serait trompé. J'oubliais que j'étais venu là pour
un office funèbre, et je m'imaginais que j'étais un
jeune époux entrant dans la chambre de la fiancée
qui cache sa figure par pudeur et qui ne se veut
point laisser voir. Navré de douleur, éperdu de
joie, frissonnant de crainte et de plaisir, je me
penchai vers elle et je pris le coin du drap ; je le
soulevai lentement en retenant mon souffle de
peur de l'éveiller. Mes artères palpitaient avec
une telle force, que je les sentais siffler dans mes
tempes, et mon front ruisselait de sueur comme si
j'eusse remué une dalle de marbre. C'était en effet
la Clarimonde telle que je l'avais vue à l'église
lors de mon ordination ; elle était aussi charmante, et la mort chez elle semblait une coquetterie de plus. La pâleur de ses joues, le rose moins
vif de ses lèvres, ses longs cils baissés et décou-
pant leur frange brune sur cette blancheur, lui
donnaient une expression de chasteté mélancolique et de souffrance pensive d'une puissance de
séduction inexprimable ; ses longs cheveux
dénoués, où se trouvaient encore mêlées quelques
petites fleurs bleues, faisaient un oreiller à sa tête
et protégeaient de leurs boucles la nudité de ses
épaules : ses belles mains, plus pures, plus diaphanes que des hosties, étaient croisées dans une
attitude de pieux repos et de tacite prière, qui
corrigeait ce qu'auraient pu avoir de trop sédui-
sant, même dans la mort, l'exquise rondeur et le
poli d'ivoire de ses bras nus dont on n'avait pas
ôté les bracelets de perles. Je restai longtemps
absorbé dans une muette contemplation, et, plus
je la regardais, moins je pouvais croire que la vie
avait pour toujours abandonné ce beau corps. Je
ne sais si cela était une illusion ou un reflet de la
lampe, mais on eût dit que le sang recommençait
à circuler sous cette mate pâleur ; cependant elle
était toujours de la plus parfaite immobilité. Je
touchai légèrement son bras ; il était froid, mais
pas plus froid pourtant que sa main le jour qu'elle
avait effleuré la mienne sous le portail de l'église.

Je repris ma position, penchant ma figure sur la
sienne et laissant pleuvoir sur ses joues la tiède
rosée de mes larmes. Ah ! quel sentiment amer de
désespoir et d'impuissance ! quelle agonie que
cette veille ! j'aurais voulu pouvoir ramasser ma
vie en un monceau pour la lui donner et souffler
sur sa dépouille glacée la flamme qui me dévo-
rait. La nuit s'avançait, et, sentant approcher le
moment de la séparation éternelle, je ne pus me
refuser cette triste et suprême douceur de déposer
un baiser sur les lèvres mortes de celle qui avait
eu tout mon amour. O prodige ! un léger souffle se
mêla à mon souffle, et la bouche de Clarimonde
répondit à la pression de la mienne : ses yeux
s'ouvrirent et reprirent un peu d'éclat, elle fit un
soupir, et, décroisant ses bras, elle les passa derrière mon cou avec un air de ravissement ineffable. « Ah ! c'est toi, Romuald, dit-elle d'une voix
languissante et douce comme les dernières vibra-
tions d'une harpe ; que fais-tu donc ? Je t'ai
attendu si longtemps, que je suis morte ; mais
maintenant nous sommes fiancés, je pourrai te
voir et aller chez toi. Adieu, Romuald, adieu ! je
t'aime ; c'est tout ce que je voulais te dire, et je te
rends la vie que tu as rappelée sur moi une minute
avec ton baiser ; à bientôt. »

Sa tête retomba en arrière, mais elle m'entourait toujours de ses bras comme pour me retenir.
Un tourbillon de vent furieux défonça la fenêtre et
entra dans la chambre ; la dernière feuille de la
rose blanche palpita quelque temps comme une
aile au bout de la tige, puis elle se détacha et
s'envola par la croisée ouverte, emportant avec
elle l'âme de Clarimonde. La lampe s'éteignit et je
tombai évanoui sur le sein de la belle morte.

Quand je revins à moi, j'étais couché sur mon
lit, dans ma petite chambre de presbytère, et le
vieux chien de l'ancien curé léchait ma main
allongée hors de la couverture. Barbara s'agitait
dans la chambre avec un tremblement sénile,
ouvrant et fermant des tiroirs, ou remuant des

poudres dans des verres. En me voyant ouvrir les yeux, la vieille poussa un cri de joie, le chien jappa et frétilla de la queue ; mais j'étais si faible, que je ne pus prononcer une seule parole ni faire aucun mouvement. J'ai su depuis que j'étais resté trois jours ainsi, ne donnant d'autre signe d'existence qu'une respiration presque insensible. Ces trois jours ne comptent pas dans ma vie, et je ne sais où mon esprit était allé pendant tout ce temps ; je n'en ai gardé aucun souvenir. Barbara m'a conté que le même homme au teint cuivré, qui m'était venu chercher pendant la nuit, m'avait ramené le matin dans une litière fermée et s'en était retourné aussitôt. Dès que je pus rappeler mes idées, je repassai en moi-même toutes les circonstances de cette nuit fatale. D'abord je pensai que j'avais été le jouet d'une illusion magique ; mais des circonstances réelles et palpables détruisirent bientôt cette supposition. Je ne pouvais croire que j'avais rêvé, puisque Barbara avait vu comme moi l'homme aux deux chevaux noirs et qu'elle en décrivait l'ajustement et la tournure avec exactitude. Cependant personne ne connaissait dans les environs un château auquel s'appliquât la description du château où j'avais retrouvé Clarimonde.

Un matin je vis entrer l'abbé Sérapion. Barbara lui avait mandé que j'étais malade, et il était accouru en toute hâte. Quoique cet empressement démontrât de l'affection et de l'intérêt pour ma personne, sa visite ne me fit pas le plaisir qu'elle m'aurait dû faire. L'abbé Sérapion avait dans le regard quelque chose de pénétrant et d'inquisiteur qui me gênait. Je me sentais embarrassé et coupable devant lui. Le premier il avait découvert mon trouble intérieur, et je lui en voulais de sa clairvoyance.

Tout en me demandant des nouvelles de ma santé d'un ton hypocritement mielleux, il fixait sur moi ses deux jaunes prunelles de lion et plongeait comme une sonde ses regards dans mon âme. Puis il me fit quelques questions sur la manière dont je dirigeais ma cure, si je m'y plaisais, à quoi je passais le temps que mon ministère me laissait libre, si j'avais fait quelques connaissances parmi les habitants du lieu, quelles étaient mes lectures favorites, et mille autres détails semblables. Je répondais à tout cela le plus brièvement possible, et lui-même, sans attendre que j'eusse achevé, passait à autre chose. Cette conversation n'avait évidemment aucun rapport avec ce qu'il voulait dire. Puis, sans préparation aucune, et comme une nouvelle dont il se souvenait à l'instant et qu'il eût craint d'oublier ensuite, il me dit d'une voix claire et vibrante qui résonna à mon oreille comme les trompettes du jugement dernier :

« La grande courtisane Clarimonde est morte dernièrement, à la suite d'une orgie qui a duré huit jours et huit nuits. Ça a été quelque chose d'infernalement splendide. On a renouvelé là les abominations des festins de Balthazar et de Cléopâtre. Dans quel siècle vivons-nous, bon Dieu ! Les convives étaient servis par des esclaves basanés parlant un langage inconnu et qui m'ont tout l'air de vrais démons ; la livrée du moindre d'entre eux eût pu servir de gala à un empereur. Il a couru de tout temps sur cette Clarimonde de bien étranges histoires, et tous ses amants ont fini d'une manière misérable ou violente. On a dit que c'était une goule, un vampire femelle, mais je crois que c'était Belzébuth en personne. »

Il se tut et m'observa plus attentivement que jamais, pour voir l'effet que ses paroles avaient produit sur moi. Je n'avais pu me défendre d'un mouvement en entendant nommer Clarimonde, et cette nouvelle de sa mort, outre la douleur qu'elle me causait par son étrange coïncidence avec la scène nocturne dont j'avais été témoin, me jeta dans un trouble et un effroi qui parurent sur ma figure, quoi que je fisse pour m'en rendre maître. Sérapion me jeta un coup d'œil inquiet et sévère ; puis il me dit : « Mon fils, je dois vous en avertir, vous avez le pied levé sur un abîme, prenez garde d'y tomber. Satan a la griffe longue, et les tombeaux ne sont pas toujours fidèles. La pierre de Clarimonde devrait être scellée d'un triple sceau ; car ce n'est pas, à ce qu'on dit, la première fois qu'elle est morte. Que Dieu veille sur vous, Romuald ! »

Après avoir dit ces mots, Sérapion regagna la porte à pas lents, et je ne le revis plus ; car il partit pour S*** presque aussitôt.

J'étais entièrement rétabli et j'avais repris mes fonctions habituelles. Le souvenir de Clarimonde et les paroles du vieil abbé étaient toujours présents à mon esprit ; cependant aucun événement extraordinaire n'était venu confirmer les prévisions funèbres de Sérapion, et je commençais à croire que ses craintes et mes terreurs étaient trop exagérées ; mais une nuit je fis un rêve. J'avais à peine bu les premières gorgées du sommeil, que j'entendis ouvrir les rideaux de mon lit et glisser les anneaux sur les tringles avec un bruit éclatant ; je me soulevai brusquement sur le coude, et je vis une ombre de femme qui se tenait debout devant moi. Je reconnus sur-le-champ Clarimonde. Elle portait à la main une petite lampe de la forme de celles qu'on met dans les tombeaux, dont la lueur donnait à ses doigts effilés une transparence rose qui se prolongeait par une dégradation insensible jusque dans la blancheur opaque et laiteuse de son bras nu. Elle avait pour tout vêtement le suaire de lin qui la recouvrait sur son lit de parade, dont elle retenait les plis sur sa poitrine, comme honteuse d'être si peu vêtue, mais sa petite main n'y suffisait pas ; elle était si blanche, que la couleur de la draperie se confondait avec celle des chairs sous le pâle rayon de la lampe. Enveloppée de ce fin tissu qui trahissait tous les contours de son corps, elle ressemblait à une statue de marbre de baigneuse antique plutôt qu'à une femme douée de vie. Morte ou vivante, statue ou femme, ombre ou corps, sa beauté était toujours la même ; seulement l'éclat vert de ses prunelles était un peu amorti, et sa bouche, si vermeille autrefois, n'était plus teintée que d'un rose faible et tendre presque semblable à celui de ses joues. Les petites fleurs bleues que j'avais remarquées dans ses cheveux étaient tout à fait sèches et avaient presque perdu toutes leurs feuilles ; ce qui ne l'empêchait pas d'être charmante, si charmante que, malgré la singularité de l'aventure et la façon inexplicable dont elle était entrée dans la chambre, je n'eus pas un instant de frayeur.

Elle posa la lampe sur la table et s'assit sur le pied de mon lit, puis elle me dit en se penchant vers moi avec cette voix argentine et veloutée à la fois que je n'ai connue qu'à elle :

« Je me suis bien fait attendre, mon cher Romuald, et tu as dû croire que je t'avais oublié. Mais je viens de bien loin, et d'un endroit d'où personne n'est encore revenu : il n'y a ni lune ni soleil au pays d'où j'arrive ; ce n'est que de l'espace et de l'ombre ; ni chemin, ni sentier ; point de terre pour le pied, point d'air pour l'aile ; et pourtant me voici, car l'amour est plus fort que la mort, et il finira par la vaincre. Ah ! que de faces mornes et de choses terribles j'ai vues dans mon voyage ! Que de peine mon âme, rentrée dans ce monde par la puissance de la volonté, a eue pour retrouver son corps et s'y réinstaller ! Que d'efforts il m'a fallu faire avant de lever la dalle dont on m'avait couverte ! Tiens ! le dedans de mes pauvres mains en est tout meurtri. Baise-les pour les guérir, cher amour ! » Elle m'appliqua l'une après l'autre les paumes froides de ses mains sur la bouche ; je les baisai en effet plusieurs fois, et elle me regardait faire avec un sourire d'ineffable complaisance.

Je l'avoue à ma honte, j'avais totalement oublié les avis de l'abbé Sérapion et le caractère dont j'étais revêtu. J'étais tombé sans résistance et au premier assaut. Je n'avais pas même essayé de repousser le tentateur ; la fraîcheur de la peau de Clarimonde pénétrait la mienne, et je me sentais courir sur le corps de voluptueux frissons. La pauvre enfant ! malgré tout ce que j'en ai vu, j'ai peine à croire encore que ce fût un démon, du moins elle n'en avait pas l'air, et jamais Satan n'a mieux caché ses griffes et ses cornes. Elle avait reployé ses talons sous elle et se tenait accroupie sur le bord de la couchette dans une position pleine de coquetterie nonchalante. De temps en temps elle passait sa petite main à travers mes cheveux et les roulait en boucles comme pour essayer à mon visage de nouvelles coiffures. Je me laissais faire avec la plus coupable complaisance, et elle accompagnait tout cela du plus charmant babil. Une chose remarquable, c'est que je n'éprouvais aucun étonnement d'une aventure aussi extraordinaire, et, avec cette facilité que l'on a dans la vision d'admettre comme fort simples les événements les plus bizarres, je ne voyais rien là que de parfaitement naturel.

« Je t'aimais bien longtemps avant de t'avoir vu, mon cher Romuald, et je te cherchais partout. Tu étais mon rêve, et je t'ai aperçu dans l'église au fatal moment ; j'ai dit tout de suite : « C'est lui ! » Je te jetai un regard où je mis tout l'amour que j'avais eu, que j'avais et que je devais avoir pour toi ; un regard à damner un cardinal, à faire agenouiller un roi à mes pieds devant toute sa cour. Tu restas impassible et tu me préféras ton Dieu.

« Ah ! que je suis jalouse de Dieu, que tu as aimé et que tu aimes encore plus que moi !

« Malheureuse, malheureuse que je suis ! je n'aurai jamais ton cœur à moi toute seule, moi que tu as ressuscitée d'un baiser, Clarimonde la morte, qui force à cause de toi les portes du tombeau et qui vient te consacrer une vie qu'elle n'a reprise que pour te rendre heureux ! »

Toutes ces paroles étaient entrecoupées de

caresses délirantes qui étourdirent mes sens et ma raison au point que je ne craignis point pour la consoler de proférer un effroyable blasphème, et de lui dire que je l'aimais autant que Dieu.

Ses prunelles se ravivèrent et brillèrent comme des chrysoprases. « Vrai ! bien vrai ! autant que Dieu ! dit-elle en m'enlaçant dans ses beaux bras. Puisque c'est ainsi, tu viendras avec moi, tu me suivras où je voudrai. Tu laisseras tes vilains habits noirs. Tu seras le plus fier et le plus envié des cavaliers, tu seras mon amant. Être l'amant avoué de Clarimonde, qui a refusé un pape, c'est beau, cela ! Ah ! la bonne vie bien heureuse, la belle existence dorée que nous mènerons ! Quand partons-nous, mon gentilhomme ?

— Demain ! demain ! m'écriai-je dans mon délire.

— Demain, soit ! reprit-elle. J'aurai le temps de changer de toilette, car celle-ci est un peu succincte et ne vaut rien pour le voyage. Il faut aussi que j'aille avertir mes gens qui me croient sérieusement morte et qui se désolent tant qu'ils peuvent. L'argent, les habits, les voitures, tout sera prêt ; je te viendrai prendre à cette heure-ci. Adieu, cher cœur. » Et elle effleura mon front du bout de ses lèvres. La lampe s'éteignit, les rideaux se refermèrent, et je ne vis plus rien ; un sommeil de plomb, un sommeil sans rêve s'appesantit sur moi et me tint engourdi jusqu'au lendemain matin. Je me réveillai plus tard que de coutume, et le souvenir de cette singulière vision m'agita toute la journée ; je finis par me persuader que c'était une pure vapeur de mon imagination échauffée. Cependant les sensations avaient été si vives, qu'il était difficile de croire qu'elles n'étaient pas réelles, et ce ne fut pas sans quelque appréhension de ce qui allait arriver que je me mis au lit, après avoir prié Dieu d'éloigner de moi les mauvaises pensées et de protéger la chasteté de mon sommeil.

Je m'endormis bientôt profondément, et mon

rêve se continua. Les rideaux s'écartèrent, et je vis Clarimonde, non pas, comme la première fois, pâle dans son pâle suaire et les violettes de la mort sur les joues, mais gaie, leste et pimpante, avec un superbe habit de voyage en velours vert orné de ganses d'or et retroussé sur le côté pour laisser voir une jupe de satin. Ses cheveux blonds s'échappaient en grosses boucles de dessous un large chapeau de feutre noir chargé de plumes blanches capricieusement contournées ; elle tenait à la main une petite cravache terminée par un sifflet d'or. Elle m'en toucha légèrement et me dit : « Eh bien ! beau dormeur, est-ce ainsi que vous faites vos préparatifs ? Je comptais vous trouver debout. Levez-vous bien vite, nous n'avons pas de temps à perdre. » Je sautai à bas du lit.

« Allons, habillez-vous et partons, dit-elle en me montrant du doigt un petit paquet qu'elle avait apporté ; les chevaux s'ennuient et rongent leur frein à la porte. Nous devrions déjà être à dix lieues d'ici. »

Je m'habillai en hâte, et elle me tendait elle-même les pièces du vêtement, en riant aux éclats de ma gaucherie, et en m'indiquant leur usage quand je me trompais. Elle donna du tour à mes cheveux, et, quand ce fut fait, elle me tendit un petit miroir de poche en cristal de Venise, bordé d'un filigrane d'argent, et me dit : « Comment te trouves-tu ? veux-tu me prendre à ton service comme valet de chambre ? »

Je n'étais plus le même, et je ne me reconnus pas. Je ne me ressemblais pas plus qu'une statue achevée ne ressemble à un bloc de pierre. Mon ancienne figure avait l'air de n'être que l'ébauche grossière de celle que réfléchissait le miroir. J'étais beau, et ma vanité fut sensiblement chatouillée de cette métamorphose. Ces élégants habits, cette riche veste brodée, faisaient de moi un tout autre personnage, et j'admirais la puissance de quelques aunes d'étoffe taillées d'une

certaine manière. L'esprit de mon costume me
pénétrait la peau, et au bout de dix minutes j'étais
passablement fat.

Je fis quelques tours par la chambre pour me
donner de l'aisance. Clarimonde me regardait
d'un air de complaisance maternelle et paraissait
très contente de son œuvre. « Voilà bien assez
d'enfantillage ; en route mon cher Romuald !
nous allons loin et nous n'arriverons pas. » Elle
me prit la main et m'entraîna. Toutes les portes
s'ouvraient devant elle aussitôt qu'elle les touchait, et nous passâmes devant le chien sans
l'éveiller.

A la porte, nous trouvâmes Margheritone ;
c'était l'écuyer qui m'avait déjà conduit ; il tenait
en bride trois chevaux noirs comme les premiers,
un pour moi, un pour lui, un pour Clarimonde. Il
fallait que ces chevaux fussent des genets
d'Espagne, nés de juments fécondées par le
zéphyr ; car ils allaient aussi vite que le vent, et la
lune, qui s'était levée à notre départ pour nous
éclairer, roulait dans le ciel comme une roue
détachée de son char ; nous la voyions à notre
droite sauter d'arbre en arbre et s'essouffler pour
courir après nous. Nous arrivâmes bientôt dans
une plaine où, auprès d'un bosquet d'arbres, nous
attendait une voiture attelée de quatre vigou-
reuses bêtes ; nous y montâmes, et les postillons
leur firent prendre un galop insensé. J'avais un
bras passé derrière la taille de Clarimonde et une
de ses mains ployée dans la mienne ; elle appuyait
sa tête à mon épaule, et je sentais sa gorge demi-
nue frôler mon bras. Jamais je n'avais éprouvé un
bonheur aussi vif. J'avais oublié tout en ce
moment-là, et je ne me souvenais pas plus d'avoir
été prêtre que de ce que j'avais fait dans le sein de
ma mère, tant était grande la fascination que
l'esprit malin exerçait sur moi. A dater de cette
nuit, ma nature s'est en quelque sorte dédoublée,
et il y eut en moi deux hommes dont l'un ne
connaissait pas l'autre. Tantôt je me croyais un

prêtre qui rêvait chaque soir qu'il était gentilhomme, tantôt un gentilhomme qui rêvait qu'il
était prêtre. Je ne pouvais plus distinguer le songe
de la veille, et je ne savais pas où commençait la
réalité et où finissait l'illusion. Le jeune seigneur
fat et libertin se raillait du prêtre, le prêtre détes-
tait les dissolutions du jeune seigneur. Deux spirales enchevêtrées l'une dans l'autre et confon-
dues sans se toucher jamais représentent très bien
cette vie bicéphale qui fut la mienne. Malgré
l'étrangeté de cette position, je ne crois pas avoir
un seul instant touché à la folie. J'ai toujours
conservé très nettes les perceptions de mes deux
existences. Seulement, il y avait un fait absurde
que je ne pouvais m'expliquer : c'est que le sentiment du même moi existât dans deux hommes si
différents. C'était une anomalie dont je ne me
rendais pas compte, soit que je crusse être le curé
du petit village de ***, ou *il signor Romualdo*,
amant en titre de la Clarimonde.

Toujours est-il que j'étais ou du moins que je
croyais être à Venise ; je n'ai pu encore bien
démêler ce qu'il y avait d'illusion et de réalité
dans cette bizarre aventure. Nous habitions un
grand palais de marbre sur le Canaleio, plein de
fresques et de statues, avec deux Titiens du meilleur temps dans la chambre à coucher de la
Clarimonde, un palais digne d'un roi. Nous
avions chacun notre gondole et nos barcarolles à
notre livrée, notre chambre de musique et notre
poète. Clarimonde entendait la vie d'une grande
manière, et elle avait un peu de Cléopâtre dans sa
nature. Quant à moi, je menais un train de fils de
prince, et je faisais une poussière comme si j'eusse
été de la famille de l'un des douze apôtres ou des
quatre évangélistes de la sérénissime république ;
je ne me serais pas détourné de mon chemin pour
laisser passer le doge, et je ne crois pas que,
depuis Satan qui tomba du ciel, personne ait été
plus orgueilleux et plus insolent que moi. J'allais
au Ridotto, et je jouais un jeu d'enfer. Je voyais la

meilleure société du monde, des fils de famille ruinés, des femmes de théâtre, des escrocs, des parasites et des spadassins. Cependant, malgré la dissipation de cette vie, je restai fidèle à la Clarimonde. Je l'aimais éperdument. Elle eût réveillé la satiété même et fixé l'inconstance. Avoir Clarimonde, c'était avoir vingt maîtresses, c'était avoir toutes les femmes, tant elle était mobile, changeante et dissemblable d'elle-même ; un vrai caméléon ! Elle vous faisait commettre avec elle l'infidélité que vous eussiez commise avec d'autres, en prenant complètement le caractère, l'allure et le genre de beauté de la femme qui paraissait vous plaire. Elle me rendait mon amour au centuple, et c'est en vain que les jeunes patriciens et même les vieux du conseil des Dix lui firent les plus magnifiques propositions. Un Foscari alla même jusqu'à lui proposer de l'épouser ; elle refusa tout. Elle avait assez d'or ; elle ne voulait plus que de l'amour, un amour jeune, pur, éveillé par elle, et qui devait être le premier et le dernier. J'aurais été parfaitement heureux sans un maudit cauchemar qui revenait toutes les nuits, et où je me croyais un curé de village se macérant et faisant pénitence de mes excès du jour. Rassuré par l'habitude d'être avec elle, je ne songeais presque plus à la façon étrange dont j'avais fait connaissance avec Clarimonde. Cependant, ce qu'en avait dit l'abbé Sérapion me revenait quelquefois en mémoire et ne laissait pas que de me donner de l'inquiétude.

Depuis quelque temps la santé de Clarimonde n'était pas aussi bonne ; son teint s'amortissait de jour en jour. Les médecins qu'on fit venir n'entendaient rien à sa maladie, et ils ne savaient qu'y faire. Ils prescrivirent quelques remèdes insignifiants et ne revinrent plus. Cependant elle pâlissait à vue d'œil et devenait de plus en plus froide. Elle était presque aussi blanche et aussi morte que la fameuse nuit dans le château inconnu. Je me désolais de la voir ainsi lentement dépérir.

Elle, touchée de ma douleur, me souriait doucement et tristement avec le sourire fatal des gens qui savent qu'ils vont mourrir.

Un matin, j'étais assis auprès de son lit, et je déjeunais sur une petite table pour ne la pas quitter d'une minute. En coupant un fruit, je me fis par hasard au doigt une entaille assez profonde. Le sang partit aussitôt en filets pourpres, et quelques gouttes rejaillirent sur Clarimonde. Ses yeux s'éclairèrent, sa physionomie prit une expression de joie féroce et sauvage que je ne lui avais jamais vue. Elle sauta à bas du lit avec une agilité animale, une agilité de singe ou de chat, et se précipita sur ma blessure qu'elle se mit à sucer avec un air d'indicible volupté. Elle avalait le sang par petites gorgées, lentement et précieusement, comme un gourmet qui savoure un vin de Xérès ou de Syracuse ; elle clignait les yeux à demi, et la pupille de ses prunelles vertes était devenue oblongue au lieu de ronde. De temps à autre elle s'interrompait pour me baiser la main, puis elle recommençait à presser de ses lèvres les lèvres de la plaie pour en faire sortir encore quelques gouttes rouges. Quand elle vit que le sang ne venait plus, elle se releva l'œil humide et brillant, plus rose qu'une aurore de mai, la figure pleine, la main tiède et moite, enfin plus belle que jamais et dans un état parfait de santé.

« Je ne mourrai pas ! je ne mourrai pas ! dit-elle à moitié folle de joie et en se pendant à mon cou ; je pourrai t'aimer encore longtemps. Ma vie est dans la tienne, et tout ce qui est moi vient de toi. Quelques gouttes de ton riche et noble sang, plus précieux et plus efficace que tous les élixirs du monde, m'ont rendu l'existence. »

Cette scène me préoccupa longtemps et m'inspira d'étranges doutes à l'endroit de Clarimonde, et le soir même, lorsque le sommeil m'eut ramené à mon presbytère, je vis l'abbé Sérapion plus grave et plus soucieux que jamais. Il me regarda attentivement et me dit : « Non content de perdre votre âme, vous voulez aussi perdre votre corps. Infortuné jeune homme, dans quel piège êtes-vous tombé ! » Le ton dont il me dit ce peu de mots me frappa vivement ; mais, malgré sa vivacité, cette impression fut bientôt dissipée, et mille autres soins l'effacèrent de mon esprit. Cependant, un soir, je vis dans ma glace, dont elle n'avait pas calculé la perfide position, Clarimonde qui versait une poudre dans la coupe de vin épicé qu'elle avait coutume de préparer après le repas. Je pris la coupe, je feignis d'y porter mes lèvres, et je la posai sur quelque meuble comme pour l'achever plus tard à mon loisir, et, profitant d'un instant où la belle avait le dos tourné, j'en jetai le contenu sous la table ; après quoi je me retirai dans ma chambre et je me couchai, bien déterminé à ne pas dormir et à voir ce que tout cela deviendrait. Je n'attendis pas longtemps ; Clarimonde entra en robe de nuit, et, s'étant débarrassée de ses voiles s'allongea dans le lit auprès de moi. Quand elle se fut bien assurée que je dormais, elle découvrit mon bras et tira une épingle d'or de sa tête ; puis elle se mit à murmurer à voix basse :

« Une goutte, rien qu'une petite goutte rouge, un rubis au bout de mon aiguille !... Puisque tu m'aimes encore, il ne faut pas que je meure... Ah ! pauvre amour, ton beau sang d'une couleur pourpre si éclatante, je vais le boire. Dors, mon seul bien ; dors, mon dieu, mon enfant ; je ne te ferai pas de mal, je ne prendrai de ta vie que ce qu'il faudra pour ne pas laisser éteindre la mienne. Si je ne t'aimais pas tant, je pourrais me résoudre à avoir d'autres amants dont je tarirais les veines ; mais depuis que je te connais, j'ai tout le monde en horreur... Ah ! le beau bras ! comme il est rond ! comme il est blanc ! Je n'oserai jamais piquer cette jolie veine bleue. » Et, tout en disant cela, elle pleurait, et je sentais pleuvoir ses larmes sur mon bras qu'elle tenait entre ses mains. Enfin elle se décida, me fit une petite piqûre avec son aiguille et se mit à pomper le sang qui en coulait.

Quoiqu'elle en eût bu à peine quelques gouttes, la crainte de m'épuiser la prenant, elle m'entoura avec soin le bras d'une petite bandelette après avoir frotté la plaie d'un onguent qui la cicatrisa sur-le-champ.

Je ne pouvais plus avoir de doutes, l'abbé Sérapion avait raison. Cependant, malgré cette certitude, je ne pouvais m'empêcher d'aimer Clarimonde, et je lui aurais volontiers donné tout le sang dont elle avait besoin pour soutenir son existence factice. D'ailleurs, je n'avais pas grand-peur ; la femme me répondait du vampire, et ce que j'avais entendu et vu me rassurait complètement ; j'avais alors des veines plantureuses qui ne se seraient pas de sitôt épuisées, et je ne marchandais pas ma vie goutte à goutte. Je me serais ouvert le bras moi-même et je lui aurais dit : « Bois ! et que mon amour s'infiltre dans ton corps avec mon sang ! » J'évitais de faire la moindre allusion au narcotique qu'elle m'avait versé et à la scène de l'aiguille, et nous vivions dans le plus parfait accord. Pourtant mes scrupules de prêtre me tourmentaient plus que jamais, et je ne savais quelle macération nouvelle inventer pour mater et mortifier ma chair. Quoique toutes ces visions fussent involontaires et que je n'y participasse en rien, je n'osais pas toucher le Christ avec des mains aussi impures et un esprit souillé par de pareilles débauches réelles ou rêvées. Pour éviter de tomber dans ces fatigantes hallucinations, j'essayais de m'empêcher de dormir, je tenais mes paupières ouvertes avec les doigts et je restais debout au long des murs, luttant contre le sommeil de toutes mes forces ; mais le sable de l'assoupissement me roulait bientôt dans les yeux, et, voyant que toute lutte était inutile, je laissais tomber les bras de découragement et de lassitude, et le courant me rentraînait vers les rives perfides. Sérapion me faisait les plus véhémentes exhortations, et me reprochait durement ma mollesse et mon peu de ferveur. Un jour que j'avais été plus agité qu'à l'ordinaire, il me dit : « Pour vous débarrasser de cette obsession, il n'y a qu'un moyen, et, quoiqu'il soit extrême, il le faut employer : aux grands maux les grands remèdes. Je sais où Clarimonde a été enterrée ; il faut que nous la déterrions et que vous voyiez dans quel état pitoyable est l'objet de votre amour ; vous ne serez plus tenté de perdre votre âme pour un cadavre immonde dévoré des vers et près de tomber en poudre ; cela vous fera assurément rentrer en vous-même. » Pour moi, j'étais si fatigué de cette double vie, que j'acceptai : voulant savoir, une fois pour toutes, qui du prêtre ou du gentilhomme était dupe d'une illusion, j'étais décidé à tuer au profit de l'un ou de l'autre un des deux hommes qui étaient en moi ou à les tuer tous les deux, car une pareille vie ne pouvait durer. L'abbé Sérapion se munit d'une pioche, d'un levier et d'une lanterne, et à minuit nous nous dirigeâmes vers le cimetière de ***, dont il connaissait parfaitement le gisement et la disposition. Après avoir porté la lumière de la lanterne sourde sur les inscriptions de plusieurs tombeaux, nous arrivâmes enfin à une pierre à moitié cachée par les grandes herbes et dévorée de mousses et de plantes parasites, où nous déchiffrâmes ce commencement d'inscription :

> *Ici gît Clarimonde*
> *Qui fut de son vivant*
> *La plus belle du monde.*
> ....

« C'est bien ici », dit Sérapion, et, posant à terre sa lanterne, il glissa la pince dans l'interstice de la pierre et commença à la soulever. La pierre céda, et il se mit à l'ouvrage avec la pioche. Moi, je le regardais faire, plus noir et plus silencieux que la nuit elle-même ; quant à lui, courbé sur son œuvre funèbre il ruisselait de sueur, il haletait, et son souffle pressé avait l'air d'un râle d'agonisant. C'était un spectacle étrange, et qui nous eût vus

du dehors nous eût plutôt pris pour des profana-
teurs et des voleurs de linceuls, que pour des
prêtres de Dieu. Le zèle de Sérapion avait quelque
chose de dur et de sauvage qui le faisait ressembler à un démon plutôt qu'à un apôtre ou à un
ange, et sa figure aux grands traits austères et
profondément découpés par le reflet de la lanterne n'avait rien de très rassurant. Je me sentais
perler sur les membres une sueur glaciale, et mes
cheveux se redressaient douloureusement sur ma
tête ; je regardais au fond de moi-même l'action
du sévère Sérapion comme un abominable sacri-
lège, et j'aurais voulu que du flanc des sombres
nuages qui roulaient pesamment au-dessus de
nous sortît un triangle de feu qui le réduisît en
poudre. Les hiboux perchés sur les cyprès, inquié-
tés par l'éclat de la lanterne, en venaient fouetter
lourdement la vitre avec leurs ailes poussiéreuses, en jetant des gémissements plaintifs ; les
renards glapissaient dans le lointain, et mille
bruits sinistres se dégageaient du silence. Enfin la
pioche de Sérapion heurta le cercueil dont les
planches retentirent avec un bruit sourd et
sonore, avec ce terrible bruit que rend le néant
quand on y touche ; il en renversa le couvercle, et
j'aperçus Clarimonde pâle comme un marbre, les
mains jointes ; son blanc suaire ne faisait qu'un
seul pli de sa tête à ses pieds. Une petite goutte
rouge brillait comme une rose au coin de sa
bouche décolorée. Sérapion, à cette vue, entra en
fureur : « Ah ! te voilà, démon, courtisane impu-
dique, buveuse de sang et d'or ! » et il aspergea
d'eau bénite le corps et le cercueil sur lequel il
traça la forme d'une croix avec son goupillon. La
pauvre Clarimonde n'eut pas été plutôt touchée
par la sainte rosée que son beau corps tomba en
poussière ; ce ne fut plus qu'un mélange affreusement informe de cendres et d'os à demi calcinés.
« Voilà votre maîtresse, seigneur Romuald, dit
l'inexorable prêtre en me montrant ces tristes
dépouilles, serez-vous encore tenté d'aller vous

promener au Lido et à Fusine avec votre beauté ? » Je baissai la tête ; une grande ruine venait de se faire au-dedans de moi. Je retournai à mon presbytère, et le seigneur Romuald, amant de Clarimonde, se sépara du pauvre prêtre, à qui il avait tenu pendant si longtemps une si étrange compagnie. Seulement, la nuit suivante, je vis Clarimonde ; elle me dit, comme la première fois sous le portail de l'église : « Malheureux ! malheureux ! qu'as-tu fait ? Pourquoi as-tu écouté ce prêtre imbécile ? n'étais-tu pas heureux ? et que t'avais-je fait, pour violer ma pauvre tombe et mettre à nu les misères de mon néant ? Toute communication entre nos âmes et nos corps est rompue désormais. Adieu, tu me regretteras. » Elle se dissipa dans l'air comme une fumée, et je ne la revis plus.

Hélas ! elle a dit vrai : je l'ai regrettée plus d'une fois et je la regrette encore. La paix de mon âme a été bien chèrement achetée ; l'amour de Dieu n'était pas de trop pour remplacer le sien. Voilà, frère, l'histoire de ma jeunesse. Ne regardez jamais une femme, et marchez toujours les yeux fixés en terre, car, si chaste et si calme que vous soyez, il suffit d'une minute pour vous faire perdre l'éternité.

LA PIPE D'OPIUM

L'autre jour, je trouvai mon ami Alphonse Karr assis sur son divan, avec une bougie allumée, quoiqu'il fît grand jour, et tenant à la main un tuyau de bois de cerisier muni d'un champignon de porcelaine sur lequel il faisait dégoutter une espèce de pâte brune assez semblable à la cire à cacheter ; cette pâte flambait et grésillait dans la cheminée du champignon, et il aspirait par une petite embouchure d'ambre jaune la fumée qui se répandait ensuite dans la chambre avec une vague odeur de parfum oriental.

Je pris, sans rien dire, l'appareil des mains de mon ami, et je m'ajustai à l'un des bouts ; après quelques gorgées, j'éprouvai un espèce d'étourdissement qui n'était pas sans charmes et ressemblait assez aux sensations de la première ivresse.

Étant de feuilleton ce jour-là, et n'ayant pas le loisir d'être gris, j'accrochai la pipe à un clou et nous descendîmes dans le jardin, dire bonjour aux dahlias et jouer un peu avec Schutz, heureux animal qui n'a d'autre fonction que d'être noir sur un tapis de vert gazon.

Je rentrai chez moi, je dînai, et j'allai au théâtre subir je ne sais quelle pièce, puis je revins me coucher, car il faut bien en arriver là, et faire, par cette mort de quelques heures, l'apprentissage de la mort définitive.

L'opium que j'avais fumé, loin de produire l'effet somnolent que j'en attendais, me jetait en des agitations nerveuses comme du café violent, et je tournais dans mon lit en façon de carpe sur le gril ou de poulet à la broche, avec un perpétuel roulis de couvertures, au grand mécontentement de mon chat roulé en boule sur le coin de mon édredon.

Enfin, le sommeil longtemps imploré ensabla mes prunelles de sa poussière d'or, mes yeux devinrent chauds et lourds, je m'endormis.

Après une ou deux heures complètement immobiles et noires, j'eus un rêve.

— Le voici :

Je me retrouvai chez mon ami Alphonse Karr, — comme le matin, dans la réalité ; il était assis sur son divan de lampas jaune, avec sa pipe et sa bougie allumée ; seulement le soleil ne faisait pas voltiger sur les murs, comme des papillons aux mille couleurs, les reflets bleus, verts et rouges des vitraux.

Je pris la pipe de ses mains, ainsi que je l'avais fait quelques heures auparavant, et je me mis à aspirer lentement la fumée enivrante.

Une mollesse pleine de béatitude ne tarda pas à s'emparer de moi, et je sentis le même étourdissement que j'avais éprouvé en fumant la vraie pipe.

Jusque-là mon rêve se tenait dans les plus exactes limites du monde habitable, et répétait, comme un miroir, les actions de ma journée.

J'étais pelotonné dans un tas de coussins, et je renversais paresseusement ma tête en arrière pour suivre en l'air les spirales bleuâtres, qui se fondaient en brume d'ouate, après avoir tourbillonné quelques minutes.

Mes yeux se portaient naturellement sur le plafond, qui est d'un noir d'ébène, avec des arabesques d'or.

A force de le regarder avec cette attention extatique qui précède les visions, il me parut bleu, mais d'un bleu dur, comme un des pans du manteau de la nuit.

« Vous avez donc fait repeindre votre plafond en bleu, dis-je à Karr, qui, toujours impassible et silencieux, avait embouché une autre pipe, et rendait plus de fumée qu'un tuyau de poêle en hiver, ou qu'un bateau à vapeur dans une saison quelconque.

— Nullement, mon fils, répondit-il en mettant son nez hors du nuage, mais vous m'avez furieusement la mine de vous être à vous-même peint l'estomac en rouge, au moyen d'un bordeaux plus ou moins *Laffite*.

— Hélas ! que ne dites-vous la vérité ; mais je n'ai bu qu'un misérable verre d'eau sucrée, où toutes les fourmis de la terre étaient venues se désaltérer, une école de natation d'insectes.

— Le plafond s'ennuyait apparemment d'être noir, il s'est mis en bleu ; après les femmes, je ne connais rien de plus capricieux que les plafonds ; c'est une fantaisie de plafond, voilà tout, rien n'est plus ordinaire. »

Cela dit, Karr rentra son nez dans le nuage de fumée, avec la mine satisfaite de quelqu'un qui a donné une explication limpide et lumineuse.

Cependant je n'étais qu'à moitié convaincu, et j'avais de la peine à croire les plafonds aussi fantastiques que cela, et je continuais à regarder celui que j'avais au-dessus de ma tête, non sans quelque sentiment d'inquiétude.

Il bleuissait, il bleuissait comme la mer à l'horizon, et les étoiles commençaient a y ouvrir leurs paupières aux cils d'or ; ces cils, d'une extrême ténuité, s'allongeaient jusque dans la chambre qu'ils remplissaient de gerbes prismatiques.

Quelques lignes noires rayaient cette surface d'azur, et je reconnus bientôt que c'étaient les poutres des étages supérieurs de la maison devenue transparente.

Malgré la facilité que l'on a en rêve d'admettre comme naturelles les choses les plus bizarres, tout ceci commençait à me paraître un peu louche et suspect, et je pensai que si mon camarade Esquiros *le Magicien* était là, il me donnerait des explications plus satisfaisantes que celles de mon ami Alphonse Karr.

Comme si cette pensée eût eu la puissance d'évocation, Esquiros se présenta soudain devant nous, à peu près comme le barbet de Faust qui sort de derrière le poêle.

Il avait le visage fort animé et l'air triomphant, et il disait, en se frottant les mains :

« Je vois aux antipodes, et j'ai trouvé la Mandragore qui parle. »

Cette apparition me surprit, et je dis à Karr :

« O Karr ! concevez-vous qu'Esquiros, qui n'était pas là tout à l'heure, soit entré sans qu'on ait ouvert la porte ?

— Rien n'est plus simple, répondit Karr. L'on entre par les portes fermées, c'est l'usage ; il n'y a que les gens mal élevés qui passent par les portes ouvertes. Vous savez bien qu'on dit comme injure : Grand enfonceur de portes ouvertes. »

Je ne trouvai aucune objection à faire contre un raisonnement si sensé, et je restai convaincu qu'en effet la présence d'Esquiros n'avait rien que de fort explicable et de très légal en soi-même.

Cependant il me regardait d'un air étrange, et ses yeux s'agrandissaient d'une façon démesurée ; ils étaient ardents et ronds comme des boucliers chauffés dans une fournaise, et son corps se dissipait et se noyait dans l'ombre, de sorte que je ne voyais plus de lui que ses deux prunelles flamboyantes et rayonnantes.

Des réseaux de feu et des torrents d'effluves magnétiques papillotaient et tourbillonnaient autour de moi, s'enlaçant toujours plus inextricablement et se resserrant toujours ; des fils étincelants aboutissaient à chacun de mes pores, et s'implantaient dans ma peau à peu près comme les cheveux dans la tête. J'étais dans un état de somnambulisme complet.

Je vis alors des petits flocons blancs qui traversaient l'espace bleu du plafond comme des touffes de laine emportées par le vent, ou comme un collier de colombe qui s'égrène dans l'air.

Je cherchais vainement à deviner ce que c'était,

quand une voix basse et brève me chuchota à
l'oreille, avec un accent étrange : — *Ce sont des
esprits ! ! !* Les écailles de mes yeux tombèrent ; les
vapeurs blanches prirent des formes plus pré-
cises, et j'aperçus distinctement une longue file de
figures voilées qui suivaient la corniche, de droite
à gauche, avec un mouvement d'ascension très
prononcé, comme si un souffle impérieux les soulevait et leur servait d'aile.

A l'angle de la chambre, sur la moulure du
plafond, se tenait assise une forme de jeune fille
enveloppée dans une large draperie de mousseline.

Ses pieds, entièrement nus, pendaient nonchalamment croisés l'un sur l'autre ; ils étaient, du
reste, charmants, d'une petitesse et d'une transparence qui me firent penser à ces beaux pieds de
jaspe qui sortent si blancs et si purs de la jupe de
marbre noir de l'Isis antique du Musée.

Les autres fantômes lui frappaient sur l'épaule
en passant, et lui disaient :

« Nous allons dans les étoiles, viens donc avec
nous. »

L'ombre au pied d'albâtre leur répondait :

« Non ! je ne veux pas aller dans les étoiles ; je
voudrais vivre six mois encore. »

Toute la file passa, et l'ombre resta seule,
balançant ses jolis petits pieds, et frappant le mur
de son talon nuancé d'une teinte rose, pâle et
tendre comme le cœur d'une clochette sauvage ;
quoique sa figure fût voilée, je la sentais jeune,
adorable et charmante, et mon âme s'élançait de
son côté, les bras tendus, les ailes ouvertes.

L'ombre comprit mon trouble par intention ou
sympathie, et dit d'une voix douce et cristalline
comme un harmonica :

« Si tu as le courage d'aller embrasser sur la
bouche celle qui fut moi, et dont le corps est
couché dans la ville noire, je vivrai six mois
encore, et ma seconde vie sera pour toi. »

Je me levai, et me fis cette question :

A savoir, si je n'étais pas le jouet de quelque illusion, et si tout ce qui se passait n'était pas un rêve.

C'était une dernière lueur de la lampe de la raison éteinte par le sommeil.

Je demandai à mes deux amis ce qu'ils pensaient de tout cela.

L'imperturbable Karr prétendit que l'aventure était commune, qu'il en avait eu plusieurs du même genre, et que j'étais d'une grande naïveté de m'étonner de si peu.

Esquiros expliqua tout au moyen du magnétisme.

« Allons, c'est bien, je vais y aller ; mais je suis en pantoufles...

— Cela ne fait rien, dit Esquiros, je *pressens* une voiture à la porte. »

Je sortis, et je vis, en effet, un cabriolet à deux chevaux qui semblait attendre. Je montai dedans.

Il n'y avait pas de cocher. — Les chevaux se conduisaient eux-mêmes ; ils étaient tout noirs, et galopaient si furieusement, que leurs croupes s'abaissaient et se levaient comme des vagues, et que des pluies d'étincelles pétillaient derrière eux.

Ils prirent d'abord la rue de La-Tour-d'Auvergne, puis la rue Bellefond, puis la rue Lafayette, et, à partir de là, d'autres rues dont je ne sais pas les noms.

A mesure que la voiture allait, les objets prenaient autour de moi des formes étranges : c'étaient des maisons rechignées, accroupies au bord du chemin comme de vieilles filandières, des clôtures en planches, des réverbères qui avaient l'air de gibets à s'y méprendre ; bientôt les maisons disparurent tout à fait, et la voiture roulait dans la rase campagne.

Nous filions à travers une plaine morne et sombre ; — le ciel était très bas, couleur de plomb, et une interminable procession de petits arbres fluets courait, en sens inverse de la voiture, des deux côtés du chemin ; l'on eût dit une armée de manches à balai en déroute.

Rien n'était sinistre comme cette immensité grisâtre que la grêle silhouette des arbres rayait de hachures noires : — pas une étoile ne brillait, aucune paillette de lumière n'écaillait la profondeur blafarde de cette demi-obscurité.

Enfin, nous arrivâmes à une ville, à moi inconnue, dont les maisons d'une architecture singulière, vaguement entrevue dans les ténèbres, me parurent d'une petitesse à ne pouvoir être habitées ; — la voiture, quoique beaucoup plus large que les rues qu'elle traversait, n'éprouvait aucun retard ; les maisons se rangeaient à droite et à gauche comme des passants effrayés, et laissaient le chemin libre.

Après plusieurs détours, je sentis la voiture fondre sous moi, et les chevaux s'évanouirent en vapeurs, j'étais arrivé.

Une lumière rougeâtre filtrait à travers les interstices d'une porte de bronze qui n'était pas fermée ; je la poussai, et je me trouvai dans une salle basse dallée de marbre blanc et noir et voûtée en pierre ; une lampe antique, posée sur un socle de brèche violette, éclairait d'une lueur blafarde une figure couchée, que je pris d'abord pour une statue comme celles qui dorment les mains jointes, un lévrier aux pieds, dans les cathédrales gothiques ; mais je reconnus bientôt que c'était une femme réelle.

Elle était d'une pâleur exsangue, et que je ne saurais mieux comparer qu'au ton de la cire vierge jaunie, ses mains, mates et blanches comme des hosties, se croisaient sur son cœur ; ses yeux étaient fermés, et leurs cils s'allongeaient jusqu'au milieu des joues ; tout en elle était mort : la bouche seule, fraîche comme une grenade en fleur, étincelait d'une vie riche et pourprée, et souriant à demi comme dans un rêve heureux.

Je me penchai vers elle, je posai ma bouche sur la sienne, et je lui donnai le baiser qui devait la faire revivre.

Ses lèvres humides et tièdes, comme si le souffle venait à peine de les abandonner, palpitèrent sous les miennes, et me rendirent mon baiser avec une ardeur et une vivacité incroyables.

Il y a ici une lacune dans mon rêve, et je ne sais comment je revins de la ville noire ; probablement à cheval sur un nuage ou sur une chauve-souris gigantesque. — Mais je me souviens parfaitement que je me trouvai avec Karr dans une maison qui n'est ni la sienne ni la mienne, ni aucune de celles que je connais.

Cependant tous les détails intérieurs, tout l'aménagement m'étaient extrêmement familiers ; je vois nettement la cheminée dans le goût de Louis XVI, le paravent à ramages, la lampe à garde-vue vert et les étagères pleines de livres aux angles de la cheminée.

J'occupais une profonde bergère à oreillettes, et Karr, les deux talons appuyés sur le chambranle, assis sur les épaules et presque sur la tête, écoutait d'un air piteux et résigné le récit de mon expédition que je regardais moi-même en rêve.

Tout à coup un violent coup de sonnette se fit entendre, et l'on vint m'annoncer qu'une *dame* désirait *me* parler.

« Faites entrer la *dame*, répondis-je, un peu ému et pressentant ce qui allait arriver. »

Une femme vêtue de blanc, et les épaules couvertes d'un mantelet noir, entra d'un pas léger, et vint se placer dans la pénombre lumineuse projetée par la lampe.

Par un phénomène très singulier, je vis passer sur sa figure trois physionomies différentes : elle ressembla un instant à Malibran, puis à M..., puis à celle qui disait aussi qu'elle ne voulait pas mourir, et dont le dernier mot fut : « Donnez-moi un bouquet de violettes. »

Mais ces ressemblances se dissipèrent bientôt comme une ombre sur un miroir, les traits du visage prirent de la fixité et se condensèrent, et je *reconnus* la morte que j'avais embrassée dans la ville noire.

Sa mise était extrêmement simple, et elle n'avait d'autre ornement qu'un cercle d'or dans ses cheveux, d'un brun foncé, et tombant en grappes d'ébène le long de ses joues unies et veloutées.

Deux petites taches roses empourpraient le haut de ses pommettes, et ses yeux brillaient comme des globes d'argent brunis ; elle avait, du reste, une beauté de camée antique, et la blonde transparence de ses chairs ajoutait encore à la ressemblance.

Elle se tenait debout devant moi, et me pria, demande assez bizarre, de lui dire son nom.

Je lui répondis sans hésiter qu'elle se nommait *Carlotta*, ce qui était vrai ; ensuite elle me raconta qu'elle avait été chanteuse, et qu'elle était morte si jeune, qu'elle ignorait les plaisirs de l'existence, et qu'avant d'aller s'enfoncer pour toujours dans l'immobile éternité, elle voulait jouir de la beauté du monde, s'enivrer de toutes les voluptés et se plonger dans l'océan des joies terrestres ; qu'elle se sentait une soif inextinguible de vie et d'amour.

Et, en disant tout cela avec une éloquence d'expression et une poésie qu'il n'est pas en mon pouvoir de rendre, elle nouait ses bras en écharpe autour de mon cou, et entrelaçait ses mains fluettes dans les boucles de mes cheveux.

Elle parlait en vers d'une beauté merveilleuse, où n'atteindraient pas les plus grands poètes éveillés, et quand le vers ne suffisait plus pour rendre sa pensée, elle lui ajoutait les ailes de la musique, et c'était des roulades, des colliers de notes plus pures que des perles parfaites, des tenues de voix, des sons filés bien au-dessus des limites humaines, tout ce que l'âme et l'esprit peuvent rêver de plus tendre, de plus adorablement coquet, de plus amoureux, de plus ardent, de plus ineffable.

« Vivre six mois, six mois encore », était le refrain de toutes ses cantilènes.

Je voyais très clairement ce qu'elle allait dire, avant que la pensée arrivât de sa tête ou de son cœur jusque sur ses lèvres, et j'achevais moi-même le vers ou le chant commencés ; j'avais pour elle la même transparence, et elle lisait en moi couramment.

Je ne sais pas où se seraient arrêtées ces extases que ne modérait plus la présence de Karr, lorsque je sentis quelque chose de velu et de rude qui me passait sur la figure ; j'ouvris les yeux, et je vis mon chat qui frottait sa moustache à la mienne en manière de congratulation matinale, car l'aube tamisait à travers les rideaux une lumière vacillante.

C'est ainsi que finit mon rêve d'opium, qui ne me laissa d'autre trace qu'une vague mélancolie, suite ordinaire de ces sortes d'hallucinations.

LE CHEVALIER DOUBLE

Qui rend donc la blonde Edwige si triste ? que fait-elle assise à l'écart, le menton dans sa main et le coude au genou, plus morne que le désespoir, plus pâle que la statue d'albâtre qui pleure sur un tombeau ?

Du coin de sa paupière une grosse larme roule sur le duvet de sa joue, une seule, mais qui ne tarit jamais ; comme cette goutte d'eau qui suinte des voûtes du rocher et qui à la longue use le granit, cette seule larme, en tombant sans relâche de ses yeux sur son cœur, l'a percé et traversé à jour.

Edwige, blonde Edwige, ne croyez-vous plus à Jésus-Christ le doux Sauveur ? doutez-vous de l'indulgence de la très sainte Vierge Marie ? Pourquoi portez-vous sans cesse à votre flanc vos petites mains diaphanes, amaigries et fluettes comme celles des Elfes et des Willis ? Vous allez être mère ; c'était votre plus cher vœu : votre noble époux, le comte Lodbrog, a promis un autel d'argent massif, un ciboire d'or fin à l'église de Saint-Euthbert si vous lui donniez un fils.

Hélas ! hélas ! la pauvre Edwige a le cœur percé des sept glaives de la douleur ; un terrible secret pèse sur son âme. Il y a quelques mois, un étranger est venu au château ; il faisait un terrible temps cette nuit-là : les tours tremblaient dans leur charpente, les girouettes piaulaient, le feu rampait dans la cheminée, et le vent frappait à la vitre comme un importun qui veut entrer.

L'étranger était beau comme un ange, mais

comme un ange tombé ; il souriait doucement et regardait doucement, et pourtant ce regard et ce sourire vous glaçaient de terreur et vous inspiraient l'effroi qu'on éprouve en se penchant sur un abîme. Une grâce scélérate, une langueur perfide comme celle du tigre qui guette sa proie, accompagnaient tous ses mouvements ; il charmait à la façon du serpent qui fascine l'oiseau.

Cet étranger était un maître chanteur ; son teint bruni montrait qu'il avait vu d'autres cieux ; il disait venir du fond de la Bohême, et demandait l'hospitalité pour cette nuit-là seulement.

Il resta cette nuit, et encore d'autres jours et encore d'autres nuits, car la tempête ne pouvait s'apaiser, et le vieux château s'agitait sur ses fondements comme si la rafale eût voulu le déraciner et faire tomber sa couronne de créneaux dans les eaux écumeuses du torrent.

Pour charmer le temps, il chantait d'étranges poésies qui troublaient le cœur et donnaient des idées furieuses ; tout le temps qu'il chantait, un corbeau noir vernissé, luisant comme le jais, se tenait sur son épaule ; il battait la mesure avec son bec d'ébène, et semblait applaudir en secouant ses ailes. — Edwige pâlissait, pâlissait comme les lis du clair de lune ; Edwige rougissait, rougissait comme les roses de l'aurore, et se laissait aller en arrière dans son grand fauteuil, languissante, à demi-morte, enivrée comme si elle avait respiré le parfum fatal de ces fleurs qui font mourir.

Enfin le maître chanteur put partir ; un petit sourire bleu venait de dérider la face du ciel. Depuis ce jour, Edwige, la blonde Edwige ne fait que pleurer dans l'angle de la fenêtre.

Edwige est mère ; elle a un bel enfant tout blanc et tout vermeil. — Le vieux comte Lodbrog a commandé au fondeur l'autel d'argent massif, et il a donné mille pièces d'or à l'orfèvre dans une bourse de peau de renne pour fabriquer le ciboire ; il sera large et lourd, et tiendra une grande mesure de vin. Le prêtre qui le videra pourra dire qu'il est un bon buveur.

L'enfant est tout blanc et tout vermeil, mais il a le regard noir de l'étranger : sa mère l'a bien vu. Ah ! pauvre Edwige ! pourquoi avez-vous tant regardé l'étranger avec sa harpe et son corbeau ?...

Le chapelain ondoie l'enfant ; — on lui donne le nom d'Oluf, un bien beau nom ! — Le mire monte sur la plus haute tour pour lui tirer l'horoscope.

Le temps était clair et froid : comme une mâchoire de loup cervier aux dents aiguës et blanches, une découpure de montagnes couvertes de neiges mordait le bord de la robe du ciel ; les étoiles larges et pâles brillaient dans la crudité bleue de la nuit comme des soleils d'argent.

Le mire prend la hauteur, remarque l'année, le jour et la minute ; il fait de longs calculs en encre rouge sur un long parchemin tout constellé de signes cabalistiques ; il rentre dans son cabinet, et remonte sur la plate-forme, il ne s'est pourtant pas trompé dans ses supputations, son thème de nativité est juste comme un trébuchet à peser les pierres fines ; cependant il recommence : il n'a pas fait d'erreur.

Le petit comte Oluf a une étoile double, une verte et une rouge, verte comme l'espérance, rouge comme l'enfer ; l'une favorable, l'autre désastreuse. Cela s'est-il jamais vu qu'un enfant ait une étoile double ?

Avec un air grave et compassé le mire rentre dans la chambre de l'accouchée et dit, en passant sa main osseuse dans les flots de sa grande barbe de mage :

« Comtesse Edwige, et vous, comte Ladbrog, deux influences ont présidé à la naissance d'Oluf, votre précieux fils : l'une bonne, l'autre mauvaise ; c'est pourquoi il a une étoile verte et une étoile rouge. Il est soumis à un double ascendant ; il sera très heureux ou très malheureux, je ne sais lequel ; peut-être tous les deux à la fois. »

Le comte Lodbrog répondit au mire : « L'étoile verte l'emportera. » Mais Edwige craignait dans son cœur de mère que ce ne fût la rouge. Elle remit son menton dans sa main, son coude sur son génou, et recommença à pleurer dans le coin de la fenêtre. Après avoir allaité son enfant, son unique occupation était de regarder à travers la vitre la neige descendre en flocons drus et pressés, comme si l'on eût plumé là-haut les ailes blanches de tous les anges et de tous les chérubins.

De temps en temps un corbeau passait devant la vitre, croassant et secouant cette poussière argentée. Cela faisait penser Edwige au corbeau singulier qui se tenait toujours sur l'épaule de l'étranger au doux regard de tigre, au charmant sourire de vipère.

Et ses larmes tombaient plus vite de ses yeux sur son cœur, sur son cœur percé à jour.

Le jeune Oluf est un enfant bien étrange : on dirait qu'il y a dans sa petite peau blanche et vermeille deux enfants d'un caractère différent ; un jour il est bon comme un ange, un autre jour il est méchant comme un diable, il mord le sein de sa mère, et déchire à coup d'ongles le visage de sa gouvernante.

Le vieux comte Lodbrog, souriant dans sa moustache grise, dit qu'Oluf fera un bon soldat et qu'il a l'humeur belliqueuse. Le fait est qu'Oluf est un petit drôle insupportable : tantôt il pleure, tantôt il rit ; il est capricieux comme la lune, fantasque comme une femme ; il va, vient, s'arrête tout à coup sans motif apparent, abandonne ce qu'il avait entrepris et fait succéder à la turbulence la plus inquiète l'immobilité la plus absolue ; quoiqu'il soit seul, il paraît converser avec un interlocuteur invisible ! Quand on lui demande la cause de toutes ces agitations, il dit que l'étoile rouge le tourmente.

Oluf a bientôt quinze ans. Son caractère devient de plus en plus inexplicable ; sa physionomie, quoique parfaitement belle, est d'une expression embarrassante ; il est blond comme sa mère, avec tous les traits de la race du Nord ; mais sous son front blanc comme la neige que n'a rayée encore ni le patin du chasseur ni maculée le pied de l'ours, et qui est bien le front de la race antique des Lodbrog, scintille entre deux paupières orangées un œil aux longs cils noirs, un œil de jais illuminé des fauves ardeurs de la passion italienne, un regard velouté, cruel et doucereux comme celui du maître chanteur de Bohême.

Comme les mois s'envolent, et plus vite encore les années ! Edwige repose maintenant sous les arches ténébreuses du caveau des Lodbrog, à côté du vieux comte, souriant, dans son cercueil, de ne pas voir son nom périr. Elle était déjà si pâle que la mort ne l'a pas beaucoup changée. Sur son tombeau il y a une belle statue couchée, les mains jointes, et les pieds sur une levrette de marbre, fidèle compagnie des trépassés. Ce qu'a dit Edwige à sa dernière heure, nul ne le sait, mais le prêtre qui la confessait est devenu plus pâle encore que la mourante.

Oluf, le fils brun et blond d'Edwige la désolée, a vingt ans aujourd'hui. Il est très adroit à tous les exercices, nul ne tire mieux l'arc que lui ; il refend la flèche qui vient de se planter en tremblant dans le cœur du but ; sans mors ni éperon il dompte les chevaux les plus sauvages.

Il n'a jamais impunément regardé une femme ou une jeune fille ; mais aucune de celles qui l'ont aimé n'a été heureuse. L'inégalité fatale de son caractère s'oppose à toute réalisation de bonheur entre une femme et lui. Une seule de ses moitiés ressent de la passion, l'autre éprouve de la haine ; tantôt l'étoile verte l'emporte, tantôt l'étoile rouge. Un jour il vous dit : « O blanches vierges du Nord, étincelantes et pures comme les glaces du pôle ; prunelles de clair de lune ; joues nuancées des fraîcheurs de l'aurore boréale ! » Et l'autre jour il s'écriait : « O filles d'Italie, dorées par le soleil et blondes comme l'orange ! cœurs de flamme dans des poitrines de bronze ! » Ce qu'il y a de plus triste, c'est qu'il est sincère dans les deux exclamations.

Hélas ! pauvres désolées, tristes ombres plaintives, vous ne l'accusez même pas, car vous savez qu'il est plus malheureux que vous ; son cœur est un terrain sans cesse foulé par les pieds de deux lutteurs inconnus, dont chacun, comme dans le combat de Jacob et de l'Ange, cherche à dessécher le jarret de son adversaire.

Si l'on allait au cimetière, sous les larges feuilles veloutées du verbascum aux profondes découpures, sous l'asphodèle aux rameaux d'un vert malsain, dans la folle avoine et les orties, l'on trouverait plus d'une pierre abandonnée où la rosée du matin répand seule ses larmes. Mina, Dora, Thécla ! la terre est-elle bien lourde à vos seins délicats et à vos corps charmants ?

Un jour Oluf appelle Dietrich, son fidèle écuyer ; il lui dit de seller son cheval.

« Maître, regardez comme la neige tombe, comme le vent siffle et fait ployer jusqu'à terre la cime des sapins ; n'entendez-vous pas dans le lointain hurler les loups maigres et bramer ainsi que des âmes en peine les rennes à l'agonie ?

— Dietrich, mon fidèle écuyer, je secouerai la neige comme on fait d'un duvet qui s'attache au manteau ; je passerai sous l'arceau des sapins en inclinant un peu l'aigrette de mon casque. Quant aux loups, leurs griffes s'émousseront sur cette bonne armure, et du bout de mon épée fouillant la glace, je découvrirai au pauvre renne, qui geint et pleure à chaudes larmes, la mousse fraîche et fleurie qu'il ne peut atteindre. »

Le comte Oluf de Lodbrog, car tel est son titre depuis que le vieux comte est mort, part sur son bon cheval, accompagné de ses deux chiens géants, Murg et Fenris, car le jeune seigneur aux paupières couleur d'orange a un rendez-vous, et déjà peut-être, du haut de la petite tourelle aiguë en forme de poivrière, se penche sur le balcon sculpté, malgré le froid et la bise, la jeune fille inquiète, cherchant à démêler dans la blancheur de la plaine le panache du chevalier.

Oluf, sur son grand cheval à formes d'éléphant, dont il laboure les flancs à coups d'éperon, s'avance dans la campagne ; il traverse le lac, dont le froid n'a fait qu'un seul bloc de glace, où les poissons sont enchâssés, les nageoires étendues, comme des pétrifications dans la pâte du marbre ; les quatre fers du cheval, armés de crochets, mordent solidement la dure surface ; un brouillard, produit par sa sueur et sa respiration, l'enveloppe et le suit ; on dirait qu'il galope dans un nuage ; les deux chiens, Murg et Fenris, soufflent, de chaque côté de leur maître, par leurs naseaux sanglants, de longs jets de fumée comme des animaux fabuleux.

Voici le bois de sapins ; pareils à des spectres, ils étendent leurs bras appesantis chargés de nappes blanches ; le poids de la neige courbe les plus jeunes et les plus flexibles : on dirait une suite d'arceaux d'argent. La noire terreur habite dans cette forêt, où les rochers affectent des formes monstrueuses, où chaque arbre, avec ses racines, semble couver à ses pieds un nid de dragons engourdis. Mais Oluf ne connaît pas la terreur.

Le chemin se resserre de plus en plus, les sapins croisent inextricablement leurs branches lamentables ; à peine de rares éclaircies permettent-elles de voir la chaîne de collines neigeuses qui se détachent en blanches ondulations sur le ciel noir et terne.

Heureusement Mopse est un vigoureux coursier qui porterait sans plier Odin le gigantesque ; nul obstacle ne l'arrête ; il saute par-dessus les rochers, il enjambe les fondrières, et de temps en temps il arrache aux cailloux que son sabot heurte sous la neige une aigrette d'étincelles aussitôt éteintes.

« Allons, Mopse, courage ! tu n'as plus à traverser que la petite plaine et le bois de bouleaux ; une jolie main caressera ton col satiné, et dans une écurie bien chaude tu mangeras de l'orge mondée et de l'avoine à pleine mesure. »

Quel charmant spectacle que le bois de bouleaux ! toutes les branches sont ouatées d'une peluche de givre, les plus petites brindilles se dessinent en blanc sur l'obscurité de l'atmosphère : on dirait une immense corbeille de filigrane, un madrépore d'argent, une grotte avec tous ses stalactites ; les ramifications et les fleurs bizarres dont la gelée étame les vitres n'offrent pas des dessins plus compliqués et plus variés.

« Seigneur Oluf, que vous avez tardé ! j'avais peur que l'ours de la montagne vous eût barré le chemin ou que les elfes vous eussent invité à danser, dit la jeune châtelaine en faisant asseoir Oluf sur le fauteuil de chêne dans l'intérieur de la cheminée. Mais pourquoi êtes-vous venu au rendez-vous d'amour avec un compagnon ? Aviez-vous donc peur de passer tout seul par la forêt ?

— De quel compagnon voulez-vous parler, fleur de mon âme ? dit Oluf très surpris à la jeune châtelaine.

— Du chevalier à l'étoile rouge que vous menez toujours avec vous. Celui qui est né d'un regard du chanteur bohémien, l'esprit funeste qui vous possède ; défaites-vous du chevalier à l'étoile rouge, ou je n'écouterai jamais vos propos d'amour ; je ne puis être la femme de deux hommes à la fois. »

Oluf eut beau faire et beau dire, il ne put seulement parvenir à baiser le petit doigt rose de la main de Brenda ; il s'en alla fort mécontent et résolu à combattre le chevalier à l'étoile rouge s'il pouvait le rencontrer.

Malgré l'accueil sévère de Brenda, Oluf reprit le lendemain la route du château à tourelles en forme de poivrière : les amoureux ne se rebutent pas aisément.

Tout en cheminant il se disait : « Brenda sans

doute est folle ; et que veut-elle dire avec son chevalier à l'étoile rouge ? »

La tempête était des plus violentes ; la neige tourbillonnait et permettait à peine de distinguer la terre du ciel. Une spirale de corbeaux, malgré les abois de Fenris et de Murg, qui sautaient en l'air pour les saisir, tournoyait sinistrement au-dessus du panache d'Oluf. A leur tête était le corbeau luisant comme le jais qui battait la mesure sur l'épaule du chanteur bohémien.

Fenris et Murg s'arrêtèrent subitement : leurs naseaux mobiles hument l'air avec inquiétude ; ils subodorent la présence d'un ennemi. — Ce n'est point un loup ni un renard ; un loup et un renard ne seraient qu'une bouchée pour ces braves chiens.

Un bruit de pas se fait entendre, et bientôt paraît au détour du chemin un chevalier monté sur un cheval de grande taille et suivi de deux chiens énormes.

Vous l'auriez pris pour Oluf. Il était armé exactement de même, avec un surcot historié du même blason ; seulement il portait sur son casque une plume rouge au lieu d'une verte. La route était si étroite qu'il fallait que l'un des deux chevaliers reculât.

« Seigneur Oluf, reculez-vous pour que je passe, dit le chevalier à la visière baissée. Le voyage que je fais est un long voyage ; on m'attend, il faut que j'arrive.

— Par la moustache de mon père, c'est vous qui reculerez. Je vais à un rendez-vous d'amour, et les amoureux sont pressés », répondit Oluf en portant la main sur la garde de son épée.

L'inconnu tira la sienne, et le combat commença. Les épées, en tombant sur les mailles d'acier, en faisaient jaillir des gerbes d'étincelles pétillantes ; bientôt, quoique d'une trempe supérieure, elles furent ébréchées comme des scies. On eût pris les combattants, à travers la fumée de leurs chevaux et la brume de leur respiration haletante, pour deux noirs forgerons acharnés sur un fer rouge. Les chevaux, animés de la même rage que leurs maîtres, mordaient à belles dents leurs cous veineux, et s'enlevaient des lambeaux de poitrail ; ils s'agitaient avec des soubresauts furieux, se dressaient sur leurs pieds de derrière, et se servant de leurs sabots comme de poings fermés, ils se portaient des coups terribles pendant que leurs cavaliers se martelaient affreusement par-dessus leurs têtes ; les chiens n'étaient qu'une morsure et qu'un hurlement.

Les gouttes de sang, suintant à travers les écailles imbriquées des armures et tombant toutes tièdes sur la neige, y faisaient de petits trous roses. Au bout de peu d'instants l'on aurait dit un crible, tant les gouttes tombaient fréquentes et pressées. Les deux chevaliers étaient blessés.

Chose étrange, Oluf sentait les coups qu'il portait au chevalier inconnu ; il souffrait des blessures qu'il faisait et de celles qu'il recevait : il avait éprouvé un grand froid dans la poitrine, comme d'un fer qui entrerait et chercherait le cœur, et pourtant sa cuirasse n'était pas faussée à l'endroit du cœur : sa seule blessure était un coup dans les chairs au bras droit. Singulier duel, où le vainqueur souffrait autant que le vaincu, où donner et recevoir était une chose indifférente.

Ramassant ses forces, Oluf fit voler d'un revers le terrible heaume de son adversaire. — O terreur ! que vit le fils d'Edwige et de Lodbrog ? il se vit lui-même devant lui : un miroir eût été moins exact. Il s'était battu avec son propre spectre, avec le chevalier à l'étoile rouge ; le spectre jeta un grand cri et disparut.

La spirale de corbeaux remonta dans le ciel et le brave Oluf continua son chemin ; en revenant le soir à son château, il portait en croupe la jeune châtelaine, qui cette fois avait bien voulu l'écouter. Le chevalier à l'étoile rouge n'étant plus là, elle s'était décidée à laisser tomber de ses lèvres de rose, sur le cœur d'Oluf, cet aveu qui coûte tant à la pudeur. La nuit était claire et bleue, Oluf leva la tête pour chercher sa double étoile et la faire voir à sa fiancée : il n'y avait plus que la verte, la rouge avait disparu.

En entrant, Brenda, tout heureuse de ce prodige qu'elle attribuait à l'amour, fit remarquer au jeune Oluf que le jais de ses yeux s'était changé en azur, signe de réconciliation céleste. — Le vieux Lodbrog en sourit d'aise sous sa moustache blanche au fond de son tombeau ; car, à vrai dire, quoiqu'il n'en eût rien témoigné, les yeux d'Oluf l'avaient quelquefois fait réfléchir. — L'ombre d'Edwige est toute joyeuse, car l'enfant du noble seigneur Lodbrog a enfin vaincu l'influence maligne de l'œil orange, du corbeau noir et de l'étoile rouge : l'homme a terrassé l'incube.

Cette histoire montre comme un seul moment d'oubli, un regard même innocent, peuvent avoir d'influence.

Jeunes femmes, ne jetez jamais les yeux sur les maîtres chanteurs de Bohême, qui récitent des poésies enivrantes et diaboliques. Vous, jeunes filles, ne vous fiez qu'à l'étoile verte ; et vous qui avez le malheur d'être double, combattez bravement, quand même vous devriez frapper sur vous et vous blesser de votre propre épée, l'adversaire intérieur, le méchant chevalier.

Si vous demandez qui nous a apporté cette légende de Norvège, c'est un cygne ; un bel oiseau au bec jaune, qui a traversé le Fiord, moitié nageant, moitié volant.

LE PIED DE MOMIE

J'étais entré par désœuvrement chez un de ces marchands de curiosités dits marchands de bric-à-brac dans l'argot parisien, si parfaitement inintelligible pour le reste de la France.

Vous avez sans doute jeté l'œil, à travers le carreau, dans quelques-unes de ces boutiques devenues si nombreuses depuis qu'il est de mode d'acheter des meubles anciens, et que le moindre agent de change se croit obligé d'avoir sa *chambre Moyen Age*.

C'est quelque chose qui tient à la fois de la boutique du ferrailleur, du magasin du tapissier, du laboratoire de l'alchimiste et de l'atelier du peintre ; dans ces antres mystérieux où les volets filtrent un prudent demi-jour, ce qu'il y a de plus notoirement ancien, c'est la poussière ; les toiles d'araignées y sont plus authentiques que les guipures, et le vieux poirier y est plus jeune que l'acajou arrivé hier d'Amérique.

Le magasin de mon marchand de bric-à-brac était un véritable Capharnaüm ; tous les siècles et tous les pays semblaient s'y être donné rendez-vous ; une lampe étrusque de terre rouge posait sur une armoire de Boule, aux panneaux d'ébène sévèrement rayés de filaments de cuivre ; une duchesse du temps de Louis XV allongeait nonchalamment ses pieds de biche sous une épaisse table du règne de Louis XIII, aux lourdes spirales de bois de chêne, aux sculptures entremêlées de feuillages et de chimères.

Une armure damasquinée de Milan faisait miroiter dans un coin le ventre rubané de sa cuirasse ; des amours et des nymphes de biscuit, des magots de la Chine, des cornets de céladon et de craquelé, des tasses de Saxe et de vieux Sèvres encombraient les étagères et les encoignures.

Sur les tablettes denticulées des dressoirs, rayonnaient d'immenses plats du Japon, aux dessins rouges et bleus, relevés de hachures d'or, côte à côte avec des émaux de Bernard Palissy, représentant des couleuvres, des grenouilles et des lézards en relief.

Des armoires éventrées s'échappaient des cascades de lampas glacé d'argent, des flots de brocatelle criblée de grains lumineux par un oblique rayon de soleil ; des portraits de toutes les époques souriaient à travers leur vernis jaune dans des cadres plus ou moins fanés.

Le marchand me suivait avec précaution dans le tortueux passage pratiqué entre les piles de meubles, abattant de la main l'essor hasardeux des basques de mon habit, surveillant mes coudes avec l'attention inquiète de l'antiquaire et de l'usurier.

C'était une singulière figure que celle du marchand : un crâne immense, poli comme un genou, entouré d'une maigre auréole de cheveux blancs que faisait ressortir plus vivement le ton saumon-clair de la peau, lui donnait un faux air de bonhomie patriarcale, corrigée, du reste, par le scintillement de deux petits yeux jaunes qui tremblotaient dans leur orbite comme deux louis d'or sur du vif-argent. La courbure du nez avait une silhouette aquiline qui rappelait le type oriental ou juif. Ses mains, maigres, fluettes, veinées, pleines de nerfs en saillie comme les cordes d'un manche à violon, onglées de griffes semblables à celles qui terminent les ailes membraneuses des chauves-souris, avaient un mouvement d'oscillation sénile, inquiétant à voir ; mais ces mains agitées de tics fiévreux devenaient plus fermes que des tenailles d'acier ou des pinces de homard dès qu'elles soulevaient quelque objet précieux, une coupe d'onyx, un verre de Venise ou un plateau de cristal de Bohême ; ce vieux drôle avait un air si profondément rabbinique et cabalistique qu'on l'eût brûlé sur la mine, il y a trois siècles.

« Ne m'acheterez-vous rien aujourd'hui, monsieur ? Voilà un kriss malais dont la lame ondule comme une flamme ; regardez ces rainures pour égoutter le sang, ces dentelures pratiquées en sens inverse pour arracher les entrailles en retirant le poignard ; c'est une arme féroce, d'un beau caractère et qui ferait très bien dans votre trophée ; cette épée à deux mains est très belle, elle est de Josepe de la Hera, et cette cauchelimarde à coquille fenestrée, quel superbe travail !

— Non, j'ai assez d'armes et d'instruments de carnage ; je voudrais une figurine, un objet quelconque qui pût me servir de serre-papier, car je ne puis souffrir tous ces bronzes de pacotille que vendent les papetiers, et qu'on retrouve invariablement sur tous les bureaux. »

Le vieux gnome, furetant dans ses vieilleries, étala devant moi des bronzes antiques ou soi-disant tels, des morceaux de malachite, de petites idoles indoues ou chinoises, espèce de poussahs de jade, incarnation de Brahma ou de Wishnou merveilleusement propre à cet usage, assez peu divin, de tenir en place des journaux et des lettres.

J'hésitais entre un dragon de porcelaine tout constellé de verrues, la gueule ornée de crocs et de barbelures, et un petit fétiche mexicain fort abominable, représentant au naturel le dieu Witziliputzili, quand j'aperçus un pied charmant que je pris d'abord pour un fragment de Vénus antique.

Il avait ces belles teintes fauves et rousses qui donnent au bronze florentin cet aspect chaud et vivace, si préférable au ton vert-de-grisé des bronzes ordinaires qu'on prendrait volontiers pour des statues en putréfaction : des luisants satinés frissonnaient sur ses formes rondes et polies par les baisers amoureux de vingt siècles ; car ce devait être un airain de Corinthe, un ouvrage du meilleur temps, peut-être une fonte de Lysippe !

« Ce pied fera mon affaire », dis-je au marchand, qui me regarda d'un air ironique et sournois en me tendant l'objet demandé pour que je pusse l'examiner plus à mon aise.

Je fus surpris de sa légèreté ; ce n'était pas un pied de métal, mais bien un pied de chair, un pied embaumé, un pied de momie : en regardant de près, l'on pouvait distinguer le grain de la peau et la gaufrure presque imperceptible imprimée par la trame des bandelettes. Les doigts étaient fins, délicats, terminés par des ongles parfaits, purs et transparents comme des agathes ; le pouce, un peu séparé, contrariait heureusement le plan des autres doigts à la manière antique, et lui donnait une attitude dégagée, une sveltesse de pied d'oiseau ; la plante, à peine rayée de quelques hachures invisibles, montrait qu'elle n'avait jamais touché la terre, et ne s'était trouvée en contact qu'avec les plus fines nattes de roseaux du Nil et les plus moelleux tapis de peaux de panthères.

« Ha ! ha ! vous voulez le pied de la princesse Hermonthis, dit le marchand avec un ricanement étrange, en fixant sur moi ses yeux de hibou : ha ! ha ! ha ! pour un serre-papier ! idée originale, idée d'artiste ; qui aurait dit au vieux Pharaon que le pied de sa fille adorée servirait de serre-papier l'aurait bien surpris, lorsqu'il faisait creuser une montagne de granit pour y mettre le triple cercueil peint et doré, tout couvert d'hiéroglyphes avec de belles peintures du jugement des âmes, ajouta à demi-voix et comme se parlant à lui-même le petit marchand singulier.

— Combien me vendrez-vous ce fragment de momie ?

— Ah ! le plus cher que je pourrai, car c'est un morceau superbe ; si j'avais le pendant, vous ne

l'auriez pas à moins de cinq cents francs : la fille
d'un Pharaon, rien n'est plus rare.

— Assurément cela n'est pas commun ; mais
enfin combien en voulez-vous ? D'abord je vous
avertis d'une chose, c'est que je ne possède pour
trésor que cinq louis ; — j'achèterai tout ce qui
coûtera cinq louis, mais rien de plus.

« Vous scruteriez les arrière-poches de mes
gilets, et mes tiroirs les plus intimes, que vous n'y
trouveriez pas seulement un misérable tigre à
cinq griffes.

— Cinq louis le pied de la princesse Hermonthis, c'est bien peu, très peu en vérité, un pied
authentique, dit le marchand en hochant la tête et
en imprimant à ses prunelles un mouvement rota-
toire.

« Allons, prenez-le, et je vous donne l'enveloppe
par-dessus le marché, ajouta-t-il en le roulant
dans un vieux lambeau de damas ; très beau,
damas véritable, damas des Indes, qui n'a jamais
été reteint ; c'est fort, c'est moelleux », marmot-
tait-il en promenant ses doigts sur le tissu éraillé
par un reste d'habitude commerciale qui lui faisait vanter un objet de si peu de valeur qu'il le
jugeait lui-même digne d'être donné.

Il coula les pièces d'or dans une espèce d'aumô-
nière du Moyen Age pendant à sa ceinture, en
répétant :

« Le pied de la princesse Hermonthis servir de
serre-papier ! »

Puis, arrêtant sur moi ses prunelles phosphoriques, il me dit avec une voix stridente comme le
miaulement d'un chat qui vient d'avaler une
arête :

« Le vieux Pharaon ne sera pas content, il
aimait sa fille, ce cher homme.

— Vous en parlez comme si vous étiez son
contemporain ; quoique vieux, vous ne remontez
cependant pas aux pyramides d'Égypte », lui
répondis-je en riant du seuil de la boutique.

Je rentrai chez moi fort content de mon acquisition.

Pour la mettre tout de suite à profit, je posai le pied de la divine princesse Hermonthis sur une liasse de papier, ébauche de vers, mosaïque indéchiffrable de ratures : articles commencés, lettres oubliées et mises à la poste dans le tiroir, erreur qui arrive souvent aux gens distraits ; l'effet était charmant, bizarre et romantique.

Très satisfait de cet embellissement, je descendis dans la rue, et j'allai me promener avec la gravité convenable et la fierté d'un homme qui a sur tous les passants qu'il coudoie l'avantage ineffable de posséder un morceau de la princesse Hermonthis, fille de Pharaon.

Je trouvai souverainement ridicules tous ceux qui ne possédaient pas, comme moi, un serre-papier aussi notoirement égyptien ; et la vraie occupation d'un homme sensé me paraissait d'avoir un pied de momie sur son bureau.

Heureusement la rencontre de quelques amis vint me distraire de mon engouement de récent acquéreur ; je m'en allai dîner avec eux, car il m'eût été difficile de dîner avec moi.

Quand je revins le soir, le cerveau marbré de quelques veines de gris de perle, une vague bouffée de parfum oriental me chatouilla délicatement l'appareil olfactif ; la chaleur de la chambre avait attiédi le natrum, le bitume et la myrrhe dans lesquels les *paraschites* inciseurs de cadavres avaient baigné le corps de la princesse ; c'était un parfum doux quoique pénétrant, un parfum que quatre mille ans n'avaient pu faire évaporer.

Le rêve de l'Égypte était l'éternité : ses odeurs ont la solidité du granit, et durent autant.

Je bus bientôt à pleines gorgées dans la coupe noire du sommeil ; pendant une heure ou deux tout resta opaque, l'oubli et le néant m'inondaient de leurs vagues sombres.

Cependant mon obscurité intellectuelle s'éclaira, les songes commencèrent à m'effleurer de leur vol silencieux.

Les yeux de mon âme s'ouvrirent, et je vis ma chambre telle qu'elle était effectivement : j'aurais pu me croire éveillé, mais une vague perception me disait que je dormais et qu'il allait se passer quelque chose de bizarre.

L'odeur de la myrrhe avait augmenté d'intensité, et je sentais un léger mal de tête que j'attribuais fort raisonnablement à quelques verres de vin de Champagne que nous avions bus aux dieux inconnus et à nos succès futurs.

Je regardais dans ma chambre avec un sentiment d'attente que rien ne justifiait ; les meubles étaient parfaitement en place, la lampe brûlait sur la console, doucement estampée par la blancheur laiteuse de son globe de cristal dépoli ; les aquarelles miroitaient sous leur verre de Bohême ; les rideaux pendaient languissamment : tout avait l'air endormi et tranquille.

Cependant, au bout de quelques instants, cet intérieur si calme parut se troubler, les boiseries craquaient furtivement ; la bûche enfouie sous la cendre lançait tout à coup un jet de gaz bleu, et les disques des patères semblaient des yeux de métal attentifs comme moi aux choses qui allaient se passer.

Ma vue se porta par hasard vers la table sur laquelle j'avais posé le pied de la princesse Hermonthis.

Au lieu d'être immobile comme il convient à un pied embaumé depuis quatre mille ans, il s'agitait, se contractait et sautillait sur les papiers comme une grenouille effarée : on l'aurait cru en contact avec une pile voltaïque ; j'entendais fort distinctement le bruit sec que produisait son petit talon, dur comme un sabot de gazelle.

J'étais assez mécontent de mon acquisition, aimant les serre-papiers sédentaires et trouvant peu naturel de voir les pieds se promener sans jambes, et je commençais à éprouver quelque chose qui ressemblait fort à de la frayeur.

Tout à coup je vis remuer le pli d'un de mes

rideaux, et j'entendis un piétinement comme
d'une personne qui sauterait à cloche-pied. Je
dois avouer que j'eus chaud et froid alternativement ; que je sentis un vent inconnu me souffler
dans le dos, et que mes cheveux firent sauter, en
se redressant, ma coiffure de nuit à deux ou trois
pas.

Les rideaux s'entrouvrirent, et je vis s'avancer
la figure la plus étrange qu'on puisse imaginer.

C'était une jeune fille, café au lait très foncé,
comme la bayadère Amani, d'une beauté parfaite
et rappelant le type égyptien le plus pur ; elle
avait des yeux taillés en amande avec des coins
relevés et des sourcils tellement noirs qu'ils
paraissaient bleus, son nez était d'une coupe délicate, presque grecque pour la finesse, et l'on
aurait pu la prendre pour une statue de bronze de
Corinthe, si la proéminence des pommettes et
l'épanouissement un peu africain de la bouche
n'eussent fait reconnaître, à n'en pas douter, la
race hiéroglyphique des bords du Nil.

Ses bras minces et tournés en fuseau, comme
ceux des très jeunes filles, étaient cerclés
d'espèces d'emprises de métal et de tours de
verroterie ; ses cheveux étaient nattés en corde-
lettes, et sur sa poitrine pendait une idole en pâte
verte que son fouet à sept branches faisait
reconnaître pour l'Isis, conductrice des âmes ;
une plaque d'or scintillait à son front, et quelques
traces de fard perçaient sous les teintes de cuivre
de ses joues.

Quant à son costume il était très étrange.

Figurez-vous un pagne de bandelettes chamarrées d'hiéroglyphes noirs et rouges, empesés de
bitume et qui semblaient appartenir à une momie
fraîchement démaillottée.

Par un de ces sauts de pensée si fréquents dans
les rêves, j'entendis la voix fausse et enrouée du
marchand de bric-à-brac, qui répétait, comme un
refrain monotone, la phrase qu'il avait dite dans
sa boutique avec une intonation si énigmatique :

« Le vieux Pharaon ne sera pas content ; il aimait beaucoup sa fille, ce cher homme. »

Particularité étrange et qui ne me rassura guère, l'apparition n'avait qu'un seul pied, l'autre jambe était rompue à la cheville.

Elle se dirigea vers la table où le pied de momie s'agitait et frétillait avec un redoublement de vitesse. Arrivée là, elle s'appuya sur le rebord, et je vis une larme germer et perler dans ses yeux.

Quoiqu'elle ne parlât pas, je discernais clairement sa pensée : elle regardait le pied, car c'était bien le sien, avec une expression de tristesse coquette d'une grâce infinie ; mais le pied sautait et courait çà et là comme s'il eût été poussé par des ressorts d'acier.

Deux ou trois fois elle étendit sa main pour le saisir, mais elle n'y réussit pas.

Alors il s'établit entre la princesse Hermonthis et son pied, qui paraissait doué d'une vie à part, un dialogue très bizarre dans un cophte très ancien, tel qu'on pouvait le parler, il y a une trentaine de siècles, dans les syringes du pays de Ser heureusement que cette nuit-là je savais le cophte en perfection.

La princesse Hermonthis disait d'un ton de voix doux et vibrant comme une clochette de cristal :

« Eh bien ! mon cher petit pied, vous me fuyez toujours, j'avais pourtant bien soin de vous. Je vous baignais d'eau parfumée, dans un bassin d'albâtre ; je polissais votre talon avec la pierre-ponce trempée d'huile de palmes, vos ongles étaient coupés avec des pinces d'or et polis avec de la dent d'hippopotame, j'avais soin de choisir pour vous des thabebs brodés et peints à pointes recourbées, qui faisaient l'envie de toutes les jeunes filles de l'Égypte ; vous aviez à votre orteil des bagues représentant le scarabée sacré, et vous portiez un des corps les plus légers que puisse souhaiter un pied paresseux. »

Le pied répondit d'un ton boudeur et chagrin :

« Vous savez bien que je ne m'appartiens plus,

j'ai été acheté et payé ; le vieux marchand savait bien ce qu'il faisait, il vous en veut toujours d'avoir refusé de l'épouser : c'est un tour qu'il vous a joué.

« L'Arabe qui a forcé votre cercueil royal dans le puits souterrain de la nécropole de Thèbes était envoyé par lui, il voulait vous empêcher d'aller à la réunion des peuples ténébreux, dans les cités inférieures. Avez-vous cinq pièces d'or pour me racheter ?

— Hélas ! non. Mes pierreries, mes anneaux, mes bourses d'or et d'argent, tout m'a été volé, répondit la princesse Hermonthis avec un soupir.

— Princesse, m'écriai-je alors, je n'ai jamais retenu injustement le pied de personne : bien que vous n'ayez pas les cinq louis qu'il m'a coûtés, je vous le rends de bonne grâce ; je serais désespéré de rendre boiteuse une aussi aimable personne que la princesse Hermonthis. »

Je débitai ce discours d'un ton régence et troubadour qui dut surprendre la belle Égyptienne.

Elle tourna vers moi un regard chargé de reconnaissance, et ses yeux s'illuminèrent de lueurs bleuâtres.

Elle prit son pied, qui, cette fois, se laissa faire, comme une femme qui va mettre son brodequin, et l'ajusta à sa jambe avec beaucoup d'adresse.

Cette opération terminée, elle fit deux ou trois pas dans la chambre, comme pour s'assurer qu'elle n'était réellement plus boiteuse.

« Ah ! comme mon père va être content, lui qui était si désolé de ma mutilation, et qui avait, dès le jour de ma naissance, mis un peuple tout entier à l'ouvrage pour me creuser un tombeau si profond qu'il pût me conserver intacte jusqu'au jour suprême où les âmes doivent être pesées dans les balances de l'Amenthi.

« Venez avec moi chez mon père, il vous recevra bien, vous m'avez rendu mon pied. »

Je trouvai cette proposition toute naturelle ; j'endossai une robe de chambre à grands

ramages, qui me donnait un air très pharao-
nesque ; je chaussai à la hâte des babouches
turques, et je dis à la princesse Hermonthis que
j'étais prêt à la suivre.

Hermonthis, avant de partir, détacha de son col
la petite figurine de pâte verte et la posa sur les
feuilles éparses qui couvraient la table.

« Il est bien juste, dit-elle en souriant, que je
remplace votre serre-papier. »

Elle me tendit sa main, qui était douce et froide
comme une peau de couleuvre, et nous partîmes.

Nous filâmes pendant quelque temps avec la
rapidité de la flèche dans un milieu fluide et
grisâtre, où des silhouettes à peine ébauchées
passaient à droite et à gauche.

Un instant, nous ne vîmes que l'eau et le ciel.

Quelques minutes après, des obélisques
commencèrent à pointer, des pylônes, des rampes
côtoyées de sphinx se dessinèrent à l'horizon.

Nous étions arrivés.

La princesse me conduisit devant une montagne de granit rose, où se trouvait une ouverture
étroite et basse qu'il eût été difficile de distinguer
des fissures de la pierre si deux stèles bariolées de
sculptures ne l'eussent fait reconnaître.

Hermonthis alluma une torche et se mit à mar-
cher devant moi.

C'étaient des corridors taillés dans le roc vif ;
les murs, couverts de panneaux d'hiéroglyphes et
de processions allégoriques, avaient dû occuper
des milliers de bras pendant des milliers
d'années ; ces corridors, d'une longueur interminable, aboutissaient à des chambres carrées,
au milieu desquelles étaient pratiqués des puits,
où nous descendions au moyen de crampons ou
d'escaliers en spirale ; ces puits nous conduisaient dans d'autres chambres, d'où partaient
d'autres corridors également bigarrés d'éper-
viers, de serpents roulés en cercle, de tau, de
pedum, de bari mystique, prodigieux travail que
nul œil vivant ne devait voir, interminables

légendes de granit que les morts avaient seuls le temps de lire pendant l'éternité.

Enfin, nous débouchâmes dans une salle si vaste, si énorme, si démesurée, que l'on ne pouvait en apercevoir les bornes ; à perte de vue s'étendaient des files de colonnes monstrueuses entre lesquelles tremblotaient de livides étoiles de lumière jaune : ces points brillants révélaient des profondeurs incalculables.

La princesse Hermonthis me tenait toujours par la main et saluait gracieusement les momies de sa connaissance.

Mes yeux s'accoutumaient à ce demi-jour crépusculaire, et commençaient à discerner les objets.

Je vis, assis sur des trônes, les rois des races souterraines : c'étaient de grands vieillards secs, ridés, parcheminés, noirs de naphte et de bitume, coiffés de pschents d'or, bardés de pectoraux et de hausse-cols, constellés de pierreries avec des yeux d'une fixité de sphinx et de longues barbes blanchies par la neige des siècles : derrière eux, leurs peuples embaumés se tenaient debout dans les poses roides et contraintes de l'art égyptien, gardant éternellement l'attitude prescrite par le codex hiératique ; derrière les peuples miaulaient, battaient de l'aile et ricanaient les chats, les ibis et les crocodiles contemporains, rendus plus monstrueux encore par leur emmaillotage de bandelettes.

Tous les Pharaons étaient là, Chéops, Chephrenès, Psammetichus, Sésostris, Amenoteph ; tous les noirs dominateurs des pyramides et des syringes ; sur une estrade plus élevée siégeaient le roi Chronos et Xixouthros, qui fut contemporain du déluge, et Tubal Caïn, qui le précéda.

La barbe du roi Xixouthros avait tellement poussé qu'elle avait déjà fait sept fois le tour de la table de granit sur laquelle il s'appuyait tout rêveur et tout somnolent.

Plus loin, dans une vapeur poussiéreuse, à travers le brouillard des éternités, je distinguais vaguement les soixante-douze rois préadamites avec leurs soixante-douze peuples à jamais disparus.

Après m'avoir laissé quelques minutes pour jouir de ce spectacle vertigineux, la princesse Hermonthis me présenta au Pharaon son père, qui me fit un signe de tête fort majestueux.

« J'ai retrouvé mon pied ! j'ai retrouvé mon pied ! criait la princesse en frappant ses petites mains l'une contre l'autre avec tous les signes d'une joie folle, c'est monsieur qui me l'a rendu. »

Les races de Kémé, les races de Nahasi, toutes les nations noires, bronzées, cuivrées, répétaient en chœur :

« La princesse Hermonthis a retrouvé son pied. »

Xixouthros lui-même s'en émut :

Il souleva sa paupière appesantie, passa ses doigts dans sa moustache, et laissa tomber sur moi son regard chargé de siècles.

« Par Oms, chien des enfers, et par Tmeï, fille du Soleil et de la Vérité, voilà un brave et digne garçon, dit le Pharaon en étendant vers moi son sceptre terminé par une fleur de lotus.

« Que veux-tu pour ta récompense ? »

Fort de cette audace que donnent les rêves, où rien ne paraît impossible, je lui demandai la main d'Hermonthis : la main pour le pied me paraissait une récompense antithétique d'assez bon goût.

Le Pharaon ouvrit tout grands ses yeux de verre, surpris de ma plaisanterie et de ma demande.

« De quel pays es-tu et quel est ton âge ?

— Je suis français, et j'ai vingt-sept ans, vénérable Pharaon.

— Vingt-sept ans ! et il veut épouser la princesse Hermonthis, qui a trente siècles ! » s'écrièrent à la fois tous les trônes et tous les cercles des nations.

Hermonthis seule ne parut pas trouver ma requête inconvenante.

« Si tu avais seulement deux mille ans, reprit le
vieux roi, je t'accorderais bien volontiers la princesse, mais la disproportion est trop forte, et puis
il faut à nos filles des maris qui durent, vous ne
savez plus vous conserver : les derniers qu'on a
apportés il y a quinze siècles à peine, ne sont plus
qu'une pincée de cendre ; regarde, ma chair est
dure comme du basalte, mes os sont des barres
d'acier.

« J'assisterai au dernier jour du monde avec le
corps et la figure que j'avais de mon vivant ; ma
fille Hermonthis durera plus qu'une statue de
bronze.

« Alors le vent aura dispersé le dernier grain de
ta poussière, et Isis elle-même, qui sut retrouver
les morceaux d'Osiris, serait embarrassée de
recomposer ton être.

« Regarde comme je suis vigoureux encore et
comme mes bras tiennent bien », dit-il en me
secouant la main à l'anglaise, de manière à me
couper les doigts avec mes bagues.

Il me serra si fort que je m'éveillai, et j'aperçus
mon ami Alfred qui me tirait par le bras et me
secouait pour me faire lever.

« Ah çà ! enragé dormeur, faudra-t-il te faire
porter au milieu de la rue et te tirer un feu
d'artifice aux oreilles ?

« Il est plus de midi, tu ne te rappelles donc pas
que tu m'avais promis de venir me prendre pour
aller voir les tableaux espagnols de M. Aguado ?

— Mon Dieu ! je n'y pensais plus, répondis-je
en m'habillant ; nous allons y aller : j'ai la permission ici sur mon bureau. »

Je m'avançai effectivement pour la prendre ;
mais jugez de mon étonnement lorsqu'à la place
du pied de momie que j'avais acheté la veille, je
vis la petite figurine de pâte verte mise à sa place
par la princesse Hermonthis !

DEUX ACTEURS POUR UN RÔLE

I

UN RENDEZ-VOUS AU JARDIN IMPÉRIAL

On touchait aux derniers jours de novembre : le Jardin impérial de Vienne était désert, une bise aiguë faisait tourbillonner les feuilles couleur de safran et grillées par les premiers froids ; les rosiers des parterres, tourmentés et rompus par le vent, laissaient traîner leurs branchages dans la boue. Cependant la grande allée, grâce au sable qui la recouvre, était sèche et praticable. Quoique dévasté par les approches de l'hiver, le Jardin impérial ne manquait pas d'un certain charme mélancolique. La longue allée prolongeait fort loin ses arcades rousses, laissant deviner confusément à son extrémité un horizon de collines déjà noyées dans les vapeurs bleuâtres et le brouillard du soir ; au-delà, la vue s'étendait sur le Prater et le Danube ; c'était une promenade faite à souhait pour un poète.

Un jeune homme arpentait cette allée avec des signes visibles d'impatience ; son costume, d'une élégance un peu théâtrale, consistait en une redingote de velours noir à brandebourgs d'or bordée de fourrure, un pantalon de tricot gris, des bottes molles à glands montant jusqu'à mi-jambes. Il pouvait avoir de vingt-sept à vingt-huit ans ; ses traits pâles et réguliers étaient pleins de finesse, et l'ironie se blottissait dans les plis de ses yeux et les coins de sa bouche ; à l'Université, dont il paraissait récemment sorti, car il portait encore la casquette à feuilles de chêne des étudiants, il devait avoir donné beaucoup de fil à retordre aux *philistins* et brillé au premier rang des *burschen* et des *renards*.

Le très court espace dans lequel il circonscrivait sa promenade montrait qu'il attendait quelqu'un ou plutôt quelqu'une, car le Jardin impérial de Vienne, au mois de novembre, n'est guère propice aux rendez-vous d'affaires.

En effet, une jeune fille ne tarda pas à paraître au bout de l'allée : une coiffe de soie noire couvrait ses riches cheveux blonds, dont l'humidité du soir avait légèrement défrisé les longues boucles ; son teint, ordinairement d'une blancheur de cire vierge, avait pris sous les morsures du froid des nuances de roses de Bengale. Groupée et pelotonnée comme elle était dans sa mante garnie de martre, elle ressemblait à ravir à la statuette de *La Frileuse ;* un barbet noir l'accompagnait, chaperon commode, sur l'indulgence et la discrétion duquel on pouvait compter.

— Figurez-vous, Henrich, dit la jolie Viennoise en prenant le bras du jeune homme, qu'il y a plus d'une heure que je suis habillée et prête à sortir, et ma tante n'en finissait pas avec ses sermons sur les dangers de la valse, et les recettes pour les gâteaux de Noël et les carpes au bleu. Je suis sortie sous le prétexte d'acheter des brodequins gris dont je n'ai nul besoin. C'est pourtant pour vous, Henrich, que je fais tous ces petits mensonges dont je me repens et que je recommence toujours ; aussi quelle idée avez-vous eue de vous livrer au théâtre ; c'était bien la peine d'étudier si longtemps la théologie à Heidelberg ! Mes parents vous aimaient et nous serions mariés aujourd'hui. Au lieu de nous voir à la dérobée sous les arbres chauves du Jardin impérial, nous serions assis côte à côte près d'un beau poêle de Saxe, dans un

parloir bien clos, causant de l'avenir de nos
enfants : ne serait-ce pas, Henrich, un sort bien
heureux ?

— Oui, Katy, bien heureux, répondit le jeune
homme en pressant sous le satin et les fourrures le
bras potelé de la jolie Viennoise ; mais, que veux-
tu ! c'est un ascendant invincible ; le théâtre
m'attire ; j'en rêve le jour, j'y pense la nuit ; je
sens le désir de vivre dans la création des poètes,
il me semble que j'ai vingt existences. Chaque rôle
que je joue me fait une vie nouvelle ; toutes ces
passions que j'exprime, je les éprouve ; je suis
Hamlet, Othello, Charles Moor : quand on est tout
cela, on ne peut que difficilement se résigner à
l'humble condition de pasteur de village.

— C'est fort beau ; mais vous savez bien que
mes parents ne voudront jamais d'un comédien
pour gendre.

— Non, certes, d'un comédien obscur, pauvre
artiste ambulant, jouet des directeurs et du
public ; mais d'un grand comédien couvert de
gloire et d'applaudissements, plus payé qu'un
ministre, si difficiles qu'ils soient, ils en voudront
bien. Quand je viendrai vous demander dans une
belle calèche jaune dont le verni pourra servir de
miroir aux voisins étonnés, et qu'un grand
laquais galonné m'abattra le marchepied, croyez-
vous, Katy, qu'ils me refuseront ?

— Je ne le crois pas... Mais qui dit, Henrich,
que vous en arriverez jamais là ?... Vous avez du
talent ; mais le talent ne suffit pas, il faut encore
beaucoup de bonheur. Quand vous serez ce grand
comédien dont vous parlez, le plus beau temps de
notre jeunesse sera passé, et alors voudrez-vous
toujours épouser la vieille Katy, ayant à votre
disposition les amours de toutes ces princesses de
théâtre si joyeuses et si parées ?

— Cet avenir, répondit Henrich, est plus pro-
chain que vous ne croyez ; j'ai un engagement
avantageux au théâtre de la Porte de Carinthie, et
le directeur a été si content de la manière dont je

me suis acquitté de mon dernier rôle, qu'il m'a
accordé une gratification de deux mille thalers.

— Oui, reprit la jeune fille d'un air sérieux, ce
rôle de démon dans la pièce nouvelle ; je vous
avoue, Henrich, que je n'aime pas voir un chrétien prendre le masque de l'ennemi du genre
humain et prononcer des paroles blasphéma-
toires. L'autre jour, j'allai vous voir au théâtre de
Carinthie, et à chaque instant je craignais qu'un
véritable feu d'enfer ne sortît des trappes où vous
vous engloutissiez dans un tourbillon d'esprit-de-
vin. Je suis revenue chez moi toute troublée et j'ai
fait des rêves affreux.

— Chimères que tout cela, ma bonne Katy ; et
d'ailleurs, c'est demain la dernière représentation, et je ne mettrai plus le costume noir et rouge
qui te déplaît tant.

— Tant mieux ! car je ne sais quelles vagues
inquiétudes me travaillent l'esprit, et j'ai bien
peur que ce rôle, profitable à votre gloire, ne le
soit pas à votre salut ; j'ai peur aussi que vous ne
preniez de mauvaises mœurs avec ces damnés
comédiens. Je suis sûre que vous ne dites plus vos
prières, et la petite croix que je vous avais donnée,
je parierais que vous l'avez perdue.

Henrich se justifia en écartant les revers de son
habit ; la petite croix brillait toujours sur sa poitrine.

Tout en devisant ainsi, les deux amants étaient
parvenus à la rue du Thabor dans la Leopold-
stadt, devant la boutique du cordonnier renommé
pour la perfection de ses brodequins gris ; après
avoir causé quelques instants sur le seuil, Katy
entra suivie de son barbet noir, non sans avoir
livré ses jolis doigts effilés au serrement de main
d'Henrich.

Henrich tâcha de saisir encore quelques aspects
de sa maîtresse, à travers les souliers mignons et
les gentils brodequins symétriquement rangés sur
les tringles de cuivre de la devanture ; mais le
brouillard avait étamé les carreaux de sa moite

haleine, et il ne put démêler qu'une silhouette confuse ; alors, prenant une héroïque résolution, il pirouetta sur ses talons et s'en alla d'un pas délibéré au gasthof de l'*Aigle à deux têtes*.

II

LE GASTHOF DE L'AIGLE À DEUX TÊTES

Il y avait ce soir-là compagnie nombreuse au gasthof de l'*Aigle à deux têtes* ; la société était la plus mélangée du monde, et le caprice de Callot et celui de Goya, réunis, n'auraient pu produire un plus bizarre amalgame de types caractéristiques. L'*Aigle à deux têtes* était une de ces bienheureuses caves célébrées par Hoffmann, dont les marches sont si usées, si onctueuses et si glissantes, qu'on ne peut poser le pied sur la première sans se trouver tout de suite au fond, les coudes sur la table, la pipe à la bouche, entre un pot de bière et une mesure de vin nouveau.

A travers l'épais nuage de fumée qui vous prenait d'abord à la gorge et aux yeux, se dessinaient, au bout de quelques minutes, toute sorte de figures étranges.

C'étaient des Valaques avec leur cafetan et leur bonnet de peau d'Astrakan, des Serbes, des Hongrois aux longues moustaches noires, caparaçonnés de dolmans et de passementeries ; des Bohèmes au teint cuivré, au front étroit, au profil busqué ; d'honnêtes Allemands en redingote à brandebourgs, des Tatars aux yeux retroussés à la chinoise ; toutes les populations imaginables. L'Orient y était représenté par un gros Turc accroupi dans un coin, qui fumait paisiblement du latakié dans une pipe à tuyau de cerisier de Moldavie, avec un fourneau de terre rouge et un bout d'ambre jaune.

Tout ce monde, accoudé à des tables, mangeait et buvait : la boisson se composait de bière forte et d'un mélange de vin rouge nouveau avec du vin blanc plus ancien ; la nourriture, de tranches de veau froid, de jambon ou de pâtisseries.

Autour des tables tourbillonnait sans repos une de ces longues valses allemandes qui produisent sur les imaginations septentrionales le même effet que le hachich et l'opium sur les Orientaux ; les couples passaient et repassaient avec rapidité ; les femmes, presque évanouies de plaisir sur le bras de leur danseur, au bruit d'une valse de Lanner, balayaient de leurs jupes les nuages de fumée de pipe et rafraîchissaient le visage des buveurs. Au comptoir, des improvisateurs morlaques, accompagnés d'un joueur de guzla, récitaient une espèce de complainte dramatique qui paraissait divertir beaucoup une douzaine de figures étranges, coiffées de tarbouchs et vêtues de peau de mouton.

Henrich se dirigea vers le fond de la cave et alla prendre place à une table où étaient déjà assis trois ou quatre personnages de joyeuse mine et de belle humeur.

— Tiens, c'est Henrich ! s'écria le plus âgé de la bande ; prenez garde à vous, mes amis : *fœnum haber in cornu*. Sais-tu que tu avais vraiment l'air diabolique l'autre soir : tu me faisais presque peur. Et comment s'imaginer qu'Henrich, qui boit de la bière comme nous et ne recule pas devant une tranche de jambon froid, vous prenne des airs si venimeux, si méchants et si sardoniques, et qu'il lui suffise d'un geste pour faire courir le frisson dans toute la salle ?

— Eh ! pardieu ! c'est pour cela qu'Henrich est un grand artiste, un sublime comédien. Il n'y a pas de gloire à représenter un rôle qui serait dans votre caractère ; le triomphe, pour une coquette, est de jouer supérieurement les ingénues.

Henrich s'assit modestement, se fit servir un grand verre de vin mélangé, et la conversation

continua sur le même sujet. Ce n'était de toutes
parts qu'admiration et compliments.

— Ah ! si le grand Wolfgang de Goethe t'avait
vu ! disait l'un.

— Montre-nous tes pieds, disait l'autre : je suis
sûr que tu as l'ergot fourchu.

Les autres buveurs, attirés par ces exclamations, regardaient sérieusement Henrich, tout
heureux d'avoir l'occasion d'examiner de près un
homme si remarquable. Les jeunes gens qui
avaient autrefois connu Henrich à l'Université, et
dont ils savaient à peine le nom, s'approchaient
de lui en lui serrant la main cordialement, comme
s'ils eussent été ses intimes amis. Les plus jolies
valseuses lui décochaient en passant le plus
tendre regard de leurs yeux bleus et veloutés.

Seul, un homme assis à la table voisine ne
paraissait pas prendre part à l'enthousiasme
général ; la tête renversée en arrière, il tambouri-
nait distraitement, avec ses doigts, sur le fond de
son chapeau, une marche militaire, et, de temps
en temps, il poussait une espèce de *humph !* singulièrement dubitatif.

L'aspect de cet homme était des plus bizarres,
quoiqu'il fût mis comme un honnête bourgeois de
Vienne, jouissant d'une fortune raisonnable ; ses
yeux gris se nuançaient de teintes vertes et lançaient des lueurs phosphoriques comme celles
des chats. Quand ses lèvres pâles et plates se
desserraient, elles laissaient voir deux rangées de
dents très blanches, très aiguës et très séparées,
de l'aspect le plus cannibale et le plus féroce ; ses
ongles longs, luisants et recourbés, prenaient de
vagues apparences de griffes ; mais cette physionomie n'apparaissait que par éclairs rapides ;
sous l'œil qui le regardait fixement, sa figure
reprenait bien vite l'apparence bourgeoise et
débonnaire d'un marchand viennois retiré du
commerce, et l'on s'étonnait d'avoir pu soup-
çonner de scélératesse et de diablerie une face si
vulgaire et si triviale.

Intérieurement Henrich était choqué de la non-chalance de cet homme ; ce silence si dédaigneux ôtait de leur valeur aux éloges dont ses bruyants compagnons l'accablaient. Ce silence était celui d'un vieux connaisseur exercé, qui ne se laisse pas prendre aux apparences et qui a vu mieux que cela dans son temps.

Atmayer, le plus jeune de la troupe, le plus chaud enthousiaste d'Henrich, ne put supporter cette mine froide, et, s'adressant à l'homme sin-gulier, comme le prenant à témoin d'une asser-tion qu'il avançait :

— N'est-ce pas, monsieur, qu'aucun acteur n'a mieux joué le rôle de Méphistophélès que mon camarade que voilà ?

— Humph ! dit l'inconnu en faisant miroiter ses prunelles glauques et craquer ses dents aiguës, M. Henrich est un garçon de talent et que j'estime fort ; mais, pour jouer le rôle du diable, il lui manque encore bien des choses.

Et, se dressant tout à coup :

— Avez-vous jamais vu le diable, monsieur Henrich ?

Il fit cette question d'un ton si bizarre et si moqueur, que tous les assistants se sentirent pas-ser un frisson dans le dos.

— Cela serait pourtant bien nécessaire pour la vérité de votre jeu. L'autre soir, j'étais au théâtre de la Porte de Carinthie, et je n'ai pas été satisfait de votre rire ; c'était un rire d'espiègle, tout au plus. Voici comme il faudrait rire, mon cher petit monsieur Henrich.

Et là-dessus, comme pour lui donner l'exemple, il lâcha un éclat de rire si aigu, si strident, si sardonique, que l'orchestre et les valses s'arrê-tèrent à l'instant même ; les vitres du gasthof tremblèrent. L'inconnu continua pendant quel-ques minutes ce rire impitoyable et convulsif qu'Henrich et ses compagnons, malgré leur frayeur, ne pouvaient s'empêcher d'imiter.

Quand Henrich reprit haleine, les voûtes du

gasthof répétaient, comme un écho affaibli, les
dernières notes de ce ricanement grêle et terrible,
et l'inconnu n'était plus là.

III

LE THÉÂTRE DE LA PORTE DE CARINTHIE

Quelques jours après cet incident bizarre, qu'il
avait presque oublié et dont il ne se souvenait
plus que comme de la plaisanterie d'un bourgeois
ironique, Henrich jouait son rôle de démon dans
la pièce nouvelle.

Sur la première banquette de l'orchestre était
assis l'inconnu du gasthof, et, à chaque mot prononcé par Henrich, il hochait la tête, clignait les
yeux, faisait claquer sa langue contre son palais et
donnait les signes de la plus vive impatience :
« Mauvais ! mauvais ! » murmurait-il à demi-
voix.

Ses voisins, étonnés et choqués de ses manières,
applaudissaient et disaient :

— Voilà un monsieur bien difficile !

A la fin du premier acte, l'inconnu se leva,
comme ayant pris une résolution subite, enjamba
les timbales, la grosse caisse et le tamtam, et
disparut par la petite porte qui conduit de
l'orchestre au théâtre.

Henrich, en attendant le lever du rideau, se
promenait dans la coulisse, et, arrivé au bout de
sa courte promenade, quelle fut sa terreur de voir,
en se retournant, debout au milieu de l'étroit
corridor, un personnage mystérieux, vêtu exactement comme lui, et qui le regardait avec des yeux
dont la transparence verdâtre avait dans l'obscurité une profondeur inouïe ; des dents aiguës,
blanches, séparées, donnaient quelque chose de
féroce à son sourire sardonique.

Henrich ne put méconnaître l'inconnu du gas-thof de l'*Aigle à deux têtes*, ou plutôt le diable en personne ; car c'était lui.

— Ah ! ah ! mon petit monsieur, vous voulez jouer le rôle du diable ! Vous avez été bien médiocre dans le premier acte, et vous donneriez vraiment une trop mauvaise opinion de moi aux braves habitants de Vienne. Vous me permettrez de vous remplacer ce soir, et, comme vous me gêneriez, je vais vous envoyer au second dessous.

Henrich venait de reconnaître l'ange des ténèbres et il se sentit perdu ; portant machinale-ment la main à la petite croix de Katy, qui ne le quittait jamais, il essaya d'appeler au secours et de murmurer sa formule d'exorcisme ; mais la terreur lui serrait trop violemment la gorge : il ne put pousser qu'un faible râle. Le diable appuya ses mains griffues sur les épaules d'Henrich et le fit plonger de force dans le plancher ; puis entra en scène, sa réplique étant venue, comme un comédien consommé.

Ce jeu incisif, mordant, venimeux et vraiment diabolique, surprit d'abord les auditeurs.

— Comme Henrich est en verve aujourd'hui ! s'écriait-on de toutes parts.

Ce qui produisait surtout un grand effet, c'était ce ricanement aigre comme le grincement d'une scie, ce rire de damné blasphémant les joies du paradis. Jamais acteur n'était arrivé à une telle puissance de sarcasme, à une telle profondeur de scélératesse : on riait et on tremblait. Toute la salle haletait d'émotion, des étincelles phospho-riques jaillissaient sous les doigts du redoutable acteur ; des traînées de flamme étincelaient à ses pieds ; les lumières du lustre pâlissaient, la rampe jetait des éclairs rougeâtres et verdâtres ; je ne sais quelle odeur sulfureuse régnait dans la salle ; les spectateurs étaient comme en délire, et des tonnerres d'applaudissements frénétiques ponc-tuaient chaque phrase du merveilleux Méphisto-phélès, qui souvent substituait des vers de son

invention à ceux du poète, substitution toujours
heureuse et acceptée avec transport.

Katy, à qui Henrich avait envoyé un coupon de
loge, était dans une inquiétude extraordinaire ;
elle ne reconnaissait pas son cher Henrich ; elle
pressentait vaguement quelque malheur avec cet
esprit de divination que donne l'amour, cette
seconde vue de l'âme.

La représentation s'acheva dans des transports
inimaginables. Le rideau baissé, le public
demanda à grands cris que Méphistophélès repa-
rût. On le chercha vainement ; mais un garçon de
théâtre vint dire au directeur qu'on avait trouvé
dans le second dessous M. Henrich, qui sans
doute était tombé par une trappe. Henrich était
sans connaissance : on l'emporta chez lui, et, en le
déshabillant, l'on vit avec surprise qu'il avait aux
épaules de profondes égratignures, comme si un
tigre eût essayé de l'étouffer entre ses pattes. La
petite croix d'argent de Katy l'avait préservé de la
mort, et le diable, vaincu par cette influence,
s'était contenté de le précipiter dans les caves du
théâtre.

La convalescence d'Henrich fut longue : dès
qu'il se porta mieux, le directeur vint lui proposer
un engagement des plus avantageux, mais Henrich le refusa ; car il ne se souciait nullement de
risquer son salut une seconde fois, et savait, d'ailleurs, qu'il ne pourrait jamais égaler sa redoutable doublure.

Au bout de deux ou trois ans, ayant fait un petit
héritage, il épousa la belle Katy, et tous deux,
assis côte à côte près d'un poêle de Saxe, dans un
parloir bien clos, ils causent de l'avenir de leurs
enfants.

Les amateurs de théâtre parlent encore avec
admiration de cette merveilleuse soirée, et
s'étonnent du caprice d'Henrich, qui a renoncé à
la scène après un si grand triomphe.

LE CLUB DES HACHICHINS

I

L'HÔTEL PIMODAN

Un soir de décembre, obéissant à une convocation mystérieuse, rédigée en termes énigmatiques compris des affiliés, inintelligibles pour d'autres, j'arrivai dans un quartier lointain, espèce d'oasis de solitude au milieu de Paris, que le fleuve, en l'entourant de ses deux bras, semble défendre contre les empiétements de la civilisation, car c'était dans une vieille maison de l'île Saint-Louis, l'hôtel Pimodan, bâti par Lauzun, que le club bizarre dont je faisais partie depuis peu tenait ses séances mensuelles, où j'allais assister pour la première fois.

Quoiqu'il fût à peine six heures, la nuit était noire.

Un brouillard, rendu plus épais encore par le voisinage de la Seine, estompait tous les objets de sa ouate déchirée et trouée, de loin en loin, par les auréoles rougeâtres des lanternes et les filets de lumière échappés des fenêtres éclairées.

Le pavé, inondé de pluie, miroitait sous les réverbères comme une eau qui reflète une illumination, une bise âcre, chargée de particules glacées, vous fouettait la figure, et ses sifflements gutturaux faisaient le dessus d'une symphonie dont les flots gonflés se brisant aux arches des ponts formaient la basse : il ne manquait à cette soirée aucune des rudes poésies de l'hiver.

Il était difficile, le long de ce quai désert, dans cette masse de bâtiments sombres, de distinguer la maison que je cherchais ; cependant mon cocher, en se dressant sur son siège parvint à lire sur une plaque de marbre le nom à moitié dédoré de l'ancien hôtel, lieu de réunion des adeptes.

Je soulevai le marteau sculpté, l'usage des sonnettes à bouton de cuivre n'ayant pas encore pénétré dans ces pays reculés, et j'entendis plusieurs fois le cordon grincer sans succès ; enfin, cédant à une traction plus vigoureuse, le vieux pène rouillé s'ouvrit, et la porte aux ais massifs put tourner sur ses gonds.

Derrière une vitre d'une transparence jaunâtre apparut, à mon entrée, la tête d'une vieille portière ébauchée par le tremblotement d'une chandelle, un tableau de Skalken tout fait. — La tête me fit une grimace singulière, et un doigt maigre, s'allongeant hors de la loge, m'indiqua le chemin.

Autant que je pouvais le distinguer, à la pâle lueur qui tombe toujours, même du ciel le plus obscur, la cour que je traversais était entourée de bâtiments d'architecture ancienne à pignons aigus ; je me sentais les pieds mouillés comme si j'eusse marché dans une prairie, car l'interstice des pavés était rempli d'herbe.

Les hautes fenêtres à carreaux étroits de l'escalier, flamboyant sur la façade sombre, me servaient de guide et ne me permettaient pas de m'égarer.

Le perron franchi, je me trouvai au bas d'un de ces immenses escaliers comme on les construisait du temps de Louis XIV, et dans lesquels une maison moderne danserait à l'aise. — Une chimère égyptienne dans le goût de Lebrun, chevauchée par un Amour, allongeait ses pattes sur un piédestal et tenait une bougie dans ses griffes recourbées en bobèche.

La pente des degrés était douce ; les repos et les

paliers bien distribués attestaient le génie du vieil architecte et la vie grandiose des siècles écoulés ; — en montant cette rampe admirable, vêtu de mon mince frac noir, je sentais que je faisais tache dans l'ensemble et que j'usurpais un droit qui n'était pas le mien ; l'escalier de service eût été assez bon pour moi.

Des tableaux, la plupart sans cadres, copies des chefs-d'œuvre de l'école italienne et de l'école espagnole, tapissaient les murs, et tout en haut, dans l'ombre, se dessinait vaguement un grand plafond mythologique peint à fresque.

J'arrivai à l'étage désigné.

Un tambour de velours d'Utrecht, écrasé et miroité, dont les galons jaunis et les clous bossués racontaient les longs services, me fit reconnaître la porte.

Je sonnai ; l'on m'ouvrit avec les précautions d'usage, et je me trouvai dans une grande salle éclairée à son extrémité par quelques lampes. En entrant là, on faisait un pas de deux siècles en arrière. Le temps, qui passe si vite, semblait n'avoir pas coulé sur cette maison, et, comme une pendule qu'on a oublié de remonter, son aiguille marquait toujours la même date.

Les murs, boisés de menuiseries peintes en blanc, étaient couverts à moitié de toiles rembrunies ayant le cachet de l'époque ; sur le poêle gigantesque se dressait une statue qu'on eût pu croire dérobée aux charmilles de Versailles. Au plafond, arrondi en coupole, se tordait une allégorie strapassée, dans le goût de Lemoine, et qui était peut-être de lui.

Je m'avançai vers la partie lumineuse de la salle où s'agitaient autour d'une table plusieurs formes humaines, et dès que la clarté, en m'atteignant, m'eut fait reconnaître, un vigoureux hurra ébranla les profondeurs sonores du vieil édifice.

« C'est lui ! c'est lui ! crièrent en même temps plusieurs voix ; qu'on lui donne sa part ! »

Le docteur était debout près d'un buffet sur

lequel se trouvait un plateau chargé de petites soucoupes de porcelaine du Japon. Un morceau de pâte ou confiture verdâtre, gros à peu près comme le pouce, était tiré par lui au moyen d'une spatule d'un vase de cristal, et posé, à côté d'une cuillère de vermeil, sur chaque soucoupe.

La figure du docteur rayonnait d'enthousiasme ; ses yeux étincelaient, ses pommettes se pourpraient de rougeurs, les veines de ses tempes se dessinaient en saillie, ses narines dilatées aspiraient l'air avec force.

« Ceci vous sera défalqué sur votre portion de paradis », me dit-il en me tendant la dose qui me revenait.

Chacun ayant mangé sa part, l'on servit du café à la manière arabe, c'est-à-dire avec le marc et sans sucre.

Puis l'on se mit à table.

Cette interversion dans les habitudes culinaires a sans doute surpris le lecteur ; en effet, il n'est guère d'usage de prendre le café avant la soupe, et ce n'est en général qu'au dessert que se mangent les confitures. La chose assurément mérite explication.

II

PARENTHÈSE

Il existait jadis en Orient un ordre de sectaires redoutables commandé par un cheik qui prenait le titre de Vieux de la Montagne, ou prince des Assassins.

Ce Vieux de la Montagne était obéi sans réplique ; les Assassins ses sujets marchaient avec un dévouement absolu à l'exécution de ses ordres, quels qu'ils fussent ; aucun danger ne les arrêtait, même la mort la plus certaine. Sur un signe de

leur chef, ils se précipitaient du haut d'une tour,
ils allaient poignarder un souverain dans son
palais, au milieu de ses gardes.

Par quels artifices le Vieux de la Montagne
obtenait-il une abnégation si complète ?

Au moyen d'une drogue merveilleuse dont il
possédait la recette, et qui a la propriété de pro-
curer des hallucinations éblouissantes.

Ceux qui en avaient pris trouvaient, au réveil de
leur ivresse, la vie réelle si triste et si décolorée,
qu'ils en faisaient avec joie le sacrifice pour rentrer au paradis de leurs rêves ; car tout homme
tué en accomplissant les ordres du cheik allait au
ciel de droit, ou, s'il échappait, était admis de
nouveau à jouir des félicités de la mystérieuse
composition.

Or, la pâte verte dont le docteur venait de nous
faire une distribution était précisément la même
que le Vieux de la Montagne ingérait jadis à ses
fanatiques sans qu'ils s'en aperçussent, en leur
faisant croire qu'il tenait à sa disposition le ciel de
Mahomet et les houris de trois nuances, — c'est-à-
dire du *hachich,* d'où vient *hachichin,* mangeur
de *hachich,* racine du mot *assassin,* dont l'acception féroce s'explique parfaitement par les habitudes sanguinaires des affidés du Vieux de la
Montagne.

Assurément, les gens qui m'avaient vu partir de
chez moi à l'heure où les simples mortels
prennent leur nourriture ne se doutaient pas que
j'allasse à l'île Saint-Louis, endroit vertueux et
patriarcal s'il en fut, consommer un mets étrange
qui servait, il y a plusieurs siècle, de moyen
d'excitation à un cheik imposteur pour pousser
des illuminés à l'assassinat. Rien dans ma tenue
parfaitement bourgeoise n'eût pu me faire soup-
çonner de cet excès d'orientalisme, j'avais plutôt
l'air d'un neveu qui va dîner chez sa vieille tante
que d'un croyant sur le point de goûter les joies du
ciel de Mohammed en compagnie de douze
Arabes on ne peut plus Français.

Avant cette révélation, on vous aurait dit qu'il existait à Paris en 1845, à cette époque d'agiotage et de chemins de fer, un ordre des hachichins dont M. de Hammer n'a pas écrit l'histoire, vous ne l'auriez pas cru, et cependant rien n'eût été plus vrai, — selon l'habitude des choses invraisemblables.

III

AGAPE

Le repas était servi d'une manière bizarre et dans toute sorte de vaisselles extravagantes et pittoresques.

De grands verres de Venise, traversés de spirales laiteuses, des vidrecomes allemands historiés de blasons, de légendes, des cruches flamandes en grès émaillé, des flacons à col grêle, encore entourés de leurs nattes de roseaux, remplaçaient les verres, les bouteilles et les carafes.

La porcelaine opaque de Louis Lebœuf et la faïence anglaise à fleurs, ornement des tables bourgeoises, brillaient par leur absence ; aucune assiette n'était pareille, mais chacune avait son mérite particulier ; la Chine, le Japon, la Saxe, comptaient là des échantillons de leurs plus belles pâtes et de leurs plus riches couleurs : le tout un peu écorné, un peu fêlé, mais d'un goût exquis.

Les plats étaient, pour la plupart, des émaux de Bernard de Palissy, ou des faïences de Limoges, et quelquefois le couteau du découpeur rencontrait, sous les mets réels, un reptile, une grenouille ou un oiseau en relief. L'anguille mangeable mêlait ses replis à ceux de la couleuvre moulée.

Un honnête philistin eût éprouvé quelque frayeur à la vue de ces convives chevelus, barbus, moustachus, ou tondus d'une façon singulière, brandissant des dagues du seizième siècle, des kriss malais, des navajas, et courbés sur des nourritures auxquelles les reflets des lampes vacillantes prêtaient des apparences suspectes.

Le dîner tirait à sa fin, déjà quelques-uns des plus fervents adeptes ressentaient les effets de la pâte verte : j'avais, pour ma part, éprouvé une transposition complète de goût. L'eau que je buvais me semblait avoir la saveur du vin le plus exquis, la viande se changeait dans ma bouche en framboise, et réciproquement. Je n'aurais pas discerné une côtelette d'une pêche.

Mes voisins commençaient à me paraître un peu originaux ; ils ouvraient de grandes prunelles de chat-huant ; leur nez s'allongeaient en proboscide, leur bouche s'étendait en ouverture de grelot. Leurs figures se nuançaient de teintes surnaturelles.

L'un d'eux, face pâle dans une barbe noire, riait aux éclats d'un spectacle invisible ; l'autre faisait d'incroyables efforts pour porter son verre à ses lèvres, et ses contorsions pour y arriver excitaient des huées étourdissantes.

Celui-ci, agité de mouvements nerveux, tournait ses pouces avec une incroyable agilité ; celui-là, renversé sur le dos de sa chaise, les yeux vagues, les bras morts, se laissait couler en voluptueux dans la mer sans fond de l'anéantissement.

Moi, accoudé sur la table, je considérais tout cela à la clarté d'un reste de raison qui s'en allait et revenait par instants comme une veilleuse près de s'éteindre. De sourdes chaleurs me parcouraient les membres, et la folie, comme une vague qui écume sur une roche et se retire pour s'élancer de nouveau, atteignait et quittait ma cervelle, qu'elle finit par envahir tout à fait.

L'hallucination, cet hôte étrange, s'était installée chez moi.

« Au salon, au salon ! cria un des convives ; n'entendez-vous pas ces chœurs célestes ? Les musiciens sont au pupitre depuis longtemps. »

En effet, une harmonie délicieuse nous arrivait par bouffées à travers le tumulte de la conversation.

IV

UN MONSIEUR QUI N'ÉTAIT PAS INVITÉ

Le salon est une énorme pièce aux lambris sculptés et dorés, au plafond peint, aux frises ornées de satyres poursuivant des nymphes dans les roseaux, à la vaste cheminée de marbre de couleur, aux amples rideaux de brocatelle, où respire le luxe des temps écoulés.

Des meubles de tapisserie, canapés, fauteuils et bergères, d'une largeur à permettre aux jupes des duchesses et des marquises de s'étaler à l'aise, reçurent les hachichins dans leurs bras moelleux et toujours ouverts.

Une chauffeuse, à l'angle de la cheminée, me faisait des avances, je m'y établis, et m'abandonnai sans résistance aux effets de la drogue fantastique.

Au bout de quelques minutes, mes compagnons, les uns après les autres, disparurent, ne laissant d'autre vestige que leur ombre sur la muraille, qui l'eut bientôt absorbée ; — ainsi les taches brunes que l'eau fait sur le sable s'évanouissent en séchant.

Et depuis ce temps, comme je n'eus plus la conscience de ce qu'ils faisaient, il faudra vous contenter pour cette fois du récit de mes simples impressions personnelles.

La solitude régna dans le salon, étoilé seulement de quelques clartés douteuses ; puis, tout à coup, il me passa un éclair rouge sous les paupières, une innombrable quantité de bougies s'allumèrent d'elles-mêmes, et je me sentis baigné par une lumière tiède et blonde. L'endroit où je me trouvais était bien le même, mais avec la différence de l'ébauche au tableau ; tout était plus grand, plus riche, plus splendide. La réalité ne servait que de point de départ aux magnificences de l'hallucination.

Je ne voyais encore personne, et pourtant je devinais la présence d'une multitude.

J'entendais des frôlements d'étoffes, des craquements d'escarpins, des voix qui chuchotaient, susurraient, blésaient et zézayaient, des éclats de rire étouffés, des bruits de pieds de fauteuil et de table. On tracassait les porcelaines, on ouvrait et l'on refermait les portes ; il se passait quelque chose d'inaccoutumé.

Un personnage énigmatique m'apparut soudainement.

Par où était-il entré ? je l'ignore ; pourtant sa vue ne me causa aucune frayeur : il avait un nez recourbé en bec d'oiseau, des yeux verts entourés de trois cercles bruns, qu'il essuyait fréquemment avec un immense mouchoir ; une haute cravate blanche empesée, dans le nœud de laquelle était passée une carte de visite où se lisaient écrits ces mots : — *Daucus-Carota, du Pot d'or*, étranglait son col mince, et faisait déborder la peau de ses joues en plis rougeâtres ; un habit noir à basques carrées, d'où pendaient des grappes de breloques, emprisonnait son corps bombé en poitrine de chapon. Quant à ses jambes, je dois avouer qu'elles étaient faites d'une racine de mandragore, bifurquée, noire, rugueuse, pleine de nœuds et de verrues, qui paraissait avoir été arrachée de frais, car des parcelles de terre adhéraient encore aux filaments. Ces jambes frétillaient et se tortillaient avec une activité extraordinaire, et, quand le petit torse qu'elles soutenaient fut tout à fait vis-à-vis de moi, l'étrange personnage éclata en sanglots, et, s'essuyant les yeux à tour de bras, me dit de la voix la plus dolente :

« C'est aujourd'hui qu'il faut mourir de rire ! »

Et des larmes grosses comme des pois roulaient
sur les ailes de son nez.

« De rire... de rire... » répétèrent comme un
écho des chœurs de voix discordantes et nasil-
lardes.

V

FANTASIA

Je regardai alors au plafond, et j'aperçus une
foule de têtes sans corps comme celles des chérubins, qui avaient des expressions si comiques, des
physionomies si joviales et si profondément heureuses, que je ne pouvais m'empêcher de partager
leur hilarité.

— Leurs yeux se plissaient, leurs bouches
s'élargissaient, et leurs narines se dilataient ;
c'étaient des grimaces à réjouir le spleen en personne. Ces masques bouffons se mouvaient dans
des zones tournant en sens inverse, ce qui produisait un effet éblouissant et vertigineux.

Peu à peu le salon s'était rempli de figures
extraordinaires, comme on n'en trouve que dans
les eaux-fortes de Callot et dans les aquatintes de
Goya : un pêle-mêle d'oripeaux et de haillons
caractéristiques, de formes humaines et bes-
tiales ; en toute autre occasion, j'eusse été peut-
être inquiet d'une pareille compagnie, mais il n'y
avait rien de menaçant dans ces monstruosités.
C'était la malice, et non la férocité qui faisait
pétiller ces prunelles. La bonne humeur seule
découvrait ces crocs désordonnés et ces incisives
pointues.

Comme si j'avais été le roi de la fête, chaque
figure venait tour à tour dans le cercle lumineux
dont j'occupais le centre, avec un air de componction grotesque, me marmotter à l'oreille des plai-

santeries dont je ne puis me rappeler une seule,
mais qui, sur le moment, me paraissaient prodi-
gieusement spirituelles, et m'inspiraient la gaieté
la plus folle.

A chaque nouvelle apparition, un rire homérique, olympien, immense, étourdissant, et qui
semblait résonner dans l'infini, éclatait autour de
moi avec des mugissements de tonnerre.

Des voix tour à tour glapissantes ou caver-
neuses criaient :

« Non, c'est trop drôle ; en voilà assez ! Mon
Dieu, mon Dieu, que je m'amuse ! De plus fort en
plus fort !

— Finissez ! je n'en puis plus... Ho ! ho ! hu !
hu ! hi ! hi ! Quelle bonne farce ! Quel beau calem-
bour !

— Arrêtez ! j'étouffe ! j'étrangle ! Ne me regardez pas comme cela... ou faites-moi cercler, je vais
éclater... »

Malgré ces protestations moitié bouffonnes,
moitié suppliantes, la formidable hilarité allait
toujours croissant, le vacarme augmentait
d'intensité, les planchers et les murailles de la
maison se soulevaient et palpitaient comme un
diaphragme humain, secoués par ce rire fréné-
tique, irrésistible, implacable.

Bientôt, au lieu de venir se présenter à moi un à
un, les fantômes grotesques m'assaillirent en
masse, secouant leurs longues manches de pier-
rot, trébuchant dans les plis de leur souquenille
de magicien, écrasant leur nez de carton dans des
chocs ridicules, faisant voler en nuage la poudre
de leur perruque, et chantant faux des chansons
extravagantes sur des rimes impossibles.

Tous les types inventés par la verve moqueuse
des peuples et des artistes se trouvaient réunis là,
mais décuplés, centuplés de puissance. C'était
une cohue étrange : le pulcinella napolitain tapait
familièrement sur la bosse du punch anglais ;
l'arlequin de Bergame frottait son museau noir au
masque enfariné du paillasse de France, qui pous-

sait des cris affreux ; le docteur bolonais jetait du tabac dans les yeux du père Cassandre ; Tartaglia galopait à cheval sur un clown, et Gilles donnait du pied au derrière à son don Spavento ; Karagheuz, armé de son bâton obscène, se battait en duel avec un bouffon Osque.

Plus loin se démenaient confusément les fantaisies des songes drolatiques, créations hybrides, mélange informe de l'homme, de la bête et de l'ustensile, moines ayant des roues pour pieds et des marmites pour ventre, guerriers bardés de vaisselle brandissant des sabres de bois dans des serres d'oiseau, hommes d'État mus par des engrenages de tournebroche, rois plongés à mi-corps dans des échauguettes en poivrière, alchimistes à la tête arrangée en soufflet, aux membres contournés en alambics, ribaudes faites d'une agrégation de citrouilles à renflements bizarres, tout ce que peut tracer dans la fièvre chaude du crayon un cynique à qui l'ivresse pousse le coude.

Cela grouillait, cela rampait, cela trottait, cela sautait, cela grognait, cela sifflait, comme dit Goethe dans la nuit du Walpurgis.

Pour me soustraire à l'empressement outré de ces baroques personnages, je me réfugiai dans un angle obscur, d'où je pus les voir se livrant à des danses telles que n'en connut jamais la Renaissance au temps de Chicard, ou l'Opéra sous le règne de Mussard, le roi du quadrille échevelé. Ces danseurs, mille fois supérieurs à Molière, à Rabelais, à Swift et à Voltaire, écrivaient, avec un entrechat ou un balancé, des comédies si profondément philosophiques, des satires d'une si haute portée et d'un sel si piquant, que j'étais obligé de me tenir les côtes dans mon coin.

Daucus-Carota exécutait, tout en s'essuyant les yeux, des pirouettes et des cabrioles inconcevables, surtout pour un homme qui avait des jambes en racine de mandragore, et répétait d'un ton burlesquement piteux :

« C'est aujourd'hui qu'il faut mourir de rire ! »

O vous qui avez admiré la sublime stupidité d'Odry, la niaiserie enrouée d'Alcide Tousez, la bêtise pleine d'aplomb d'Arnal, les grimaces de macaque de Ravel, et qui croyez savoir ce que c'est qu'un masque comique, si vous aviez assisté à ce bal de *Gustave* évoqué par le hachich, vous conviendriez que les farceurs les plus désopilants de nos petits théâtres sont bons à sculpter aux angles d'un catafalque ou d'un tombeau !

Que de faces bizarrement convulsées ! que d'yeux clignotants et pétillants de sarcasmes sous leur membrane d'oiseau ! quels rictus de tirelire ! quelles bouches en coups de hache ! quels nez facétieusement dodécaèdres ! quels abdomens gros de moqueries pantagruéliques !

Comme à travers tout ce fourmillement de cauchemar sans angoisse se dessinaient par éclairs des ressemblances soudaines et d'un effet irrésistible, des caricatures à rendre jaloux Daumier et Gavarni, des fantaisies à faire pâmer d'aise les merveilleux artistes chinois, les Phidias du poussah et du magot !

Toutes les visions n'étaient pas cependant monstrueuses ou burlesques ; la grâce se montrait aussi dans ce carnaval de formes : près de la cheminée, une petite tête aux joues de pêche se roulait sur ses cheveux blonds, montrant dans un interminable accès de gaieté trente-deux petites dents grosses comme des grains de riz, et poussant un éclat de rire aigu, vibrant, argentin, prolongé, brodé de trilles et de points d'orgues, qui me traversait le tympan, et, par un magnétisme nerveux, me forçait à commettre une foule d'extravagances.

La frénésie joyeuse était à son plus haut point ; on n'entendait plus que des soupirs convulsifs, des gloussements inarticulés. Le rire avait perdu son timbre et tournait au grognement, le spasme succédait au plaisir ; le refrain de Daucus-Carota allait devenir vrai.

Déjà plusieurs hachichins anéantis avaient roulé à terre avec cette molle lourdeur de l'ivresse qui rend les chutes peu dangereuses ; des exclamations telles que celles-ci : « — Mon Dieu, que je suis heureux ! quelle félicité ! je nage dans l'extase ! je suis en paradis ! je plonge dans les abîmes de délices ! » se croisaient, se confondaient, se couvraient.

Des cris rauques jaillissaient des poitrines oppressées ; les bras se tendaient éperdument vers quelque vision fugitive ; les talons et les nuques tambourinaient sur le plancher. Il était temps de jeter une goutte d'eau froide sur cette vapeur brûlante, ou la chaudière eût éclaté.

L'enveloppe humaine, qui a si peu de force pour le plaisir, et qui en a tant pour la douleur, n'aurait pu supporter une plus haute pression de bonheur.

Un des membres du club, qui n'avait pas pris part à la voluptueuse intoxication afin de surveiller la fantasia et d'empêcher de passer par les fenêtres ceux d'entre nous qui se seraient cru des ailes, se leva, ouvrit la caisse du piano et s'assit. Ses deux mains, tombant ensemble, s'enfoncèrent dans l'ivoire du clavier, et un glorieux accord résonnant avec force fit taire toutes les rumeurs et changea la direction de l'ivresse.

VI

KIEF

Le thème attaqué était, je crois, l'air d'Agathe dans le *Freyschütz* ; cette mélodie céleste eut bientôt dissipé, comme un souffle qui balaie des nuées difformes, les visions ridicules dont j'étais obsédé. Les larves grimaçantes se retirèrent en rampant sous les fauteuils, où elles se cachèrent entre les plis des rideaux en poussant de petits soupirs étouffés, et de nouveau il me sembla que j'étais seul dans le salon.

L'orgue colossal de Fribourg ne produit pas, à coup sûr, une masse de sonorité plus grande que le piano touché par le *voyant* (on appelle ainsi l'adepte sobre). Les notes vibraient avec tant de puissance, qu'elles m'entraient dans la poitrine comme des flèches lumineuses ; bientôt l'air joué me parut sortir de moi-même ; mes doigts s'agitaient sur un clavier absent ; les sons en jaillissaient bleus et rouges, en étincelles électriques ; l'âme de Weber s'était incarnée en moi.

Le morceau achevé, je continuai par des improvisations intérieures, dans le goût du maître allemand, qui me causaient des ravissements ineffables ; quel dommage qu'une sténographie magique n'ait pu recueillir ces mélodies inspirées, entendues de moi seul, et que je n'hésite pas, c'est bien modeste de ma part, à mettre au-dessus des chefs-d'œuvre de Rossini, de Meyerbeer, de Félicien David.

O Pillet ! ô Vatel ! un des trente opéras que je fis en dix minutes vous enrichirait en six mois.

A la gaieté un peu convulsive du commencement avait succédé un bien-être indéfinissable, un calme sans bornes.

J'étais dans cette période bienheureuse du hachich que les Orientaux appellent le *kief.* Je ne sentais plus mon corps ; les liens de la matière et de l'esprit étaient déliés ; je me mouvais par ma seule volonté dans un milieu qui n'offrait pas de résistance.

C'est ainsi, je l'imagine, que doivent agir les âmes dans le monde aromal où nous irons après notre mort.

Une vapeur bleuâtre, un jour élyséen, un reflet de grotte azurine, formaient dans la chambre une atmosphère où je voyais vaguement trembler des contours indécis ; cette atmosphère, à la fois fraîche et tiède, humide et parfumée, m'enveloppait, comme l'eau d'un bain, dans un baiser d'une douceur énervante ; si je voulais changer de place, l'air caressant faisait autour de moi mille remous voluptueux ; une langueur délicieuse s'emparait de mes sens et me renversait sur le sofa, où je m'affaissais comme un vêtement qu'on abandonne.

Je compris alors le plaisir qu'éprouvent, suivant leur degré de perfection, les esprits et les anges en traversant les éthers et les cieux, et à quoi l'éternité pouvait s'occuper dans les paradis.

Rien de matériel ne se mêlait à cette extase ; aucun désir terrestre n'en altérait la pureté. D'ailleurs, l'amour lui-même n'aurait pu l'augmenter, Roméo hachichin eût oublié Juliette. La pauvre enfant, se penchant dans les jasmins, eût tendu en vain du haut du balcon, à travers la nuit, ses beaux bras d'albâtre, Roméo serait resté au bas de l'échelle de soie, et, quoique je sois éperdument amoureux de l'ange de jeunesse et de beauté créé par Shakespeare, je dois convenir que la plus belle fille de Vérone, pour un hachichin, ne vaut pas la peine de se déranger.

Aussi je regardais d'un œil paisible, bien que charmé, la guirlande de femmes idéalement belles qui couronnaient la frise de leur divine nudité ; je voyais luire des épaules de satin, étinceler des seins d'argent, plafonner de petits pieds à plantes roses, onduler des hanches opulentes, sans éprouver la moindre tentation. Les spectres charmants qui troublaient saint Antoine n'eussent eu aucun pouvoir sur moi.

Par un prodige bizarre, au bout de quelques minutes de contemplation, je me fondais dans l'objet fixé, et je devenais moi-même cet objet.

Ainsi je m'étais transformé en nymphe Syrinx, parce que la fresque représentait en effet la fille du Ladon poursuivie par Pan.

J'éprouvais toutes les terreurs de la pauvre fugitive, et je cherchais à me cacher derrière des roseaux fantastiques, pour éviter le monstre à pieds de bouc.

VII

LE KIEF TOURNE AU CAUCHEMAR

Pendant mon extase, Daucus-Carota était rentré.

Assis comme un tailleur ou comme un pacha sur ses racines proprement tortillées, il attachait sur moi des yeux flamboyants ; son bec claquait d'une façon si sardonique, un tel air de triomphe railleur éclatait dans toute sa petite personne contrefaite, que je frissonnai malgré moi.

Devinant ma frayeur, il redoublait de contorsions et de grimaces, et se rapprochait en sautillant comme un faucheux blessé ou comme un cul-de-jatte dans sa gamelle.

Alors je sentis un souffle froid à mon oreille, et une voix dont l'accent m'était bien connu, quoique je ne pusse définir à qui elle appartenait, me dit :

« Ce misérable Daucus-Carota, qui a vendu ses jambes pour boire, t'a escamoté la tête, et mis à la place, non pas une tête d'âne comme Puck à Bottom, mais une tête d'éléphant ! »

Singulièrement intrigué, j'allai droit à la glace, et je vis que l'avertissement n'était pas faux.

On m'aurait pris pour une idole indoue ou javanaise : mon front s'était haussé, mon nez, allongé en trompe, se recourbait sur ma poitrine, mes oreilles balayaient mes épaules, et, pour surcroît de désagrément, j'étais couleur d'indigo, comme Shiva, le dieu bleu.

Exaspéré de fureur, je me mis à poursuivre Daucus-Carota, qui sautait et glapissait, et donnait tous les signes d'une terreur extrême ; je parvins à l'attraper, et je le cognai si violemment sur le bord de la table, qu'il finit par me rendre ma tête, qu'il avait enveloppée dans son mouchoir.

Content de cette victoire, j'allai reprendre ma place sur le canapé ; mais la même petite voix inconnue me dit :

« Prends garde à toi, tu es entouré d'ennemis ; les puissances invisibles cherchent à t'attirer et à te retenir. Tu es prisonnier ici : essaie de sortir, et tu verras. »

Un voile se déchira dans mon esprit, et il devint clair pour moi que les membres du club n'étaient autres que des cabalistes et des magiciens qui voulaient m'entraîner à ma perte.

VIII

TREAD-MILL

Je me levai avec beaucoup de peine et me dirigeai vers la porte du salon, que je n'atteignis qu'au bout d'un temps considérable, une puissance inconnue me forçant de reculer d'un pas sur trois. A mon calcul, je mis dix ans à faire ce trajet.

Daucus-Carota me suivait en ricanant et marmottait d'un air de fausse commisération :

« S'il marche de ce train-là, quand il arrivera, il sera vieux. »

J'étais cependant parvenu à gagner la pièce voisine dont les dimensions me parurent changées et méconnaissables. Elle s'allongeait, s'allongeait... indéfiniment. La lumière, qui scintillait à son extrémité, semblait aussi éloignée qu'une étoile fixe.

Le découragement me prit, et j'allais m'arrêter, lorsque la petite voix me dit, en m'effleurant presque de ses lèvres :

« Courage ! elle t'attend à onze heures. »

Faisant un appel désespéré aux forces de mon âme, je réussis, par une énorme projection de volonté, à soulever mes pieds qui s'agrafaient au sol et qu'il me fallait déraciner comme des troncs d'arbres. Le monstre aux jambes de mandragore m'escortait en parodiant mes efforts et en chantant sur un ton de traînante psalmodie :

« Le marbre gagne ! le marbre gagne ! »

En effet, je sentais mes extrémités se pétrifier, et le marbre m'envelopper jusqu'aux hanches comme la Daphné des Tuileries ; j'étais statue jusqu'à mi-corps, ainsi que ces princes enchantés des *Mille et une Nuits*. Mes talons durcis résonnaient formidablement sur le plancher : j'aurais pu jouer le Commandeur dans *Don Juan*.

Cependant j'étais arrivé sur le palier de l'escalier que j'essayai de descendre ; il était à demi éclairé ct prenait à travers mon rêve des proportions cyclopéennes et gigantesques. Ses deux bouts noyés d'ombre me semblaient plonger dans le ciel et dans l'enfer, deux gouffres ; en levant la tête, j'apercevais indistinctement, dans une perspective prodigieuse, des superpositions de paliers innombrables, des rampes à gravir comme pour arriver au sommet de la tour de Lylacq ; en la baissant, je pressentais des abîmes de degrés, des tourbillons de spirales, des éblouissements de circonvolutions.

« Cet escalier doit percer la terre de part en part, me dis-je en continuant ma marche machinale. Je parviendrai au bas le lendemain du jugement dernier. »

Les figures des tableaux me regardaient d'un air de pitié, quelques-unes s'agitaient avec des contorsions pénibles, comme des muets qui voudraient donner un avis important dans une occasion suprême. On eût dit qu'elles voulaient m'avertir d'un piège à éviter, mais une force inerte et morne m'entraînait ; les marches étaient molles et s'enfonçaient sous moi, ainsi que les échelles mystérieuses dans les épreuves de franc-maçonnerie. Les pierres gluantes et flasques s'affaissaient comme des ventres de crapauds ; de nouveaux paliers, de nouveaux degrés, se pré-

sentaient sans cesse à mes pas résignés, ceux que
j'avais franchis se replaçaient d'eux-mêmes
devant moi.

Ce manège dura mille ans, à mon compte.

Enfin j'arrivai au vestibule, où m'attendait une
autre persécution non moins terrible.

La chimère tenant une bougie dans ses pattes,
que j'avais remarquée en entrant, me barrait le
passage avec des intentions évidemment hostiles ;
ses yeux verdâtres pétillaient d'ironie, sa bouche
sournoise riait méchamment ; elle s'avançait vers
moi presque à plat ventre, traînant dans la poussière son caparaçon de bronze, mais ce n'était pas
par soumission ; des frémissements féroces agitaient sa croupe de lionne, et Daucus-Carota
l'excitait comme on fait d'un chien qu'on veut
faire battre :

« Mords-le ! mords-le ! de la viande de marbre
pour une bouche d'airain, c'est un fier régal. »

Sans me laisser effrayer par cette horrible bête,
je passai outre. Une bouffée d'air froid vint me
frapper la figure, et le ciel nocturne nettoyé de
nuages m'apparut tout à coup. Un semis d'étoiles
poudrait d'or les veines de ce grand bloc de lapis-
lazuli.

J'étais dans la cour.

Pour vous rendre l'effet que me produisit cette
sombre architecture, il me faudrait la pointe dont
Piranèse rayait le vernis noir de ses cuivres merveilleux : la cour avait pris les proportions du
Champ-de-Mars, et s'était en quelques heures
bordée d'édifices géants qui découpaient sur
l'horizon une dentelure d'aiguilles, de coupoles,
de tours, de pignons, de pyramides, dignes de
Rome et de Babylone.

Ma surprise était extrême, je n'avais jamais
soupçonné l'île Saint-Louis de contenir tant de
magnificences monumentales, qui d'ailleurs
eussent couvert vingt fois sa superficie réelle, et je
ne songeais pas sans appréhension au pouvoir des
magiciens qui avaient pu, dans une soirée, élever
de semblables constructions.

« Tu es le jouet de vaines illusions ; cette cour est très petite, murmura la voix ; elle a vingt-sept pas de long sur vingt-cinq de large.

— Oui, oui, grommela l'avorton bifurqué, des pas de bottes de sept lieues. Jamais tu n'arriveras à onze heures ; voilà quinze cents ans que tu es parti. Une moitié de tes cheveux est déjà grise... Retourne là-haut, c'est le plus sage. »

Comme je n'obéissais pas, l'odieux monstre m'entortilla dans les réseaux de ses jambes, et, s'aidant de ses mains comme de crampons, me remorqua malgré ma résistance, me fit remonter l'escalier où j'avais éprouvé tant d'angoisses, et me réinstalla, à mon grand désespoir, dans le salon d'où je m'étais si péniblement échappé.

Alors le vertige s'empara complètement de moi ; je devins fou, délirant.

Daucus-Carota faisait des cabrioles jusqu'au plafond en me disant :

« Imbécile, je t'ai rendu ta tête, mais, auparavant, j'avais enlevé la cervelle avec une cuiller. »

J'éprouvai une affreuse tristesse, car, en portant la main à mon crâne, je le trouvai ouvert, et je perdis connaissance.

IX

NE CROYEZ PAS AUX CHRONOMÈTRES

En revenant à moi, je vis la chambre pleine de gens vêtus de noir, qui s'abordaient d'un air triste et se serraient la main avec une cordialité mélancolique, comme des personnes affligées d'une douleur commune.

Ils disaient :

« Le Temps est mort ; désormais il n'y aura plus ni années, ni mois, ni heures ; le Temps est mort, et nous allons à son convoi.

— Il est vrai qu'il était bien vieux, mais je ne m'attendais pas à cet événement ; il se portait à merveille pour son âge, ajouta une des personnes en deuil que je reconnus pour un peintre de mes amis.

— L'éternité était usée, il faut bien faire une fin, reprit un autre.

— Grand Dieu ! m'écriai-je frappé d'une idée subite, s'il n'y a plus de temps, quand pourra-t-il être onze heures ?...

— Jamais... cria d'une voix tonnante Daucus-Carota, en me jetant son nez à la figure, et en se montrant à moi sous son véritable aspect... Jamais... il sera toujours neuf heures un quart... L'aiguille restera sur la minute où le temps a cessé d'être, et tu auras pour supplice de venir regarder l'aiguille immobile, et de retourner t'asseoir pour recommencer encore, et cela jusqu'à ce que tu marches sur l'os de tes talons. »

Une force supérieure m'entraînait, et j'exécutai quatre ou cinq cents fois le voyage, interrogeant le cadran avec une inquiétude horrible.

Daucus-Carota s'était assis à califourchon sur la pendule et me faisait d'épouvantables grimaces.

L'aiguille ne bougeait pas.

« Misérable ! tu as arrêté le balancier, m'écriai-je ivre de rage.

— Non pas, il va et vient comme à l'ordinaire... mais les soleils tomberont en poussière avant que cette flèche d'acier ait avancé d'un millionnième de millimètre.

— Allons, je vois qu'il faut conjurer les mauvais esprits, la chose tourne au spleen, dit le *voyant*, faisons un peu de musique. La harpe de David sera remplacée cette fois par un piano d'Érard. »

Et, se plaçant sur le tabouret, il joua des mélodies d'un mouvement vif et d'un caractère gai...

Cela paraissait beaucoup contrarier l'homme-mandragore, qui s'amoindrissait, s'aplatissait, se

décolorait et poussait des gémissements inarticulés ; enfin il perdit toute apparence humaine, et
roula sur le parquet sous la forme d'un salsifis à
deux pivots.

Le charme était rompu.

« Alleluia ! le Temps est ressuscité, crièrent des
voix enfantines et joyeuses ; va voir la pendule
maintenant ! »

L'aiguille marquait onze heures.

« Monsieur, votre voiture est en bas », me dit le
domestique.

Le rêve était fini.

Les hachichins s'en allèrent chacun de leur
côté, comme les officiers après le convoi de Mal-
brouck.

Moi, je descendis d'un pas léger cet escalier qui
m'avait causé tant de tortures, et quelques instants après j'étais dans ma chambre en pleine
réalité ; les dernières vapeurs soulevées par le
hachich avaient disparu.

Ma raison était revenue, ou du moins ce que
j'appelle ainsi, faute d'autre terme.

Ma lucidité aurait été jusqu'à rendre compte
d'une pantomime ou d'un vaudeville, ou à faire
des vers rimants de trois lettres.

ARRIA MARCELLA

SOUVENIR DE POMPÉI

Trois jeunes gens, trois amis qui avaient fait ensemble le voyage d'Italie, visitaient l'année dernière le musée des Studj, à Naples, où l'on a réuni les différents objets antiques exhumés des fouilles de Pompéi et d'Herculanum.

Ils s'étaient répandus à travers les salles et regardaient les mosaïques, les bronzes, les fresques détachés des murs de la ville morte, selon que leur caprice les éparpillait, et quand l'un d'eux avait fait une rencontre curieuse, il appelait ses compagnons avec des cris de joie, au grand scandale des Anglais taciturnes et des bourgeois posés occupés à feuilleter leur livret.

Mais le plus jeune des trois, arrêté devant une vitrine, paraissait ne pas entendre les exclamations de ses camarades, absorbé qu'il était dans une contemplation profonde. Ce qu'il examinait avec tant d'attention, c'était un morceau de cendre noire coagulée portant une empreinte creuse : on eût dit un fragment de moule de statue, brisé par la fonte ; l'œil exercé d'un artiste y eût aisément reconnu la coupe d'un sein admirable et d'un flanc aussi pur de style que celui d'une statue grecque. L'on sait, et le moindre guide du voyageur vous l'indique, que cette lave, refroidie autour du corps d'une femme, en a gardé le contour charmant. Grâce au caprice de l'éruption qui a détruit quatre villes, cette noble forme, tombée en poussière depuis deux mille ans bientôt, est parvenue jusqu'à nous ; la rondeur d'une gorge a traversé les siècles lorsque tant d'empires disparus n'ont pas laissé de trace ! Ce cachet de beauté, posé par le hasard sur la scorie d'un volcan, ne s'est pas effacé.

Voyant qu'il s'obstinait dans sa contemplation, les deux amis d'Octavien revinrent vers lui, et Max, en le touchant à l'épaule, le fit tressaillir comme un homme surpris dans son secret. Évidemment Octavien n'avait entendu venir ni Max ni Fabio.

« Allons, Octavien, dit Max, ne t'arrête pas ainsi des heures entières à chaque armoire, ou nous allons manquer l'heure du chemin de fer, et nous ne verrons pas Pompéi aujourd'hui.

— Que regarde donc le camarade ? ajouta Fabio, qui s'était rapproché. Ah ! l'empreinte trouvée dans la maison d'Arrius Diomèdes. » Et il jeta sur Octavien un coup d'œil rapide et singulier.

Octavien rougit faiblement, prit le bras de Max, et la visite s'acheva sans autre incident. En sortant des Studj, les trois amis montèrent dans un corricolo et se firent mener à la station du chemin de fer. Le corricolo, avec ses grandes roues rouges, son strapontin constellé de clous de cuivre, son cheval maigre et plein de feu, harnaché comme une mule d'Espagne, courant au galop sur les larges dalles de lave, est trop connu pour qu'il soit besoin d'en faire la description ici, et d'ailleurs nous n'écrivons pas des impressions de voyage sur Naples, mais le simple récit d'une aventure bizarre et peu croyable, quoique vraie.

Le chemin de fer par lequel on va à Pompéi longe presque toujours la mer, dont les longues volutes d'écume viennent se dérouler sur un sable noirâtre qui ressemble à du charbon tamisé. Ce rivage, en effet, est formé de coulées de lave et de cendres volcaniques, et produit, par son ton foncé, un contraste avec le bleu du ciel et le bleu de l'eau ; parmi tout cet éclat, la terre seule semble retenir l'ombre.

Les villages que l'on traverse ou que l'on côtoie, Portici, rendu célèbre par l'opéra de M. Auber, Resina, Torre del Greco, Torre dell' Annunziata, dont on aperçoit en passant les maisons à arcades et les toits en terrasses, ont, malgré l'intensité du soleil et le lait de chaux méridional, quelque chose de plutonien et de ferrugineux comme Manchester et Birmingham ; la poussière y est noire, une suie impalpable s'y accroche à tout ; on sent que la grande forge du Vésuve halète et fume à deux pas de là.

Les trois amis descendirent à la station de Pompéi, en riant entre eux du mélange d'antique et de moderne que présentent naturellement à l'esprit ces mots : *Station de Pompéi.* Une ville gréco-romaine et un débarcadère de railway !

Ils traversèrent le champ planté de cotonniers, sur lequel voltigeaient quelques bourres blanches, qui sépare le chemin de fer de l'emplacement de la ville déterrée, et prirent un guide à l'osteria bâtie en dehors des anciens remparts, ou, pour parler plus correctement, un guide les prit. Calamité qu'il est difficile de conjurer en Italie.

Il faisait une de ces heureuses journées si communes à Naples, où par l'éclat du soleil et la transparence de l'air les objets prennent des couleurs qui semblent fabuleuses dans le Nord, et paraissent appartenir plutôt au monde du rêve qu'à celui de la réalité. Quiconque a vu une fois cette lumière d'or et d'azur en emporte au fond de sa brume une incurable nostalgie.

La ville ressuscitée, ayant secoué un coin de son linceul de cendre, ressortait avec ses mille détails sous un jour aveuglant. Le Vésuve découpait dans le fond son cône sillonné de stries de laves bleues, roses, violettes, mordorées par le soleil. Un léger brouillard, presque imperceptible dans la lumière, encapuchonnait la crête écimée de la montagne ; au premier abord, on eût pu le prendre pour un de ces nuages qui, même par les temps les plus sereins, estompent le front des pics

élevés. En y regardant de plus près, on voyait de
minces filets de vapeur blanche sortir du haut du
mont comme des trous d'une cassolette, et se
réunir ensuite en vapeur légère. Le volcan,
d'humeur débonnaire ce jour-là, fumait tout tranquillement sa pipe, et sans l'exemple de Pompéi
ensevelie à ses pieds, on ne l'aurait pas cru d'un
caractère plus féroce que Montmartre ; de l'autre
côté, de belles collines aux lignes ondulées et
voluptueuses comme des hanches de femme, arrêtaient l'horizon ; et plus loin la mer, qui autrefois
apportait les birèmes et les trirèmes sous les
remparts de la ville, tirait sa placide barre d'azur.

L'aspect de Pompéi est des plus surprenants ; ce
brusque saut de dix-neuf siècles en arrière étonne
même les natures les plus prosaïques et les moins
compréhensives, deux pas vous mènent de la vie
antique à la vie moderne, et du christianisme au
paganisme ; aussi, lorsque les trois amis virent
ces rues où les formes d'une existence évanouie
sont conservées intactes, éprouvèrent-ils, quelque
préparés qu'ils y fussent par les livres et les
dessins, une impression aussi étrange que profonde. Octavien surtout semblait frappé de stu-
peur et suivait machinalement le guide d'un pas
de somnambule, sans écouter la nomenclature
monotone et apprise par cœur que ce faquin débi-
tait comme une leçon.

Il regardait d'un œil effaré ces ornières de char
creusées dans le pavage cyclopéen des rues et qui
paraissent dater d'hier tant l'empreinte en est
fraîche ; ces inscriptions tracées en lettres rouges,
d'un pinceau cursif, sur les parois des murailles :
affiches de spectacle, demandes de location, formules votives, enseignes, annonces de toutes
sortes, curieuses comme le serait dans deux mille
ans, pour les peuples inconnus de l'avenir, un pan
de mur de Paris retrouvé avec ses affiches et ses
placards ; ces maisons aux toits effondrés laissant
pénétrer d'un coup d'œil tous ces mystères d'intérieur, tous ces détails domestiques que négligent

les historiens et dont les civilisations emportent le secret avec elles ; ces fontaines à peine taries, ce forum surpris au milieu d'une réparation par la catastrophe, et dont les colonnes, les architraves toutes taillées, toutes sculptées, attendent dans leur pureté d'arête qu'on les mette en place ; ces temples voués à des dieux passés à l'état mythologique et qui alors n'avaient pas un athée ; ces boutiques où ne manque que le marchand ; ces cabarets où se voit encore sur le marbre la tache circulaire laissée par la tasse des buveurs ; cette caserne aux colonnes peintes d'ocre et de minium que les soldats ont égratignée de caricatures de combattants, et ces doubles théâtres de drame et de chant juxtaposés, qui pourraient reprendre leurs représentations, si la troupe qui les desservait, réduite à l'état d'argile, n'était pas occupée, peut-être, à luter le bondon d'un tonneau de bière ou à boucher une fente de mur, comme la poussière d'Alexandre et de César, selon la mélancolique réflexion d'Hamlet.

Fabio monta sur le thymelé du théâtre tragique tandis que Octavien et Max grimpaient jusqu'en haut des gradins, et là il se mit à débiter avec force gestes les morceaux de poésie qui lui venaient à la tête, au grand effroi des lézards, qui se dispersaient en frétillant de la queue et en se tapissant dans les fentes des assises ruinées ; et quoique les vases d'airain ou de terre, destinés à répercuter les sons, n'existassent plus, sa voix n'en résonnait pas moins pleine et vibrante.

Le guide les conduisit ensuite à travers les cultures qui recouvrent les portions de Pompéi encore ensevelies, à l'amphithéâtre, situé à l'autre extrémité de la ville. Ils marchèrent sous ces arbres dont les racines plongent dans les toits des édifices enterrés, en disjoignent les tuiles, en fendent les plafonds, en disloquent les colonnes, et passèrent par ces champs où de vulgaires légumes fructifient sur des merveilles d'art, matérielles images de l'oubli que le temps déploie sur les plus belles choses.

L'amphithéâtre ne les surprit pas. Ils avaient
vu celui de Vérone, plus vaste et aussi bien
conservé, et ils connaissaient la disposition de ces
arènes antiques aussi familièrement que celle des
places de taureaux en Espagne, qui leur ressemblent beaucoup, moins la solidité de la
construction et la beauté des matériaux.

Ils revinrent donc sur leurs pas, gagnèrent par
un chemin de traverse la rue de la Fortune, écoutant d'une oreille distraite le cicerone, qui en
passant devant chaque maison la nommait du
nom qui lui a été donné lors de sa découverte,
d'après quelque particularité caractéristique : —
la maison du Taureau de bronze, la maison du
Faune, la maison du Vaisseau, le temple de la
Fortune, la maison de Méléagre, la taverne de la
Fortune à l'angle de la rue Consulaire, l'académie
de Musique, le Four banal, la Pharmacie, la boutique du Chirurgien, la Douane, l'habitation des
Vestales, l'auberge d'Albinus, les Thermopoles, et
ainsi de suite jusqu'à la porte qui conduit à la voie
des Tombeaux.

Cette porte en briques, recouverte de statues, et
dont les ornements ont disparu, offre dans son
arcade intérieure deux profondes rainures destinées à laisser glisser une herse, comme un donjon
du Moyen Age à qui l'on aurait cru ce genre de
défense particulier.

« Qui aurait soupçonné, dit Max à ses amis,
Pompéi, la ville gréco-latine, d'une fermeture
aussi romantiquement gothique ? Vous figurez-
vous un chevalier romain attardé, sonnant du cor
devant cette porte pour se faire lever la herse,
comme un page du XVe siècle ?

— Rien n'est nouveau sous le soleil, répondit
Fabio, et cet aphorisme lui-même n'est pas neuf,
puisqu'il a été formulé par Salomon.

— Peut-être y a-t-il du nouveau sous la lune !
continua Octavien en souriant avec une ironie
mélancolique.

— Mon cher Octavien, dit Max, qui pendant

cette petite conversation s'était arrêté devant une inscription tracée à la rubrique sur la muraille extérieure, veux-tu voir des combats de gladiateurs ? — Voici les affiches : — Combat et chasse pour le 5 des nones d'avril, — les mâts seront dressés, — vingt paires de gladiateurs lutteront aux nones, — et si tu crains pour la fraîcheur de ton teint, rassure-toi, on tendra les voiles ; — à moins que tu ne préfères te rendre à l'amphithéâtre de bonne heure, ceux-ci se couperont la gorge le matin — *matutini erunt ;* on n'est pas plus complaisant. »

En devisant de la sorte, les trois amis suivaient cette voie bordée de sépulcres qui, dans nos sentiments modernes, serait une lugubre avenue pour une ville, mais qui n'offrait pas les mêmes significations tristes pour les anciens, dont les tombeaux, au lieu d'un cadavre horrible, ne contenaient qu'une pincée de cendres, idée abstraite de la mort. L'art embellissait ces dernières demeures, et, comme dit Goethe, le païen décorait des images de la vie les sarcophages et les urnes.

C'est ce qui faisait sans doute que Max et Fabio visitaient, avec une curiosité allègre et une joyeuse plénitude d'existence qu'ils n'auraient pas eues dans un cimetière chrétien, ces monuments funèbres si gaiement dorés par le soleil et qui, placés sur le bord du chemin, semblent se rattacher encore à la vie et n'inspirent aucune de ces froides répulsions, aucune de ces terreurs fantastiques que font éprouver nos sépultures lugubres. Ils s'arrêtèrent devant le tombeau de Mammia, la prêtresse publique, près duquel est poussé un arbre, un cyprès ou un peuplier ; ils s'assirent dans l'hémicycle du triclinium des repas funéraires, riant comme des héritiers ; ils lurent avec force lazzi les épitaphes de Nevoleja, de Labeon et de la famille Arria, suivis d'Octavien, qui semblait plus touché que ses insouciants compagnons du sort de ces trépassés de deux mille ans.

Ils arrivèrent ainsi à la villa d'Arrius Diomèdes, une des habitations les plus considérables de Pompéi. On y monte par des degrés de briques, et lorsqu'on a dépassé la porte flanquée de deux petites colonnes latérales, on se trouve dans une cour semblable au *patio* qui fait le centre des maisons espagnoles et moresques et que les anciens appelaient *impluvium* ou *cavaedium* ; quatorze colonnes de briques recouvertes de stuc forment, des quatre côtés, un portique ou péristyle couvert, semblable au cloître des couvents, et sous lequel on pouvait circuler sans craindre la pluie. Le pavé de cette cour est une mosaïque de briques et de marbre blanc, d'un effet doux et tendre à l'œil. Dans le milieu, un bassin de marbre quadrilatère, qui existe encore, recevait les eaux pluviales qui dégouttaient du toit du portique. — Cela produit un singulier effet d'entrer ainsi dans la vie antique et de fouler avec des bottes vernies des marbres usés par les sandales et les cothurnes des contemporains d'Auguste et de Tibère.

Le cicerone les promena dans l'exèdre ou salon d'été, ouvert du côté de la mer pour en aspirer les fraîches brises. C'était là qu'on recevait et qu'on faisait la sieste pendant les heures brûlantes, quand soufflait ce grand zéphyr africain chargé de langueurs et d'orages. Il les fit entrer dans la basilique, longue galerie à jour qui donne de la lumière aux appartements et où les visiteurs et les clients attendaient que le nomenclateur les appelât ; il les conduisit ensuite sur la terrasse de marbre blanc d'où la vue s'étend sur les jardins verts et sur la mer bleue ; puis il leur fit voir le nymphæum ou salle de bains, avec ses murailles peintes en jaune, ses colonnes de stuc, son pavé de mosaïque et sa cuve de marbre qui reçut tant de corps charmants évanouis comme des ombres, — le cubiculum, où flottèrent tant de rêves venus de la porte d'ivoire, et dont les alcôves pratiquées dans le mur étaient fermées par un conopeum ou rideau dont les anneaux de bronze gisent encore à terre, le tétrastyle ou salle de récréation, la chapelle des dieux lares, le cabinet des archives, la bibliothèque, le musée des tableaux, le gynécée ou appartement des femmes, composé de petites chambres en partie ruinées, dont les parois conservent des traces de peintures et d'arabesques comme des joues dont on a mal essuyé le fard.

Cette inspection terminée, ils descendirent à l'étage inférieur, car le sol est beaucoup plus bas du côté du jardin que du côté de la voie des Tombeaux, ils traversèrent huit salles peintes en rouge antique, dont l'une est creusée de niches architecturales, comme on en voit au vestibule de la salle des Ambassadeurs à l'Alhambra, et ils arrivèrent enfin à une espèce de cave ou de cellier dont la destination était clairement indiquée par huit amphores d'argile dressées contre le mur et qui avaient dû être parfumées de vin de Crète, de Falerne et de Massique comme des odes d'Horace.

Un vif rayon de jour passait par un étroit soupirail obstrué d'orties, dont il changeait les feuilles traversées de lumières en émeraudes et en topazes, et ce gai détail naturel souriait à propos à travers la tristesse du lieu.

« C'est ici, dit le cicerone de la voix nonchalante, dont le ton s'accordait à peine avec le sens des paroles, que l'on trouva, parmi dix-sept squelettes, celui de la dame dont l'empreinte se voit au musée de Naples. Elle avait des anneaux d'or, et les lambeaux de sa fine tunique adhéraient encore aux cendres tassées qui ont gardé sa forme. »

Les phrases banales du guide causèrent une vive émotion à Octavien. Il se fit montrer l'endroit exact où ces restes précieux avaient été découverts, et s'il n'eût été contenu par la présence de ses amis, il se serait livré à quelque lyrisme extravagant ; sa poitrine se gonflait, ses yeux se trempaient de furtives moiteurs : cette catastrophe, effacée par vingt siècles d'oubli, le tou-

chait comme un malheur tout récent ; la mort
d'une maîtresse ou d'un ami ne l'eût pas affligé
davantage, et une larme en retard de deux mille
ans tomba, pendant que Max et Fabio avaient le
dos tourné, sur la place où cette femme, pour
laquelle il se sentait pris d'un amour rétrospectif,
avait péri étouffée par la cendre chaude du volcan.

« Assez d'archéologie comme cela ! s'écria
Fabio ; nous ne voulons pas écrire une dissertation sur une cruche ou une tuile du temps de Jules
César pour devenir membre d'une académie de
province, ces souvenirs classiques me creusent
l'estomac. Allons dîner, si toutefois la chose est
possible, dans cette osteria pittoresque, où j'ai
peur qu'on ne nous serve que des beefsteaks fos-
siles et des œufs frais pondus avant la mort de
Pline.

— Je ne dirai pas comme Boileau :

Un sot, quelquefois, ouvre un avis important,

fit Max en riant, ce serait malhonnête ; mais cette
idée a du bon. Il eût été pourtant plus joli de
festiner ici, dans un triclinium quelconque, couchés à l'antique, servis par des esclaves, en
manière de Lucullus ou de Trimalcion. Il est vrai
que je ne vois pas beaucoup d'huîtres du lac
Lucrin ; les turbots et les rougets de l'Adriatique
sont absents ; le sanglier d'Apulie manque sur le
marché ; les pains et les gâteaux au miel figurent
au musée de Naples aussi durs que des pierres à
côté de leurs moules vert-de-grisés, le macaroni
cru, saupoudré de cacio-cavallo, et quoiqu'il soit
détestable, vaut encore mieux que le néant. Qu'en
pense le cher Octavien ? »

Octavien, qui regrettait fort de ne pas s'être
trouvé à Pompéi le jour de l'éruption du Vésuve
pour sauver la dame aux anneaux d'or et mériter
ainsi son amour, n'avait pas entendu une phrase
de cette conversation gastronomique. Les deux
derniers mots prononcés par Max le frappèrent

seuls, et comme il n'avait pas envie d'entamer une discussion, il fit, à tout hasard, un signe d'assentiment, et le groupe amical reprit, en côtoyant les remparts, le chemin de l'hôtellerie.

L'on dressa la table sous l'espèce de porche ouvert qui sert de vestibule à l'osteria, et dont les murailles, crépies à la chaux, étaient décorées de quelques croûtes qualifiées par l'hôte : Salvator Rosa, Espagnolet, cavalier Massimo, et autres noms célèbres de l'école napolitaine, qu'il se crut obligé d'exalter.

« Hôte vénérable, dit Fabio, ne déployez pas votre éloquence en pure perte. Nous ne sommes pas des Anglais, et nous préférons les jeunes filles aux vieilles toiles. Envoyez-nous plutôt la liste de vos vins par cette belle brune, aux yeux de velours, que j'ai aperçue dans l'escalier. »

Le palforio, comprenant que ses hôtes n'appartenaient pas au genre mystifiable des philistins et des bourgeois, cessa de vanter sa galerie pour glorifier sa cave. D'abord, il avait tous les vins des meilleurs crus : châteaut-margaux, grand-laffite retour des Indes, sillery de Moët, hochmeyer, scarlat-wine, porto et porter, ale et gingerbeer, lacryma-christi blanc et rouge, capri et falerne.

« Quoi ! tu as du vin de Falerne, animal, et tu le mets à la fin de ta nomenclature ; tu nous fais subir une litanie œnologique insupportable, dit Max en sautant à la gorge de l'hôtelier avec un mouvement de fureur comique ; mais tu n'as donc pas le sentiment de la couleur locale ? tu es donc indigne de vivre dans ce voisinage antique ? Est-il bon au moins, ton Falerne ? a-t-il été mis en amphore sous le consul Plancus ? — *consule Planco*.

— Je ne connais pas le consul Plancus, et mon vin n'est pas mis en amphore, mais il est vieux et coûte 10 carlins la bouteille », répondit l'hôte.

Le jour était tombé et la nuit était venue, nuit sereine et transparente, plus claire, à coup sûr, que le plein midi de Londres ; la terre avait des tons d'azur et le ciel des reflets d'argent d'une douceur inimaginable ; l'air était si tranquille que la flamme des bougies posées sur la table n'oscillait même pas.

Un jeune garçon jouant de la flûte s'approcha de la table et se tint debout, fixant ses yeux sur les trois convives, dans une attitude de bas-relief, et soufflant dans son instrument aux sons doux et mélodieux, quelqu'une de ces cantilènes populaires en mode mineur dont le charme est pénétrant.

Peut-être ce garçon descendait en droite ligne du flûteur qui précédait Duilius.

« Notre repas s'arrange d'une façon assez antique, il ne nous manque que des danseuses gaditanes et des couronnes de lierre, dit Fabio en se versant une large rasade de vin de Falerne.

— Je me sens en veine de faire des citations latines comme un feuilleton des *Débats* ; il me revient des strophes d'ode, ajouta Max.

— Garde-les pour toi, s'écrièrent Octavien et Fabio, justement alarmés ; rien n'est indigeste comme le latin à table. »

La conversation entre jeunes gens qui, le cigare à la bouche, le coude sur la table, regardent un certain nombre de flacons vidés, surtout lorsque le vin est capiteux, ne tarde pas à tourner sur les femmes. Chacun exposa son système, dont voici à peu près le résumé.

Fabio ne faisait cas que de la beauté et de la jeunesse. Voluptueux et positif, il ne se payait pas d'illusions et n'avait en amour aucun préjugé. Une paysanne lui plaisait autant qu'une duchesse, pourvu qu'elle fût belle ; le corps le touchait plus que la robe ; il riait beaucoup de certains de ses amis amoureux de quelques mètres de soie et de dentelles, et disait qu'il serait plus logique d'être épris d'un étalage de marchand de nouveautés. Ces opinions, fort raisonnables au fond, et qu'il ne cachait pas, le faisaient passer pour un homme excentrique.

Max, moins artiste que Fabio, n'aimait, lui, que les entreprises difficiles, que les intrigues compliquées ; il cherchait des résistances à vaincre, des vertus à séduire, et conduisait l'amour comme une partie d'échecs, avec des coups médités longtemps, des effets suspendus, des surprises et des stratagèmes dignes de Polybe. Dans un salon, la femme qui paraissait avoir le moins de sympathie à son endroit, était celle qu'il choisissait pour but de ses attaques ; la faire passer de l'aversion à l'amour par des transitions habiles, était pour lui un plaisir délicieux ; s'imposer aux âmes qui le repoussaient, mater les volontés rebelles à son ascendant, lui semblait le plus doux des triomphes. Comme certains chasseurs qui courent les champs, les bois et les plaines par la pluie, le soleil et la neige, avec des fatigues excessives et une ardeur que rien ne rebute, pour un maigre gibier que les trois quarts du temps ils dédaignent de manger, Max, la proie atteinte, ne s'en souciait plus, et se remettait en quête presque aussitôt.

Pour Octavien, il avouait que la réalité ne le séduisait guère, non qu'il fît des rêves de collégien tout pétris de lis et de roses comme un madrigal de Demoustier, mais il y avait autour de toute beauté trop de détails prosaïques et rebutants ; trop de pères radoteurs et décorés ; de mères coquettes, portant des fleurs naturelles dans de faux cheveux ; de cousins rougeauds et méditant des déclarations ; de tantes ridicules, amoureuses de petits chiens. Une gravure à l'aqua-tinte, d'après Horace Vernet ou Delaroche, accrochée dans la chambre d'une femme, suffisait pour arrêter chez lui une passion naissante. Plus poétique encore qu'amoureux, il demandait une terrasse de l'Isola-Bella, sur le lac Majeur, par un beau clair de lune, pour encadrer un rendez-vous. Il eût voulu enlever son amour du milieu de la vie commune et en transporter la scène dans les étoiles. Aussi s'était-il épris tour à tour d'une

passion impossible et folle pour tous les grands
types féminins conservés par l'art ou l'histoire.
Comme Faust, il avait aimé Hélène, et il aurait
voulu que les ondulations des siècles appor-
tassent jusqu'à lui une de ces sublimes personnifi-
cations des désirs et des rêves humains, dont la
forme, invisible pour les yeux vulgaires, subsiste
toujours dans l'espace et le temps. Il s'était
composé un sérail idéal avec Sémiramis, Aspasie,
Cléopâtre, Diane de Poitiers, Jeanne d'Aragon.
Quelquefois aussi il aimait des statues, et un jour,
en passant au Musée devant la Vénus de Milo, il
s'était écrié : « Oh ! qui te rendra les bras pour
m'écraser contre ton sein de marbre ! » A Rome,
la vue d'une épaisse chevelure nattée exhumée
d'un tombeau antique l'avait jeté dans un bizarre
délire ; il avait essayé, au moyen de deux ou trois
de ces cheveux obtenus d'un gardien séduit à prix
d'or, et remis à une somnambule d'une grande
puissance, d'évoquer l'ombre et la forme de cette
morte ; mais le fluide conducteur s'était évaporé
après tant d'années, et l'apparition n'avait pu
sortir de la nuit éternelle.

Comme Fabio l'avait deviné devant la vitrine
des Studj, l'empreinte recueillie dans la cave de la
villa d'Arrius Diomèdes excitait chez Octavien
des élans insensés vers un idéal rétrospectif ; il
tentait de sortir du temps et de la vie, et de
transposer son âme au siècle de Titus.

Max et Fabio se retirèrent dans leur chambre,
et, la tête un peu alourdie par les classiques
fumées du Falerne, ne tardèrent pas à s'endormir.
Octavien, qui avait souvent laissé son verre plein
devant lui, ne voulant pas troubler par une
ivresse grossière l'ivresse poétique qui bouillon-
nait dans son cerveau, sentit à l'agitation de ses
nerfs que le sommeil ne lui viendrait pas, et sortit
de l'osteria à pas lents pour rafraîchir son front et
calmer sa pensée à l'air de la nuit.

Ses pieds, sans qu'il en eût conscience, le por-
tèrent à l'entrée par laquelle on pénètre dans la

ville morte, il déplaça la barre de bois qui la ferme et s'engagea au hasard dans les décombres.

La lune illuminait de sa lueur blanche les maisons pâles, divisant les rues en deux tranches de lumière argentée et d'ombre bleuâtre. Ce jour nocturne, avec ses teintes ménagées, dissimulait la dégradation des édifices. L'on ne remarquait pas, comme à la clarté crue du soleil, les colonnes tronquées, les façades sillonnées de lézardes, les toits effondrés par l'éruption ; les parties absentes se complétaient par la demi-teinte, et un rayon brusque, comme une touche de sentiment dans l'esquisse d'un tableau, indiquait tout un ensemble écroulé. Les génies taciturnes de la nuit semblaient avoir réparé la cité fossile pour quelque représentation d'une vie fantastique.

Quelquefois même Octavien crut voir se glisser de vagues formes humaines dans l'ombre ; mais elles s'évanouissaient dès qu'elles atteignaient la portion éclairée. De sourds chuchotements, une rumeur indéfinie, voltigeaient dans le silence. Notre promeneur les attribua d'abord à quelque papillonnement de ses yeux, à quelque bourdonnement de ses oreilles, — ce pouvait être aussi un jeu d'optique, un soupir de la brise marine, ou la fuite à travers les orties d'un lézard ou d'une couleuvre, car tout vit dans la nature, même la mort, tout bruit, même le silence. Cependant il éprouvait une espèce d'angoisse involontaire, un léger frisson, qui pouvait être causé par l'air froid de la nuit, et faisait frémir sa peau. Il retourna deux ou trois fois la tête ; il ne se sentait plus seul comme tout à l'heure dans la ville déserte. Ses camarades avaient-ils eu la même idée que lui, et le cherchaient-ils à travers ces ruines ? Ces formes entrevues, ces bruits indistincts de pas, était-ce Max et Fabio marchant et causant, et disparus à l'angle d'un carrefour ? Cette explication toute naturelle, Octavien comprenait à son trouble qu'elle n'était pas vraie, et les raisonnements qu'il faisait là-dessus à part lui ne le convainquaient pas. La solitude et l'ombre s'étaient peuplées d'êtres invisibles qu'il dérangeait ; il tombait au milieu d'un mystère, et l'on semblait attendre qu'il fût parti pour commencer. Telles étaient les idées extravagantes qui lui traversaient la cervelle et qui prenaient beaucoup de vraisemblance de l'heure, du lieu et de mille détails alarmants que comprendront ceux qui se sont trouvés de nuit dans quelque vaste ruine.

En passant devant une maison qu'il avait remarquée pendant le jour et sur laquelle la lune donnait en plein, il vit, dans un état d'intégrité parfaite, un portique dont il avait cherché à rétablir l'ordonnance : quatre colonnes d'ordre dorique cannelées jusqu'à mi-hauteur, et le fût enveloppé comme d'une draperie pourpre d'une teinte de minium, soutenaient une cimaise coloriée d'ornements polychromes, que le décorateur semblait avoir achevée hier ; sur la paroi latérale de la porte un molosse de Laconie, exécuté à l'encaustique et accompagné de l'inscription sacramentelle : *Cave canem*, aboyait à la lune et aux visiteurs avec une fureur peinte. Sur le seuil de mosaïque le mot *Ave*, en lettres osques et latines, saluait les hôtes de ses syllabes amicales. Les murs extérieurs, teints d'ocre et de rubrique, n'avaient pas une crevasse. La maison s'était exhaussée d'un étage, et le toit de tuiles dentelé d'un acrotère de bronze, projetait son profil intact sur le bleu léger du ciel où pâlissaient quelques étoiles.

Cette restauration étrange, faite de l'après-midi au soir par un architecte inconnu, tourmentait beaucoup Octavien, sûr d'avoir vu cette maison le jour même dans un fâcheux état de ruine. Le mystérieux reconstructeur avait travaillé bien vite, car les habitations voisines avaient le même aspect récent et neuf ; tous les piliers étaient coiffés de leurs chapiteaux ; pas une pierre, pas une brique, pas une pellicule de stuc, pas une écaille de peinture ne manquaient aux parois

luisantes des façades, et par l'interstice des péri-
styles on entrevoyait, autour du bassin de marbre
de cavædium, des lauriers roses et blancs, des
myrtes et des grenadiers. Tous les historiens
s'étaient trompés ; l'éruption n'avait pas eu lieu,
ou bien l'aiguille du temps avait reculé de vingt
heures séculaires sur le cadran de l'éternité.

Octavien, surpris au dernier point, se demanda
s'il dormait tout debout et marchait dans un rêve.
Il s'interrogea sérieusement pour savoir si la folie
ne faisait pas danser devant lui ses hallucinations ; mais il fut obligé de reconnaître qu'il
n'était ni endormi ni fou.

Un changement singulier avait eu lieu dans
l'atmosphère ; de vagues teintes roses se
mêlaient, par dégradations violettes, aux lueurs
azurées de la lune ; le ciel s'éclaircissait sur les
bords ; on eût dit que le jour allait paraître.
Octavien tira sa montre ; elle marquait minuit.
Craignant qu'elle ne fût arrêtée, il poussa le ressort de la répétition ; la sonnerie tinta douze fois ;
il était bien minuit, et cependant la clarté allait
toujours augmentant, la lune se fondait dans
l'azur de plus en plus lumineux ; le soleil se levait.

Alors Octavien, en qui toutes les idées de temps
se brouillaient, put se convaincre qu'il se promenait non dans une Pompéi morte, froid cadavre de
ville qu'on a tiré à demi de son linceul, mais dans
une Pompéi vivante, jeune, intacte, sur laquelle
n'avaient pas coulé les torrents de boue brûlante
du Vésuve.

Un prodige inconcevable le reportait, lui, Français du XIXe siècle, au temps de Titus, non en
esprit, mais en réalité, ou faisait revenir à lui, du
fond du passé, une ville détruite avec ses habitants disparus ; car un homme vêtu à l'antique
venait de sortir d'une maison voisine.

Cet homme portait les cheveux courts et la
barbe rasée, une tunique de couleur brune et un
manteau grisâtre, dont les bouts étaient retroussés de manière à ne pas gêner sa marche ; il allait

d'un pas rapide, presque cursif, et passa à côté d'Octavien sans le voir. Un panier de sparterie pendait à son bras, et il se dirigeait vers le Forum Nundinarium ; — c'était un esclave, un Davus quelconque allant au marché ; il n'y avait pas à s'y tromper.

Des bruits de roues se firent entendre, et un char antique, traîné par des bœufs blancs et chargé de légumes, s'engagea dans la rue. A côté de l'attelage marchait un bouvier aux jambes nues et brûlées par le soleil, aux pieds chaussés de sandales, et vêtu d'une espèce de chemise de toile bouffant à la ceinture ; un chapeau de paille conique, rejeté derrière le dos et retenu au col par la mentonnière, laissait voir sa tête d'un type inconnu aujourd'hui, son front bas traversé de dures nodosités, ses cheveux crépus et noirs, son nez droit, ses yeux tranquilles comme ceux de ses bœufs, et son cou d'Hercule campagnard. Il touchait gravement ses bêtes de l'aiguillon, avec une pose de statue à faire tomber Ingres en extase.

Le bouvier aperçut Octavien et parut surpris, mais il continua sa route ; une fois il retourna la tête, ne trouvant pas sans doute d'explication à l'aspect de ce personnage étrange pour lui, mais laissant, dans sa placide stupidité rustique, le mot de l'énigme à de plus habiles.

Des paysans campaniens parurent aussi, poussant devant eux des ânes chargés d'outres de vin, et faisant tinter des sonnettes d'airain ; leur physionomie différait de celle des paysans d'aujourd'hui comme une médaille diffère d'un sou.

La ville se peuplait graduellement comme un de ces tableaux de diorama, d'abord déserts, et qu'un changement d'éclairage anime de personnages invisibles jusque-là.

Les sentiments qu'éprouvait Octavien avaient changé de nature. Tout à l'heure, dans l'ombre trompeuse de la nuit, il était en proie à ce malaise dont les plus braves ne se défendent pas, au

milieu de circonstances inquiétantes et fantastiques que la raison ne peut expliquer. Sa vague
terreur s'était changée en stupéfaction profonde ;
il ne pouvait douter, à la netteté de leurs perceptions, du témoignage de ses sens, et cependant ce
qu'il voyait était parfaitement incroyable. — Mal
convaincu encore, il cherchait par la constatation
de petits détails réels à se prouver qu'il n'était pas
le jouet d'une hallucination. — Ce n'étaient pas
des fantômes qui défilaient sous ses yeux, car la
vive lumière du soleil les illuminait avec une
réalité irrécusable, et leurs ombres allongées par
le matin se projetaient sur les trottoirs et les
murailles. — Ne comprenant rien à ce qui lui
arrivait, Octavien, ravi au fond de voir un de ses
rêves les plus chers accompli, ne résista plus à son
aventure, il se laissa faire à toutes ces merveilles,
sans prétendre s'en rendre compte ; il se dit que
puisque en vertu d'un pouvoir mystérieux il lui
était donné de vivre quelques heures dans un
siècle disparu, il ne perdrait pas son temps à
chercher la solution d'un problème incompréhensible, et il continua bravement sa route, en regardant à droite et à gauche ce spectacle si vieux et si
nouveau pour lui. Mais à quelle époque de la vie
de Pompéi était-il transporté ? Une inscription
d'édilité, gravée sur une muraille, lui apprit, par
le nom des personnages publics, qu'on était au
commencement du règne de Titus, — soit en l'an
79 de notre ère. — Une idée subite traversa l'âme
d'Octavien ; la femme dont il avait admiré
l'empreinte au musée de Naples devait être
vivante, puisque l'éruption du Vésuve dans
laquelle elle avait péri eut lieu le 24 août de cette
même année ; il pouvait donc la retrouver, la voir,
lui parler... Le désir fou qu'il avait ressenti à
l'aspect de cette cendre moulée sur des contours
divins allait peut-être se satisfaire, car rien ne
devait être impossible à un amour qui avait eu la
force de faire reculer le temps, et passer deux fois
la même heure dans le sablier de l'éternité.

Pendant qu'Octavien se livrait à ces réflexions, de belles jeunes filles se rendaient aux fontaines, soutenant du bout de leurs doigts blancs des urnes en équilibre sur leur tête ; des patriciens en toges blanches bordées de bandes de pourpre, suivis de leur cortège de clients, se dirigeaient vers le forum. Les acheteurs se pressaient autour des boutiques, toutes désignées par des enseignes sculptées et peintes, et rappelant par leur petitesse et leur forme les boutiques moresques d'Alger ; au-dessus de la plupart de ces échoppes, un glorieux phallus de terre cuite colorié et l'inscription *hic habitat felicitas*, témoignaient de précautions superstitieuses contre le mauvais œil ; Octavien remarqua même une boutique d'amulettes dont l'étalage était chargé de cornes, de branches de corail bifurquées, et de petits Priapes en or, comme on en trouve encore à Naples aujourd'hui, pour se préserver de la jettature, et il se dit qu'une superstition durait plus qu'une religion.

En suivant le trottoir qui borde chaque rue de Pompéi, et enlève ainsi aux Anglais la confortabilité de cette invention, Octavien se trouva face à face avec un beau jeune homme, de son âge à peu près, vêtu d'une tunique couleur de safran, et drapé d'un manteau de fine laine blanche, souple comme du cachemire. La vue d'Octavien, coiffé de l'affreux chapeau moderne, sanglé dans une mesquine redingote noire, les jambes emprisonnées dans un pantalon, les pieds pincés par des bottes luisantes, parut surprendre le jeune Pompéien, comme nous étonnerait, sur le boulevard de Gand, un Ioway ou un Botocudo avec ses plumes, ses colliers de griffes d'ours et ses tatouages baroques. Cependant, comme c'était un jeune homme bien élevé, il n'éclata pas de rire au nez d'Octavien, et prenant en pitié ce pauvre barbare égaré dans cette ville gréco-romaine, il lui dit d'une voix accentuée et douce :

— *Advena, salve.*

Rien n'était plus naturel qu'un habitant de Pompéi, sous le règne du divin empereur Titus, très puissant et très auguste, s'exprimât en latin, et pourtant Octavien tressaillit en entendant cette langue morte dans une bouche vivante. C'est alors qu'il se félicita d'avoir été fort en thème, et remporté des prix au concours général. Le latin enseigné par l'Université lui servit en cette occasion unique, et rappelant en lui ses souvenirs de classe, il répondit au salut du Pompéien en style de *De viris illustribus* et de *Selectae e profanis*, d'une façon suffisamment intelligible, mais avec un accent parisien qui fit sourire le jeune homme.

« Il te sera peut-être plus facile de parler grec, dit le Pompéien ; je sais aussi cette langue, car j'ai fait mes études à Athènes.

— Je sais encore moins de grec que de latin, répondit Octavien ; je suis du pays des Gaulois, de Paris, de Lutèce.

— Je connais ce pays. Mon aïeul a fait la guerre dans les Gaules sous le grand Jules César. Mais quel étrange costume portes-tu ? Les Gaulois que j'ai vus à Rome n'étaient pas habillés ainsi. »

Octavien entreprit de faire comprendre au jeune Pompéien que vingt siècles s'étaient écoulés depuis la conquête de la Gaule par Jules César, et que la mode avait pu changer ; mais il y perdit son latin, et à vrai dire ce n'était pas grand-chose.

« Je me nomme Rufus Holconius, et ma maison est la tienne, dit le jeune homme ; à moins que tu ne préfères la liberté de la taverne : on est bien à l'auberge d'Albinus, près de la porte du faubourg d'Augustus Felix, et à l'hôtellerie de Sarinus, fils de Publius, près de la deuxième tour ; mais si tu veux, je te servirai de guide dans cette ville inconnue pour toi ; — tu me plais, jeune barbare, quoique tu aies essayé de te jouer de ma crédulité en prétendant que l'empereur Titus, qui règne aujourd'hui, était mort depuis deux mille ans, et que le Nazaréen, dont les infâmes sectateurs, enduits de poix, ont éclairé les jardins de Néron,

trône seul en maître dans le ciel désert, d'où les
grands dieux sont tombés. — Par Pollux ! ajouta-
t-il en jetant les yeux sur une inscription rouge
tracée à l'angle d'une rue, tu arrives à propos, l'on
donne la *Casina* de Plaute, récemment remise au
théâtre ; c'est une curieuse et bouffonne comédie
qui t'amusera, n'en comprendrais-tu que la pantomime. Suis-moi, c'est bientôt l'heure ; je te ferai
placer au banc des hôtes et des étrangers. »

Et Rufus Holconius se dirigea du côté du petit
théâtre comique que les trois amis avaient visité
dans la journée.

Le Français et le citoyen de Pompéi prirent les
rues de la Fontaine d'Abondance, des Théâtres,
longèrent le collège et le temple d'Isis, l'atelier du
statuaire, et entrèrent dans l'Odéon ou théâtre
comique par un vomitoire latéral. Grâce à la
recommandation d'Holconius, Octavien fut placé
près du proscenium, un endroit qui répondrait à
nos baignoires d'avant-scène. Tous les regards se
tournèrent aussitôt vers lui avec une curiosité
bienveillante et un léger susurrement courut dans
l'amphithéâtre.

La pièce n'était pas encore commencée ; Octavien en profita pour regarder la salle. Les gradins
demi circulaires, terminés de chaque côté par une
magnifique patte de lion sculptée en lave du
Vésuve, partaient en s'élargissant d'un espace
vide correspondant à notre parterre, mais beaucoup plus restreint, et pavé d'une mosaïque de
marbres grecs ; un gradin plus large formait, de
distance en distance, une zone distinctive, et
quatre escaliers correspondant aux vomitoires et
montant de la base au sommet de l'amphithéâtre,
le divisaient en cinq coins plus larges du haut que
du bas. Les spectateurs, munis de leurs billets,
consistant en petites lames d'ivoire où étaient
désignés, par leurs numéros d'ordre, la travée, le
coin et le gradin, avec le titre de la pièce représen-
tée et le nom de son auteur, arrivaient aisément à
leurs places. Les magistrats, les nobles, les

hommes mariés, les jeunes gens, les soldats, dont on voyait luire les casques de bronze, occupaient des rangs séparés. — C'était un spectacle admirable que ces belles toges et ces larges manteaux blancs bien drapés, s'étalant sur les premiers gradins et contrastant avec les parures variées des femmes, placées au-dessus, et les capes grises des gens du peuple, relégués aux bancs supérieurs, près des colonnes qui supportent le toit, et qui laissaient apercevoir, par leurs interstices, un ciel d'un bleu intense comme le champ d'azur d'une panathénée ; — une fine pluie d'eau, aromatisée de safran, tombait des frises en gouttelettes imperceptibles, et parfumait l'air qu'elle rafraîchissait. Octavien pensa aux émanations fétides qui vicient l'atmosphère de nos théâtres, si incommodes qu'on peut les considérer comme des lieux de torture, et il trouva que la civilisation n'avait pas beaucoup marché.

Le rideau, soutenu par une poutre transversale, s'abîma dans les profondeurs de l'orchestre, les musiciens s'installèrent dans leur tribune, et le Prologue parut vêtu grotesquement et la tête coiffée d'un masque difforme, adapté comme un casque.

Le Prologue, après avoir salué l'assistance et demandé les applaudissements, commença une argumentation bouffonne. « Les vieilles pièces, disait-il, étaient comme le vin qui gagne avec les années, et la *Casina*, chère aux vieillards, ne devait pas moins l'être aux jeunes gens ; tous pouvaient y prendre plaisir : les uns parce qu'ils la connaissaient, les autres parce qu'ils ne la connaissaient pas. La pièce avait été, du reste, remise avec soin, et il fallait l'écouter l'âme libre de tout souci, sans penser à ses dettes, ni à ses créanciers, car on n'arrête pas au théâtre ; c'était un jour heureux, il faisait beau, et les alcyons planaient sur le forum. » Puis il fit une analyse de la comédie que les acteurs allaient représenter, avec un détail qui prouve que la surprise entrait pour peu de chose dans le plaisir que les anciens prenaient au théâtre ; il raconta comment le vieillard Stalino, amoureux de sa belle esclave Casina, veut la marier à son fermier Olympio, époux complaisant qu'il remplacera dans la nuit des noces ; et comment Lycostrata, la femme de Stalino, pour contrecarrer la luxure de son vicieux mari, veut unir Casina à l'écuyer Chalinus, dans l'idée de favoriser les amours de son fils ; enfin la manière dont Stalino, mystifié, prend un jeune esclave déguisé pour Casina, qui, reconnue libre et de naissance ingénue, épouse le jeune maître, qu'elle aime et dont elle est aimée.

Le jeune Français regardait distraitement les acteurs, avec leurs masques aux bouches de bronze, s'évertuer sur la scène ; les esclaves couraient çà et là pour simuler l'empressement ; le vieillard hochait la tête et tendait ses mains tremblantes ; la matrone, le verbe haut, l'air revêche et dédaigneux, se carrait dans son importance et querellait son mari, au grand amusement de la salle. — Tous ces personnages entraient et sortaient par trois portes pratiquées dans le mur du fond et communiquant au foyer des acteurs. — La maison de Stalino occupait un coin du théâtre, et celle de son vieil ami Alcésimus lui faisait face. Ces décorations, quoique très bien peintes, étaient plutôt représentatives de l'idée d'un lieu que du lieu lui-même, comme les coulisses vagues du théâtre classique.

Quand la pompe nuptiale conduisant la fausse Casina fit son entrée sur la scène, un immense éclat de rire, comme celui qu'Homère attribue aux dieux, circula sur tous les bancs de l'amphithéâtre, et des tonnerres d'applaudissements firent vibrer les échos de l'enceinte ; mais Octavien n'écoutait plus et ne regardait plus.

Dans la travée des femmes, il venait d'apercevoir une créature d'une beauté merveilleuse. A dater de ce moment, les charmants visages qui avaient attiré son œil s'éclipsèrent comme les étoiles devant Phœbé ; tout s'évanouit, tout disparut comme dans un songe ; un brouillard estompa les gradins fourmillants de monde, et la voix criarde des acteurs semblait se perdre dans un éloignement infini.

Il avait reçu au cœur comme une commotion électrique, et il lui semblait qu'il jaillissait des étincelles de sa poitrine lorsque le regard de cette femme se tournait vers lui.

Elle était brune et pâle ; ses cheveux ondés et crêpelés, noirs comme ceux de la nuit, se relevaient légèrement vers les tempes à la mode grecque, et dans son visage d'un ton mat brillaient des yeux sombres et doux, chargés d'une indéfinissable expression de tristesse voluptueuse et d'ennui passionné ; sa bouche, dédaigneusement arquée à ses coins, protestait par l'ardeur vivace de sa pourpre enflammée contre la blancheur tranquille du masque ; son col présentait ces belles lignes pures qu'on ne retrouve à présent que dans les statues. Ses bras étaient nus jusqu'à l'épaule, et de la pointe de ses seins orgueilleux, soulevant sa tunique d'un rose mauve, partaient deux plis qu'on aurait pu croire fouillés dans le marbre par Phidias ou Cléomène.

La vue de cette gorge d'un contour si correct, d'une coupe si pure, troubla magnétiquement Octavien ; il lui sembla que ces rondeurs s'adaptaient parfaitement à l'empreinte en creux du musée de Naples, qui l'avait jeté dans une si ardente rêverie, et une voix lui cria au fond du cœur que cette femme était bien la femme étouffée par la cendre du Vésuve à la villa d'Arrius Diomèdes. Par quel prodige la voyait-il vivante, assistant à la représentation de la *Casina* de Plaute ? Il ne chercha pas à se l'expliquer ; d'ailleurs, comment était-il là lui-même ? Il accepta sa présence comme dans le rêve on admet l'intervention de personnes mortes depuis longtemps et qui agissent pourtant avec les apparences de la vie ; d'ailleurs son émotion ne lui permettait aucun raisonnement. Pour lui, la roue du temps était sortie de son ornière, et son désir vainqueur choisissait sa place parmi les siècles écoulés ! Il se trouvait face à face avec sa chimère, une des plus insaisissables, une chimère rétrospective. Sa vie se remplissait d'un seul coup.

En regardant cette tête si calme et si passionnée, si froide et si ardente, si morte et si vivace, il comprit qu'il avait devant lui son premier et son dernier amour, sa coupe d'ivresse suprême ; il sentit s'évanouir comme des ombres légères les souvenirs de toutes les femmes qu'il avait cru aimer, et son âme redevenir vierge de toute émotion antérieure. Le passé disparut.

Cependant la belle Pompéienne, le menton appuyé sur la paume de la main, lançait sur Octavien, tout en ayant l'air de s'occuper de la scène, le regard velouté de ses yeux nocturnes, et ce regard lui arrivait lourd et brûlant comme un jet de plomb fondu. Puis elle se pencha vers l'oreille d'une fille assise à son côté.

La représentation s'acheva ; la foule s'écoula par les vomitoires. Octavien, dédaignant les bons offices de son guide Holconius, s'élança par la première sortie qui s'offrit à ses pas. A peine eut-il atteint la porte, qu'une main se posa sur son bras, et qu'une voix féminine lui dit d'un ton bas, mais de manière à ce qu'il ne perdît pas un mot :

« Je suis Tyché Novoleja, commise aux plaisirs d'Arria Marcella, fille d'Arrius Diomèdes. Ma maîtresse vous aime, suivez-moi. »

Arria Marcella venait de monter dans sa litière portée par quatre forts esclaves syriens nus jusqu'à la ceinture, et faisant miroiter au soleil leurs torses de bronze. Le rideau de la litière s'entrouvrit, et une main pâle, étoilée de bagues, fit un signe amical à Octavien, comme pour confirmer les paroles de la suivante. Le pli de pourpre retomba, et la litière s'éloigna au pas cadencé des esclaves.

Tyché fit passer Octavien par des chemins

détournés, coupant les rues en posant légèrement le pied sur les pierres espacées qui relient les trottoirs et entre lesquelles roulent les roues des chars, et se dirigeant à travers le dédale avec la précision que donne la familiarité d'une ville. Octavien remarqua qu'il franchissait des quartiers de Pompéi que les fouilles n'ont pas découverts, et qui lui étaient en conséquence complètement inconnus. Cette circonstance étrange parmi tant d'autres ne l'étonna pas. Il était décidé à ne s'étonner de rien. Dans toute cette fantasmagorie archaïque, qui eût fait devenir un antiquaire fou de bonheur, il ne voyait plus que l'œil noir et profond d'Arria Marcella et cette gorge superbe victorieuse des siècles, et que la destruction même a voulu conserver.

Ils arrivèrent à une porte dérobée, qui s'ouvrit et se ferma aussitôt, et Octavien se trouva dans une cour entourée de colonnes de marbre grec d'ordre ionique peintes, jusqu'à moitié de leur hauteur, d'un jaune vif, et le chapiteau relevé d'ornements rouges et bleus ; une guirlande d'aristoloche suspendait ses larges feuilles vertes en forme de cœur aux saillies de l'architecture comme une arabesque naturelle, et près d'un bassin encadré de plantes, un flamant rose se tenait debout sur une patte, fleur de plume parmi les fleurs végétales.

Des panneaux de fresque représentant des architectures capricieuses ou des paysages de fantaisie décoraient les murailles. Octavien vit tous ces détails d'un coup d'œil rapide, car Tyché le remit aux mains des esclaves baigneurs qui firent subir à son impatience toutes les recherches des thermes antiques. Après avoir passé par les différents degrés de chaleur vaporisée, supporté le racloir du strigillaire, senti ruisseler sur lui les cosmétiques et les huiles parfumées, il fut revêtu d'une tunique blanche, et retrouva à l'autre porte Tyché, qui lui prit la main et le conduisit dans une autre salle extrêmement ornée.

Sur le plafond étaient peints, avec une pureté
de dessin, un éclat de coloris et une liberté de
touche qui sentaient le grand maître et non plus le
simple décorateur à l'adresse vulgaire, Mars,
Vénus et l'Amour ; une frise composée de cerfs, de
lièvres et d'oiseaux se jouant parmi les feuillages
régnait au-dessus d'un revêtement de marbre
cipolin ; la mosaïque du pavé, travail merveilleux
dû peut-être à Sosimus de Pergame, représentait
des reliefs de festin exécutés avec un art qui
faisait illusion.

Au fond de la salle, sur un biclinium ou lit à
deux places, était accoudée Arria Marcella dans
une pose voluptueuse et sereine qui rappelait la
femme couchée de Phidias sur le fronton du Par-
thénon ; ses chaussures, brodées de perles,
gisaient au bas du lit, et son beau pied nu, plus
pur et plus blanc que le marbre, s'allongeait au
bout d'une légère couverture de byssus jetée sur
elle.

Deux boucles d'oreilles faites en forme de
balance et portant des perles sur chaque plateau
tremblaient dans la lumière au long de ses joues
pâles ; un collier de boules d'or, soutenant des
grains allongés en poire, circulait sur sa poitrine
laissée à demi découverte par le pli négligé d'un
peplum de couleur paille bordé d'une grecque
noire ; une bandelette noir et or passait et luisait
par place dans ses cheveux d'ébène, car elle avait
changé de costume en revenant du théâtre ; et
autour de son bras, comme l'aspic autour du bras
de Cléopâtre, un serpent d'or, aux yeux de pierreries, s'enroulait à plusieurs reprises et cherchait à
se mordre la queue.

Une petite table à pieds de griffons, incrustée de
nacre, d'argent et d'ivoire, était dressée près du lit
à deux places, chargée de différents mets servis
dans des plats d'argent et d'or ou de terre émail-
lée de peintures précieuses. On y voyait un oiseau
du Phase couché dans ses plumes, et divers fruits
que leurs saisons empêchent de se rencontrer
ensemble.

Tout paraissait indiquer qu'on attendait un hôte ; des fleurs fraîches jonchaient le sol, et les amphores de vin étaient plongées dans des urnes pleines de neige.

Arria Marcella fit signe à Octavien de s'étendre à côté d'elle sur le biclinium et de prendre part au repas ; — le jeune homme, à demi-fou de surprise et d'amour, prit au hasard quelques bouchées sur les plats que lui tendaient de petits esclaves asiatiques aux cheveux frisés, à la courte tunique. Arria ne mangeait pas, mais elle portait souvent à ses lèvres un vase myrrhin aux teintes opalines rempli d'un vin d'une pourpre sombre comme du sang figé ; à mesure qu'elle buvait, une imperceptible vapeur rose montait à ses joues pâles, de son cœur qui n'avait pas battu depuis tant d'années ; cependant son bras nu, qu'Octavien effleura en soulevant sa coupe, était froid comme la peau d'un serpent ou le marbre d'une tombe.

« Oh ! lorsque tu t'es arrêté aux Studj à contempler le morceau de boue durcie qui conserve ma forme, dit Arria Marcella en tournant son long regard humide vers Octavien, et que ta pensée s'est élancée ardemment vers moi, mon âme l'a senti dans ce monde où je flotte invisible pour les yeux grossiers ; la croyance fait le dieu, et l'amour fait la femme. On n'est véritablement morte que quand on n'est plus aimée ; ton désir m'a rendu la vie, la puissante évocation de ton cœur a supprimé les distances qui nous séparaient. »

L'idée d'évocation amoureuse qu'exprimait la jeune femme, rentrait dans les croyances philosophiques d'Octavien, croyances que nous ne sommes pas loin de partager.

En effet, rien ne meurt, tout existe toujours ; nulle force ne peut anéantir ce qui fut une fois. Toute action, toute parole, toute forme, toute pensée tombée dans l'océan universel des choses y produit des cercles qui vont s'élargissant jusqu'aux confins de l'éternité. La figuration matérielle ne disparaît que pour les regards vulgaires, et les spectres qui s'en détachent peuplent l'infini. Pâris continue d'enlever Hélène dans une région inconnue de l'espace. La galère de Cléopâtre gonfle ses voiles de soie sur l'azur d'un Cydnus idéal. Quelques esprits passionnés et puissants ont pu amener à eux des siècles écoulés en apparence, et faire revivre des personnages morts pour tous. Faust a eu pour maîtresse la fille de Tyndare, et l'a conduite à son château gothique, du fond des abîmes mystérieux de l'Hadès. Octavien venait de vivre un jour sous le règne de Titus et de se faire aimer d'Arria Marcella, fille d'Arrius Diomèdes, couchée en ce moment près de lui sur un lit antique dans une ville détruite pour tout le monde.

« A mon dégoût des autres femmes, répondit Octavien, à la rêverie invincible qui m'entraînait vers ses types radieux au fond des siècles comme des étoiles provocatrices, je comprenais que je n'aimerais jamais que hors du temps et de l'espace. C'était toi que j'attendais, et ce frêle vestige conservé par la curiosité des hommes m'a par son secret magnétisme mis en rapport avec ton âme. Je ne sais si tu es un rêve ou une réalité, un fantôme ou une femme, si comme Ixion je serre un nuage sur ma poitrine abusée, si je suis le jouet d'un vil prestige de sorcellerie, mais ce que je sais bien, c'est que tu seras mon premier et mon dernier amour.

— Qu'Éros, fils d'Aphrodite, entende ta promesse, dit Arria Marcella en inclinant sa tête sur l'épaule de son amant qui la souleva avec une étreinte passionnée. Oh ! serre-moi sur ta jeune poitrine, enveloppe-moi de ta tiède haleine, j'ai froid d'être restée si longtemps sans amour. » Et contre son cœur Octavien sentait s'élever et s'abaisser ce beau sein, dont le matin même il admirait le moule à travers la vitre d'une armoire de musée ; la fraîcheur de cette belle chair le pénétrait à travers sa tunique et le faisait brûler. La bandelette or et noir s'était détachée de la tête d'Arria passionnément renversée, et ses cheveux se répandaient comme un fleuve noir sur l'oreiller bleu.

Les esclaves avaient emporté la table. On n'entendit plus qu'un bruit confus de baisers et de soupirs. Les cailles familières, insouciantes de cette scène amoureuse, picoraient, sur le pavé mosaïque, les miettes du festin en poussant de petits cris.

Tout à coup les anneaux d'airain de la portière qui fermait la chambre glissèrent sur leur tringle, et un vieillard d'aspect sévère et drapé dans un ample manteau brun parut sur le seuil. Sa barbe grise était séparée en deux pointes comme celle des Nazaréens, son visage semblait sillonné par la fatigue des macérations : une petite croix de bois noir pendait à son col et ne laissait aucun doute sur sa croyance : il appartenait à la secte, toute récente alors, des disciples du Christ.

A son aspect, Arria Marcella, éperdue de confusion, cacha sa figure sous un pli de son manteau, comme un oiseau qui met la tête sous son aile en face d'un ennemi qu'il ne peut éviter, pour s'épargner au moins l'horreur de le voir ; tandis qu'Octavien, appuyé sur son coude, regardait avec fixité le personnage fâcheux qui entrait ainsi brusquement dans son bonheur.

« Arria, Arria, dit le personnage austère d'un ton de reproche, le temps de ta vie n'a-t-il pas suffi à tes déportements, et faut-il que tes infâmes amours empiètent sur les siècles qui ne t'appartiennent pas ? Ne peux-tu laisser les vivants dans leur sphère, ta cendre n'est donc pas encore refroidie depuis le jour où tu mourus sans repentir sous la pluie de feu du volcan ? Deux mille ans de mort ne t'ont donc pas calmée, et tes bras voraces attirent sur ta poitrine de marbre, vide de cœur, les pauvres insensés enivrés par tes philtres.

— Arrius, grâce, mon père, ne m'accablez pas, au nom de cette religion morose qui ne fut jamais la mienne ; moi, je crois à nos anciens dieux qui aimaient la vie, la jeunesse, la beauté, le plaisir ; ne me replongez pas dans le pâle néant. Laissez-moi jouir de cette existence que l'amour m'a rendue.

— Tais-toi, impie, ne me parle pas de tes dieux qui sont des démons. Laisse aller cet homme enchaîné par tes impures séductions ; ne l'attire plus hors du cercle de sa vie que Dieu a mesurée ; retourne dans les limbes du paganisme avec tes amants asiatiques, romains ou grecs. Jeune chrétien, abandonne cette larve qui te semblerait plus hideuse qu'Empouse et Phorkyas, si tu la pouvais voir telle qu'elle est. »

Octavien, pâle, glacé d'horreur, voulut parler ; mais sa voix resta attachée à son gosier, selon l'expression virgilienne.

« M'obéiras-tu, Arria ? s'écria impérieusement le grand vieillard.

— Non, jamais », répondit Arria, les yeux étincelants, les narines dilatées, les lèvres frémissantes, en entourant le corps d'Octavien de ses beaux bras de statue, froids, durs et rigides comme le marbre. Sa beauté furieuse, exaspérée par la lutte, rayonnait avec un éclat surnaturel à ce moment suprême, comme pour laisser à son jeune amant un inéluctable souvenir.

« Allons, malheureuse, reprit le vieillard, il faut employer les grands moyens, et rendre ton néant palpable et visible à cet enfant fasciné », et il prononça d'une voix pleine de commandement une formule d'exorcisme qui fit tomber des joues d'Arria les teintes pourprées que le vin noir du vase myrrhin y avait fait monter.

En ce moment, la cloche lointaine d'un des villages qui bordent la mer ou des hameaux perdus dans les plis de la montagne fit entendre les premières volées de la Salutation angélique.

A ce son, un soupir d'agonie sortit de la poitrine brisée de la jeune femme. Octavien sentit se desserrer les bras qui l'entouraient ; les draperies qui la couvraient se replièrent sur elles-mêmes, comme si les contours qui les soutenaient se fussent affaissés, et le malheureux promeneur nocturne ne vit plus à côté de lui, sur le lit du festin, qu'une pincée de cendres mêlée de quelques ossements calcinés parmi lesquels brillaient des bracelets et des bijoux d'or, et que des restes informes, tels qu'on les dut découvrir en déblayant la maison d'Arrius Diomèdes.

Il poussa un cri terrible et perdit connaissance.

Le vieillard avait disparu. Le soleil se levait, et la salle ornée tout à l'heure avec tant d'éclat n'était plus qu'une ruine démantelée.

Après avoir dormi d'un sommeil appesanti par les libations de la veille, Max et Fabio se réveillèrent en sursaut, et leur premier soin fut d'appeler leur compagnon, dont la chambre était voisine de la leur, par un de ces cris de ralliement burlesques dont on convient quelquefois en voyage ; Octavien ne répondit pas, pour de bonnes raisons. Fabio et Max, ne recevant pas de réponse, entrèrent dans la chambre de leur ami, et virent que le lit n'avait pas été défait.

« Il se sera endormi sur quelque chaise, dit Fabio, sans pouvoir gagner sa couchette ; car il n'a pas la tête forte, ce cher Octavien ; et il sera sorti de bonne heure pour dissiper les fumées du vin à la fraîcheur matinale.

— Pourtant il n'avait guère bu, ajouta Max par manière de réflexion. Tout ceci me semble assez étrange. Allons à sa recherche. »

Les deux amis, aidés du cicerone, parcoururent toutes les rues, carrefours, places et ruelles de Pompéi, entrèrent dans toutes les maisons curieuses où ils supposèrent qu'Octavien pouvait être occupé à copier une peinture ou à relever une inscription, et finirent par le trouver évanoui sur la mosaïque disjointe d'une petite chambre à demi-écroulée. Ils eurent beaucoup de peine à le faire revenir à lui, et quand il eut repris connaissance, il ne donna pas d'autre explication, sinon qu'il avait eu la fantaisie de voir Pompéi au clair de la lune, et qu'il avait été pris d'une syncope qui, sans doute, n'aurait pas de suite.

La petite bande retourna à Naples par le chemin de fer, comme elle était venue, et le soir, dans leur loge, à San Carlo, Max et Fabio regardaient à grand renfort de jumelles sautiller dans un ballet, sur les traces d'Amalia Ferraris, la danseuse alors en vogue, un essaim de nymphes culottées, sous leurs jupes de gaze, d'un affreux caleçon vert monstre qui les faisait ressembler à des grenouilles piquées de la tarentule. Octavien, pâle, les yeux troubles, le maintien accablé, ne paraissait pas se douter de ce qui se passait sur la scène, tant, après les merveilleuses aventures de la nuit, il avait peine à reprendre le sentiment de la vie réelle.

A dater de cette visite à Pompéi, Octavien fut en proie à une mélancolie morne, que la bonne humeur et les plaisanteries de ses compagnons aggravaient plutôt qu'ils ne la soulageaient ; l'image d'Arria Marcella le poursuivait toujours, et le triste dénouement de sa bonne fortune fantastique n'en détruisait pas le charme.

N'y pouvant plus tenir, il retourna secrètement à Pompéi et se promena, comme la première fois, dans les ruines, au clair de lune, le cœur palpitant d'un espoir insensé, mais l'hallucination ne se renouvela pas ; il ne vit que des lézards fuyant sur les pierres ; il n'entendit que des piaulements d'oiseaux de nuit effrayés ; il ne rencontra plus son ami Rufus Holconius ; Tyché ne vint pas lui mettre sa main fluette sur le bras ; Arria Marcella resta obstinément dans la poussière.

En désespoir de cause, Octavien s'est marié dernièrement à une jeune et charmante Anglaise, qui est folle de lui. Il est parfait pour sa femme ; cependant Ellen, avec cet instinct du cœur que rien ne trompe, sent que son mari est amoureux d'une autre ; mais de qui ? C'est ce que l'espionnage le plus actif n'a pu lui apprendre. Octavien n'entretient pas de danseuse ; dans le monde, il n'adresse aux femmes que des galanteries banales ; il a même répondu très froidement aux avances marquées d'une princesse russe, célèbre par sa beauté et sa coquetterie. Un tiroir secret, ouvert pendant l'absence de son mari, n'a fourni aucune preuve d'infidélité aux soupçons d'Ellen. Mais comment pourrait-elle s'aviser d'être jalouse de Marcella, fille d'Arrius Diomèdes, affranchi de Tibère ?

AVATAR

I

Personne ne pouvait rien comprendre à la maladie qui minait lentement Octave de Saville. Il ne gardait pas le lit et menait son train de vie ordinaire ; jamais une plainte ne sortait de ses lèvres, et cependant il dépérissait à vue d'œil. Interrogé par les médecins que le forçait à consulter la sollicitude de ses parents et de ses amis, il n'accusait aucune souffrance précise, et la science ne découvrait en lui nul symptôme alarmant : sa poitrine auscultée rendait un son favorable, et à peine si l'oreille appliquée sur son cœur y surprenait quelque battement trop lent ou trop précipité ; il ne toussait pas, n'avait pas la fièvre, mais la vie se retirait de lui et fuyait par une de ces fentes invisibles dont l'homme est plein, au dire de Térence.

Quelquefois une bizarre syncope le faisait pâlir et froidir comme un marbre. Pendant une ou deux minutes, on eût pu le croire mort ; puis le balancier, arrêté par un doigt mystérieux, n'étant plus retenu, reprenait son mouvement, et Octave paraissait se réveiller d'un songe. On l'avait envoyé aux eaux ; mais les nymphes thermales ne purent rien pour lui. Un voyage à Naples ne produisit pas un meilleur résultat. Ce beau soleil si vanté lui avait semblé noir comme celui de la gravure d'Albert Dürer ; la chauve-souris qui porte écrit dans son aile ce mot : *melancholia,* fouettait cet azur étincelant de ses membranes poussiéreuses et voletait entre la lumière et lui ; il s'était senti glacé sur le quai de la Mergellina, où les lazzaroni demi-nus se cuisent et donnent à leur peau une patine de bronze.

Il était donc revenu à son petit appartement de la rue Saint-Lazare et avait repris en apparence ses habitudes anciennes.

Cet appartement était aussi confortablement meublé que peut l'être une garçonnière. Mais comme un intérieur prend à la longue la physionomie et peut-être la pensée de celui qui l'habite, le logis d'Octave s'était peu à peu attristé ; le damas des rideaux avait pâli et ne laissait plus filtrer qu'une lumière grise. Les grands bouquets de pivoine se flétrissaient sur le fond moins blanc du tapis ; l'or des bordures encadrant quelques aquarelles et quelques esquisses de maîtres avait lentement rougi sous une implacable poussière ; le feu découragé s'éteignait et fumait au milieu des cendres. La vieille pendule de Boule incrustée de cuivre et d'écaille verte retenait le bruit de son tic-tac, et le timbre des heures ennuyées parlait bas comme on fait dans une chambre de malade ; les portes retombaient silencieuses, et les pas des rares visiteurs s'amortissaient sur la moquette ; le rire s'arrêtait de lui-même en pénétrant dans ces chambres mornes, froides et obscures, où cependant rien ne manquait du luxe moderne. Jean, le domestique d'Octave, s'y glissait comme une ombre, un plumeau sous le bras, un plateau sur la main, car, impressionné à son insu de la mélancolie du lieu, il avait fini par perdre sa loquacité. — Aux murailles pendaient en trophée des gants de boxe, des masques et des fleurets ; mais il était facile de voir qu'on n'y avait pas touché depuis longtemps ; des livres pris et jetés insouciamment traînaient sur tous les meubles, comme si Octave eût voulu, par cette lecture machinale, endormir une idée fixe. Une lettre commencée, dont le papier avait jauni, semblait attendre depuis mois qu'on l'achevât, et s'étalait comme un muet reproche au milieu du bureau. Quoique habité, l'appartement paraissait désert. La vie en était absente, et en y entrant on recevait à la figure cette bouffée d'air froid qui sort des tombeaux quand on les ouvre.

Dans cette lugubre demeure où jamais une femme n'aventurait le bout de sa bottine, Octave se trouvait plus à l'aise que partout ailleurs, — ce silence, cette tristesse et cet abandon lui convenaient ; le joyeux tumulte de la vie l'effarouchait, quoiqu'il fît parfois des efforts pour s'y mêler ; mais il revenait plus sombre des mascarades, des parties ou des soupers où ses amis l'entraînaient ; aussi ne luttait-il plus contre cette douleur mystérieuse, et laissait-il aller les jours avec l'indifférence d'un homme qui ne compte pas sur le lendemain. Il ne formait aucun projet, ne croyant plus à l'avenir, et il avait tacitement envoyé à Dieu sa démission de la vie, attendant qu'il l'acceptât. Pourtant, si vous vous imaginiez une figure amaigrie et creusée, un teint terreux, des membres exténués, un grand ravage extérieur, vous vous tromperiez ; tout au plus apercevrait-on quelques meurtrissures de bistre sous les paupières, quelques nuances orangées autour de l'orbite, quelque attendrissement aux tempes sillonnées de veines bleuâtres. Seulement l'étincelle de l'âme ne brillait pas dans l'œil, dont la volonté, l'espérance et le désir s'étaient envolés. Ce regard mort dans ce jeune visage formait un contraste étrange, et produisait un effet plus pénible que le masque décharné, aux yeux allumés de fièvre, de la maladie ordinaire.

Octave avait été, avant de languir de la sorte, ce qu'on nomme un joli garçon, et il l'était encore : d'épais cheveux noirs, aux boucles abondantes, se massaient, soyeux et lustrés, de chaque côté de ses tempes ; ses yeux longs, veloutés, d'un bleu nocturne, frangés de cils recourbés, s'allumaient parfois d'une étincelle humide ; dans le repos, et

lorsque nulle passion ne les animait, ils se faisaient remarquer par cette quiétude sereine
qu'ont les yeux des Orientaux, lorsqu'à la porte
d'un café de Smyrne ou de Constantinople ils font
le kief après avoir fumé leur narghilé. Son teint
n'avait jamais été coloré, et ressemblait à ces
teints méridionaux d'un blanc olivâtre qui ne
produisent tout leur effet qu'aux lumières ; sa
main était fine et délicate, son pied étroit et
cambré. Il se mettait bien, sans précéder la mode
ni la suivre en retardataire, et savait à merveille
faire valoir ses avantages naturels. Quoiqu'il
n'eût aucune prétention de dandy ou de gentleman rider, s'il se fût présenté au Jockey-Club, il
n'eût pas été refusé.

Comment se faisait-il que, jeune, beau, riche,
avec tant de raisons d'être heureux, un jeune
homme se consumât si misérablement ? Vous
allez dire qu'Octave était blasé, que les romans à
la mode du jour lui avaient gâté la cervelle de
leurs idées malsaines, qu'il ne croyait à rien, que
de sa jeunesse et de sa fortune gaspillées en folles
orgies il ne lui restait que des dettes ; — toutes ces
suppositions manquent de vérité. — Ayant fort
peu usé des plaisirs, Octave ne pouvait en être
dégoûté ; il n'était ni splénétique, ni romanesque,
ni athée, ni libertin, ni dissipateur ; sa vie avait
été jusqu'alors mêlée d'études et de distractions
comme celle des autres jeunes gens ; il s'asseyait
le matin au cours de la Sorbonne, et le soir il se
plantait sur l'escalier de l'Opéra pour voir s'écou-
ler la cascade des toilettes. On ne lui connaissait
ni fille de marbre ni duchesse, et il dépensait son
revenu sans faire mordre ses fantaisies au capital,
— son notaire l'estimait ; — c'était donc un personnage tout uni, incapable de se jeter au glacier
de Manfred ou d'allumer le réchaud d'Escousse.
Quant à la cause de l'état singulier où il se trouvait et qui mettait en défaut la science de la
faculté, nous n'osons l'avouer, tellement la chose
est invraisemblable à Paris, au dix-neuvième

siècle, et nous laissons le soin de la dire à notre
héros lui-même.

Comme les médecins ordinaires n'entendaient
rien à cette maladie étrange, car on n'a pas encore
disséqué d'âme aux amphithéâtres d'anatomie,
on eut recours en dernier lieu à un docteur singulier, revenu des Indes après un long séjour, et qui
passait pour opérer des cures merveilleuses.

Octave, pressentant une perspicacité supérieure et capable de pénétrer son secret, semblait
redouter la visite du docteur, et ce ne fut que sur
les instances réitérées de sa mère qu'il consentit à
recevoir M. Balthazar Cherbonneau.

Quand le docteur entra, Octave était à demi
couché sur un divan : un coussin étayait sa tête,
un autre lui soutenait le coude, un troisième lui
couvrait les pieds ; une gandoura l'enveloppait de
ses plis souples et moelleux ; il lisait ou plutôt il
tenait un livre, car ses yeux arrêtés sur une page
ne regardaient pas. Sa figure était pâle, mais,
comme nous l'avons dit, ne présentait pas d'altération bien sensible. Une observation superfi-
cielle n'aurait pas cru au danger chez ce jeune
malade, dont le guéridon supportait une boîte à
cigares au lieu des fioles, des lochs, des potions,
des tisanes, et autres pharmacopées de rigueur en
pareil cas. Ses traits purs, quoiqu'un peu fatigués,
n'avaient presque rien perdu de leur grâce, et,
sauf l'atonie profonde et l'incurable désespérance
de l'œil, Octave eût semblé jouir d'une santé
normale.

Quelque indifférent que fût Octave, l'aspect
bizarre du docteur le frappa. M. Balthazar Cherbonneau avait l'air d'une figure échappée d'un
conte fantastique d'Hoffmann et se promenant
dans la réalité stupéfaite de voir cette création
falote. Sa face extrêmement basanée était comme
dévorée par un crâne énorme que la chute des
cheveux faisait paraître plus vaste encore. Ce
crâne nu, poli comme de l'ivoire, avait gardé ses
teintes blanches, tandis que le masque, exposé

aux rayons du soleil, s'était revêtu, grâce aux
superpositions des couches du hâle, d'un ton de
vieux chêne ou de portrait enfumé. Les méplats,
les cavités et les saillies des os s'y accentuaient si
vigoureusement, que le peu de chair qui les recouvrait ressemblait, avec ses mille rides fripées, à
une peau mouillée appliquée sur une tête de mort.
Les rares poils gris qui flânaient encore sur l'occi-
put, massés en trois maigres mèches dont deux se
dressaient au-dessus des oreilles et dont la troisième partait de la nuque pour mourir à la naissance du front, faisaient regretter l'usage de
l'antique perruque à marteaux ou de la moderne
tignasse de chiendent, et couronnaient d'une
façon grotesque cette physionomie de casse-noi-
settes. Mais ce qui occupait invinciblement chez
le docteur, c'étaient les yeux ; au milieu de ce
visage tanné par l'âge, calciné à des cieux incan-
descents, usé dans l'étude, où les fatigues de la
science et de la vie s'écrivaient en sillages profonds, en pattes d'oie rayonnantes, en plis plus
pressés que les feuillets d'un livre, étincelaient
deux prunelles d'un bleu de turquoise, d'une limpidité, d'une fraîcheur et d'une jeunesse inconcevables. Ces étoiles bleues brillaient au fond
d'orbites brunes et de membranes concentriques
dont les cercles fauves rappelaient vaguement les
plumes disposées en auréole autour de la prunelle
nyctalope des hiboux. On eût dit que, par quelque
sorcellerie apprise des brahmes et des pandits, le
docteur avait volé des yeux d'enfant et se les était
ajustés dans sa face de cadavre. Chez le vieillard,
le regard marquait vingt ans ; chez le jeune
homme, il en marquait soixante.

Le costume était le costume classique du médecin : habit et pantalon de drap noir, gilet de soie
de même couleur, et sur la chemise un gros diamant, présent de quelque rajah ou de quelque
nabab. Mais ces vêtements flottaient comme s'ils
eussent été accrochés à un portemanteau, et dessinaient des plis perpendiculaires que les fémurs et

les tibias du docteur cassaient en angles aigus lorsqu'il s'asseyait. Pour produire cette maigreur phénoménale, le dévorant soleil de l'Inde n'avait pas suffi. Sans doute Balthazar Cherbonneau s'était soumis, dans quelque but d'initiation, aux longs jeûnes des fakirs et tenu sur la peau de gazelle auprès des yogis entre les quatre réchauds ardents ; mais cette déperdition de substance n'accusait aucun affaiblissement. Des ligaments solides et tendus sur les mains comme les cordes sur le manche d'un violon reliaient entre eux les osselets décharnés des phalanges et les faisaient mouvoir sans trop de grincements.

Le docteur s'assit sur le siège qu'Octave lui désignait de la main à côté du divan, en faisant des coudes comme un mètre qu'on reploie et avec des mouvements qui indiquaient l'habitude invétérée de s'accroupir sur des nattes. Ainsi placé, M. Cherbonneau tournait le dos à la lumière, qui éclairait en plein le visage de son malade, situation favorable à l'examen et que prennent volontiers les observateurs, plus curieux de voir que d'être vus. Quoique la figure du docteur fût baignée d'ombre et que le haut de son crâne, luisant et arrondi comme un gigantesque œuf d'autruche, accrochât seul au passage un rayon du jour, Octave distinguait la scintillation des étranges prunelles bleues qui semblaient douées d'une lueur propre comme les corps phosphorescents : il en jaillissait un rayon aigu et clair que le jeune malade recevait en pleine poitrine avec cette sensation de picotement et de chaleur produite par l'émétique.

« Eh bien, monsieur, dit le docteur après un moment de silence pendant lequel il parut résumer les indices reconnus dans son inspection rapide, je vois déjà qu'il ne s'agit pas avec vous d'un cas de pathologie vulgaire ; vous n'avez aucune de ces maladies cataloguées, à symptômes bien connus, que le médecin guérit ou empire ; et quand j'aurai causé quelques minutes, je ne vous demanderai pas du papier pour y tracer une anodine formule du *Codex* au bas de laquelle j'apposerai une signature hiéroglyphique et que votre valet de chambre portera au pharmacien du coin. »

Octave sourit faiblement, comme pour remercier M. Cherbonneau de lui épargner d'inutiles et fastidieux remèdes.

« Mais, continua le docteur, ne vous réjouissez pas si vite ; de ce que vous n'avez ni hypertrophie du cœur, ni tubercules au poumon, ni ramollissement de la moelle épinière, ni épanchement séreux au cerveau, ni fièvre typhoïde ou nerveuse, il ne s'ensuit pas que vous soyez en bonne santé. Donnez-moi votre main. »

Croyant que M. Cherbonneau allait lui tâter le pouls et s'attendant à lui voir tirer sa montre à secondes, Octave retroussa la manche de sa gandoura, mit son poignet à découvert et le tendit machinalement au docteur. Sans chercher du pouce cette pulsation rapide ou lente qui indique si l'horloge de la vie est détraquée chez l'homme, M. Cherbonneau prit dans sa patte brune, dont les doigts osseux ressemblaient à des pinces de crabe, la main fluette, veinée et moite du jeune homme ; il la palpa, la pétrit, la malaxa en quelque sorte comme pour se mettre en communication magnétique avec son sujet. Octave, bien qu'il fût sceptique en médecine, ne pouvait s'empêcher d'éprouver une certaine émotion anxieuse, car il lui semblait que le docteur lui soutirait l'âme par cette pression, et le sang avait tout à fait abandonné ses pommettes.

« Cher monsieur Octave, dit le médecin en laissant aller la main du jeune homme, votre situation est plus grave que vous ne pensez, et la science, telle du moins que la pratique la vieille routine européenne, n'y peut rien : vous n'avez plus la volonté de vivre, et votre âme se détache insensiblement de votre corps ; il n'y a chez vous ni hypocondrie, ni lypémanie, ni tendance mélancolique au suicide. — Non ! — cas rare et curieux, vous pourriez, si je ne m'y opposais, mourir sans aucune lésion intérieure ou externe appréciable. Il était temps de m'appeler, car l'esprit ne tient plus à la chair que par un fil, mais nous allons y faire un bon nœud. » Et le docteur se frotta joyeusement les mains en grimaçant un sourire qui détermina un remous de rides dans les mille plis de sa figure.

« Monsieur Cherbonneau, je ne sais si vous me guérirez, et, après tout, je n'en ai nulle envie, mais je dois avouer que vous avez pénétré du premier coup la cause de l'état mystérieux où je me trouve. Il me semble que mon corps est devenu perméable, et laisse échapper mon moi comme un crible l'eau par ses trous. Je me sens fondre dans le grand tout, et j'ai peine à me distinguer du milieu où je plonge. La vie dont j'accomplis, autant que possible, la pantomime habituelle, pour ne pas chagriner mes parents et mes amis, me paraît si loin de moi, qu'il y a des instants où je me crois déjà sorti de la sphère humaine : je vais et je viens par les motifs qui me déterminaient autrefois, et dont l'impulsion mécanique dure encore, mais sans participer à ce que je fais. Je me mets à table aux heures ordinaires, et je parais manger et boire, quoique je ne sente aucun goût aux plats les plus épicés et aux vins les plus forts ; la lumière du soleil me semble pâle comme celle de la lune, et les bougies ont des flammes noires. J'ai froid aux plus chauds jours de l'été ; parfois il se fait en moi un grand silence comme si mon cœur ne battait plus et que les rouages intérieurs fussent arrêtés par une cause inconnue. La mort ne doit pas être différente de cet état si elle est appréciable pour les défunts.

— Vous avez, reprit le docteur, une impossibilité de vivre chronique, maladie toute morale et plus fréquente qu'on ne pense. La pensée est une force qui peut tuer comme l'acide prussique, comme l'étincelle de la bouteille de Leyde, quoique la trace de ses ravages ne soit pas saisissable aux faibles moyens d'analyse dont la science vulgaire dispose. Quel chagrin a enfoncé son bec crochu dans votre foie ? Du haut de quelle ambition secrète êtes-vous retombé brisé et moulu ? Quel désespoir amer ruminez-vous dans l'immobilité ? Est-ce la soif du pouvoir qui vous tourmente ? Avez-vous renoncé volontairement à un but placé hors de la portée humaine ? — Vous êtes bien jeune pour cela. — Une femme vous a-t-elle trompé ?

— Non, docteur, répondit Octave, je n'ai pas même eu ce bonheur.

— Et cependant, reprit M. Balthazar Cherbonneau, je lis dans vos yeux ternes, dans l'habitude découragée de votre corps, dans le timbre sourd de votre voix, le titre d'une pièce de Shakespeare aussi nettement que s'il était estampé en lettres d'or sur le dos d'une reliure de maroquin.

— Et quelle est cette pièce que je traduis sans le savoir ? dit Octave, dont la curiosité s'éveillait malgré lui.

— *Love's labour's lost*, continua le docteur avec une pureté d'accent qui trahissait un long séjour dans les possessions anglaises de l'Inde.

— Cela veut dire, si je ne me trompe, *peines d'amour perdues*.

— Précisément. »

Octave ne répondit pas ; une légère rougeur colora ses joues, et, pour se donner une contenance, il se mit à jouer avec le gland de sa cordelière. Le docteur avait reployé une de ses jambes sur l'autre, ce qui produisait l'effet des os en sautoir gravés sur les tombes, et se tenait le pied avec la main à la mode orientale. Ses yeux bleus se plongeaient dans les yeux d'Octave et les interrogeaient d'un regard impérieux et doux.

« Allons, dit M. Balthazar Cherbonneau, ouvrez-vous à moi, je suis le médecin des âmes, vous êtes mon malade, et, comme le prêtre catholique à son pénitent, je vous demande une confes-

sion complète, et vous pourrez la faire sans vous
mettre à genou.

— A quoi bon ? En supposant que vous ayez
deviné juste, vous raconter mes douleurs ne les
soulagerait pas. Je n'ai pas le chagrin bavard, —
aucun pouvoir humain, même le vôtre, ne saurait
me guérir.

— Peut-être », fit le docteur en s'établissant
plus carrément dans son fauteuil, comme
quelqu'un qui se dispose à écouter une confidence
d'une certaine longueur.

« Je ne veux pas, reprit Octave, que vous
m'accusiez d'un entêtement puéril, et vous laisser, par mon mutisme, un moyen de vous laver les
mains de mon trépas ; mais, puisque vous y tenez,
je vais vous raconter mon histoire ; — vous en
avez deviné le fond, je ne vous en disputerai pas
les détails. Ne vous attendez à rien de singulier ou
de romanesque. C'est une aventure très simple,
très commune, très usée ; mais, comme dit la
chanson de Henri Heine, celui à qui elle arrive la
trouve toujours nouvelle, et il en a le cœur brisé.
En vérité, j'ai honte de dire quelque chose de si
vulgaire à un homme qui a vécu dans les pays les
plus fabuleux et les plus chimériques.

— N'ayez aucune crainte ; il n'y a plus que le
commun qui soit extraordinaire pour moi, dit le
docteur en souriant.

— Eh bien, docteur, je me meurs d'amour. »

II

« Je me trouvais à Florence vers la fin de l'été,
en 184..., la plus belle saison pour voir Florence.
J'avais du temps, de l'argent, de bonnes lettres de
recommandation, et alors j'étais un jeune homme
de belle humeur, ne demandant pas mieux que de
s'amuser. Je m'installai sur le Long-Arno, je louai
une calèche et je me laissai aller à cette douce vie
florentine qui a tant de charme pour l'étranger.

Le matin, j'allais visiter quelque église, quelque
palais ou quelque galerie tout à mon aise, sans me
presser, ne voulant pas me donner cette indiges-
tion de chefs-d'œuvre qui, en Italie, fait venir aux
touristes trop hâtifs la nausée de l'art ; tantôt je
regardais les portes de bronze du baptistère, tantôt le Persée de Benvenuto sous la loggia dei
Lanzi, le portrait de la Fornarina aux Offices, ou
bien encore la Vénus de Canova au palais Pitti,
mais jamais plus d'un objet à la fois. Puis je
déjeunais, au café Doney, d'une tasse de café à la
glace, je fumais quelques cigares, parcourais les
journaux, et, la boutonnière fleurie de gré ou de
force par ces jolies bouquetières coiffées de
grands chapeaux de paille qui stationnent devant
le café, je rentrais chez moi faire la sieste ; à trois
heures, la calèche venait me prendre et me trans-
portait aux *Cascines*. Les Cascines sont à Florence
ce que le bois de Boulogne est à Paris, avec cette
différence que tout le monde s'y connaît, et que le
rond-point forme un salon en plein air, où les
fauteuils sont remplacés par des voitures, arrêtées et rangées en demi-cercle. Les femmes, en
grande toilette, à demi couchées sur les coussins,
reçoivent les visites des amants et des attentifs,
des dandys et des attachés de légation, qui se
tiennent debout et chapeau bas sur le marchepied. — Mais vous savez cela tout aussi bien que
moi. — Là se forment les projets pour la soirée,
s'assignent les rendez-vous, se donnent les
réponses, s'acceptent les invitations ; c'est comme
une Bourse du plaisir qui se tient de trois heures à
cinq heures, à l'ombre de beaux arbres, sous le
ciel le plus doux du monde. Il est obligatoire, pour
tout être un peu bien situé, de faire chaque jour
une apparition aux Cascines. Je n'avais garde d'y
manquer, et le soir, après dîner, j'allais dans
quelques salons, ou à la Pergola, lorsque la canta-
trice en valait la peine.

« Je passai ainsi un des plus heureux mois de
ma vie ; mais ce bonheur ne devait pas durer. Une

magnifique calèche fit un jour son début aux
Cascines. Ce superbe produit de la carrosserie de
Vienne, chef-d'œuvre de Laurenzi, miroité d'un
vernis étincelant, historié d'un blason presque
royal, était attelé de la plus belle paire de chevaux
qui ait jamais piaffé à Hyde Park ou à Saint James
au Drawing Room de la reine Victoria, et mené à
la Daumont de la façon la plus correcte par un
tout jeune jockey en culotte de peau blanche et en
casaque verte ; les cuivres des harnais, les boîtes
des roues, les poignées des portières brillaient
comme de l'or et lançaient des éclairs au soleil ;
tous les regards suivaient ce splendide équipage
qui, après avoir décrit sur le sable une courbe
aussi régulière que si elle eût été tracée au
compas, alla se ranger auprès des voitures. La
calèche n'était pas vide, comme vous le pensez
bien ; mais dans la rapidité du mouvement on
n'avait pu distinguer qu'un bout de bottine
allongé sur le coussin du devant, un large pli de
châle et le disque d'une ombrelle frangée de soie
blanche. L'ombrelle se referma et l'on vit resplen-
dir une femme d'une beauté incomparable.
J'étais à cheval et je pus m'approcher assez pour
ne perdre aucun détail de ce chef-d'œuvre
humain. L'étrangère portait une robe de ce vert
d'eau glacé d'argent qui fait paraître noire
comme une taupe toute femme dont le teint n'est
pas irréprochable, — une insolence de blonde
sûre d'elle-même. — Un grand crêpe de Chine
blanc, tout bossué de broderies de la même couleur, l'enveloppait de sa draperie souple et fripée
à petits plis, comme une tunique de Phidias. Le
visage avait pour auréole un chapeau de la plus
fine paille de Florence, fleuri de myosotis et de
délicates plantes aquatiques aux étroites feuilles
glauques ; pour tout bijou, un lézard d'or
constellé de turquoises cerclait le bras qui tenait
le manche d'ivoire de l'ombrelle.

« Pardonnez, cher docteur, cette description de
journal de mode à un amant pour qui ces menus

souvenirs prennent une importance énorme.
D'épais bandeaux blonds crépelés, dont les anne-
lures formaient comme des vagues de lumière,
descendaient en nappes opulentes des deux côtés
de son front plus blanc et plus pur que la neige
vierge tombée dans la nuit sur le plus haut sommet d'une Alpe ; des cils longs et déliés comme ces
fils d'or que les miniaturistes du Moyen Age font
rayonner autour des têtes de leurs anges, voi-
laient à demi ses prunelles d'un bleu vert pareil à
ces lueurs qui traversent les glaciers par certains
effets de soleil ; sa bouche, divinement dessinée,
présentait ces teintes pourprées qui lavent les
valves des conques de Vénus, et ses joues ressemblaient à de timides roses blanches que ferait
rougir l'aveu du rossignol ou le baiser du papillon ; aucun pinceau humain ne saurait rendre ce
teint d'une suavité, d'une fraîcheur et d'une transparence immatérielles, dont les couleurs ne
paraissaient pas dues au sang grossier qui enlu-
mine nos fibres ; les premières rougeurs de
l'aurore sur la cime des sierras Nevadas, le ton
carné de quelques camélias blancs, à l'onglet de
leurs pétales, le marbre de Paros, entrevu à travers un voile de gaze rose, peuvent seuls en donner une idée lointaine. Ce qu'on apercevait du col
entre les brides du chapeau et le haut du châle
étincelait d'une blancheur irisée, au bord des
contours, de vagues reflets d'opale. Cette tête
éclatante ne saisissait pas d'abord par le dessin,
mais bien par le coloris, comme les belles produc-
tions de l'école vénitienne, quoique ses traits
fussent aussi purs et aussi délicats que ceux des
profils antiques découpés dans l'agate des
camées.

« Comme Roméo oublie Rosalinde à l'aspect de
Juliette, à l'apparition de cette beauté suprême
j'oubliai mes amours d'autrefois. Les pages de
mon cœur redevinrent blanches : tout nom, tout
souvenir en disparurent. Je ne comprenais pas
comment j'avais pu trouver quelque attrait dans

ces liaisons vulgaires que peu de jeunes gens évitent, et je me les reprochai comme de coupables infidélités. Une vie nouvelle data pour moi de cette fatale rencontre.

« La calèche quitta les Cascines et reprit le chemin de la ville, emportant l'éblouissante vision ; je mis mon cheval auprès de celui d'un jeune Russe très aimable, grand coureur d'eaux, répandu dans tous les salons cosmopolites d'Europe, et qui connaissait à fond le personnel voyageur de la haute vie ; j'amenai la conversation sur l'étrangère, et j'appris que c'était la comtesse Prascovie Labinska, une Lithuanienne de naissance illustre et de grande fortune, dont le mari faisait depuis deux ans la guerre du Caucase.

« Il est inutile de vous dire quelles diplomaties je mis en œuvre pour être reçu chez la comtesse que l'absence du comte rendait très réservée à l'endroit des présentations ; enfin, je fus admis ; — deux princesses douairières et quatre baronnes hors d'âge répondaient de moi sur leur antique vertu.

« La comtesse Labinska avait loué une villa magnifique, ayant appartenu jadis aux Salviati, à une demi-lieue de Florence, et en quelques jours elle avait su installer tout le confortable moderne dans l'antique manoir, sans en troubler en rien la beauté sévère et l'élégance sérieuse. De grandes portières armoriées s'agrafaient heureusement aux arcades ogivales ; des fauteuils et des meubles de forme ancienne s'harmonisaient avec les murailles couvertes de boiseries brunes ou de fresques d'un ton amorti et passé comme celui des vieilles tapisseries ; aucune couleur trop neuve, aucun or trop brillant n'agaçait l'œil, et le présent ne dissonait pas au milieu du passé. — La comtesse avait l'air si naturellement châtelaine, que le vieux palais semblait bâti exprès pour elle.

« Si j'avais été séduit par la radieuse beauté de la comtesse, je le fus bien davantage encore au bout de quelques visites par son esprit si rare, si

fin, si étendu ; quand elle parlait sur quelque sujet
intéressant, l'âme lui venait à la peau, pour ainsi
dire, et se faisait visible. Sa blancheur s'illuminait comme l'albâtre d'une lampe d'un rayon
intérieur : il y avait dans son teint de ces scintilla-
tions phosphorescentes, de ces tremblements
lumineux dont parle Dante lorsqu'il peint les
splendeurs du paradis ; on eût dit un ange se
détachant en clair sur un soleil. Je restais ébloui,
extatique et stupide. Abîmé dans la contemplation de sa beauté, ravi aux sons de sa voix céleste
qui faisait de chaque idiome une musique ineffable, lorsqu'il me fallait absolument répondre, je
balbutiais quelques mots incohérents qui
devaient lui donner la plus pauvre idée de mon
intelligence ; quelquefois même un imperceptible
sourire d'une ironie amicale passait comme une
lueur rose sur ses lèvres charmantes à certaines
phrases, qui dénotaient, de ma part, un trouble
profond ou une incurable sottise.

« Je ne lui avais encore rien dit de mon amour ;
devant elle j'étais sans pensée, sans force, sans
courage ; mon cœur battait comme s'il voulait
sortir de ma poitrine et s'élancer sur les genoux de
sa souveraine. Vingt fois j'avais résolu de m'expliquer, mais une insurmontable timidité me retenait ; le moindre air froid ou réservé de la
comtesse me causait des transes mortelles, et
comparables à celles du condamné qui, la tête sur
le billot, attend que l'éclair de la hache lui traverse le cou. Des contractions nerveuses m'étran-
glaient, des sueurs glacées baignaient mon corps.
Je rougissais, je pâlissais et je sortais sans avoir
rien dit, ayant peine à trouver la porte et chancelant comme un homme ivre sur les marches du
perron.

« Lorsque j'étais dehors, mes facultés me revenaient et je lançais au vent les dithyrambes les
plus enflammés. J'adressais à l'idole absente
mille déclarations d'une éloquence irrésistible.
J'égalais dans ces apostrophes muettes les grands

poètes de l'amour. — Le Cantique des cantiques de Salomon avec son vertigineux parfum oriental et son lyrisme halluciné de haschisch, les sonnets de Pétrarque avec leurs subtilités platoniques et leurs délicatesses éthérées, l'*Intermezzo* de Henri Heine avec sa sensibilité nerveuse et délirante n'approchent pas de ces effusions d'âme intarissables où s'épuisait ma vie. Au bout de chacun de ces monologues, il me semblait que la comtesse vaincue devait descendre du ciel sur mon cœur, et plus d'une fois je me croisai les bras sur ma poitrine, pensant les renfermer sur elle.

« J'étais si complètement possédé que je passais des heures à murmurer en façon de litanies d'amour ces deux mots : — Prascovie Labinska, — trouvant un charme indéfinissable dans ces syllabes tantôt égrenées lentement comme des perles, tantôt dites avec la volubilité fiévreuse du dévot que sa prière même exalte. D'autres fois, je traçais le nom adoré sur les plus belles feuilles de vélin, en y apportant des recherches calligraphiques des manuscrits du Moyen Age, rehauts d'or, fleurons d'azur, ramages de sinople. J'usais à ce labeur d'une minutie passionnée et d'une perfection puérile les longues heures qui séparaient mes visites à la comtesse. Je ne pouvais lire ni m'occuper de quoi que ce fût. Rien ne m'intéressait hors de Prascovie, et je ne décachetais même pas les lettres qui me venaient de France. A plusieurs reprises je fis des efforts pour sortir de cet état ; j'essayai de me rappeler les axiomes de séduction acceptés par les jeunes gens, les stratagèmes qu'emploient les Valmont du café de Paris et les don Juan du Jockey-Club ; mais à l'exécution le cœur me manquait, et je regrettais de ne pas avoir, comme le Julien Sorel de Stendhal, un paquet d'épîtres progressives à copier pour les envoyer à la comtesse. Je me contentais d'aimer, me donnant tout entier sans rien demander en retour, sans espérance même lointaine, car mes rêves les plus audacieux osaient à peine effleurer

de leurs lèvres le bout des doigts rosés de Prascovie. Au XVe siècle, le jeune novice le front sur les
marches de l'autel, le chevalier agenouillé dans sa
roide armure, ne devaient pas avoir pour la
madone une adoration plus prosternée. »

M. Balthazar Cherbonneau avait écouté Octave
avec une attention profonde, car pour lui le récit
du jeune homme n'était pas seulement une histoire romanesque, et il se dit comme à lui-même
pendant une pause du narrateur : « Oui, voilà
bien le diagnostic de l'amour-passion, une maladie curieuse et que je n'ai rencontrée qu'une fois,
— à Chandernagor, — chez une jeune paria éprise
d'un brahme ; elle en mourut, la pauvre fille, mais
c'était une sauvage ; vous, monsieur Octave, vous
êtes un civilisé, et nous vous guérirons. » Sa
parenthèse fermée, il fit signe de la main à M. de
Saville de continuer ; et, reployant sa jambe sur
la cuisse comme la patte articulée d'une saute-
relle, de manière à faire soutenir son menton par
son genou, il s'établit dans cette position impossible pour tout autre, mais qui semblait spéciale-
ment commode pour lui.

« Je ne veux pas vous ennuyer du détail de mon
martyre secret, continua Octave ; j'arrive à une
scène décisive. Un jour, ne pouvant plus modérer
mon impérieux désir de voir la comtesse, je
devançai l'heure de ma visite accoutumée ; il
faisait un temps orageux et lourd. Je ne trouvai
pas madame Labinska au salon. Elle s'était établie sous un portique soutenu de sveltes colonnes,
ouvrant sur une terrasse par laquelle on descendait au jardin ; elle avait fait apporter là son
piano, un canapé et des chaises de jonc ; des
jardinières, comblées de fleurs splendides, —
nulle part elles ne sont si fraîches ni si odorantes
qu'à Florence, — remplissaient les entre-colonnements, et imprégnaient de leur parfum les rares
bouffées de brise qui venaient de l'Apennin.
Devant soi, par l'ouverture des arcades, l'on apercevait les ifs et les buis taillés du jardin, d'où

s'élançaient quelques cyprès centenaires, et que peuplaient des marbres mythologiques dans le goût tourmenté de Baccio Bandinelli ou de l'Ammanato. Au fond, au-dessus de la silhouette de Florence, s'arrondissait le dôme de Santa Maria del Fiore et jaillissait le beffroi carré du Palazzo Vecchio.

« La comtesse était seule, à demi couchée sur le canapé de jonc ; jamais elle ne m'avait paru si belle ; son corps nonchalant, alangui par la chaleur, baignait comme celui d'une nymphe marine dans l'écume blanche d'un ample peignoir de mousseline des Indes que bordait du haut en bas une garniture bouillonnée comme la frange d'argent d'une vague ; une broche en acier niellé du Khorassan fermait à la poitrine cette robe aussi légère que la draperie qui voltige autour de la Victoire rattachant sa sandale. Des manches ouvertes à partir de la saignée, comme les pistils du calice d'une fleur, sortaient ses bras d'un ton plus pur que celui de l'albâtre où les statuaires florentins taillent des copies de statues antiques ; un large ruban noir noué à la ceinture, et dont les bouts retombaient, tranchait vigoureusement sur toute cette blancheur. Ce que ce contraste de nuances attribuées au deuil aurait pu avoir de triste, était égayé par le bec d'une petite pantoufle circassienne sans quartier en maroquin bleu, gaufrée d'arabesques jaunes, qui pointait sous le dernier pli de la mousseline.

« Les cheveux blonds de la comtesse, dont les bandeaux bouffants, comme s'ils eussent été soulevés par un souffle, découvraient son front pur, et ses tempes transparentes formaient comme un nimbe, où la lumière pétillait en étincelles d'or.

« Près d'elle, sur une chaise, palpitait au vent un grand chapeau de paille de riz, orné de longs rubans noirs pareils à celui de la robe, et gisait une paire de gants de Suède qui n'avaient pas été mis. A mon aspect, Prascovie ferma le livre qu'elle lisait — les poésies de Mickiewicz — et me fit un petit signe de tête bienveillant ; elle était seule, — circonstance favorable et rare. — Je m'assis en face d'elle sur le siège qu'elle me désigna. Un de ces silences, pénibles quand ils se prolongent, régna quelques minutes entre nous. Je ne trouvais à mon service aucune de ces banalités de la conversation ; ma tête s'embarrassait, des vagues de flammes me montaient du cœur aux yeux, et mon amour me criait : « Ne perds pas cette occasion suprême. »

« J'ignore ce que j'eusse fait, si la comtesse, devinant la cause de mon trouble, ne se fût redressée à demi en tendant vers moi sa belle main, comme pour me fermer la bouche.

« — Ne dites pas un mot, Octave ; vous m'aimez, je le sais, je le sens, je le crois ; je ne vous en veux point, car l'amour est involontaire. D'autres femmes plus sévères se montreraient offensées ; moi, je vous plains, car je ne puis vous aimer, et c'est une tristesse pour moi d'être votre malheur. — Je regrette que vous m'ayez rencontrée, et maudis le caprice qui m'a fait quitter Venise pour Florence. J'espérais d'abord que ma froideur persistante vous lasserait et vous éloignerait ; mais le vrai amour, dont je vois tous les signes dans vos yeux, ne se rebute de rien. Que ma douceur ne fasse naître en vous aucune illusion, aucun rêve, et ne prenez pas ma pitié pour un encouragement. Un ange au bouclier de diamant, à l'épée flamboyante, me garde contre toute séduction, mieux que la religion, mieux que le devoir, mieux que la vertu ; — et cet ange, c'est mon amour : — j'adore le comte Labinski. J'ai le bonheur d'avoir trouvé la passion dans le mariage. »

« Un flot de larmes jaillit de mes paupières à cet aveu si franc, si loyal et si noblement pudique, et je sentis en moi se briser le ressort de ma vie.

« Prascovie, émue, se leva, et, par un mouvement de gracieuse pitié féminine, passa son mouchoir de batiste sur mes yeux :

« — Allons, ne pleurez pas, me dit-elle, je vous le défends. Tâchez de penser à autre chose, imaginez que je suis partie à tout jamais, que je suis morte ; oubliez-moi. Voyagez, travaillez, faites du bien, mêlez-vous activement à la vie humaine ; consolez-vous dans un art ou un amour... »

« Je fis un geste de dénégation.

« — Croyez-vous souffrir moins en continuant à me voir ? reprit la comtesse ; venez, je vous recevrai toujours. Dieu dit qu'il faut pardonner à ses ennemis ; pourquoi traiterait-on plus mal ceux qui nous aiment ? Cependant l'absence me paraît un remède plus sûr. — Dans deux ans nous pourrons nous serrer la main sans péril, — pour vous », ajouta-t-elle en essayant de sourire.

« Le lendemain je quittai Florence ; mais ni l'étude, ni les voyages, ni le temps, n'ont diminué ma souffrance, et je me sens mourir : ne m'en empêchez pas, docteur !

— Avez-vous revu la comtesse Prascovie Labinska ? » dit le docteur, dont les yeux bleus scintillaient bizarrement.

« Non, répondit Octave, mais elle est à Paris. » Et il tendit à M. Balthazar Cherbonneau une carte gravée sur laquelle on lisait :

« La comtesse Prascovie Labinska est chez elle le jeudi. »

III

Parmi les promeneurs assez rares alors qui suivaient aux Champs-Élysées l'avenue Gabriel, à partir de l'ambassade ottomane jusqu'à l'Élysée Bourbon, préférant au tourbillon poussiéreux et à l'élégant fracas de la grande chaussée l'isolement, le silence et la calme fraîcheur de cette route bordée d'arbres d'un côté et de l'autre de jardins, il en est peu qui ne se fussent arrêtés, tout rêveurs et avec un sentiment d'admiration mêlé d'envie, devant une poétique et mystérieuse retraite, où, chose rare, la richesse semblait loger le bonheur.

A qui n'est-il pas arrivé de suspendre sa marche à la grille d'un parc, de regarder longtemps la blanche villa à travers les massifs de verdure, et de s'éloigner le cœur gros, comme si le rêve de sa vie était caché derrière ces murailles ? Au contraire, d'autres habitations, vues ainsi du dehors, vous inspirent une tristesse indéfinissable ; l'ennui, l'abandon, la désespérance glacent la façade de leurs teintes grises et jaunissent les cimes à demi chauves des arbres ; les statues ont des lèpres de mousse, les fleurs s'étiolent, l'eau des bassins verdit, les mauvaises herbes envahissent les sentiers malgré le racloir ; les oiseaux, s'il y en a, se taisent.

Les jardins en contrebas de l'allée en étaient séparés par un saut-de-loup et se prolongeaient en bandes plus ou moins larges jusqu'aux hôtels, dont la façade donnait sur la rue du Faubourg-Saint-Honoré. Celui dont nous parlons se terminait au fossé par un remblai que soutenait un mur de grosses roches choisies pour l'irrégularité curieuse de leurs formes, et qui, se relevant de chaque côté en manière de coulisses, encadraient de leurs aspérités rugueuses et de leurs masses sombres le frais et vert paysage resserré entre elles.

Dans les anfractuosités de ces roches, le cactier raquette, l'asclépiade incarnate, le millepertuis, la saxifrage, le cymbalaire, la joubarbe, la lychnide des Alpes, le lierre d'Irlande trouvaient assez de terre végétale pour nourrir leurs racines et découpaient leurs verdures variées sur le fond vigoureux de la pierre ; — un peintre n'eût pas disposé, au premier plan de son tableau, un meilleur repoussoir.

Les murailles latérales qui fermaient ce paradis terrestre disparaissaient sous un rideau de plantes grimpantes, aristoloches, grenadilles bleues, campanules, chèvrefeuille, gypsophiles, glycines de Chine, périplocas de Grèce dont les griffes, les vrilles et les tiges s'enlaçaient à un

treillis vert, car le bonheur lui-même ne veut pas
être emprisonné ; et grâce à cette disposition le
jardin ressemblait à une clairière dans une forêt
plutôt qu'à un parterre assez étroit circonscrit par
les clôtures de la civilisation.

Un peu en arrière des masses de rocaille,
étaient groupés quelques bouquets d'arbres au
port élégant, à la frondaison vigoureuse, dont les
feuillages contrastaient pittoresquement : vernis
du Japon, tuyas du Canada, planes de Virginie,
frênes verts, saules blancs, micocouliers de Pro-
vence, que dominaient deux ou trois mélèzes.
Au-delà des arbres s'étalait un gazon de ray-grass,
dont pas une pointe d'herbe ne dépassait l'autre,
un gazon plus fin, plus soyeux que le velours d'un
manteau de reine, de cet idéal vert d'émeraude
qu'on n'obtient qu'en Angleterre devant le perron
des manoirs féodaux, moelleux tapis naturels que
l'œil aime à caresser et que le pas craint de fouler,
moquette végétale où, le jour, peuvent seuls se
rouler au soleil la gazelle familière avec le jeune
baby ducal dans sa robe de dentelles, et, la nuit,
glisser au clair de lune quelque Titania du West-
End la main enlacée à celle d'un Oberon porté sur
le livre du peerage et du baronetage.

Une allée de sable tamisé au crible, de peur
qu'une valve de conque ou qu'un angle de silex ne
blessât les pieds aristocratiques qui y laissaient
leur délicate empreinte, circulait comme un
ruban jaune autour de cette nappe verte, courte et
drue, que le rouleau égalisait, et dont la pluie
factice de l'arrosoir entretenait la fraîcheur
humide, même aux jours les plus desséchants de
l'été.

Au bout de la pièce de gazon éclatait, à l'époque
où se passe cette histoire, un vrai feu d'artifice
fleuri tiré par un massif de géraniums, dont les
étoiles écarlates flambaient sur le fond brun
d'une terre de bruyère.

L'élégante façade de l'hôtel terminait la perspective ; de sveltes colonnes d'ordre ionique sou-

tenant l'attique surmonté à chaque angle d'un gracieux groupe de marbre, lui donnait l'apparence d'un temple grec transporté là par le caprice d'un millionnaire, et corrigeaient, en éveillant une idée de poésie et d'art, tout ce que ce luxe aurait pu avoir de trop fastueux ; dans les entre-colonnements, des stores rayés de larges bandes roses et presque toujours baissés abritaient et dessinaient les fenêtres, qui s'ouvraient de plain-pied sous le portique comme des portes de glace.

Lorsque le ciel fantasque de Paris daignait étendre un pan d'azur derrière ce palazzino, les lignes s'en dessinaient si heureusement entre les touffes de verdure, qu'on pouvait les prendre pour le pied-à-terre de la Reine des fées, ou pour un tableau de Baron agrandi.

De chaque côté de l'hôtel s'avançaient dans le jardin deux serres formant ailes, dont les parois de cristal se diamantaient au soleil entre leurs nervures dorées, et faisaient à une foule de plantes exotiques les plus rares et les plus précieuses l'illusion de leur climat natal.

Si quelque poète matineux eût passé avenue Gabriel aux premières rougeurs de l'aurore, il eût entendu le rossignol achever les derniers trilles de son nocturne, et vu le merle se promener en pantoufles jaunes dans l'allée du jardin comme un oiseau qui est chez lui ; mais la nuit, après que les roulements des voitures revenant de l'Opéra se sont éteints au milieu du silence de la vie endormie, ce même poète aurait vaguement distingué une ombre blanche au bras d'un beau jeune homme, et serait remonté dans sa mansarde solitaire, l'âme triste jusqu'à la mort.

C'était là qu'habitaient depuis quelque temps — le lecteur l'a sans doute déjà deviné — la comtesse Prascovie Labinska et son mari le comte Olaf Labinski, revenu de la guerre du Caucase après une glorieuse campagne, où, s'il ne s'était pas battu corps à corps avec le mystique et insai-

sissable Schamyl, certainement il avait eu affaire
aux plus fanatiquement dévoués des Mourides de
l'illustre cheikh. Il avait évité les balles comme
les braves les évitent, en se précipitant au-devant
d'elles, et les damas courbes des sauvages guerriers s'étaient brisés sur sa poitrine sans l'entamer. Le courage est une cuirasse sans défaut. Le
comte Labinski possédait cette valeur folle des
races slaves, qui aiment le péril pour le péril, et
auxquelles peut s'appliquer encore ce refrain d'un
vieux chant scandinave : « Ils tuent, meurent et
rient ! »

Avec quelle ivresse s'étaient retrouvés ces deux
époux, pour qui le mariage n'était que la passion
permise par Dieu et par les hommes, Thomas
Moore pourrait seul le dire en style d'*Amour des
Anges !* Il faudrait que chaque goutte d'encre se
transformât dans notre plume en goutte de
lumière, et que chaque mot s'évaporât sur le
papier en jetant une flamme et un parfum comme
un grain d'encens. Comment peindre ces deux
âmes fondues en une seule et pareilles à deux
larmes de rosée qui, glissant sur un pétale de lis,
se rencontrent, se mêlent, s'absorbent l'une
l'autre et ne font plus qu'une perle unique ? Le
bonheur est une chose si rare en ce monde, que
l'homme n'a pas songé à inventer des paroles
pour le rendre, tandis que le vocabulaire des
souffrances morales et physiques remplit
d'innombrables colonnes dans le dictionnaire de
toutes les langues.

Olaf et Prascovie s'étaient aimés tout enfants ;
jamais leur cœur n'avait battu qu'à un seul nom ;
ils savaient presque dès le berceau qu'ils s'appar-
tiendraient, et le reste du monde n'existait pas
pour eux ; on eût dit que les morceaux de l'andro-
gyne de Platon, qui se cherchent en vain depuis le
divorce primitif, s'étaient retrouvés et réunis en
eux ; ils formaient cette dualité dans l'unité, qui
est l'harmonie complète, et, côte à côte, ils marchaient, ou plutôt ils volaient à travers la vie d'un

essor égal, soutenu, planant comme deux colombes que le même désir appelle, pour nous servir de la belle expression de Dante.

Afin que rien ne troublât cette félicité, une fortune immense l'entourait comme d'une atmosphère d'or. Dès que ce couple radieux paraissait, la misère consolée quittait ses haillons, les larmes se séchaient ; car Olaf et Prascovie avaient le noble égoïsme du bonheur, et ils ne pouvaient souffrir une douleur dans leur rayonnement.

Depuis que le polythéisme a emporté avec lui ces jeunes dieux, ces génies souriants, ces éphèbes célestes aux formes d'une perfection si absolue, d'un rythme si harmonieux, d'un idéal si pur, et que la Grèce antique ne chante plus l'hymne de la beauté en strophes de Paros, l'homme a cruellement abusé de la permission qu'on lui a donnée d'être laid, et, quoique fait à l'image de Dieu, le représente assez mal. Mais le comte Labinski n'avait pas profité de cette licence ; l'ovale un peu allongé de sa figure, son nez mince, d'une coupe hardie et fine, sa lèvre fermement dessinée, qu'accentuait une moustache blonde aiguisée à ses pointes, son menton relevé et frappé d'une fossette, ses yeux noirs, singularité piquante, étrangeté gracieuse, lui donnaient l'air d'un de ces anges guerriers, saint Michel ou Raphaël, qui combattent le démon, revêtus d'armures d'or. Il eût été trop beau sans l'éclair mâle de ses sombres prunelles et la couche hâlée que le soleil d'Asie avait déposée sur ses traits.

Le comte était de taille moyenne, mince, svelte, nerveux, cachant des muscles d'acier sous une apparente délicatesse ; et lorsque dans quelque bal d'ambassade, il revêtait son costume de magnat, tout chamarré d'or, tout étoilé de diamants, tout brodé de perles, il passait parmi les groupes comme une apparition étincelante, excitant la jalousie des hommes et l'amour des femmes, que Prascovie lui rendait indifférentes.
— Nous n'ajoutons pas que le comte possédait les

dons de l'esprit comme ceux du corps ; les fées
bienveillantes l'avaient doué à son berceau, et la
méchante sorcière qui gâte tout s'était montrée de
bonne humeur ce jour-là.

Vous comprenez qu'avec un tel rival, Octave de
Saville avait peu de chance, et qu'il faisait bien de
se laisser tranquillement mourir sur les coussins
de son divan, malgré l'espoir qu'essayait de lui
remettre au cœur le fantastique docteur Balthazar Cherbonneau. — Oublier Prascovie eût été le
seul moyen, mais c'était la chose impossible ; la
revoir, à quoi bon ? Octave sentait que la résolution de la jeune femme ne faiblirait jamais dans
son implacabilité douce, dans sa froideur compa-
tissante. Il avait peur que ses blessures non cica-
trisées ne se rouvrissent et ne saignassent devant
celle qui l'avait tué innocemment, et il ne voulait
pas l'accuser, la douce meurtrière aimée !

IV

Deux ans s'étaient écoulés depuis le jour où la
comtesse Labinska avait arrêté sur les lèvres
d'Octave la déclaration d'amour qu'elle ne devait
pas entendre ; Octave, tombé du haut de son rêve,
s'était éloigné, ayant au foie le bec d'un chagrin
noir, et n'avait pas donné de ses nouvelles à
Prascovie. L'unique mot qu'il eût pu lui écrire
était le seul défendu. Mais plus d'une fois la
pensée de la comtesse effrayée de ce silence s'était
reportée avec mélancolie sur son pauvre adorateur : — l'avait-il oubliée ? Dans sa divine absence
de coquetterie, elle le souhaitait sans le croire, car
l'inextinguible flamme de la passion illuminait
les yeux d'Octave, et la comtesse n'avait pu s'y
méprendre. L'amour et les dieux se reconnaissent
au regard : cette idée traversait comme un petit
nuage le limpide azur de son bonheur, et lui
inspirait la légère tristesse des anges qui, dans le
ciel, se souviennent de la terre ; son âme char-

mante souffrait de savoir là-bas quelqu'un malheureux à cause d'elle ; mais que peut l'étoile d'or
scintillante au haut du firmament pour le pâtre
obscur qui lève vers elle des bras éperdus ? Aux
temps mythologiques, Phœbé descendit bien des
cieux en rayons d'argent sur le sommeil d'Endy-
mion, mais elle n'était pas mariée à un comte
polonais.

Dès son arrivée à Paris, la comtesse Labinska
avait envoyé à Octave cette invitation banale que
le docteur Balthazar Cherbonneau tournait distraitement entre ses doigts, et en ne le voyant pas
venir, quoiqu'elle l'eût voulu, elle s'était dit avec
un mouvement de joie involontaire : « Il m'aime
toujours ! » C'était cependant une femme d'une
angélique pureté et chaste comme la neige du
dernier sommet de l'Himalaya.

Mais Dieu lui-même, au fond de son infini, n'a
pour se distraire de l'ennui des éternités que le
plaisir d'entendre battre pour lui le cœur d'une
pauvre petite créature périssable sur un chétif
globe, perdu dans l'immensité. Prascovie n'était
pas plus sévère que Dieu, et le comte Olaf n'eût pu
blâmer cette délicate volupté d'âme.

« Votre récit, que j'ai écouté attentivement, dit
le docteur à Octave, me prouve que tout espoir de
votre part serait chimérique. Jamais la comtesse
ne partagera votre amour.

— Vous voyez bien, monsieur Cherbonneau,
que j'avais raison de ne pas chercher à retenir ma
vie qui s'en va.

— J'ai dit qu'il n'y avait pas d'espoir avec les
moyens ordinaires, continua le docteur ; mais il
existe des puissances occultes que méconnaît la
science moderne, et dont la tradition s'est conser-
vée dans ces pays étranges nommés barbares par
une civilisation ignorante. Là, aux premiers jours
du monde, le genre humain, en contact immédiat
avec les forces vives de la nature, savait des
secrets qu'on croit perdus, et que n'ont point
emportés dans leurs migrations les tribus qui,

plus tard, ont formé les peuples. Ces secrets furent
transmis d'abord d'initié à initié, dans les profondeurs mystérieuses des temples, écrits ensuite en
idiomes sacrés incompréhensibles au vulgaire,
sculptés en panneaux d'hiéroglyphes le long des
parois cryptiques d'Ellora ; vous trouverez encore
sur les croupes du mont Mérou, d'où s'échappe le
Gange, au bas de l'escalier de marbre blanc de
Bénarès la ville sainte, au fond des pagodes en
ruines de Ceylan, quelques brahmes centenaires
épelant des manuscrits inconnus, quelques yogis
occupés à redire l'ineffable monosyllabe *om* sans
s'apercevoir que les oiseaux du ciel nichent dans
leur chevelure ; quelques fakirs dont les épaules
portent les cicatrices des crochets de fer de Jag-
gernat, qui les possèdent ces arcanes perdus et en
obtiennent des résultats merveilleux lorsqu'ils
daignent s'en servir. — Notre Europe, tout absorbée par les intérêts matériels, ne se doute pas du
degré de spiritualisme où sont arrivés les pénitents de l'Inde : des jeûnes absolus, des contem-
plations effrayantes de fixité, des postures impossibles gardées pendant des années entières,
atténuent si bien leurs corps, que vous diriez, à les
voir accroupis sous un soleil de plomb, entre des
brasiers ardents, laissant leurs ongles grandis
leur percer la paume des mains, des momies
égyptiennes retirées de leur caisse et ployées en
des attitudes de singe ; leur enveloppe humaine
n'est plus qu'une chrysalide, que l'âme, papillon
immortel, peut quitter ou reprendre à volonté.
Tandis que leur maigre dépouille reste là, inerte,
horrible à voir, comme une larve nocturne surprise par le jour, leur esprit, libre de tous liens,
s'élance, sur les ailes de l'hallucination, à des
hauteurs incalculables, dans les mondes surnatu-
rels. Ils ont des visions et des rêves étranges ; ils
suivent d'extase en extase les ondulations que
font les âges disparus sur l'océan de l'éternité ; ils
parcourent l'infini en tous sens, assistent à la
création des univers, à la genèse des dieux et à

leurs métamorphoses ; la mémoire leur revient des sciences englouties par les cataclysmes plutoniens et diluviens, des rapports oubliés de l'homme et des éléments. Dans cet état bizarre, ils marmottent des mots appartenant à des langues qu'aucun peuple ne parle plus depuis des milliers d'années sur la surface du globe, ils retrouvent le verbe primordial, le verbe qui a fait jaillir la lumière des antiques ténèbres : on les prend pour des fous ; ce sont presque des dieux ! »

Ce préambule singulier surexcitait au dernier point l'attention d'Octave, qui, ne sachant où M. Balthazar Cherbonneau voulait en venir, fixait sur lui des yeux étonnés et pétillants d'interrogations : il ne devinait pas quel rapport pouvaient offrir les pénitents de l'Inde avec son amour pour la comtesse Prascovie Labinska.

Le docteur, devinant la pensée d'Octave, lui fit un signe de main comme pour prévenir ses questions, et lui dit : « Patience, mon cher malade ; vous allez comprendre tout à l'heure que je ne me livre pas à une digression inutile. — Las d'avoir interrogé avec le scalpel, sur le marbre des amphithéâtres, des cadavres qui ne me répondaient pas et ne me laissaient voir que la mort quand je cherchais la vie, je formai le projet — un projet aussi hardi que celui de Prométhée escaladant le ciel pour y ravir le feu — d'atteindre et de surprendre l'âme, de l'analyser et de la disséquer pour ainsi dire ; j'abandonnai l'effet pour la cause, et pris en dédain profond la science matérialiste dont le néant m'était prouvé. Agir sur ces formes vagues, sur ces assemblages fortuits de molécules aussitôt dissous, me semblait la fonction d'un empirisme grossier. J'essayai par le magnétisme de relâcher les liens qui enchaînent l'esprit à son enveloppe ; j'eus bientôt dépassé Mesmer, Deslon, Maxwel, Puységur, Deleuze et les plus habiles, dans des expériences vraiment prodigieuses, mais qui ne me contentaient pas encore : catalepsie, somnambulisme, vue à distance, lucidité extatique, je produisis à volonté tous ces effets inexplicables pour la foule, simples et compréhensibles pour moi. — Je remontai plus haut : des ravissements de Cardan et de saint Thomas d'Aquin je passai aux crises nerveuses des Pythies ; je découvris les arcanes des Époptes grecs et des Nebiim hébreux ; je m'initiai rétrospectivement aux mystères de Trophonius et d'Esculape, reconnaissant toujours dans les merveilles qu'on en raconte une concentration ou une expansion de l'âme provoquée soit par le geste, soit par le regard, soit par la parole, soit par la volonté ou tout autre agent inconnu. — Je refis un à un tous les miracles d'Apollonius de Tyane. — Pourtant mon rêve scientifique n'était pas accompli ; l'âme m'échappait toujours ; je la pressentais, je l'entendais, j'avais de l'action sur elle ; j'engourdissais ou j'excitais ses facultés ; mais entre elle et moi il y avait un voile de chair que je pouvais écarter sans qu'elle s'envolât ; j'étais comme l'oiseleur qui tient un oiseau sous un filet qu'il n'ose relever, de peur de voir sa proie ailée se perdre dans le ciel.

« Je partis pour l'Inde, espérant trouver le mot de l'énigme dans ce pays de l'antique sagesse. J'appris le sanscrit et le pacrit, les idiomes savants et vulgaires : je pus converser avec les pandits et les brahmes. Je traversai les jungles où rauque le tigre aplati sur ses pattes ; je longeai les étangs sacrés qu'écaille le dos des crocodiles ; je franchis des forêts impénétrables barricadées de lianes, faisant envoler des nuées de chauves-souris et de singes, me trouvant face à face avec l'éléphant au détour du sentier frayé par les bêtes fauves pour arriver à la cabane de quelque yogi célèbre en communication avec les Mounis, et je m'assis des jours entiers près de lui, partageant sa peau de gazelle, pour noter les vagues incantations que murmurait l'extase sur ses lèvres noires et fendillées. Je saisis de la sorte des mots tout-puissants, des formules évocatrices, des syllabes du Verbe créateur.

« J'étudiai les sculptures symboliques dans les chambres intérieures des pagodes que n'a vues nul œil profane et où une robe de brahme me permettait de pénétrer ; je lus bien des mystères cosmogoniques, bien des légendes de civilisations disparues ; je découvris le sens des emblèmes que tiennent dans leurs mains multiples ces dieux hybrides et touffus comme la nature de l'Inde ; je méditai sur le cercle de Brahma, le lotus de Wishnou, le cobra capello de Shiva, le dieu bleu. Ganésa, déroulant sa trompe de pachyderme et clignant ses petits yeux frangés de longs cils, semblait sourire à mes efforts et encourager mes recherches. Toutes ces figures monstrueuses me disaient dans leur langue de pierre : « Nous ne sommes que des formes, c'est l'esprit qui agite la masse. »

« Un prêtre du temple de Tirounamalay, à qui je fis part de l'idée qui me préoccupait, m'indiqua, comme parvenu au plus haut degré de sublimité, un pénitent qui habitait une des grottes de l'île d'Éléphanta. Je le trouvai, adossé au mur de la caverne, enveloppé d'un bout de sparterie, les genoux au menton, les doigts croisés sur les jambes, dans un état d'immobilité absolue ; ses prunelles retournées ne laissaient voir que le blanc, ses lèvres bridaient sur ses dents déchaussées ; sa peau, tannée par une incroyable maigreur, adhérait aux pommettes ; ses cheveux, rejetés en arrière, pendaient par mèches roides comme des filaments de plantes du sourcil d'une roche ; sa barbe s'était divisée en deux flots qui touchaient presque terre, et ses ongles se recourbaient en serres d'aigle.

« Le soleil l'avait desséché et noirci de façon à donner à sa peau d'Indien, naturellement brune, l'apparence du basalte ; ainsi posé, il ressemblait de forme et de couleur à un vase canopique. Au premier aspect, je le crus mort. Je secouai ses bras comme ankylosés par une roideur cataleptique, je lui criai à l'oreille de ma voix la plus forte les paroles sacramentelles qui devaient me révéler à lui comme initié ; il ne tressaillit pas, ses paupières restèrent immobiles. — J'allais m'éloigner, désespérant d'en tirer quelque chose, lorsque j'entendis un pétillement singulier ; une étincelle bleuâtre passa devant mes yeux avec la fulgurante rapidité d'une lueur électrique, voltigea une seconde sur les lèvres entrouvertes du pénitent, et disparut.

« Brahma-Logum (c'était le nom du saint personnage) sembla se réveiller d'une léthargie : ses prunelles reprirent leur place ; il me regarda avec un regard humain et répondit à mes questions. « Eh bien, tes désirs sont satisfaits : tu as vu une âme. Je suis parvenu à détacher la mienne de mon corps quand il me plaît ; — elle en sort, elle y rentre comme une abeille lumineuse, perceptible aux yeux seuls des adeptes. J'ai tant jeûné, tant prié, tant médité, je me suis macéré si rigoureusement, que j'ai pu dénouer les liens terrestres qui l'enchaînent, et que Wishnou, le dieu aux dix incarnations, m'a révélé le mot mystérieux qui la guide dans ses Avatars à travers les formes différentes. — Si, après avoir fait les gestes consacrés, je prononçais ce mot, ton âme s'envolerait pour animer l'homme ou la bête que je lui désignerais. Je te lègue ce secret, que je possède seul maintenant au monde. Je suis bien aise que tu sois venu, car il me tarde de me fondre dans le sein de l'incréé, comme une goutte d'eau dans la mer. » Et le pénitent me chuchota, d'une voix faible comme le dernier râle d'un mourant, et pourtant distincte, quelques syllabes qui me firent passer sur le dos ce petit frisson dont parle Job.

« Que voulez-vous dire, docteur ? s'écria Octave ; je n'ose sonder l'effrayante profondeur de votre pensée.

— Je veux dire, répondit tranquillement M. Balthazar Cherbonneau, que je n'ai pas oublié la formule magique de mon ami Brahma-Logum, et que la comtesse Prascovie serait bien fine si elle reconnaissait l'âme d'Octave de Saville dans le corps d'Olaf Labinski. »

V

La réputation du docteur Balthazar Cherbonneau comme médecin et comme thaumaturge commençait à se répandre dans Paris ; ses bizarreries, affectées ou vraies, l'avaient mis à la mode. Mais, loin de chercher à se faire, comme on dit, une clientèle, il s'efforçait de rebuter les malades en leur fermant sa porte ou en leur ordonnant des prescriptions étranges, des régimes impossibles. Il n'acceptait que des cas désespérés, renvoyant à ses confrères avec un dédain superbe les vulgaires fluxions de poitrine, les banales entérites, les bourgeoises fièvres typhoïdes, et dans ces occasions suprêmes il obtenait des guérisons vraiment inconcevables. Debout à côté du lit, il faisait des gestes magiques sur une tasse d'eau, et des corps déjà roides et froids, tout prêts pour le cercueil, après avoir avalé quelques gouttes de ce breuvage en desserrant des mâchoires crispées par l'agonie, reprenaient la souplesse de la vie, les couleurs de la santé, et se redressaient sur leur séant, promenant autour d'eux des regards accoutumés déjà aux ombres du tombeau. Aussi l'appelait-on le médecin des morts ou le résurrectionniste. Encore ne consentait-il pas toujours à opérer ces cures, et souvent refusait-il des sommes énormes de la part de riches moribonds. Pour qu'il se décidât à entrer en lutte avec la destruction, il fallait qu'il fût touché de la douleur d'une mère implorant le salut d'un enfant unique, du désespoir d'un amant demandant la grâce d'une maîtresse adorée, ou qu'il jugeât la vie menacée utile à la poésie, à la science et au progrès du genre humain. Il sauva de la sorte un charmant baby dont le croup serrait la gorge avec ses doigts de fer, une délicieuse jeune fille phtisique au dernier degré, un poète en proie au *delirium tremens,* un inventeur attaqué d'une congestion cérébrale et qui allait enfouir le secret de sa découverte sous quelques pelletées de terre. Autrement il disait qu'on ne devait pas contrarier la nature, que certaines morts avaient leur raison d'être, et qu'on risquait, en les empêchant, de déranger quelque chose dans l'ordre universel. Vous voyez bien que M. Balthazar Cherbonneau était le docteur le plus paradoxal du monde, et qu'il avait rapporté de l'Inde une excentricité complète ; mais sa renommée de magnétiseur l'emportait encore sur sa gloire de médecin ; il avait donné devant un petit nombre d'élus quelques séances dont on racontait des merveilles à troubler toutes les notions du possible ou de l'impossible, et qui dépassaient les prodiges de Cagliostro.

Le docteur habitait le rez-de-chaussée d'un vieil hôtel de la rue du Regard, un appartement en enfilade comme on les faisait jadis, et dont les hautes fenêtres ouvraient sur un jardin planté de grands arbres au tronc noir, au grêle feuillage vert. Quoiqu'on fût en été, de puissants calorifères soufflaient par leurs bouches grillées de laiton des trombes d'air brûlant dans les vastes salles, et en maintenaient la température à trente-cinq ou quarante degrés de chaleur, car M. Balthazar Cherbonneau, habitué au climat incendiaire de l'Inde, grelottait à nos pâles soleils, comme ce voyageur qui, revenu des sources du Nil Bleu, dans l'Afrique centrale, tremblait de froid au Caire, et il ne sortait jamais qu'en voiture fermée, frileusement emmaillotté d'une pelisse de renard bleu de Sibérie, et les pieds posés sur un manchon de fer-blanc rempli d'eau bouillante.

Il n'y avait d'autres meubles dans ces salles que des divans bas en étoffes malabares historiées d'éléphants chimériques et d'oiseaux fabuleux, des étagères découpées, coloriées et dorées avec une naïveté barbare par les naturels de Ceylan,

des vases du Japon pleins de fleurs exotiques ; et
sur le plancher s'étalait, d'un bout à l'autre de
l'appartement, un de ces tapis funèbres à ramages
noirs et blancs que tissent pour pénitence les
Thuggs en prison, et dont la trame semble faite
avec le chanvre de leurs cordes d'étrangleurs ;
quelques idoles indoues, de marbre ou de bronze,
aux longs yeux en amande, au nez cerclé
d'anneaux, aux lèvres épaisses et souriantes, aux
colliers de perles descendant jusqu'au nombril,
aux attributs singuliers et mystérieux, croisaient
leurs jambes sur des piédouches dans les encoignures ; — le long des murailles étaient appen-
dues des miniatures gouachées, œuvre de quelque
peintre de Calcutta ou de Lucknow, qui représen-
taient les neuf *Avatars* déjà accomplis de Wishnou, en poisson, en tortue, en cochon, en lion à
tête humaine, en nain brahmine, en Rama, en
héros combattant le géant aux mille bras Cartasu-
ciriargunen, en Kritsna, l'enfant miraculeux dans
lequel des rêveurs voient un Christ indien ; en
Bouddha, adorateur du grand dieu Mahadevi ; et,
enfin, le montraient endormi, au milieu de la mer
lactée, sur la couleuvre aux cinq têtes recourbées
en dais, attendant l'heure de prendre, pour dernière incarnation, la forme de ce cheval blanc ailé
qui, en laissant retomber son sabot sur l'univers,
doit amener la fin du monde.

Dans la salle du fond, chauffée plus fortement
encore que les autres, se tenait M. Balthazar Cherbonneau, entouré de livres sanscrits tracés au
poinçon sur de minces lames de bois percées d'un
trou et réunies par un cordon de manière à ressembler plus à des persiennes qu'à des volumes
comme les entend la librairie européenne. Une
machine électrique, avec ses bouteilles remplies
de feuilles d'or et ses disques de verre tournés par
des manivelles, élevait sa silhouette inquiétante
et compliquée au milieu de la chambre, à côté
d'un baquet mesmérique où plongeait une lance
de métal et d'où rayonnaient de nombreuses tiges

de fer. M. Cherbonneau n'était rien moins que
charlatan et ne cherchait pas la mise en scène,
mais cependant il était difficile de pénétrer dans
cette retraite bizarre sans éprouver un peu de
l'impression que devaient causer autrefois les
laboratoires d'alchimie.

Le comte Olaf Labinski avait entendu parler
des miracles réalisés par le docteur, et sa curiosité
demi-crédule s'était allumée. Les races slaves ont
un penchant naturel au merveilleux, que ne cor-
rige pas toujours l'éducation la plus soignée, et
d'ailleurs des témoins dignes de foi qui avaient
assisté à ces séances en disaient de ces choses
qu'on ne peut croire sans les avoir vues, quelque
confiance qu'on ait dans le narrateur. Il alla donc
visiter le thaumaturge.

Lorsque le comte Labinski entra chez le docteur
Balthazar Cherbonneau, il se sentit comme
entouré d'une vague flamme ; tout son sang afflua
vers sa tête, les veines des tempes lui sifflèrent ;
l'extrême chaleur qui régnait dans l'appartement
le suffoquait ; les lampes où brûlaient des huiles
aromatiques, les larges fleurs de Java balançant
leurs énormes calices comme des encensoirs l'eni-
vraient de leurs émanations vertigineuses et de
leurs parfums asphyxiants. Il fit quelques pas en
chancelant vers M. Cherbonneau, qui se tenait
accroupi sur son divan, dans une de ces étranges
poses de fakir ou de sannyâsi, dont le prince
Soltikoff a si pittoresquement illustré son voyage
de l'Inde. On eût dit, à le voir dessinant les angles
de ses articulations sous les plis de ses vêtements,
une araignée humaine pelotonnée au milieu de sa
toile et se tenant immobile devant sa proie. A
l'apparition du comte, ses prunelles de turquoise
s'illuminèrent de lueurs phosphorescentes au
centre de leur orbite dorée du bistre de l'hépatite,
et s'éteignirent aussitôt comme recouvertes par
une taie volontaire. Le docteur étendit la main
vers Olaf, dont il comprit le malaise et en deux ou
trois passes l'entoura d'une atmosphère de prin-

temps, lui créant un frais paradis dans cet enfer de chaleur.

« Vous trouvez-vous mieux à présent ? Vos poumons, habitués aux brises de la Baltique qui arrivent toutes froides encore de s'être roulées sur les neiges centenaires du pôle, devaient haleter comme des soufflets de forge à cet air brûlant, où cependant je grelotte, moi, cuit, recuit et comme calciné aux fournaises du soleil. »

Le comte Olaf Labinski fit un signe pour témoigner qu'il ne souffrait plus de la haute température de l'appartement.

« Eh bien, dit le docteur avec un accent de bonhomie, vous avez entendu parler sans doute de mes tours de passe-passe, et vous voulez avoir un échantillon de mon savoir-faire ; oh ! je suis plus fort que Comus, Comte ou Bosco.

— Ma curiosité n'est pas si frivole, répondit le comte, et j'ai plus de respect pour un des princes de la science.

— Je ne suis pas un savant dans l'acception qu'on donne à ce mot ; mais au contraire, en étudiant certaines choses que la science dédaigne, je me suis rendu maître de forces occultes inemployées, et je produis des effets qui semblent merveilleux, quoique naturels. A force de la guetter, j'ai quelquefois surpris l'âme, — elle m'a fait des confidences dont j'ai profité et dit des mots que j'ai retenus. L'esprit est tout, la matière n'existe qu'en apparence ; l'univers n'est peut-être qu'un rêve de Dieu ou qu'une irradiation du Verbe dans l'immensité. Je chiffonne à mon gré la guenille du corps, j'arrête ou je précipite la vie, je déplace les sens, je supprime l'espace, j'anéantis la douleur sans avoir besoin de chloroforme, d'éther ou de toute autre drogue anesthésique. Armé de la volonté, cette électricité intellectuelle, je vivifie ou je foudroie. Rien n'est plus opaque pour mes yeux ; mon regard traverse tout ; je vois distinctement les rayons de la pensée, et comme on projette les spectres solaires sur un écran, je

peux les faire passer par mon prisme invisible et
les forcer à se réfléchir sur une toile blanche de
mon cerveau. Mais tout cela est peu de chose à
côté des prodiges qu'accomplissent certains yogis
de l'Inde, arrivés au plus sublime degré d'ascé-
tisme. Nous autres Européens, nous sommes trop
légers, trop distraits, trop futiles, trop amoureux
de notre prison d'argile pour y ouvrir de bien
larges fenêtres sur l'éternité et sur l'infini. Cependant j'ai obtenu quelques résultats assez étranges,
et vous allez en juger », dit le docteur Balthazar
Cherbonneau en faisant glisser sur leur tringle les
anneaux d'une lourde portière qui masquait une
sorte d'alcôve pratiquée dans le fond de la salle.

A la clarté d'une flamme d'esprit-de-vin qui
oscillait sur un trépied de bronze, le comte Olaf
Labinski aperçut un spectacle effrayant qui le fit
frissonner malgré sa bravoure. Une table de
marbre noir supportait le corps d'un jeune
homme nu jusqu'à la ceinture et gardant une
immobilité cadavérique ; de son torse hérissé de
flèches comme celui de saint Sébastien, il ne
coulait pas une goutte de sang ; on l'eût pris pour
une image de martyr coloriée, où l'on aurait
oublié de teindre de cinabre les lèvres des blessures.

« Cet étrange médecin, dit en lui-même Olaf,
est peut-être un adorateur de Shiva, et il aura
sacrifié cette victime à son idole. »

« Oh ! il ne souffre pas du tout ; piquez-le sans
crainte, pas un muscle de sa face ne bougera » ; et
le docteur lui enlevait les flèches du corps, comme
l'on retire les épingles d'une pelote.

Quelques mouvements rapides de mains déga-
gèrent le patient du réseau d'effluves qui l'emprisonnait, et il s'éveilla le sourire de l'extase sur les
lèvres comme sortant d'un rêve bienheureux.
M. Balthazar Cherbonneau le congédia du geste,
il se retira par une petite porte coupée dans la
boiserie dont l'alcôve était revêtue.

« J'aurais pu lui couper une jambe ou un bras

sans qu'il s'en aperçût, dit le docteur en plissant ses rides en façon de sourire ; je ne l'ai pas fait parce que je ne crée pas encore, et que l'homme, inférieur au lézard en cela, n'a pas une sève assez puissante pour reformer les membres qu'on lui retranche. Mais si je ne crée pas, en revanche je rajeunis. » Et il enleva le voile qui recouvrait une femme âgée magnétiquement endormie sur un fauteuil, non loin de la table de marbre noir ; ses traits, qui avaient pu être beaux, étaient flétris, et les ravages du temps se lisaient sur les contours amaigris de ses bras, de ses épaules et de sa poitrine. Le docteur fixa sur elle pendant quelques minutes, avec une intensité opiniâtre, les regards de ses prunelles bleues ; les lignes altérées se raffermirent, le galbe du sein reprit sa pureté virginale, une chair blanche et satinée remplit les maigreurs du col ; les joues s'arrondirent et se veloutèrent comme des pêches de toute la fraîcheur de la jeunesse ; les yeux s'ouvrirent scintillants dans un fluide vivace ; le masque de vieillesse, enlevé comme par magie, laissait voir la belle jeune femme disparue depuis longtemps.

« Croyez-vous que la fontaine de Jouvence ait versé quelque part ses eaux miraculeuses ? dit le docteur au comte stupéfait de cette transformation. Je le crois, moi car l'homme n'invente rien, et chacun de ses rêves est une divination ou un souvenir. — Mais abandonnons cette forme un instant repétrie par ma volonté, et consultons cette jeune fille qui dort tranquillement dans ce coin. Interrogez-la, elle en sait plus long que les pythies et les sibylles. Vous pouvez l'envoyer dans un de vos sept châteaux de Bohême, lui demander ce que renferme le plus secret de vos tiroirs, elle vous le dira, car il ne faudra pas à son âme plus d'une seconde pour faire le voyage, chose, après tout, peu surprenante, puisque l'électricité parcourt soixante-dix mille lieues dans le même espace de temps, et l'électricité est à la pensée ce

qu'est le fiacre au wagon. Donnez-lui la main
pour vous mettre en rapport avec elle ; vous
n'aurez pas besoin de formuler votre question,
elle la lira dans votre esprit. »

La jeune fille, d'une voix atone comme celle
d'une ombre, répondit à l'interrogation mentale
du comte :

« Dans le coffret de cèdre il y a un morceau de
terre saupoudrée de sable fin sur lequel se voit
l'empreinte d'un petit pied.

— A-t-elle deviné juste ? » dit le docteur négli-
gemment et comme sûr de l'infaillibilité de sa
somnambule.

Une éclatante rougeur couvrit les joues du
comte. Il avait en effet, au premier temps de leurs
amours, enlevé dans une allée d'un parc
l'empreinte d'un pas de Prascovie, et il la gardait
comme une relique au fond d'une boîte incrustée
de nacre et d'argent, du plus précieux travail,
dont il portait la clef microscopique suspendue à
son cou par un jaseron de Venise.

M. Balthazar Cherbonneau, qui était un
homme de bonne compagnie, voyant l'embarras
du comte, n'insista pas et le conduisit à une table
sur laquelle était posée une eau aussi claire que le
diamant.

« Vous avez sans doute entendu parler du
miroir magique où Méphistophélès fait voir à
Faust l'image d'Hélène ; sans avoir un pied de
cheval dans mon bas de soie et deux plumes de
coq à mon chapeau, je puis vous régaler de cet
innocent prodige. Penchez-vous sur cette coupe et
pensez fixement à la personne que vous désirez
faire apparaître ; vivante ou morte, lointaine ou
rapprochée, elle viendra à votre appel, du bout du
monde ou des profondeurs de l'histoire. »

Le comte s'inclina sur la coupe, dont l'eau se
troubla bientôt sous son regard et prit des teintes
opalines, comme si l'on y eût versé une goutte
d'essence ; un cercle irisé des couleurs du prisme
couronna les bords du vase, encadrant le tableau
qui s'ébauchait déjà sous le nuage blanchâtre.

Le brouillard se dissipa. — Une jeune femme en peignoir de dentelles, aux yeux vert de mer, aux cheveux d'or crépelés, laissant errer comme des papillons blancs ses belles mains distraites sur l'ivoire du clavier, se dessina ainsi que sous une glace au fond de l'eau redevenue transparente, avec une perfection si merveilleuse qu'elle eût fait mourir tous les peintres de désespoir : — c'était Prascovie Labinska, qui sans le savoir, obéissait à l'évocation passionnée du comte.

« Et maintenant passons à quelque chose de plus curieux », dit le docteur en prenant la main du comte et en la posant sur une des tiges de fer du baquet mesmérique. Olaf n'eut pas plutôt touché le métal chargé d'un magnétisme fulgurant, qu'il tomba comme foudroyé.

Le docteur le prit dans ses bras, l'enleva comme une plume, le posa sur un divan, sonna, et dit au domestique qui parut au seuil de la porte :

« Allez chercher M. Octave de Saville. »

VI

Le roulement d'un coupé se fit entendre dans la cour silencieuse de l'hôtel, et presque aussitôt Octave se présenta devant le docteur ; il resta stupéfait lorsque M. Cherbonneau lui montra le comte Olaf Labinski étendu sur un divan avec les apparences de la mort. Il crut d'abord à un assassinat et resta quelques instants muet d'horreur ; mais, après un examen plus attentif, il s'aperçut qu'une respiration presque imperceptible abaissait et soulevait la poitrine du jeune dormeur.

« Voilà, dit le docteur, votre déguisement tout préparé ; il est un peu plus difficile à mettre qu'un domino loué chez Babin ; mais Roméo, en montant au balcon de Vérone, ne s'inquiète pas du danger qu'il y a de se casser le cou ; il sait que Juliette l'attend là-haut dans la chambre sous ses voiles de nuit ; et la comtesse Prascovie Labinska vaut bien la fille des Capulets. »

Octave, troublé par l'étrangeté de la situation, ne répondait rien ; il regardait toujours le comte, dont la tête légèrement rejetée en arrière posait sur un coussin, et qui ressemblait à ces effigies de chevaliers couchés au-dessus de leurs tombeaux dans les cloîtres gothiques, ayant sous leur nuque roidie un oreiller de marbre sculpté. Cette belle et noble figure qu'il allait déposséder de son âme lui inspirait malgré lui quelques remords.

Le docteur prit la rêverie d'Octave pour de l'hésitation : un vague sourire de dédain erra sur le pli de ses lèvres, et lui dit :

« Si vous n'êtes pas décidé, je puis réveiller le comte, qui s'en retournera comme il est venu, émerveillé de mon pouvoir magnétique ; mais, pensez-y bien, une telle occasion peut ne jamais se retrouver. Pourtant, quelque intérêt que je porte à votre amour, quelque désir que j'aie de faire une expérience qui n'a jamais été tentée en Europe, je ne dois pas vous cacher que cet échange d'âmes a ses périls. Frappez votre poitrine, interrogez votre cœur. — Risquez-vous franchement votre vie sur cette carte suprême ? L'amour est fort comme la mort, dit la Bible.

— Je suis prêt, répondit simplement Octave.

— Bien, jeune homme, s'écria le docteur en frottant ses mains brunes et sèches avec une rapidité extraordinaire, comme s'il eût voulu allumer du feu à la manière des sauvages. — Cette passion qui ne recule devant rien me plaît. Il n'y a que deux choses au monde : la passion et la volonté. Si vous n'êtes pas heureux, ce ne sera certes pas de ma faute. Ah ! mon vieux Brahma-Logum, tu vas voir du fond du ciel d'Indra où les apsaras t'entourent de leurs chœurs voluptueux, si j'ai oublié la formule irrésistible que tu m'as râlée à l'oreille en abandonnant ta carcasse momifiée. Les mots et les gestes, j'ai tout retenu. — A l'œuvre ! à l'œuvre ! Nous allons faire dans notre chaudron une étrange cuisine, comme les sorcières de Macbeth, mais sans l'ignoble sorcellerie

du Nord. — Placez-vous devant moi, assis dans ce
fauteuil ; abandonnez-vous en toute confiance à
mon pouvoir. Bien ! les yeux sur les yeux, les
mains contre les mains. — Déjà le charme agit.
Les notions de temps et d'espace se perdent,
la conscience du moi s'efface, les paupières
s'abaissent ; les muscles, ne recevant plus
d'ordres du cerveau, se détendent ; la pensée
s'assoupit, tous les fils délicats qui retiennent
l'âme au corps sont dénoués. Brahma, dans l'œuf
d'or où il rêva dix mille ans, n'était pas plus
séparé des choses extérieures ; saturons-le
d'effluves, baignons-le de rayons. »

Le docteur, tout en marmottant ces phrases
entrecoupées, ne discontinuait pas un seul instant
ses passes : de ses mains tendues jaillissaient des
jets lumineux qui allaient frapper le front ou le
cœur du patient, autour duquel se formait peu à
peu une sorte d'atmosphère visible, phosphores-
cente comme une auréole.

« Très bien ! fit M. Balthazar Cherbonneau,
s'applaudissant lui-même de son ouvrage. Le
voilà comme je le veux. Voyons, voyons, qu'est-ce
qui résiste encore par là ? s'écria-t-il après une
pause, comme s'il lisait à travers le crâne
d'Octave le dernier effort de la personnalité près
de s'anéantir. Quelle est cette idée mutine qui,
chassée des circonvolutions de la cervelle, tâche
de se soustraire à mon influence en se peloton-
nant sur la monade primitive, sur le point central
de la vie ? Je saurai bien la rattraper et la mater. »

Pour vaincre cette involontaire rébellion, le
docteur rechargea plus puissamment encore la
batterie magnétique de son regard, et atteignit la
pensée en révolte entre la base du cervelet et
l'insertion de la moelle épinière, le sanctuaire le
plus caché, le tabernacle le plus mystérieux de
l'âme. Son triomphe était complet.

Alors il se prépara avec une solennité majestueuse à l'expérience inouïe qu'il allait tenter ; il
se revêtit comme un mage d'une robe de lin, il

lava ses mains dans une eau parfumée, il tira de
diverses boîtes des poudres dont il se fit aux joues
et au front des tatouages hiératiques ; il ceignit
son bras du cordon des brahmes, lut deux ou trois
Slocas des poèmes sacrés, et n'omit aucun des
rites minutieux recommandés par le sannyâsi des
grottes d'Éléphanta.

Ces cérémonies terminées, il ouvrit toutes
grandes les bouches de chaleur, et bientôt la salle
fut remplie d'une atmosphère embrasée qui eût
fait se pâmer les tigres dans les jungles, se craque-
ler leur cuirasse de vase sur le cuir rugueux des
buffles, et s'épanouir avec une détonation la large
fleur de l'aloès.

« Il ne faut pas que ces deux étincelles du feu
divin, qui vont se trouver nues tout à l'heure et
dépouillées pendant quelques secondes de leur
enveloppe mortelle, pâlissent ou s'éteignent dans
notre air glacial », dit le docteur en regardant le
thermomètre, qui marquait alors 120 degrés Fah-
renheit.

Le docteur Balthazar Cherbonneau, entre ces
deux corps inertes, avait l'air, dans ses blancs
vêtements, du sacrificateur d'une de ces religions
sanguinaires qui jetaient des cadavres d'hommes
sur l'autel de leurs dieux. Il rappelait ce prêtre de
Vitziliputzili, la farouche idole mexicaine dont
parle Henri Heine dans une de ses ballades, mais
ses intentions étaient à coup sûr plus pacifiques.

Il s'approcha du comte Olaf Labinski toujours
immobile, et prononça l'ineffable syllabe, qu'il
alla rapidement répéter sur Octave profondément
endormi. La figure ordinairement bizarre de
M. Cherbonneau avait pris en ce moment une
majesté singulière ; la grandeur du pouvoir dont
il disposait ennoblissait ses traits désordonnés, et
si quelqu'un l'eût vu accomplissant ces rites mystérieux avec une gravité sacerdotale, il n'eût pas
reconnu en lui le docteur hoffmannique qui appelait, en le défiant, le crayon de la caricature.

Il se passa alors des choses bien étranges :

Octave de Saville et le comte Olaf Labinski parurent agités simultanément comme d'une convulsion d'agonie, leur visage se décomposa, une légère écume leur monta aux lèvres ; la pâleur de la mort décolora leur peau ; cependant deux petites lueurs bleuâtres et tremblotantes scintillaient incertaines au-dessus de leurs têtes.

A un geste fulgurant du docteur qui semblait leur tracer leur route dans l'air, les deux points phosphoriques se mirent en mouvement, et, laissant derrière eux un sillage de lumière, se rendirent à leur demeure nouvelle : l'âme d'Octave occupa le corps du comte Labinski, l'âme du comte celui d'Octave ; l'avatar était accompli.

Une légère rougeur des pommettes indiquait que la vie venait de rentrer dans ces argiles humaines restées sans âme pendant quelques secondes, et dont l'Ange noir eût fait sa proie sans la puissance du docteur.

La joie du triomphe faisait flamboyer les prunelles bleues de Cherbonneau, qui se disait en marchant à grands pas dans la chambre : « Que les médecins les plus vantés en fassent autant, eux si fiers de raccommoder tant bien que mal l'horloge humaine lorsqu'elle se détraque : Hippocrate, Galien, Paracelse, Van Helmont, Boerhaave, Tronchin, Hahnemann, Rasori, le moindre fakir indien, accroupi sur l'escalier d'une pagode, en sait mille fois plus long que vous ! Qu'importe le cadavre quand on commande à l'esprit ! »

En finissant sa période, le docteur Balthazar Cherbonneau fit plusieurs cabrioles d'exultation, et dansa comme les montagnes dans le Sir-Hasirim du roi Salomon ; il faillit même tomber sur le nez, s'étant pris le pied aux plis de sa robe brahminique, petit accident qui le rappela à lui-même et lui rendit tout son sang-froid.

« Réveillons nos dormeurs », dit M. Cherbonneau après avoir essuyé les raies de poudre colorées dont il s'était strié la figure et dépouillé son costume de brahme, — et, se plaçant devant le

corps du comte Labinski habité par l'âme
d'Octave, il fit les passes nécessaires pour le tirer
de l'état somnambulique, secouant à chaque geste
ses doigts chargés du fluide qu'il enlevait.

Au bout de quelques minutes, Octave-Labinski
(désormais nous le désignerons de la sorte pour la
clarté du récit) se redressa sur son séant, passa ses
mains sur ses yeux et promena autour de lui un
regard étonné que la conscience du moi n'illuminait pas encore. Quand la perception nette des
objets lui fut revenue, la première chose qu'il
aperçut, ce fut sa forme placée en dehors de lui
sur un divan. Il se voyait ! non pas réfléchi par un
miroir, mais en réalité. Il poussa un cri, — ce cri
ne résonna pas avec le timbre de sa voix et lui
causa une sorte d'épouvante ; — l'échange d'âmes
ayant eu lieu pendant le sommeil magnétique, il
n'en avait pas gardé mémoire et éprouvait un
malaise singulier. Sa pensée, servie par de nouveaux organes, était comme un ouvrier à qui l'on
a retiré ses outils habituels pour lui en donner
d'autres. Psyché dépaysée battait de ses ailes
inquiètes la voûte de ce crâne inconnu, et se
perdait dans les méandres de cette cervelle où
restaient encore quelques traces d'idées étran-
gères.

« Eh bien, dit le docteur lorsqu'il eut suffisamment joui de la surprise d'Octave-Labinski, que
vous semble de votre nouvelle habitation ? Votre
âme se trouve-t-elle bien installée dans le corps de
ce charmant cavalier, hetman, hospodar ou
magnat, mari de la plus belle femme du monde ?
Vous n'avez plus envie de vous laisser mourir
comme c'était votre projet la première fois que je
vous ai vu dans votre triste appartement de la rue
Saint-Lazare, maintenant que les portes de l'hôtel
Labinski vous sont toutes grandes ouvertes et que
vous n'avez plus peur que Prascovie ne vous
mette la main devant la bouche, comme à la villa
Salviati, lorsque vous voudrez lui parler
d'amour ! Vous voyez bien que le vieux Balthazar

Cherbonneau, avec sa figure de macaque, qu'il ne
tiendrait qu'à lui de changer pour une autre,
possède encore dans son sac à malices d'assez
bonnes recettes.

— Docteur, répondit Octave-Labinski, vous
avez le pouvoir d'un Dieu, ou, tout au moins, d'un
démon.

— Oh ! oh ! n'ayez pas peur, il n'y a pas la
moindre diablerie là-dedans. Votre salut ne péri-
clite pas : je ne vais pas vous faire signer un pacte
avec un parafe rouge. Rien n'est plus simple que
ce qui vient de se passer. Le Verbe qui a créé la
lumière peut bien déplacer une âme. Si les
hommes voulaient écouter Dieu à travers le
temps et l'infini, ils en feraient, ma foi, bien
d'autres.

— Par quelle reconnaissance, par quel dévouement reconnaître cet inestimable service ?

— Vous ne me devez rien ; vous m'intéressiez,
et pour un vieux Lascar comme moi, tanné à tous
les soleils, bronzé à tous les événements, une
émotion est une chose rare. Vous m'avez révélé
l'amour, et vous savez que nous autres rêveurs un
peu alchimistes, un peu magiciens, un peu philo-
sophes, nous cherchons tous plus ou moins
l'absolu. Mais levez-vous donc, remuez-vous,
marchez, et voyez si votre peau neuve ne vous
gêne pas aux entournures. »

Octave-Labinski obéit au docteur et fit quelques tours par la chambre ; il était déjà moins
embarrassé ; quoique habité par une autre âme,
le corps du comte conservait l'impulsion de ses
anciennes habitudes, et l'hôte récent se confia à
ces souvenirs physiques, car il lui importait de
prendre la démarche, l'allure, le geste du propriétaire expulsé.

« Si je n'avais opéré moi-même tout à l'heure le
déménagement de vos âmes, je croirais, dit en
riant le docteur Balthazar Cherbonneau, qu'il ne
s'est rien passé que d'ordinaire pendant cette
soirée, et je vous prendrais pour le véritable,

légitime et authentique comte lithuanien Olaf Labinski, dont le moi sommeille encore là-bas dans la chrysalide que vous avez dédaigneusement laissée. Mais minuit va sonner bientôt ; partez pour que Prascovie ne vous gronde pas et ne vous accuse pas de lui préférer le lansquenet ou le baccarat. Il ne faut pas commencer votre vie d'époux par une querelle, ce serait de mauvais augure. Pendant ce temps, je m'occuperai de réveiller votre ancienne enveloppe avec toutes les précautions et les égards qu'elle mérite. »

Reconnaissant la justesse des observations du docteur, Octave-Labinski se hâta de sortir. Au bas du perron piaffaient d'impatience les magnifiques chevaux bais du comte, qui, en mâchant leurs mors, avaient devant eux couvert le pavé d'écume. — Au bruit de pas du jeune homme, un superbe chasseur vert, de la race perdue des heiduques, se précipita vers le marchepied, qu'il abattit avec fracas. Octave, qui s'était d'abord dirigé machinalement vers son modeste brougham, s'installa dans le haut et splendide coupé, et dit au chasseur, qui jeta le mot au cocher : « A l'hôtel ! » La portière à peine fermée, les chevaux partirent en faisant des courbettes, et le digne successeur des Almanzor et des Azolan se suspendit aux larges cordons de passementerie avec une prestesse que n'aurait pas laissé supposer sa grande taille.

Pour des chevaux de cette allure la course n'est pas longue de la rue du Regard au faubourg Saint-Honoré ; l'espace fut dévoré en quelques minutes, et le cocher cria de sa voix de Stentor : La porte !

Les deux immenses battants, poussés par le suisse, livrèrent passage à la voiture, qui tourna dans une grande cour sablée et vint s'arrêter avec une précision remarquable sous une marquise rayée de blanc et de rose.

La cour, qu'Octave-Labinski détailla avec cette rapidité de vision que l'âme acquiert en certaines occasions solennelles, était vaste, entourée de bâtiments symétriques, éclairée par des lampadaires de bronze dont le gaz dardait ses langues blanches dans des fanaux de cristal semblables à ceux qui ornaient autrefois le Bucentaure, et sentait le palais plus que l'hôtel ; des caisses d'orangers dignes de la terrasse de Versailles étaient posées de distance en distance sur la marge d'asphalte qui encadrait comme une bordure le tapis de sable formant le milieu.

Le pauvre amoureux transformé, en mettant le pied sur le seuil, fut obligé de s'arrêter quelques secondes et de poser sa main sur son cœur pour en comprimer les battements. Il avait bien le corps du comte Olaf Labinski, mais il n'en possédait que l'apparence physique ; toutes les notions que contenait cette cervelle s'étaient enfuies avec l'âme du premier propriétaire, — la maison qui désormais devait être la sienne lui était inconnue, il en ignorait les dispositions intérieures ; — un escalier se présentait devant lui, il le suivit à tout hasard, sauf à mettre son erreur sur le compte d'une distraction.

Les marches de pierre poncée éclataient de blancheur et faisaient ressortir le rouge opulent de la large bande de moquette retenue par des baguettes de cuivre doré qui dessinait au pied son moelleux chemin ; des jardinières remplies des plus belles fleurs exotiques montaient chaque degré avec vous.

Une immense lanterne découpée et fenestrée, suspendue à un gros câble de soie pourpre orné de houppes et de nœuds, faisait courir des frissons d'or sur les murs revêtus d'un stuc blanc et poli comme le marbre, et projetait une masse de lumière sur une répétition de la main de l'auteur, d'un des plus célèbres groupes de Canova, *L'Amour embrassant Psyché*.

Le palier de l'étage unique était pavé de mosaïques d'un précieux travail, et aux parois, des cordes de soie suspendaient quatre tableaux

de Paris Bordone, de Bonifazzio, de Palma le
Vieux et de Paul Véronèse, dont le style archi-
tectural et pompeux s'harmonisait avec la magnificence de l'escalier.

Sur ce palier s'ouvrait une haute porte de serge
relevée de clous dorés ; Octave-Labinski la poussa
et se trouva dans une vaste antichambre où som-
meillaient quelques laquais en grande tenue, qui,
à son approche, se levèrent comme poussés par
des ressorts et se rangèrent le long des murs avec
l'impassibilité d'esclaves orientaux.

Il continua sa route. Un salon blanc et or, où il
n'y avait personne, suivait l'antichambre. Octave
tira une sonnette. Une femme de chambre parut.

« Madame peut-elle me recevoir ?

— Madame la comtesse est en train de se dés-
habiller, mais tout à l'heure elle sera visible. »

VII

Resté seul avec le corps d'Octave de Saville,
habité par l'âme du comte Olaf Labinski, le docteur Balthazar Cherbonneau se mit en devoir de
rendre cette forme inerte à la vie ordinaire. Au
bout de quelques passes, Olaf-de Saville (qu'on
nous permette de réunir ces deux noms pour
désigner un personnage double) sortit comme un
fantôme des limbes du profond sommeil, ou plutôt de la catalepsie qui l'enchaînait, immobile et
roide, sur l'angle du divan ; il se leva avec un
mouvement automatique que la volonté ne dirigeait pas encore, et chancelant sous un vertige
mal dissipé. Les objets vacillaient autour de lui,
les incarnations de Wishnou dansaient la sara-
bande le long des murailles, le docteur Cherbonneau lui apparaissait sous la figure du sannyâsi
d'Éléphanta, agitant ses bras comme des ailerons
d'oiseau et roulant ses prunelles bleues dans des
orbes de rides brunes, pareils à des cercles de
besicles ; — les spectacles étranges auxquels il

avait assisté avant de tomber dans l'anéantissement magnétique réagissaient sur sa raison, et il
ne se reprenait que lentement à la réalité : il était
comme un dormeur réveillé brusquement d'un
cauchemar, qui prend encore pour des spectres
ses vêtements épars sur les meubles, avec de
vagues formes humaines, et pour des yeux flam-
bloyants de cyclope les patères de cuivre des
rideaux, simplement illuminées par le reflet de la
veilleuse.

Peu à peu cette fantasmagorie s'évapora ; tout
revint à son aspect naturel ; M. Balthazar Cherbonneau ne fut plus un pénitent de l'Inde, mais un
simple docteur en médecine, qui adressait à son
client un sourire d'une bonhomie banale.

« Monsieur le comte est-il satisfait des quelques
expériences que j'ai eu l'honneur de faire devant
lui ? disait-il avec un ton d'obséquieuse humilité
où l'on aurait pu démêler une légère nuance d'ironie ; — j'ose espérer qu'il ne regrettera pas trop sa
soirée et qu'il partira convaincu que tout ce qu'on
raconte sur le magnétisme n'est pas fable et jon-
glerie, comme le prétend la science officielle. »

Olaf-de Saville répondit par un signe de tête en
manière d'assentiment, et sortit de l'appartement, accompagné du docteur Cherbonneau, qui
lui faisait de profonds saluts à chaque porte.

Le brougham s'avança en rasant les marches, et
l'âme du mari de la comtesse Labinska y monta
avec le corps d'Octave de Saville sans trop se
rendre compte que ce n'était là ni sa livrée ni sa
voiture.

Le cocher demanda où monsieur allait.

« Chez moi », répondit Olaf-de Saville, confusément étonné de ne pas reconnaître la voix du
chasseur vert qui, ordinairement, lui adressait
cette question avec un accent hongrois des plus
prononcés. Le brougham où il se trouvait était
tapissé de damas bleu foncé ; un satin bouton d'or
capitonnait son coupé, et le comte s'étonnait de
cette différence tout en l'acceptant comme on fait

dans le rêve où les objets habituels se présentent sous des aspects tout autres sans pourtant cesser d'être reconnaissables ; il se sentait aussi plus petit que de coutume ; en outre, il lui semblait être venu en habit chez le docteur, et, sans se souvenir d'avoir changé de vêtement, il se voyait habillé d'un paletot d'été en étoffe légère qui n'avait jamais fait partie de sa garde-robe ; son esprit éprouvait une gêne inconnue, et ses pensées, le matin si lucides, se débrouillaient péniblement. Attribuant cet état singulier aux scènes étranges de la soirée, il ne s'en occupa plus, il appuya sa tête à l'angle de la voiture, et se laissa aller à une rêverie flottante, à une vague somnolence qui n'était ni la veille ni le sommeil.

Le brusque arrêt du cheval et la voix du cocher criant « La porte ! » le rappelèrent à lui ; il baissa la glace, mit la tête dehors et vit à la clarté du réverbère une rue inconnue, une maison qui n'était pas la sienne.

« Où diable me mènes-tu, animal ? s'écria-t-il. Sommes-nous donc faubourg Saint-Honoré, hôtel Labinski ?

— Pardon, monsieur ; je n'avais pas compris », grommela le cocher en faisant prendre à sa bête la direction indiquée.

Pendant le trajet, le comte transfiguré se fit plusieurs questions auxquelles il ne pouvait répondre. Comment sa voiture était-elle partie sans lui, puisqu'il avait donné ordre qu'on l'attendît ? Comment se trouvait-il lui-même dans la voiture d'un autre ? Il supposa qu'un léger mouvement de fièvre troublait la netteté de ses perceptions, ou que peut-être le docteur thaumaturge, pour frapper plus vivement sa crédulité, lui avait fait respirer pendant son sommeil quelque flacon de haschisch ou de toute autre drogue hallucinatrice dont une nuit de repos dissiperait les illusions.

La voiture arriva à l'hôtel Labinski ; le suisse, interpellé, refusa d'ouvrir la porte, disant qu'il n'y avait pas de réception ce soir-là, que monsieur était rentré depuis plus d'une heure et madame retirée dans ses appartements.

« Drôle, es-tu ivre ou fou ? dit Olaf-de Saville en repoussant le colosse qui se dressait gigantesquement sur le seuil de la porte entrebâillée, comme une de ces statues en bronze qui, dans les contes arabes, défendent aux chevaliers errants l'accès des châteaux enchantés.

— Ivre ou fou vous-même, mon petit monsieur, répliqua le suisse, qui, de cramoisi qu'il était naturellement, devint bleu de colère.

— Misérable ! rugit Olaf-de Saville, si je ne me respectais...

— Taisez-vous ou je vais vous casser sur mon genou et jeter vos morceaux sur le trottoir, répliqua le géant en ouvrant une main plus large et plus grande que la colossale main de plâtre exposée chez le gantier de la rue Richelieu ; il ne faut pas faire le méchant avec moi, mon petit jeune homme, parce qu'on a bu une ou deux bouteilles de vin de Champagne de trop. »

Olaf-de Saville, exaspéré, repoussa le suisse si rudement, qu'il pénétra sous le porche. Quelques valets qui n'étaient pas couchés encore accoururent au bruit de l'altercation.

« Je te chasse, bête brute, brigand, scélérat ! je ne veux pas même que tu passes la nuit à l'hôtel ; sauve-toi, ou je te tue comme un chien enragé. Ne me fais pas verser l'ignoble sang d'un laquais. »

Et le comte, dépossédé de son corps, s'élançait les yeux injectés de rouge, l'écume aux lèvres, les poings crispés, vers l'énorme suisse, qui, rassemblant les deux mains de son agresseur dans une des siennes, les y maintint presque écrasées par l'étau de ses gros doigts courts, charnus et noueux comme ceux d'un tortionnaire du Moyen Age.

« Voyons, du calme, disait le géant, assez bonasse au fond, qui ne redoutait plus rien de son adversaire et lui imprimait quelques saccades pour le tenir en respect. — Y a-t-il du bon sens de se mettre dans des états pareils quand on est vêtu en homme du monde, et de venir ensuite comme un perturbateur faire des tapages nocturnes dans les maisons respectables ? On doit des égards au vin, et il doit être fameux celui qui vous a si bien grisé ! c'est pourquoi je ne vous assomme pas, et je me contenterai de vous poser délicatement dans la rue, où la patrouille vous ramassera si vous continuez vos esclandres ; — un petit air de violon vous rafraîchira les idées.

— Infâmes, s'écria Olaf-de Saville en interpellant les laquais, vous laissez insulter par cette abjecte canaille votre maître, le noble comte Labinski ! »

A ce nom, la valetaille poussa d'un commun accord une immense huée ; un éclat de rire énorme, homérique, convulsif, souleva toutes ces poitrines chamarrées de galons : « Ce petit monsieur qui se croit le comte Labinski ! ha ! ha ! hi ! hi ! l'idée est bonne ! »

Une sueur glacée mouilla les tempes d'Olaf-de Saville. Une pensée aiguë lui traversa la cervelle comme une lame d'acier, et il sentit se figer la moelle de ses os. Smarra lui avait-il mis son genou sur la poitrine ou vivait-il de la vie réelle ? Sa raison avait-elle sombré dans l'océan sans fond du magnétisme, ou était-il le jouet de quelque machination diabolique ? — Aucun de ses laquais si tremblants, si soumis, si prosternés devant lui, ne le reconnaissait. Lui avait-on changé son corps comme son vêtement et sa voiture ?

« Pour que vous soyez bien sûr de n'être pas le comte Labinski, dit un des plus insolents de la bande, regardez là-bas, le voilà lui-même qui descend le perron, attiré par le bruit de votre algarade. »

Le captif du suisse tourna les yeux vers le fond de la cour, et vit debout sous l'auvent de la marquise un jeune homme de taille élégante et svelte, à figure ovale, aux yeux noirs, au nez aquilin, à la moustache fine, qui n'était autre que lui-même, ou son spectre modelé par le diable, avec une ressemblance à faire illusion.

Le suisse lâcha les mains qu'il tenait prisonnières. Les valets se rangèrent respectueusement contre la muraille, le regard baissé, les mains pendantes, dans une immobilité absolue, comme les icoglans à l'approche du padischah ; ils rendaient à ce fantôme les honneurs qu'ils refusaient au comte véritable.

L'époux de Prascovie, quoique intrépide comme un Slave, c'est tout dire, ressentit un effroi indicible à l'approche de ce Ménechme, qui, plus terrible que celui du théâtre, se mêlait à la vie positive et rendait son jumeau méconnaissable.

Une ancienne légende de famille lui revint en mémoire et augmenta encore sa terreur. Chaque fois qu'un Labinski devait mourir, il en était averti par l'apparition d'un fantôme absolument pareil à lui. Parmi les nations du Nord, voir son double, même en rêve, a toujours passé pour un présage fatal, et l'intrépide guerrier du Caucase, à l'aspect de cette vision extérieure de son moi, fut saisi d'une insurmontable horreur superstitieuse ; lui qui eût plongé son bras dans la gueule des canons prêts à tirer, il recula devant lui-même.

Octave-Labinski s'avança vers son ancienne forme, où se débattait, s'indignait et frissonnait l'âme du comte, et lui dit d'un ton de politesse hautaine et glaciale :

« Monsieur, cessez de vous compromettre avec ces valets. M. le comte Labinski, si vous voulez lui parler, est visible de midi à deux heures. Madame la comtesse reçoit le jeudi les personnes qui ont eu l'honneur de lui être présentées. »

Cette phrase débitée lentement et en donnant de la valeur à chaque syllabe, le faux comte se retira d'un pas tranquille, et les portes se refermèrent sur lui.

On porta dans la voiture Olaf-de Saville éva-

noui. Lorsqu'il reprit ses sens, il était couché sur
un lit qui n'avait pas la forme du sien, dans une
chambre où il ne se rappelait pas être jamais
entré ; près de lui se tenait un domestique étranger qui lui soulevait la tête et lui faisait respirer
un flacon d'éther.

« Monsieur se sent-il mieux ? demanda Jean au
comte, qu'il prenait pour son maître.

— Oui, répondit Olaf-de Saville ; ce n'était
qu'une faiblesse passagère.

— Puis-je me retirer ou faut-il que je veille,
monsieur ?

— Non, laissez-moi seul ; mais, avant de vous
retirer, allumez les torchères près de la glace.

— Monsieur n'a pas peur que cette vive clarté
ne l'empêche de dormir ?

— Nullement ; d'ailleurs je n'ai pas sommeil
encore.

— Je ne me coucherai pas, et si monsieur a
besoin de quelque chose, j'accourrai au premier
coup de sonnette », dit Jean, intérieurement
alarmé de la pâleur et des traits décomposés du
comte.

Lorsque Jean se fut retiré après avoir allumé les
bougies, le comte s'élança vers la glace, et, dans le
cristal profond et pur où tremblait la scintillation
des lumières, il vit une tête jeune, douce et triste,
aux abondants cheveux noirs, aux prunelles d'un
azur sombre, aux joues pâles, duvetées d'une
barbe soyeuse et brune, une tête qui n'était pas la
sienne, et qui du fond du miroir le regardait avec
un air surpris. Il s'efforça d'abord de croire qu'un
mauvais plaisant encadrait son masque dans la
bordure incrustée de cuivre et de burgau de la
glace à biseaux vénitiens. Il passa la main derrière ; il ne sentit que les planches du parquet ; il
n'y avait personne.

Ses mains, qu'il tâta, étaient plus maigres, plus
longues, plus veinées ; au doigt annulaire saillait
en bosse une grosse bague d'or avec un chaton
d'aventurine sur laquelle un blason était gravé, —

un écu fascé de gueules et d'argent, et pour timbre un tortil de baron. Cet anneau n'avait jamais appartenu au comte, qui portait d'or à l'aigle de sable essorant, becqué, patté et onglé de même ; le tout surmonté de la couronne à perles. Il fouilla ses poches, il y trouva un petit portefeuille contenant des cartes de visite avec ce nom : « Octave de Saville. »

Le rire des laquais à l'hôtel Labinski, l'apparition de son double, la physionomie inconnue substituée à sa réflexion dans le miroir pouvaient être, à la rigueur, les illusions d'un cerveau malade ; mais ces habits différents, cet anneau qu'il ôtait de son doigt, étaient des preuves matérielles, palpables, des témoignages impossibles à récuser. Une métamorphose complète s'était opérée en lui à son insu, un magicien, à coup sûr, un démon peut-être, lui avait volé sa forme, sa noblesse, son nom, toute sa personnalité, en ne lui laissant que son âme sans moyens de la manifester.

Les historiens fantastiques de Pierre Schlemil et de la Nuit de saint Sylvestre lui revinrent en mémoire ; mais les personnages de Lamotte-Fouqué et d'Hoffmann n'avaient perdu, l'un que son ombre, l'autre son reflet ; et si cette privation bizarre d'une projection que tout le monde possède inspirait des soupçons inquiétants, personne du moins ne leur niait qu'ils ne fussent eux-mêmes.

Sa position, à lui, était bien autrement désastreuse : il ne pouvait réclamer son titre de comte Labinski avec la forme dans laquelle il se trouvait emprisonné. Il passerait aux yeux de tout le monde pour un impudent imposteur, ou tout au moins pour un fou. Sa femme même le méconnaîtrait affublé de cette apparence mensongère. — Comment prouver son identité ? Certes, il y avait mille circonstances intimes, mille détails mystérieux inconnus de toute autre personne, qui, rappelés à Prascovie, lui feraient reconnaître l'âme de son mari sous ce déguisement ; mais que vaudrait cette conviction isolée, au cas où il l'obtiendrait, contre l'unanimité de l'opinion ? Il était bien réellement et bien absolument dépossédé de son moi. Autre anxiété : Sa transformation se bornait-elle au changement extérieur de la taille et des traits, ou habitait-il en réalité le corps d'un autre ? En ce cas, qu'avait-on fait du sien ? Un puits de chaux l'avait-il consumé ou était-il devenu la propriété d'un hardi voleur ? Le double aperçu à l'hôtel Labinski pouvait être un spectre, une vision, mais aussi un être physique, vivant, installé dans cette peau que lui aurait dérobée, avec une habileté infernale, ce médecin à figure de fakir.

Une idée affreuse lui mordit le cœur de ses crochets de vipère : « Mais ce comte Labinski fictif, pétri dans ma forme par les mains du démon, ce vampire qui habite maintenant mon hôtel, à qui mes valets obéissent contre moi, peut-être à cette heure met-il son pied fourchu sur le seuil de cette chambre où je n'ai jamais pénétré que le cœur ému comme le premier soir, et Prascovie lui sourit-elle doucement et penche-t-elle avec une rougeur divine sa tête charmante sur cette épaule parafée de la griffe du diable, prenant pour moi cette larve menteuse, ce brucolaque, cette empouse, ce hideux fils de la nuit et de l'enfer. Si je courais à l'hôtel, si j'y mettais le feu pour crier, dans les flammes, à Prascovie : On te trompe, ce n'est pas Olaf ton bien-aimé que tu tiens sur ton cœur ! Tu vas commettre innocemment un crime abominable et dont mon âme désespérée se souviendra encore quand les éternités se seront fatigué les mains à retourner leurs sabliers ! »

Des vagues enflammées affluaient au cerveau du comte, il poussait des cris de rage inarticulés, se mordait les poings, tournait dans la chambre comme une bête fauve. La folie allait submerger l'obscure conscience qu'il lui restait de lui-

même ; il courut à la toilette d'Octave, remplit
une cuvette d'eau et y plongea sa tête, qui sortit
fumante de ce bain glacé.

Le sang-froid lui revint. Il se dit que le temps du
magisme et de la sorcellerie était passé ; que la
mort seule déliait l'âme du corps ; qu'on n'esca-
motait pas de la sorte, au milieu de Paris, un
comte polonais accrédité de plusieurs millions
chez Rothschild, allié aux plus grandes familles,
mari aimé d'une femme à la mode, décoré de
l'ordre de Saint-André de première classe, et que
tout cela n'était sans doute qu'une plaisanterie
d'assez mauvais goût de M. Balthazar Cherbonneau, qui s'expliquerait le plus naturellement du
monde, comme les épouvantails des romans
d'Anne Radcliffe.

Comme il était brisé de fatigue, il se jeta sur le
lit d'Octave et s'endormit d'un sommeil lourd,
opaque, semblable à la mort, qui durait encore
lorsque Jean, croyant son maître éveillé, vint
poser sur la table les lettres et les journaux.

VIII

Le comte ouvrit les yeux, et promena autour de
lui un regard investigateur ; il vit une chambre à
coucher confortable, mais simple ; un tapis
ocellé, imitant la peau de léopard, couvrait le
plancher ; des rideaux de tapisserie, que Jean
venait d'entrouvrir, pendaient aux fenêtres et
masquaient les portes ; les murs étaient tendus
d'un papier velouté vert uni, simulant le drap.
Une pendule formée d'un bloc de marbre noir, au
cadran de platine, surmontée de la statuette en
argent oxydé de la Diande de Gabies, réduite par
Barbedienne, et accompagnée de deux coupes
antiques, aussi en argent, décorait la cheminée en
marbre blanc à veines bleuâtres ; le miroir de
Venise où le comte avait découvert la veille qu'il
ne possédait plus sa figure habituelle, et un por-

trait de femme âgée, peint par Flandrin, sans doute celui de la mère d'Octave, étaient les seuls ornements de cette pièce, un peu triste et sévère ; un divan, un fauteuil à la Voltaire placé près de la cheminée, une table à tiroirs, couverte de papiers et de livres, composaient un ameublement commode, mais qui ne rappelait en rien les somptuosités de l'hôtel Labinski.

« Monsieur se lève-t-il ? » dit Jean de cette voix ménagée qu'il s'était faite pendant la maladie d'Octave, et en présentant au comte la chemise de couleur, le pantalon de flanelle à pied et la gandoura d'Alger, vêtements du matin de son maître. Quoiqu'il répugnât au comte de mettre les habits d'un étranger, à moins de rester nu il lui fallait accepter ceux que lui présentait Jean, et il posa ses pieds sur la peau d'ours soyeuse et noire qui servait de descente de lit.

Sa toilette fut bientôt achevée, et Jean, sans paraître concevoir le moindre doute sur l'identité du faux Octave de Saville qu'il aidait à s'habiller, lui dit : « A quelle heure monsieur désire-t-il déjeuner ?

— A l'heure ordinaire », répondit le comte, qui, afin de ne pas éprouver d'empêchement dans les démarches qu'il comptait faire pour recouvrer sa personnalité, avait résolu d'accepter extérieurement son incompréhensible transformation.

Jean se retira, et Olaf-de Saville ouvrit les deux lettres qui avaient été apportées avec les journaux, espérant y trouver quelques renseignements ; la première contenait des reproches amicaux, et se plaignait de bonnes relations de camaderie interrompues sans motif ; un nom inconnu pour lui la signait. La seconde était du notaire d'Octave, et le pressait de venir toucher un quartier de rente échu depuis longtemps, ou du moins d'assigner un emploi à ses capitaux qui restaient improductifs.

« Ah çà, il paraît, se dit le comte, que l'Octave de Saville dont j'occupe la peau bien contre mon gré existe réellement ; ce n'est point un être fantastique, un personnage d'Achim d'Arnim ou de Clément Brentano ; il a un appartement, des amis, un notaire, des rentes à émarger, tout ce qui constitue l'état civil d'un gentleman. Il me semble bien cependant, que je suis le comte Olaf Labinski. »

Un coup d'œil jeté sur le miroir le convainquit que cette opinion ne serait partagée de personne ; à la pure clarté du jour, aux douteuses lueurs des bougies, le reflet était identique.

En continuant la visite domiciliaire, il ouvrit les tiroirs de la table : dans l'un il trouva des titres de propriété, deux billets de mille francs et cinquante louis, qu'il s'appropria sans scrupule pour les besoins de la campagne qu'il allait commencer, et dans l'autre un portefeuille en cuir de Russie fermé par une serrure à secret.

Jean entra, en annonçant M. Alfred Humbert, qui s'élança dans la chambre avec la familiarité d'un ancien ami, sans attendre que le domestique vînt lui rendre la réponse du maître.

« Bonjour, Octave, dit le nouveau venu, beau jeune homme à l'air cordial et franc ; que fais-tu, que deviens-tu, es-tu mort ou vivant ? On ne te voit nulle part ; on t'écrit, tu ne réponds pas. — Je devrais te bouder, mais, ma foi, je n'ai pas d'amour-propre en affection, et je viens te serrer la main. — Que diable ! on ne peut pas laisser mourir de mélancolie son camarade de collège au fond de cet appartement lugubre comme la cellule de Charles Quint au monastère de Yuste. Tu te figures que tu es malade, tu t'ennuies, voilà tout ; mais je te forcerai à te distraire, et je vais t'emmener d'autorité à un joyeux déjeuner où Gustave Raimbaud enterre sa liberté de garçon. »

En débitant cette tirade d'un ton moitié fâché, moitié comique, il secouait vigoureusement à la manière anglaise la main du comte qu'il avait prise.

« Non, répondit le mari de Prascovie, entrant

dans l'esprit de son rôle, je suis plus souffrant aujourd'hui que d'ordinaire ; je ne me sens pas en train ; je vous attristerais et vous gênerais.

— En effet, tu es bien pâle et tu as l'air fatigué ; à une occasion meilleure ! Je me sauve, car je suis en retard de trois douzaines d'huîtres vertes et d'une bouteille de vin de Sauterne, dit Alfred en se dirigeant vers la porte ; Raimbaud sera fâché de ne pas te voir. »

Cette visite augmenta la tristesse du comte. — Jean le prenait pour son maître. Alfred pour son ami. Une dernière épreuve lui manquait. La porte s'ouvrit ; une dame dont les bandeaux étaient entremêlés de fils d'argent, et qui ressemblait d'une manière frappante au portrait suspendu à la muraille, entra dans la chambre, s'assit sur le divan, et dit au comte :

« Comment vas-tu, mon pauvre Octave ? Jean m'a dit que tu étais rentré tard hier, et dans un état de faiblesse alarmante ; ménage-toi bien, mon cher fils, car tu sais combien je t'aime, malgré le chagrin que me cause cette inexplicable tristesse dont tu n'as jamais voulu me confier le secret.

— Ne craignez rien, ma mère, cela n'a rien de grave, répondit Olaf-de Saville ; je suis beaucoup mieux aujourd'hui. »

Madame de Saville, rassurée, se leva et sortit, ne voulant pas gêner son fils, qu'elle savait ne pas aimer à être troublé longtemps dans sa solitude.

« Me voilà bien définitivement Octave de Saville, s'écria le comte lorsque la vieille dame fut partie ; sa mère me reconnaît et ne devine pas une âme étrangère sous l'épiderme de son fils. Je suis donc à jamais peut-être claquemuré dans cette enveloppe ; quelle étrange prison pour un esprit que le corps d'un autre ! Il est dur pourtant de renoncer à être le comte Olaf Labinski, de perdre son blason, sa femme, sa fortune, et de se voir réduit à une chétive existence bourgeoise. Oh ! je la déchirerai, pour en sortir, cette peau de

Nessus qui s'attache à mon moi, et je ne la rendrai
qu'en pièces à son premier possesseur. Si je
retournais à l'hôtel ? Non ! — Je ferais un scandale inutile, et le suisse me jetterait à la porte, car
je n'ai plus de vigueur dans cette robe de chambre
de malade ; voyons, cherchons, car il faut que je
sache un peu la vie de cet Octave de Saville qui est
moi maintenant. Et il essaya d'ouvrir le portefeuille. Le ressort touché par hasard céda, et le
comte tira, des poches de cuir, d'abord plusieurs
papiers, noircis d'une écriture serrée et fine,
ensuite un carré de vélin ; — sur le carré de vélin
une main peu habile, mais fidèle, avait dessiné,
avec la mémoire du cœur et la ressemblance que
n'atteignent pas toujours les grands artistes, un
portrait au crayon de la comtesse Prascovie
Labinska, qu'il était impossible de ne pas
reconnaître du premier coup d'œil.

Le comte demeura stupéfait de cette découverte. A la surprise succéda un furieux mouvement de jalousie ; comment le portrait de la
comtesse se trouvait-il dans le portefeuille secret
de ce jeune homme inconnu, d'où lui venait-il, qui
l'avait fait, qui l'avait donné ? Cette Prascovie si
religieusement adorée serait-elle descendue de
son ciel d'amour dans une intrigue vulgaire ?
Quelle raillerie infernale l'incarnait, lui, le mari,
dans le corps de l'amant de cette femme,
jusque-là crue si pure ? — Après avoir été l'époux,
il allait être le galant ! Sarcastique métamorphose, renversement de position à devenir fou, il
pourrait se tromper lui-même, être à la fois Cli-
tandre et George Dandin !

Toutes ces idées bourdonnaient tumultueuse-
ment dans son crâne ; il sentait sa raison près de
s'échapper, et il fit, pour reprendre un peu de
calme, un effort suprême de volonté. Sans écouter
Jean qui l'avertissait que le déjeuner était servi, il
continua avec une trépidation nerveuse l'examen
du portefeuille mystérieux.

Les feuillets composaient une espèce de journal

psychologique, abandonné et repris à diverses
époques ; en voici quelques fragments, dévorés
par le comte avec une curiosité anxieuse :

« Jamais elle ne m'aimera, jamais, jamais ! J'ai
lu dans ses yeux si doux ce mot si cruel, que Dante
n'en a pas trouvé de plus dur pour l'inscrire sur
les portes de bronze de la Cité Dolente : « Perdez
tout espoir. » Qu'ai-je fait à Dieu pour être damné
vivant ? Demain, après-demain, toujours, ce sera
la même chose ! Les astres peuvent entrecroiser
leurs orbes, les étoiles en conjonction former des
nœuds, rien dans mon sort ne changera. D'un mot
elle a dissipé le rêve ; d'un geste, brisé l'aile à la
chimère. Les combinaisons fabuleuses des impos-
sibilités ne m'offrent aucune chance ; les chiffres,
rejetés un milliard de fois dans la roue de la
fortune, n'en sortiraient pas, — il n'y a pas de
numéro gagnant pour moi ! »

« Malheureux que je suis ! je sais que le paradis
m'est fermé et je reste stupidement assis au seuil,
le dos appuyé à la porte, qui ne doit pas s'ouvrir,
et je pleure en silence, sans secousses, sans efforts,
comme si mes yeux étaient des sources d'eau vive.
Je n'ai pas le courage de me lever et de m'enfoncer au désert immense ou dans la Babel tumul-
tueuse des hommes. »

« Quelquefois, quand, la nuit, je ne puis dormir,
je pense à Prascovie ; — si je dors, j'en rêve, — oh !
qu'elle était belle ce jour-là, dans le jardin de la
villa Salviati, à Florence ! — Cette robe blanche et
ces rubans noirs, — c'était charmant et funèbre !
Le blanc pour elle, le noir pour moi ! — Quelquefois les rubans, remués par la brise, formaient
une croix sur ce fond d'éclatante blancheur ; un
esprit invisible disait tout bas la messe de mort de
mon cœur. »

« Si quelque catastrophe inouïe mettait sur
mon front la couronne des empereurs et des
califes, si la terre saignait pour moi ses veines
d'or, si les mines de diamant de Golconde et de
Visapour me laissaient fouiller dans leurs

gangues étincelantes, si la lyre de Byron résonnait sous mes doigts, si les plus parfaits chefs-d'œuvre de l'art antique et moderne me prêtaient leurs beautés, si je découvrais un monde, eh bien, je n'en serais pas plus avancé pour cela ! »

« A quoi tient la destinée ! j'avais envie d'aller à Constantinople, je ne l'aurais pas rencontrée ; je reste à Florence, je la vois et je meurs. »

« Je me serais bien tué ; mais elle respire dans cet air où nous vivons, et peut-être ma lèvre avide aspirera-t-elle — ô bonheur ineffable ! — une effluve lointaine de ce souffle embaumé ; et puis l'on assignerait à mon âme coupable une planète d'exil, et je n'aurais pas la chance de me faire aimer d'elle dans l'autre vie. — Être encore séparés là-bas, elle au paradis, moi en enfer : pensée accablante ! »

« Pourquoi faut-il que j'aime précisément la seule femme qui ne peut m'aimer ? D'autres qu'on dit belles, qui étaient libres, me souriaient de leur sourire le plus tendre et semblaient appeler un aveu qui ne venait pas. Oh ! qu'il est heureux lui ! Quelle sublime vie antérieure Dieu récompense-t-il en lui par le don magnifique de cet amour ? »

... Il était inutile d'en lire davantage. Le soupçon que le comte avait pu concevoir à l'aspect du portrait de Prascovie s'était évanoui dès les premières lignes de ces tristes confidences. Il comprit que l'image chérie, recommencée mille fois, avait été caressée loin du modèle avec cette patience infatigable de l'amour malheureux, et que c'était la madone d'une petite chapelle mystique, devant laquelle s'agenouillait l'adoration sans espoir.

« Mais si cet Octave avait fait un pacte avec le diable pour me dérober mon corps et surprendre sous ma forme l'amour de Prascovie ! »

L'invraisemblance, au XIXe siècle, d'une pareille supposition, la fit bientôt abandonner au comte, qu'elle avait cependant étrangement troublé.

Souriant lui-même de sa crédulité, il mangea,

refroidi, le déjeuner servi par Jean, s'habilla et demanda la voiture. Lorsqu'on eut attelé, il se fit conduire chez le docteur Balthazar Cherbonneau ; il traversa ces salles où la veille il était entré s'appelant encore le comte Olaf Labinski, et d'où il était sorti salué par tout le monde du nom d'Octave de Saville. Le docteur était assis, comme à son ordinaire, sur le divan de la pièce du fond, tenant son pied dans sa main, et paraissait plongé dans une méditation profonde.

Au bruit des pas du comte, le docteur releva la tête.

« Ah ! c'est vous, mon cher Octave ; j'allais passer chez vous ; mais c'est bon signe quand le malade vient voir le médecin.

— Toujours Octave ! dit le comte, je crois que j'en deviendrai fou de rage ! » Puis, se croisant les bras, il se plaça devant le docteur, et, le regardant avec une fixité terrible :

« Vous savez bien, monsieur Balthazar Cherbonneau, que je ne suis pas Octave, mais le comte Olaf Labinski, puisque hier soir vous m'avez, ici même, volé ma peau au moyen de vos sorcelleries exotiques. »

A ces mots, le docteur partit d'un énorme éclat de rire, se renversa sur ses coussins, et se mit les poings au côté pour contenir les convulsions de sa gaieté.

« Modérez, docteur, cette joie intempestive dont vous pourriez vous repentir. Je parle sérieusement.

— Tant pis, tant pis ! cela prouve que l'anesthésie et l'hypocondrie pour laquelle je vous soignais se tournent en démence. Il faudra changer le régime, voilà tout.

— Je ne sais à quoi tient, docteur du diable, que je ne vous étrangle de mes mains », cria le comte en s'avançant vers Cherbonneau.

Le docteur sourit de la menace du comte, qu'il toucha du bout d'une petite baguette d'acier. — Olaf-de Saville reçut une commotion terrible et crut qu'il avait le bras cassé.

« Oh ! nous avons les moyens de réduire les malades lorsqu'ils se regimbent, dit-il en laissant tomber sur lui ce regard froid comme une douche, qui dompte les fous et fait s'aplatir les lions sur le ventre. Retournez chez vous, prenez un bain, cette surexcitation se calmera. »

Olaf-de Saville, étourdi par la secousse électrique, sortit de chez le docteur Cherbonneau plus incertain et plus troublé que jamais. Il se fit conduire à Passy chez le docteur B***, pour le consulter.

« Je suis, dit-il au médecin célèbre, en proie à une hallucination bizarre ; lorsque je me regarde dans une glace, ma figure ne m'apparaît pas avec ses traits habituels ; la forme des objets qui m'entourent est changée ; je ne reconnais ni les murs ni les meubles de ma chambre ; il me semble que je suis une autre personne que moi-même.

— Sous quel aspect vous voyez-vous ? demanda le médecin ; l'erreur peut venir des yeux ou du cerveau.

— Je me vois des cheveux noirs, des yeux bleu foncé, un visage pâle encadré de barbe.

— Un signalement de passeport ne serait pas plus exact : il n'y a chez vous ni hallucination intellectuelle, ni perversion de la vue. Vous êtes, en effet, tel que vous dites.

— Mais non ! J'ai réellement les cheveux blonds, les yeux noirs, le teint hâlé et une moustache effilée à la hongroise.

— Ici, répondit le médecin, commence une légère altération des facultés intellectuelles.

— Pourtant, docteur, je ne suis nullement fou.

— Sans doute. Il n'y a que les sages qui viennent chez moi tout seuls. Un peu de fatigue, quelque excès d'étude ou de plaisir aura causé ce trouble. Vous vous trompez ; la vision est réelle, l'idée est chimérique : au lieu d'être un blond qui se voit brun, vous êtes un brun qui se croit blond.

— Pourtant je suis sûr d'être le comte Olaf

Labinski, et tout le monde depuis hier m'appelle Octave de Saville.

— C'est précisément ce que je disais, répondit le docteur. Vous êtes M. de Saville et vous vous imaginez être M. le comte Labinski, que je me souviens d'avoir vu, et qui, en effet, est blond. — Cela explique parfaitement comment vous vous trouvez une autre figure dans le miroir ; cette figure, qui est la vôtre, ne répond point à votre idée intérieure et vous surprend. — Réfléchissez à ceci, que tout le monde vous nomme M. de Saville et par conséquent ne partage pas votre croyance. Venez passer une quinzaine de jours ici : les bains, le repos, les promenades sous les grands arbres dissiperont cette influence fâcheuse. »

Le comte baissa la tête et promit de revenir. Il ne savait plus que croire. Il retourna à l'appartement de la rue Saint-Lazare, et vit par hasard sur la table la carte d'invitation de la comtesse Labinska, qu'Octave avait montrée à M. Cherbonneau.

« Avec ce talisman, s'écria-t-il, demain je pourrai la voir ! »

IX

Lorsque les valets eurent porté à sa voiture le vrai comte Labinski chassé de son paradis terrestre par le faux ange gardien debout sur le seuil, l'Octave transfiguré rentra dans le petit salon blanc et or pour attendre le loisir de la comtesse.

Appuyé contre le marbre blanc de la cheminée dont l'âtre était rempli de fleurs, il se voyait répété au fond de la glace placée en symétrie sur la console à pieds tarabiscotés et dorés. Quoiqu'il fût dans le secret de sa métamorphose, ou, pour parler plus exactement, de sa transposition, il avait peine à se persuader que cette image si différente de la sienne fût le double de sa propre figure, et il ne pouvait détacher ses yeux de ce

fantôme étranger qui était cependant devenu lui.
Il se regardait et voyait un autre. Involontairement il cherchait si le comte Olaf n'était pas
accoudé près de lui à la tablette de la cheminée,
projetant sa réflexion au miroir ; mais il était bien
seul ; le docteur Cherbonneau avait fait les choses
en conscience.

Au bout de quelques minutes, Octave-Labinski
ne songea plus au merveilleux avatar qui avait
fait passer son âme dans le corps de l'époux de
Prascovie ; ses pensées prirent un cours plus
conforme à sa situation. Cet événement
incroyable, en dehors de toutes les possibilités, et
que l'espérance la plus chimérique n'eût pas osé
rêver en son délire, était arrivé ! Il allait se trouver en présence de la belle créature adorée, et elle
ne le repousserait pas ! La seule combinaison qui
pût concilier son bonheur avec l'immaculée vertu
de la comtesse s'était réalisée !

Près de ce moment suprême, son âme éprouvait
des transes et des anxiétés affreuses : les timidités
du véritable amour la faisaient défaillir comme si
elle habitait encore la forme dédaignée d'Octave
de Saville.

L'entrée de la femme de chambre mit fin à ce
tumulte de pensées qui se combattaient. A son
approche il ne put maîtriser un soubresaut nerveux, et tout son sang afflua vers son cœur
lorsqu'elle lui dit :

« Madame la comtesse peut à présent recevoir
monsieur. »

Octave-Labinski suivit la femme de chambre,
car il ne connaissait pas les êtres de l'hôtel, et ne
voulait pas trahir son ignorance par l'incertitude
de sa démarche.

La femme de chambre l'introduisit dans une
pièce assez vaste, un cabinet de toilette orné de
toutes les recherches du luxe le plus délicat. Une
suite d'armoires d'un bois précieux, sculptées par
Knecht et Lienhart, et dont les battants étaient
séparés par des colonnes torses autour desquelles

s'enroulaient en spirales de légères brindilles de convolvulus aux feuilles en cœur et aux fleurs en clochettes découpées avec un art infini, formait une espèce de boiserie architecturale, un portique d'ordre capricieux d'une élégance rare et d'une exécution achevée ; dans ces armoires étaient serrés les robes de velours et de moire, les cachemires, les mantelets, les dentelles, les pelisses de martre-zibeline, de renard bleu, les chapeaux aux mille formes, tout l'attirail de la jolie femme.

En face se répétait le même motif, avec cette différence que les panneaux pleins étaient remplacés par des glaces jouant sur des charnières comme des feuilles de paravent, de façon que l'on pût s'y voir de face, de profil, par-derrière, et juger de l'effet d'un corsage ou d'une coiffure. Sur la troisième face régnait une longue toilette plaquée d'albâtre-onyx, où des robinets d'argent dégorgeaient l'eau chaude et froide dans d'immenses jattes du Japon enchâssées par des découpures circulaires du même métal ; des flacons en cristal de Bohême, qui, aux feux des bougies, étincelaient comme des diamants et des rubis, contenaient les essences et les parfums.

Les murailles et le plafond étaient capitonnés de satin vert d'eau, comme l'intérieur d'un écrin. Un épais tapis de Smyrne, aux teintes moelleusement assorties, ouatait le plancher.

Au milieu de la chambre, sur un socle de velours vert, était posé un grand coffre de forme bizarre, en acier de Khorassan ciselé, niellé et ramagé d'arabesques d'une complication à faire trouver simples les ornements de la salle des Ambassadeurs à l'Alhambra. L'art oriental semblait avoir dit son dernier mot dans ce travail merveilleux, auquel les doigts de fée des Péris avaient dû prendre part. C'était dans ce coffre que la comtesse Prascovie Labinska enfermait ses parures, des joyaux dignes d'une reine, et qu'elle ne mettait que fort rarement, trouvant avec raison qu'ils ne valaient pas la place qu'ils couvraient. Elle était trop belle pour avoir besoin d'être riche : son instinct de femme le lui disait. Aussi ne leur faisait-elle voir les lumières que dans les occasions solennelles où le faste héréditaire de l'antique maison Labinski devait paraître avec toute sa splendeur. Jamais diamants ne furent moins occupés.

Près de la fenêtre, dont les amples rideaux retombaient en plis puissants, devant une toilette à la duchesse, en face d'un miroir que lui penchaient deux anges sculptés par mademoiselle de Fauveau avec cette élégance longue et fluette qui caractérise son talent, illuminée de la lumière blanche de deux torchères à six bougies, se tenait assise la comtesse Prascovie Labinska, radieuse de fraîcheur et de beauté. Un bournous de Tunis d'une finesse idéale, rubané de raies bleues et blanches alternativement opaques et transparentes, l'enveloppait comme un nuage souple ; la légère étoffe avait glissé sur le tissu satiné des épaules et laissait voir la naissance et les attaches d'un col qui eût fait paraître gris le col de neige du cygne. Dans l'interstice des plis bouillonnaient les dentelles d'un peignoir de batiste, parure nocturne que ne retenait aucune ceinture ; les cheveux de la comtesse étaient défaits et s'allongeaient derrière elle en nappes opulentes comme le manteau d'une impératrice. — Certes, les torsades d'or fluide dont la Vénus Aphrodite exprimait des perles, agenouillée dans sa conque de nacre, lorsqu'elle sortit comme une fleur des mers de l'azur ionien, étaient moins blondes, moins épaisses, moins lourdes ! Mêlez l'ambre du Titien et l'argent de Paul Véronèse avec le vernis d'or de Rembrandt ; faites passer le soleil à travers la topaze, et vous n'obtiendrez pas encore le ton merveilleux de cette opulente chevelure, qui semblait envoyer la lumière au lieu de la recevoir, et qui eût mérité mieux que celle de Bérénice de flamboyer, constellation nouvelle, parmi les anciens astres ! Deux femmes la divisaient, la polissaient, la crêpelaient et l'arrangeaient en boucles soigneusement massées pour que le contact de l'oreiller ne la froissât pas.

Pendant cette opération délicate, la comtesse faisait danser au bout de son pied une babouche de velours blanc brodée de canetille d'or, petite à rendre jalouses les khanouns et les odalisques du Padischah. Parfois, rejetant les plis soyeux du bournous, elle découvrait son bras blanc, et repoussait de la main quelques cheveux échappés, avec un mouvement d'une grâce mutine.

Ainsi abandonnée dans sa pose nonchalante, elle rappelait ces sveltes figures de toilettes grecques qui ornent les vases antiques et dont aucun artiste n'a pu retrouver le pur et suave contour, la beauté jeune et légère ; elle était mille fois plus séduisante encore que dans le jardin de la villa Salviati à Florence ; et si Octave n'avait pas été déjà fou d'amour, il le serait infailliblement devenu ; mais, par bonheur, on ne peut rien ajouter à l'infini.

Octave-Labinski sentit à cet aspect, comme s'il eût vu le spectacle le plus terrible, ses genoux s'entrechoquer et se dérober sous lui. Sa bouche se sécha, et l'angoisse lui étreignit la gorge comme la main d'un Thugg ; des flammes rouges tourbillonnèrent autour de ses yeux. Cette beauté le médusait.

Il fit un effort de courage, se disant que ces manières effarées et stupides, convenables à un amant repoussé, seraient parfaitement ridicules de la part d'un mari, quelque épris qu'il pût être encore de sa femme, et il marcha assez résolument vers la comtesse.

« Ah ! c'est vous, Olaf ! comme vous rentrez tard ce soir ! » dit la comtesse sans se retourner, car sa tête était maintenue par les longues nattes que tressaient ses femmes, et la dégageant des plis du bournous, elle lui tendit une de ses belles mains.

Octave-Labinski saisit cette main plus douce et

plus fraîche qu'une fleur, la porta à ses lèvres et y imprima un long, un ardent baiser, — toute son âme se concentrait sur cette petite place.

Nous ne savons quelle délicatesse de sensitive, quel instinct de pudeur divine, quelle intuition irraisonnée du cœur avertit la comtesse : mais un nuage rose couvrit subitement sa figure, son col et ses bras, qui prirent cette teinte dont se colore sur les hautes montagnes la neige vierge surprise par le premier baiser du soleil. Elle tressaillit et dégagea lentement sa main, demi-fâchée, demi-honteuse ; les lèvres d'Octave lui avaient produit comme une impression de fer rouge. Cependant elle se remit bientôt et sourit de son enfantillage.

« Vous ne me répondez pas, cher Olaf ; savez-vous qu'il y a plus de six heures que je ne vous ai vu ; vous me négligez, dit-elle d'un ton de reproche ; autrefois vous ne m'auriez pas abandonnée ainsi toute une longue soirée. Avez-vous pensé à moi seulement ?

— Toujours, répondit Octave-Labinski.

— Oh ! non, pas toujours ; je sens quand vous pensez à moi, même de loin. Ce soir, par exemple, j'étais seule, assise à mon piano, jouant un morceau de Weber et berçant mon ennui de musique ; votre âme a voltigé quelques minutes autour de moi dans le tourbillon sonore des notes ; puis elle s'est envolée je ne sais où sur le dernier accord, et n'est pas revenue. Ne mentez pas, je suis sûre de ce que je dis. »

Prascovie, en effet, ne se trompait pas ; c'était le moment où chez le docteur Balthazar Cherbonneau le comte Olaf Labinski se penchait sur le verre d'eau magique, évoquant une image adorée de toute la force d'une pensée fixe. A dater de là, le comte, submergé dans l'océan sans fond du sommeil magnétique, n'avait plus eu ni idée, ni sentiment, ni volition.

Les femmes, ayant achevé la toilette nocturne de la comtesse, se retirèrent ; Octave-Labinski restait toujours debout, suivant Prascovie d'un regard enflammé. — Gênée et brûlée par ce regard, la comtesse s'enveloppa de son bournous comme la Polymnie de sa draperie. Sa tête seule apparaissait au-dessus des plis blancs et bleus, inquiète, mais charmante.

Bien qu'aucune pénétration humaine n'eût pu deviner le mystérieux déplacement d'âmes opéré par le docteur Cherbonneau au moyen de la formule du sannyâsi Brahma-Logum, Prascovie ne reconnaissait pas, dans les yeux d'Octave-Labinski, l'expression ordinaire des yeux d'Olaf, celle d'un amour pur, calme, égal, éternel comme l'amour des anges ; — une passion terrestre incendiait ce regard, qui la troublait et la faisait rougir. — Elle ne se rendait pas compte de ce qui s'était passé, mais il s'était passé quelque chose. Mille suppositions étranges lui traversèrent la pensée : n'était-elle plus pour Olaf qu'une femme vulgaire, désirée pour sa beauté comme une courtisane ? l'accord sublime de leurs âmes avait-il été rompu par quelque dissonance qu'elle ignorait ? Olaf en aimait-il une autre ? les corruptions de Paris avaient-elles souillé ce chaste cœur ? Elle se posa rapidement ces questions sans pouvoir y répondre d'une manière satisfaisante, et se dit qu'elle était folle ; mais, au fond, elle sentait qu'elle avait raison. Une terreur secrète l'envahissait comme si elle eût été en présence d'un danger inconnu, mais deviné par cette seconde vue de l'âme, à laquelle on a toujours tort de ne pas obéir.

Elle se leva agitée et nerveuse et se dirigea vers la porte de sa chambre à coucher. Le faux comte l'accompagna, un bras sur la taille, comme Othello reconduit Desdémone à chaque sortie dans la pièce de Shakspeare ; mais quand elle fut sur le seuil, elle se retourna, s'arrêta un instant, blanche et froide comme une statue, jeta un coup d'œil effrayé au jeune homme, entra, ferma la porte vivement et poussa le verrou.

« Le regard d'Octave ! » s'écria-t-elle en tombant à demi évanouie sur une causeuse. Quand elle eut repris ses sens, elle se dit : « Mais comment se fait-il que ce regard, dont je n'ai jamais oublié l'expression, étincelle ce soir dans les yeux d'Olaf ? Comment en ai-je vu la flamme sombre et désespérée luire à travers les prunelles de mon mari ? Octave est-il mort ? Est-ce son âme qui a brillé un instant devant moi comme pour me dire adieu avant de quitter cette terre ? Olaf ! Olaf ! si je me suis trompée, si j'ai cédé follement à de vaines terreurs, tu me pardonneras ; mais si je t'avais accueilli ce soir, j'aurais cru me donner à un autre. »

La comtesse s'assura que le verrou était bien poussé, alluma la lampe suspendue au plafond, se blottit dans son lit comme un enfant peureux avec un sentiment d'angoisse indéfinissable, et ne s'endormit que vers le matin ; des rêves incohérents et bizarres tourmentèrent son sommeil agité. — Des yeux ardents — les yeux d'Octave — se fixaient sur elle du fond d'un brouillard et lui lançaient des jets de feu, pendant qu'au pied de son lit une figure noire et sillonnée de rides se tenait accroupie, marmottant des syllabes d'une langue inconnue ; le comte Olaf parut aussi dans ce rêve absurde, mais revêtu d'une forme qui n'était pas la sienne.

Nous n'essayerons pas de peindre le désappointement d'Octave lorsqu'il se trouva en face d'une porte fermée et qu'il entendit le grincement intérieur du verrou. Sa suprême espérance s'écroulait. Eh quoi ! il avait eu recours à des moyens terribles, étranges, il s'était livré à un magicien, peut-être à un démon, en risquant sa vie dans ce monde et son âme dans l'autre pour conquérir une femme qui lui échappait, quoique livrée à lui sans défense par les sorcelleries de l'Inde. Repoussé comme amant, il l'était encore comme mari ; l'invincible pureté de Prascovie déjouait les machinations les plus infernales. Sur le seuil de la chambre à coucher elle lui était

apparue comme un ange blanc de Swedenborg
foudroyant le mauvais esprit.

Il ne pouvait rester toute la nuit dans cette
situation ridicule ; il chercha l'appartement du
comte, et au bout d'une enfilade de pièces il en vit
une où s'élevait un lit aux colonnes d'ébène, aux
rideaux de tapisserie, où parmi les ramages et les
arabesques étaient brodés des blasons. Des pano-
plies d'armes orientales, des cuirasses et des
casques de chevaliers atteints par le reflet d'une
lampe, jetaient des lueurs vagues dans l'ombre ;
un cuir de Bohême gaufré d'or miroitait sur les
murs. Trois ou quatre grands fauteuils sculptés,
un bahut tout historié de figurines complétaient
cet ameublement d'un goût féodal, et qui n'eût
pas été déplacé dans la grande salle d'un manoir
gothique ; ce n'était pas de la part du comte
frivole imitation de la mode, mais pieux souvenir.
Cette chambre reproduisait exactement celle
qu'il habitait chez sa mère, et quoiqu'on l'eût
souvent raillé — sur ce décor de cinquième acte —,
il avait toujours refusé d'en changer le style.

Octave-Labinski, épuisé de fatigues et d'émo-
tions, se jeta sur le lit et s'endormit en maudissant
le docteur Balthazar Cherbonneau. Heureusement, le jour lui apporta des idées plus riantes ; il
se promit de se conduire désormais d'une façon
plus modérée, d'éteindre son regard, et de
prendre les manières d'un mari ; aidé par le valet
de chambre du comte, il fit une toilette sérieuse et
se rendit d'un pas tranquille dans la salle à manger, où madame la comtesse l'attendait pour
déjeuner.

X

Octave-Labinski descendit sur les pas du valet
de chambre, car il ignorait où se trouvait la salle à
manger dans cette maison dont il paraissait le
maître ; la salle à manger était une vaste pièce au

rez-de-chaussée donnant sur la cour, d'un style
noble et sévère, qui tenait à la fois du manoir et de
l'abbaye : — des boiseries de chêne brun d'un ton
chaud et riche, divisées en panneaux et en
compartiments symétriques, montaient jusqu'au
plafond, où des poutres en saillie et sculptées
formaient des caissons hexagones coloriés en bleu
et ornés de légères arabesques d'or ; dans les
panneaux longs de la boiserie, Philippe Rousseau
avait peint les quatre saisons symbolisées, non
pas par des figures mythologiques, mais par des
trophées de nature morte composés de produc-
tions se rapportant à chaque époque de l'année ;
des chasses de Jadin faisaient pendant aux
natures mortes de Ph. Rousseau, et au-dessus de
chaque peinture rayonnait, comme un disque de
bouclier, un immense plat de Bernard Palissy ou
de Léonard de Limoges, de porcelaine du Japon,
de majolique ou de poterie arabe, au vernis irisé
par toutes les couleurs du prisme ; des massacres
de cerfs, des cornes d'aurochs alternaient avec les
faïences, et, aux deux bouts de la salle, de grands
dressoirs, hauts comme des retables d'églises
espagnoles, élevaient leur architecture ouvragée
et sculptée d'ornements à rivaliser avec les plus
beaux ouvrages de Berruguete, de Cornejo Duque
et de Verbruggen ; sur leurs rayons à crémaillère
brillaient confusément l'antique argenterie de la
famille des Labinski, des aiguières aux anses
chimériques, des salières à la vieille mode, des
hanaps, des coupes, des pièces de surtout contournées par la bizarre fantaisie allemande, et dignes
de tenir leur place dans le trésor de la Voûte-Verte
de Dresde. En face des argenteries antiques étincelaient les produits merveilleux de l'orfèvrerie
moderne, les chefs-d'œuvre de Wagner, de
Duponchel, de Rudolphi, de Froment-Meurice ;
thés en vermeil à figurines de Feuchère et de
Vechte, plateaux niellés, seaux à vin de Champagne aux anses de pampre, aux bacchanales en
bas-relief ; réchauds élégants comme des trépieds

de Pompéi : sans parler des cristaux de Bohême, des verreries de Venise, des services en vieux Saxe et en vieux Sèvres.

Des chaises de chêne garnies de maroquin vert étaient rangées le long des murs, et sur la table aux pieds sculptés en serre d'aigle, tombait du plafond une lumière égale et pure tamisée par les verres blancs dépolis garnissant le caisson central laissé vide. — Une transparente guirlande de vigne encadrait ce panneau laiteux de ses feuillages verts.

Sur la table, servie à la russe, les fruits entourés d'un cordon de violettes étaient déjà posés, et les mets attendaient le couteau des convives sous leurs cloches de métal poli, luisantes comme des casques d'émirs ; un samovar de Moscou lançait en sifflant son jet de vapeur ; deux valets, en culotte courte et en cravate blanche, se tenaient immobiles et silencieux derrière les deux fauteuils, placés en face l'un de l'autre, pareils à deux statues de la domesticité.

Octave s'assimila tous ces détails d'un coup d'œil rapide pour n'être pas involontairement préoccupé par la nouveauté d'objets qui auraient dû lui être familiers.

Un glissement léger sur les dalles, un froufrou de taffetas lui fit retourner la tête. C'était la comtesse Prascovie Labinska qui approchait et qui s'assit après lui avoir fait un petit signe amical.

Elle portait un peignoir de soie quadrillée vert et blanc, garni d'une ruche de même étoffe découpée en dents de loup ; ses cheveux massés en épais bandeaux sur les tempes, et roulés à la naissance de la nuque en une torsade d'or semblable à la volute d'un chapiteau ionien, lui composaient une coiffure aussi simple que noble, et à laquelle un statuaire grec n'eût rien voulu changer ; son teint de rose carnée était un peu pâli par l'émotion de la veille et le sommeil agité de la nuit ; une imperceptible auréole nacrée entourait ses yeux ordinairement si calmes et si purs ; elle avait l'air fatigué et languissant, mais, ainsi attendrie, sa beauté n'en était que plus pénétrante, elle prenait quelque chose d'humain ; la déesse se faisait femme ; l'ange, reployant ses ailes, cessait de planer.

Plus prudent cette fois, Octave voila la flamme de ses yeux et masqua sa muette extase d'un air indifférent.

La comtesse allongea son petit pied chaussé d'une pantoufle en peau mordorée, dans la laine soyeuse du tapis-gazon placé sous la table pour neutraliser le froid contact de la mosaïque de marbre blanc et de brocatelle de Vérone qui pavait la salle à manger, fit un léger mouvement d'épaules comme glacée par un dernier frisson de fièvre, et, fixant ses beaux yeux d'un bleu polaire sur le convive qu'elle prenait pour son mari, car le jour avait fait évanouir les pressentiments, les terreurs et les fantômes nocturnes, elle lui dit d'une voix harmonieuse et tendre, pleine de chastes câlineries, une phrase en polonais ! ! ! Avec le comte elle se servait souvent de la chère langue maternelle aux moments de douceur et d'intimité, surtout en présence des domestiques français, à qui cet idiome était inconnu.

Le Parisien Octave savait le latin, l'italien, l'espagnol, quelques mots d'anglais ; mais, comme tous les Gallo-Romains, il ignorait entièrement les langues slaves. — Les chevaux de frise de consonnes qui défendent les rares voyelles du polonais lui en eussent interdit l'approche quand bien même il eût voulu s'y frotter. — A Florence, la comtesse lui avait toujours parlé français ou italien, et la pensée d'apprendre l'idiome dans lequel Mickiewicz a presque égalé Byron ne lui était pas venue. On ne songe jamais à tout.

A l'audition de cette phrase il se passa dans la cervelle du comte, habitée par le *moi* d'Octave, un très singulier phénomène : les sons étrangers au Parisien, suivant les replis d'une oreille slave,

arrivèrent à l'endroit habituel où l'âme d'Olaf les
accueillait pour les traduire en pensées, et y évo-
quèrent une sorte de mémoire physique ; leur
sens apparut confusément à Octave ; des mots
enfouis dans les circonvolutions cérébrales, au
fond des tiroirs secrets du souvenir, se présen-
tèrent en bourdonnant, tout prêts à la réplique ;
mais ces réminiscences vagues, n'étant pas mises
en communication avec l'esprit, se dissipèrent
bientôt, et tout redevint opaque. L'embarras du
pauvre amant était affreux ; il n'avait pas songé à
ces complications en gantant la peau du comte
Olaf Labinski, et il comprit qu'en volant la forme
d'un autre on s'exposait à de rudes déconvenues.

Prascovie, étonnée du silence d'Octave, et
croyant que, distrait par quelque rêverie, il ne
l'avait pas entendue, répéta sa phrase lentement
et d'une voix plus haute.

S'il entendait mieux le son des mots, le faux
comte n'en comprenait pas davantage la significa-
tion ; il faisait des efforts désespérés pour deviner de quoi il pouvait s'agir ; mais pour qui ne les
sait pas, les compactes langues du Nord n'ont
aucune transparence, et si un Français peut soup-
çonner ce que dit une Italienne, il sera comme
sourd en écoutant parler une Polonaise. — Malgré
lui, une rougeur ardente couvrit ses joues ; il se
mordit les lèvres, et, pour se donner une contenance, découpa rageusement le morceau placé
sur son assiette.

« On dirait en vérité, mon cher seigneur, dit la
comtesse, cette fois en français, que vous ne
m'entendez pas, ou que vous ne me comprenez
point...

— En effet, balbutia Octave-Labinski, ne
sachant trop ce qu'il disait... cette diable de
langue est si difficile !

— Difficile ! oui, peut-être pour des étrangers,
mais pour celui qui l'a bégayée sur les genoux de
sa mère, elle jaillit des lèvres comme le souffle de
la vie, comme l'effluve même de la pensée.

— Oui, sans doute, mais il y a des moments où il me semble que je ne la sais plus.

— Que contez-vous là, Olaf ? quoi ! vous l'auriez oubliée, la langue de vos aïeux, la langue de la sainte patrie, la langue qui vous fait reconnaître vos frères parmi les hommes, et, ajouta-t-elle plus bas, la langue dans laquelle vous m'avez dit la première fois que vous m'aimiez !

— L'habitude de me servir d'un autre idiome... hasarda Octave-Labinski à bout de raisons.

— Olaf, répliqua la comtesse d'un ton de reproche, je vois que Paris vous a gâté ; j'avais raison de ne pas vouloir y venir. Qui m'eût dit que lorsque le noble comte Labinski retournerait dans ses terres, il ne saurait plus répondre aux félicitations de ses vassaux ? »

Le charmant visage de Prascovie prit une expression douloureuse ; pour la première fois la tristesse jeta son ombre sur ce front pur comme celui d'un ange ; ce singulier oubli la froissait au plus tendre de l'âme, et lui paraissait presque une trahison.

Le reste du déjeuner se passa silencieusement : Prascovie boudait celui qu'elle prenait pour le comte. Octave était au supplice, car il craignait d'autres questions qu'il eût été forcé de laisser sans réponse.

La comtesse se leva et rentra dans ses appartements.

Octave, resté seul, jouait avec le manche d'un couteau qu'il avait envie de se planter au cœur, car sa position était intolérable : il avait compté sur une surprise, et maintenant il se trouvait engagé dans les méandres sans issue pour lui d'une existence qu'il ne connaissait pas : en prenant son corps au comte Olaf Labinski, il eût fallu lui dérober aussi ses notions antérieures, les langues qu'il possédait, ses souvenirs d'enfance, les mille détails intimes qui composent le *moi* d'un homme, les rapports liant son existence aux autres existences : et pour cela tout le savoir du docteur Balthazar Cherbonneau n'eût pas suffi. Quelle rage ! être dans ce paradis dont il osait à peine regarder le seuil de loin ; habiter sous le même toit que Prascovie, la voir, lui parler, baiser sa belle main avec les lèvres mêmes de son mari, et ne pouvoir tromper sa pudeur céleste, et se trahir à chaque instant par quelque inexplicable stupidité ! « Il était écrit là-haut que Prascovie ne m'aimerait jamais ! Pourtant j'ai fait le plus grand sacrifice auquel puisse descendre l'orgueil humain : j'ai renoncé à mon *moi* et consenti à profiter sous une forme étrangère de caresses destinées à un autre ! »

Il en était là de son monologue quand un groom s'inclina devant lui avec tous les signes du plus profond respect, en lui demandant quel cheval il monterait aujourd'hui...

Voyant qu'il ne répondait pas, le groom se hasarda, tout effrayé d'une telle hardiesse, à murmurer :

« Vultur ou Rustem ? ils ne sont pas sortis depuis huit jours.

— Rustem », répondit Octave-Labinski, comme il eût dit Vultur, mais le dernier nom s'était accroché à son esprit distrait.

Il s'habilla de cheval et partit pour le bois de Boulogne, voulant faire prendre un bain d'air à son exaltation nerveuse.

Rustem, bête magnifique de la race Nedji, qui portait sur son poitrail, dans un sachet oriental de velours brodé d'or, ses titres de noblesse remontant aux premières années de l'hégire, n'avait pas besoin d'être excité. Il semblait comprendre la pensée de celui qui le montait, et dès qu'il eut quitté le pavé et pris la terre, il partit comme une flèche sans qu'Octave lui fît sentir l'éperon. Après deux heures d'une course furieuse, le cavalier et la bête rentrèrent à l'hôtel, l'un calmé, l'autre fumant et les naseaux rouges.

Le comte supposé entra chez la comtesse, qu'il

trouva dans son salon, vêtue d'une robe de taffetas blanc à volants étagés jusqu'à la ceinture, un
nœud de rubans au coin de l'oreille, car c'était
précisément le jeudi, — le jour où elle restait chez
elle et recevait ses visites.

« Eh bien, lui dit-elle avec un gracieux sourire,
car la bouderie ne pouvait rester longtemps sur
ses belles lèvres, avez-vous rattrapé votre
mémoire en courant dans les allées du bois ?

— Mon Dieu, non, ma chère, répondit Octave-
Labinski ; mais il faut que je vous fasse une confidence.

— Ne connais-je pas d'avance toutes vos pensées ? ne sommes-nous plus transparents l'un
pour l'autre ?

— Hier, je suis allé chez ce médecin dont on
parle tant.

— Oui, le docteur Balthazar Cherbonneau, qui
a fait un long séjour aux Indes et a, dit-on, appris
des brahmes une foule de secrets plus merveilleux
les uns que les autres. — Vous vouliez même
m'emmener ; mais je ne suis pas curieuse, — car
je sais que vous m'aimez, et cette science me
suffit.

— Il a fait devant moi des expériences si
étranges, opéré de tels prodiges, que j'en ai
l'esprit troublé encore. Cet homme bizarre, qui
dispose d'un pouvoir irrésistible, m'a plongé dans
un sommeil magnétique si profond, qu'à mon
réveil je ne me suis plus trouvé les mêmes
facultés : j'avais perdu la mémoire de bien des
choses ; le passé flottait dans un brouillard
confus : seul, mon amour pour vous était demeuré
intact.

— Vous avez eu tort, Olaf, de vous soumettre à
l'influence de ce docteur. Dieu, qui a créé l'âme, a
le droit d'y toucher ; mais l'homme, en l'essayant,
commet une action impie, dit d'un ton grave la
comtesse Prascovie Labinska. — J'espère que
vous n'y retournerez plus, et que, lorsque je vous
dirai quelque chose d'aimable — en polonais — ,
vous me comprendrez comme autrefois. »

Octave, pendant sa promenade à cheval, avait imaginé cette excuse de magnétisme pour pallier les bévues qu'il ne pouvait manquer d'entasser dans son existence nouvelle ; mais il n'était pas au bout de ses peines. — Un domestique, ouvrant le battant de la porte, annonça un visiteur.

« M. Octave de Saville. »

Quoiqu'il dût s'attendre un jour ou l'autre à cette rencontre, le véritable Octave pâlit à ces simples mots comme si la trompette du jugement dernier lui eût brusquement éclaté à l'oreille. Il eut besoin de faire appel à tout son courage et de se dire qu'il avait l'avantage de la situation pour ne pas chanceler ; instinctivement il enfonça ses doigts dans le dos d'une causeuse, et réussit ainsi à se maintenir debout avec une apparence ferme et tranquille.

Le comte Olaf, revêtu de l'apparence d'Octave, s'avança vers la comtesse qu'il salua profondément.

« M. le comte Labinski... M. Octave de Saville... » fit la comtesse Labinska en présentant les gentilshommes l'un à l'autre.

Les deux hommes se saluèrent froidement en se lançant des regards fauves à travers le masque de marbre de la politesse mondaine, qui recouvre parfois tant d'atroces passions.

« Vous m'avez tenu rigueur depuis Florence, monsieur Octave, dit la comtesse d'une voix amicale et familière, et j'avais peur de quitter Paris sans vous voir. — Vous étiez plus assidu à la villa Salviati, et vous comptiez alors parmi mes fidèles.

— Madame, répondit d'un ton contraint le faux Octave, j'ai voyagé, j'ai été souffrant, malade même, et, en recevant votre gracieuse invitation, je me suis demandé si j'en profiterais, car il ne faut pas être égoïste et abuser de l'indulgence qu'on veut bien avoir pour un ennuyeux.

— Ennuyé peut-être ; ennuyeux, non, répliqua la comtesse ; vous avez toujours été mélanco-

lique, — mais un de vos poètes ne dit-il pas de la
mélancolie :

> *Après l'oisiveté, c'est le meilleur des maux.*

— C'est un bruit que font courir les gens heureux pour se dispenser de plaindre ceux qui
souffrent », dit Olaf-de Saville.

La comtesse jeta un regard d'une ineffable douceur sur le comte, enfermé dans la forme
d'Octave, comme pour lui demander pardon de
l'amour qu'elle lui avait involontairement ins-
piré.

« Vous me croyez plus frivole que je ne suis ;
toute douleur vraie a ma pitié, et, si je ne puis la
soulager, j'y sais compatir. — Je vous aurais
voulu heureux, cher monsieur Octave ; mais
pourquoi vous êtes-vous cloîtré dans votre tristesse, refusant obstinément la vie qui venait à
vous avec ses bonheurs, ses enchantements et ses
devoirs ? Pourquoi avez-vous refusé l'amitié que
je vous offrais ? »

Ces phrases si simples et si franches impres-
sionnaient diversement les deux auditeurs. —
Octave y entendait la confirmation de la sentence
prononcée au jardin Salviati, par cette belle
bouche que jamais ne souilla le mensonge ; Olaf y
puisait une preuve de plus de l'inaltérable vertu
de la femme, qui ne pouvait succomber que par
un artifice diabolique. Aussi une rage subite
s'empara de lui en voyant son spectre animé par
une autre âme installé dans sa propre maison, et
il s'élança à la gorge du faux comte.

« Voleur, brigand, scélérat, rends-moi ma
peau ! »

A cette action si extraordinaire, la comtesse se
pendit à la sonnette, des laquais emportèrent le
comte.

« Ce pauvre Octave est devenu fou ! », dit Prascovie pendant qu'on emmenait Olaf, qui se débattait vainement.

« Oui, répondit le véritable Octave, fou

d'amour ! Comtesse, vous êtes décidément trop belle ! »

XI

Deux heures après cette scène, le faux comte reçut du vrai une lettre fermée avec le cachet d'Octave de Saville, — le malheureux dépossédé n'en avait pas d'autres à sa disposition. Cela produisit un effet bizarre à l'usurpateur de l'entité d'Olaf Labinski de décacheter une missive scellée de ses armes, mais tout devait être singulier dans cette position anormale.

La lettre contenait les lignes suivantes, tracées d'une main contrainte et d'une écriture qui semblait contrefaite, car Olaf n'avait pas l'habitude d'écrire avec les doigts d'Octave :

« Lue par tout autre que par vous, cette lettre paraîtrait datée des Petites-Maisons, mais vous me comprendrez. Un concours inexplicable de circonstances fatales, qui ne se sont peut-être jamais produites depuis que la terre tourne autour du soleil, me force à une action que nul homme n'a faite. Je m'écris à moi-même et mets sur cette adresse un nom qui est le mien, un nom que vous m'avez volé avec ma personne. De quelles machinations ténébreuses suis-je victime, dans quel cercle d'illusions infernales ai-je mis le pied, je l'ignore ; — vous le savez, sans doute. Ce secret, si vous n'êtes point un lâche, le canon de mon pistolet ou la pointe de mon épée vous le demandera sur un terrain où tout homme honorable ou infâme répond aux questions qu'on lui pose ; il faut que demain l'un de nous ait cessé de voir la lumière du ciel. Ce large univers est maintenant trop étroit pour nous deux : — je tuerai mon corps habité par votre esprit imposteur ou vous tuerez le vôtre, où mon âme s'indigne d'être emprisonnée. — N'essayez pas de me faire passer pour fou, — j'aurai le courage d'être raisonnable, et, partout où je vous rencontrerai, je vous insulterai avec une politesse de gentilhomme, avec un sang-froid de diplomate ; les moustaches de M. le comte Olaf Labinski peuvent déplaire à M. Octave de Saville, et tous les jours on se marche sur le pied à la sortie de l'Opéra, mais j'espère que mes phrases, bien qu'obscures, n'auront aucune ambiguïté pour vous, et que mes témoins s'entendront parfaitement avec les vôtres pour l'heure, le lieu et les conditions du combat. »

Cette lettre jeta Octave dans une grande perplexité. Il ne pouvait refuser le cartel du comte, et cependant il lui répugnait de se battre avec lui-même, car il avait gardé pour son ancienne enveloppe une certaine tendresse. L'idée d'être obligé à ce combat par quelque outrage éclatant le fit se décider pour l'acceptation, quoique, à la rigueur, il pût mettre à son adversaire la camisole de force de la folie et lui arrêter ainsi le bras, mais ce moyen violent répugnait à sa délicatesse. Si, entraîné par une passion inéluctable, il avait commis un acte répréhensible et caché l'amant sous le masque de l'époux pour triompher d'une vertu au-dessus de toutes les séductions, il n'était pas pourtant un homme sans honneur et sans courage ; ce parti extrême, il ne l'avait d'ailleurs pris qu'après trois ans de luttes et de souffrances, au moment où sa vie, consumée par l'amour, allait lui échapper. Il ne connaissait pas le comte ; il n'était pas son ami ; il ne lui devait rien, et il avait profité du moyen hasardeux que lui offrait le docteur Balthazar Cherbonneau.

Où prendre des témoins ? sans doute parmi les amis du comte ; mais Octave, depuis un jour qu'il habitait l'hôtel, n'avait pu se lier avec eux.

Sur la cheminée s'arrondissaient deux coupes de céladon craquelé, dont les anses étaient formées par des dragons d'or. L'une contenait des bagues, des épingles, des cachets et autres menus bijoux ; l'autre des cartes de visite où, sous les couronnes de duc, de marquis, de comte, en gothique, en ronde, en anglaise, étaient inscrits par des graveurs habiles une foule de noms polonais, russes, hongrois, allemands, italiens, espagnols, attestant l'existence voyageuse du comte, qui avait des amis dans tous les pays.

Octave en prit deux au hasard : le comte Zamoieczki et le marquis de Sepulveda. — Il ordonna d'atteler et se fit conduire chez eux. Il les trouva l'un et l'autre. Ils ne parurent pas surpris de la requête de celui qu'ils prenaient pour le comte Olaf Labinski. — Totalement dénués de la sensibilité des témoins bourgeois, ils ne demandèrent pas si l'affaire pouvait s'arranger et gardèrent un silence de bon goût sur le motif de la querelle, en parfaits gentilshommes qu'ils étaient.

De son côté, le comte véritable, ou, si vous l'aimez mieux, le faux Octave, était en proie à un embarras pareil : il se souvint d'Alfred Humbert et de Gustave Raimbaud, au déjeuner duquel il avait refusé d'assister, et il les décida à le servir en cette rencontre. — Les deux jeunes gens marquèrent quelque étonnement de voir engager dans un duel leur ami, qui depuis un an n'avait presque pas quitté sa chambre, et dont ils savaient l'humeur plus pacifique que batailleuse ; mais, lorsqu'il leur eut dit qu'il s'agissait d'un combat à mort pour un motif qui ne devait pas être révélé, ils ne firent plus d'objections et se rendirent à l'hôtel Labinski.

Les conditions furent bientôt réglées. Une pièce d'or jetée en l'air décida de l'arme, les adversaires ayant déclaré que l'épée ou le pistolet leur convenait également. On devait se rendre au bois de Boulogne à six heures du matin dans l'avenue des Poteaux, près de ce toit de chaume soutenu par des piliers rustiques, à cette place libre d'arbres où le sable tassé présente une arène propre à ces sortes de combats.

Losque tout fut convenu, il était près de minuit, et Octave se dirigea vers la porte de l'appartement de Prascovie. Le verrou était tiré comme la veille, et la voix moqueuse de la comtesse lui jeta cette raillerie à travers la porte :

« Revenez quand vous saurez le polonais, je suis trop patriote pour recevoir un étranger chez moi. »

Le matin, le docteur Cherbonneau, qu'Octave avait prévenu, arriva portant une trousse d'instruments de chirurgie et un paquet de bandelettes. — Ils montèrent ensemble en voiture. MM. Zamoieczki et de Sepulveda suivaient dans leur coupé.

« Eh bien, mon cher Octave, dit le docteur, l'aventure tourne donc déjà au tragique ? J'aurais dû laisser dormir le comte dans votre corps une huitaine de jours sur mon divan. J'ai prolongé au-delà de cette limite des sommeils magnétiques. Mais on a beau avoir étudié la sagesse chez les brahmes, les pandits et les sannyâsis de l'Inde, on oublie toujours quelque chose, et il se trouve des imperfections au plan le mieux combiné. Mais comment la comtesse Prascovie a-t-elle accueilli son amoureux de Florence ainsi déguisé ?

— Je crois, répondit Octave, qu'elle m'a reconnu malgré ma métamorphose, ou bien c'est son ange gardien qui lui a soufflé à l'oreille de se méfier de moi ; je l'ai trouvée aussi chaste, aussi froide, aussi pure que la neige du pôle. Sous une forme aimée, son âme exquise devinait sans doute une âme étrangère. — Je vous disais bien que vous ne pouviez rien pour moi ; je suis plus malheureux encore que lorsque vous m'avez fait votre première visite.

— Qui pourrait assigner une borne aux facultés de l'âme, dit le docteur Balthazar Cherbonneau d'un air pensif, surtout lorsqu'elle n'est altérée par aucune pensée terrestre, souillée par aucun limon humain, et se maintient telle qu'elle est sortie des mains du Créateur dans la lumière, la contemplation de l'amour ? — Oui, vous avez raison, elle vous a reconnu ; son angélique pudeur a frissonné sous le regard du désir et, par instinct, s'est voilée de ses ailes blanches. Je vous plains, mon pauvre Octave ! votre mal est en effet irrémédiable. — Si nous étions au Moyen Age, je vous dirais : Entrez dans un cloître.

— J'y ai souvent pensé », répondit Octave.

On était arrivé. — Le coupé du faux Octave stationnait déjà à l'endroit désigné.

Le bois présentait à cette heure matinale un aspect véritablement pittoresque que la fashion lui fait perdre dans la journée : l'on était à ce point de l'été où le soleil n'a pas encore eu le temps d'assombrir le vert du feuillage ; des teintes fraîches, transparentes, lavées par la rosée de la nuit, nuançaient les massifs, et il s'en dégageait un parfum de jeune végétation. Les arbres, à cet endroit, sont particulièrement beaux, soit qu'ils aient rencontré un terrain plus favorable, soit qu'ils survivent seuls d'une plantation ancienne, leurs troncs vigoureux, plaqués de mousse ou satinés d'une écorce d'argent, s'agrafent au sol par des racines noueuses, projettent des branches aux coudes bizarres, et pourraient servir de modèles aux études des peintres et des décorateurs qui vont bien loin en chercher de moins remarquables. Quelques oiseaux que les bruits du jour font taire pépiaient gaiement sous la feuillée ; un lapin furtif traversait en trois bonds le sable de l'allée et courait se cacher dans l'herbe, effrayé du bruit des roues.

Ces poésies de la nature surprise en déshabillé occupaient peu, comme vous le pensez, les deux adversaires et leurs témoins.

La vue du docteur Cherbonneau fit une impression désagréable sur le comte Olaf Labinski ; mais il se remit bien vite.

L'on mesura les épées, l'on assigna les places aux combattants, qui, après avoir mis habit bas, tombèrent en garde pointe contre pointe.

Les témoins crièrent : « Allez ! »

Dans tout duel, quel que soit l'acharnement des adversaires, il y a un moment d'immobilité solennelle ; chaque combattant étudie son ennemi en silence et fait son plan, méditant l'attaque et se préparant à la riposte ; puis les épées se cherchent, s'agacent, se tâtent pour ainsi dire sans se quitter : cela dure quelques secondes, qui paraissent des minutes, des heures, à l'anxiété des assistants.

Ici, les conditions du duel, en apparence ordinaires pour les spectateurs, étaient si étranges pour les combattants, qu'ils restèrent ainsi en garde plus longtemps que de coutume. En effet, chacun avait devant soi son propre corps et devait enfoncer l'acier dans une chair qui lui appartenait encore la veille. — Le combat se compliquait d'une sorte de suicide non prévue, et, quoique braves tous deux, Octave et le comte éprouvaient une instinctive horreur à se trouver l'épée à la main en face de leurs fantômes et prêts à fondre sur eux-mêmes.

Les témoins impatientés allaient crier encore une fois : « Messieurs, mais allez donc ! » lorsque les fers se froissèrent enfin sur leurs carres.

Quelques attaques furent parées avec prestesse de part et d'autre.

Le comte, grâce à son éducation militaire, était un habile tireur ; il avait moucheté le plastron des maîtres les plus célèbres ; mais, s'il possédait toujours la théorie, il n'avait plus pour l'exécution ce bras nerveux habitué à tailler des croupières aux Mourides de Schamyl ; c'était le faible poignet d'Octave qui tenait son épée.

Au contraire, Octave, dans le corps du comte, se trouvait une vigueur inconnue, et, quoique moins savant, il écartait toujours de sa poitrine le fer qui la cherchait.

Vainement Olaf s'efforçait d'atteindre son adversaire et risquait des bottes hasardeuses. Octave, plus froid et plus ferme, déjouait toutes les feintes.

La colère commençait à s'emparer du comte, dont le jeu devenait nerveux et désordonné. Quitte à rester Octave de Saville, il voulait tuer ce corps imposteur qui pouvait tromper Prascovie, pensée qui le jetait en d'inexprimables rages.

Au risque de se faire transpercer, il essaya un coup droit pour arriver, à travers son propre corps, à l'âme et à la vie de son rival ; mais l'épée d'Octave se lia autour de la sienne avec un mouvement si preste, si sec, si irrésistible, que le fer, arraché de son poing, jaillit en l'air et alla tomber quelques pas plus loin.

La vie d'Olaf était à la discrétion d'Octave : il n'avait qu'à se fendre pour le percer de part en part. — La figure du comte se crispa, non qu'il eût peur de la mort, mais il pensait qu'il allait laisser sa femme à ce voleur de corps, que rien désormais ne pourrait démasquer.

Octave, loin de profiter de son avantage, jeta son épée, et, faisant signe aux témoins de ne pas intervenir, marcha vers le comte stupéfait, qu'il prit par le bras et qu'il entraîna dans l'épaisseur du bois.

« Que me voulez-vous ? dit le comte. Pourquoi ne pas me tuer lorsque vous pouvez le faire ? Pourquoi ne pas continuer le combat, après m'avoir laissé reprendre mon épée, s'il vous répugnait de frapper un homme sans armes ? Vous savez bien que le soleil ne doit pas projeter ensemble nos deux ombres sur le sable, et qu'il faut que la terre absorbe l'un de nous.

— Écoutez-moi patiemment, répondit Octave. Votre bonheur est entre mes mains. Je puis garder toujours ce corps où je loge aujourd'hui et qui vous appartient en propriété légitime : je me plais à le reconnaître maintenant qu'il n'y a pas de témoins près de nous, et que les oiseaux seuls, qui n'iront pas le redire, peuvent nous entendre ; si nous recommençons le duel, je vous tuerai. Le comte Olaf Labinski, que je représente du moins mal que je peux, est plus fort à l'escrime qu'Octave de Saville, dont vous avez maintenant la figure, et que je serai forcé, bien à regret, de supprimer ; et cette mort, quoique non réelle, puisque mon âme y survivrait, désolerait ma mère. »

Le comte, reconnaissant la vérité de ces observations, garda un silence qui ressemblait à une sorte d'acquiescement.

« Jamais, continua Octave, vous ne parviendrez, si je m'y oppose, à vous réintégrer dans votre individualité ; vous voyez à quoi ont abouti vos deux essais. D'autres tentatives vous feraient prendre pour un monomane. Personne ne croira un mot de vos allégations, et, lorsque vous prétendrez être le comte Olaf Labinski, tout le monde vous éclatera de rire au nez, comme vous avez déjà pu vous en convaincre. On vous enfermera, et vous passerez le reste de votre vie à protester, sous les douches, que vous êtes effectivement l'époux de la belle comtesse Prascovie Labinska. Les âmes compatissantes diront en vous entendant : « Ce pauvre Octave ! » Vous serez méconnu comme le Chabert de Balzac, qui voulait prouver qu'il n'était pas mort. »

Cela était si mathématiquement vrai, que le comte abattu laissa tomber sa tête sur sa poitrine.

« Puisque vous êtes pour le moment Octave de Saville, vous avez sans doute fouillé ses tiroirs, feuilleté ses papiers ; et vous n'ignorez pas qu'il nourrit depuis trois ans pour la comtesse Prascovie Labinska un amour éperdu, sans espoir, qu'il a vainement tenté de s'arracher du cœur et qui ne s'en ira qu'avec sa vie, s'il ne le suit pas encore dans la tombe.

— Oui, je le sais, fit le comte en se mordant les lèvres.

— Eh bien, pour parvenir à elle j'ai employé un moyen horrible, effrayant, et qu'une passion délirante pouvait seule risquer ; le docteur Cherbonneau a tenté pour moi une œuvre à faire reculer les thaumaturges de tous les pays et de tous les

siècles. Après nous avoir tous deux plongés dans
le sommeil, il a fait magnétiquement changer nos
âmes d'enveloppe. Miracle inutile ! Je vais vous
rendre votre corps : Prascovie ne m'aime pas !
Dans la forme de l'époux elle a reconnu l'âme de
l'amant ; son regard s'est glacé sur le seuil de la
chambre conjugale comme au jardin de la villa
Salviati. »

Un chagrin si vrai se trahissait dans l'accent
d'Octave, que le comte ajouta foi à ses paroles.

« Je suis un amoureux, ajouta Octave en souriant, et non pas un voleur ; et, puisque le seul
bien que j'aie désiré sur cette terre ne peut
m'appartenir, je ne vois pas pourquoi je garderai
vos titres, vos châteaux, vos terres, votre argent,
vos chevaux, vos armes. — Allons, donnez-moi le
bras, ayons l'air réconciliés, remercions nos
témoins, prenons avec nous le docteur Cherbonneau, et retournons au laboratoire magique d'où
nous sommes sortis transfigurés ; le vieux
brahme saura bien défaire ce qu'il a fait. »

« Messieur, dit Octave, soutenant pour quelques minutes encore le rôle du comte Olaf
Labinski, nous avons échangé, mon adversaire et
moi, des explications confidentielles qui rendent
la continuation du combat inutile. Rien n'éclair-
cit les idées entre honnêtes gens comme de froisser un peu le fer. »

MM. Zamoieczki et Sepulveda remontèrent
dans leur voiture. Alfred Humbert et Gustave
Raimbaud regagnèrent leur coupé. — Le comte
Olaf Labinski, Octave de Saville et le docteur
Balthazar se dirigèrent grand train vers la rue du
Regard.

XII

Pendant le trajet du bois de Boulogne à la rue
du Regard, Octave de Saville dit au docteur Cherbonneau :

« Mon cher docteur, je vais mettre encore une fois votre science à l'épreuve : il faut réintégrer nos âmes chacune dans son domicile habituel. — Cela ne doit pas vous être difficile ; j'espère que M. le comte Labinski ne vous en voudra pas pour lui avoir fait changer un palais contre une chaumière et loger quelques heures sa personnalité brillante dans mon pauvre individu. Vous possédez d'ailleurs une puissance à ne craindre aucune vengeance. »

Après avoir fait un signe d'acquiescement, le docteur Balthazar Cherbonneau dit : « L'opération sera beaucoup plus simple cette fois-ci que l'autre ; les imperceptibles filaments qui retiennent l'âme au corps ont été brisés récemment chez vous et n'ont pas eu le temps de se renouer, et vos volontés ne feront pas cet obstacle qu'oppose au magnétiseur la résistance instinctive du magnétisé. M. le comte pardonnera sans doute à un vieux savant comme moi de n'avoir pu résister au plaisir de pratiquer une expérience pour laquelle on ne trouve pas beaucoup de sujets, puisque cette tentative n'a servi d'ailleurs qu'à confirmer avec éclat une vertu qui pousse la délicatesse jusqu'à la divination, et triomphe là où toute autre eût succombé. Vous regarderez, si vous voulez, comme un rêve bizarre cette transformation passagère, et peut-être plus tard ne serez-vous pas fâché d'avoir éprouvé cette sensation étrange que très peu d'hommes ont connue, celle d'avoir habité deux corps. — La métempsychose n'est pas une doctrine nouvelle ; mais, avant de transmigrer dans une autre existence, les âmes boivent la coupe d'oubli, et tout le monde ne peut pas, comme Pythagore, se souvenir d'avoir assisté à la guerre de Troie.

— Le bienfait de me réinstaller dans mon individualité, répondit poliment le comte, équivaut au désagrément d'en avoir été exproprié, cela soit dit sans aucune mauvaise intention pour M. Octave de Saville que je suis encore et que je vais cesser d'être. »

Octave sourit avec les lèvres du comte Labinski à cette phrase, qui n'arrivait à son adresse qu'à travers une enveloppe étrangère, et le silence s'établit entre ces trois personnages, à qui leur situation anormale rendait toute conversation difficile.

Le pauvre Octave songeait à son espoir évanoui, et ses pensées n'étaient pas, il faut l'avouer, précisément couleur de rose. Comme tous les amants rebutés, il se demandait encore pourquoi il n'était pas aimé, — comme si l'amour avait un pourquoi ! la seule raison qu'on en puisse donner est le *parce que*, réponse logique dans son laconisme entêté, que les femmes opposent à toutes les questions embarrassantes. Cependant il se reconnaissait vaincu et sentait que le ressort de la vie, retendu chez lui un instant par le docteur Cherbonneau, était de nouveau brisé et bruissait dans son cœur comme celui d'une montre qu'on a laissée tomber à terre. Octave n'aurait pas voulu causer à sa mère le chagrin de son suicide, et il cherchait un endroit où s'éteindre silencieusement de son chagrin inconnu sous le nom scientifique d'une maladie plausible. S'il eût été peintre, poète ou musicien, il aurait cristallisé sa douleur en chefs-d'œuvre, et Prascovie vêtue de blanc, couronnée d'étoiles, pareille à la Béatrice de Dante, aurait plané sur son inspiration comme un ange lumineux ; mais, nous l'avons dit en commençant cette histoire, bien qu'instruit et distingué, Octave n'était pas un de ces esprits d'élite qui impriment sur ce monde la trace de leur passage. Ame obscurément sublime, il ne savait qu'aimer et mourir.

La voiture entra dans la cour du vieil hôtel de la rue du Regard, cour au pavé serti d'herbe verte où les pas des visiteurs avaient frayé un chemin et que les hautes murailles grises des constructions inondaient d'ombres froides comme celles qui tombent des arcades d'un cloître : le Silence et l'Immobilité veillaient sur le seuil comme deux statues invisibles pour protéger la méditation du savant.

Octave et le comte descendirent, et le docteur franchit le marchepied d'un pas plus leste qu'on n'aurait pu l'attendre de son âge et sans s'appuyer au bras que le valet de pied lui présentait avec cette politesse que les laquais de grande maison affectent pour les personnes faibles ou âgées.

Dès que les doubles portes se furent refermées sur eux, Olaf et Octave se sentirent enveloppés par cette chaude atmosphère qui rappelait au docteur celle de l'Inde et où seulement il pouvait respirer à l'aise, mais qui suffoquait presque les gens qui n'avaient pas été comme lui torréfiés trente ans aux soleils tropicaux. Les incarnations de Wishnou grimaçaient toujours dans leurs cadres, plus bizarres au jour qu'à la lumière ; Shiva, le dieu bleu, ricanait sur son socle, et Dourga, mordant sa lèvre calleuse de ses dents de sanglier, semblait agiter son chapelet de crânes. Le logis gardait son impression mystérieuse et magique.

Le docteur Balthazar Cherbonneau conduisit ses deux sujets dans la pièce où s'était opérée la première transformation ; il fit tourner le disque de verre de la machine électrique, agita les tiges de fer du baquet mesmérien, ouvrit les bouches de chaleur de façon à faire monter rapidement la température, lut deux ou trois lignes sur des papyrus si anciens qu'ils ressemblaient à de vieilles écorces prêtes à tomber en poussière, et, lorsque quelques minutes furent écoulées, il dit à Octave et au comte :

« Messieurs, je suis à vous ; voulez-vous que nous commencions ? »

Pendant que le docteur se livrait à ces préparatifs, des réflexions inquiétantes passaient par la tête du comte.

« Lorsque je serai endormi, que va faire de mon âme ce vieux magicien à figure de macaque qui pourrait bien être le diable en personne ? — La

restituera-t-il à mon corps ou l'emportera-t-il en
enfer avec lui ? Cet échange qui doit me rendre
mon bien n'est-il qu'un nouveau piège, une
combinaison machiavélique pour quelque sorcellerie dont le but m'échappe ? Pourtant, ma position ne saurait guère empirer. Octave possède
mon corps, et, comme il le disait très bien ce
matin, en le réclamant sous ma figure actuelle je
me ferais enfermer comme fou. S'il avait voulu se
débarrasser définitivement de moi, il n'avait qu'à
pousser la pointe de son épée ; j'étais désarmé, à
sa merci ; la justice des hommes n'avait rien à y
voir ; les formes du duel étaient parfaitement
régulières et tout s'était passé selon l'usage. —
Allons ! pensons à Prascovie, et pas de terreur
enfantine ! Essayons du seul moyen qui me reste
de la reconquérir ! »

Et il prit comme Octave la tige de fer que le
docteur Balthazar Cherbonneau lui présentait.

Fulgurés par les conducteurs de métal chargés
à outrance de fluide magnétique, les deux jeunes
gens tombèrent bientôt dans un anéantissement
si profond qu'il eût ressemblé à la mort pour toute
personne non prévenue : le docteur fit les passes,
accomplit les rites, prononça les syllabes comme
la première fois, et bientôt deux petites étincelles
apparurent au-dessus d'Octave et du comte avec
un tremblement lumineux ; le docteur recondui-
sit à sa demeure primitive l'âme du comte Olaf
Labinski, qui suivit d'un vol empressé le geste du
magnétiseur.

Pendant ce temps, l'âme d'Octave s'éloignait
lentement du corps d'Olaf, et, au lieu de rejoindre
le sien, s'élevait, s'élevait comme toute joyeuse
d'être libre, et ne paraissait pas se soucier de
rentrer dans sa prison. Le docteur se sentit pris de
pitié pour cette Psyché qui palpitait des ailes, et se
demanda si c'était un bienfait de la ramener vers
cette vallée de misère. Pendant cette minute
d'hésitation, l'âme montait toujours. Se rappelant son rôle, M. Cherbonneau répéta de l'accent

le plus impérieux l'irrésistible monosyllabe et fit une passe fulgurante de volonté ; la petite lueur tremblotante était déjà hors du cercle d'attraction, et, traversant la vitre supérieure de la croisée, elle disparut.

Le docteur cessa des efforts qu'il savait superflus et réveilla le comte, qui, en se voyant dans un miroir avec ses traits habituels, poussa un cri de joie, jeta un coup d'œil sur le corps toujours immobile d'Octave comme pour se prouver qu'il était bien définitivement débarrassé de cette enveloppe, et s'élança dehors, après avoir salué de la main M. Balthazar Cherbonneau.

Quelques instants après, le roulement sourd d'une voiture sous la voûte se fit entendre, et le docteur Balthazar Cherbonneau resta seul face à face avec le cadavre d'Octave de Saville.

« Par la trompe de Ganésa ! s'écria l'élève du brahme d'Éléphanta lorsque le comte fut parti, voilà une fâcheuse affaire ; j'ai ouvert la porte de la cage, l'oiseau s'est envolé, et le voilà déjà hors de la sphère de ce monde, si loin que le sannyâsi Brahma-Logum lui-même ne le rattraperait pas ; je reste avec un corps sur les bras. Je puis bien le dissoudre dans un bain corrosif si énergique qu'il n'en resterait pas un atome appréciable, ou en faire en quelques heures une momie de Pharaon pareille à celles qu'enferment ces boîtes bariolées d'hiéroglyphes ; mais on commencerait des enquêtes, on fouillerait mon logis, on ouvrirait mes caisses, on me ferait toutes sortes d'interrogatoires ennuyeux... »

Ici, une idée lumineuse traversa l'esprit du docteur ; il saisit une plume et traça rapidement quelques lignes sur une feuille de papier qu'il serra dans le tiroir de sa table.

Le papier contenait ces mots :

« N'ayant ni parents, ni collatéraux, je lègue tous mes biens à M. Octave de Saville, pour qui j'ai une affection particulière, — à la charge de payer un legs de cent mille francs à l'hôpital brahminique de Ceylan, pour les animaux vieux, fatigués ou malades, de servir douze cents francs de rente viagère à mon domestique indien et à mon domestique anglais, et de remettre à la bibliothèque Mazarine le manuscrit des lois de Manou. »

Ce testament fait à un mort par un vivant n'est pas une des choses les moins bizarres de ce conte invraisemblable et pourtant réel ; mais cette singularité va s'expliquer sur-le-champ.

Le docteur toucha le corps d'Octave de Saville, que la chaleur de la vie n'avait pas encore abandonné, regarda dans la glace son visage ridé, tanné et rugueux comme une peau de chagrin, d'un air singulièrement dédaigneux, et faisant sur lui le geste avec lequel on jette un vieil habit lorsque le tailleur vous en apporte un neuf, il murmura la formule du sannyâsi Brahma-Logum.

Aussitôt le corps du docteur Balthazar Cherbonneau roula comme foudroyé sur le tapis, et celui d'Octave de Saville se redressa fort, alerte et vivace.

Octave-Cherbonneau se tint debout quelques minutes devant cette dépouille maigre, osseuse et livide qui, n'étant plus soutenue par l'âme puissante qui la vivifiait tout à l'heure, offrit presque aussitôt les signes de la plus extrême sénilité, et prit rapidement une apparence cadavéreuse.

« Adieu, pauvre lambeau humain, misérable guenille percée au coude, élimée sur toutes les coutures, que j'ai traînée soixante-dix ans dans les cinq parties du monde ! tu m'as fait un assez bon service, et je ne te quitte pas sans quelque regret. On s'habitue l'un et l'autre à vivre si longtemps ensemble ! mais avec cette jeune enveloppe, que ma science aura bientôt rendue robuste, je pourrai étudier, travailler, lire encore quelques mots du grand livre, sans que la mort le ferme au paragraphe le plus intéressant en disant : « C'est assez ! »

Cette oraison funèbre adressée à lui-même, Octave-Cherbonneau sortit d'un pas tranquille pour aller prendre possession de sa nouvelle existence.

Le comte Olaf Labinski était retourné à son hôtel et avait fait demander tout de suite si la comtesse pouvait le recevoir.

Il la trouva assise sur un banc de mousse, dans la serre, dont les panneaux de cristal relevés à demi laissaient passer un air tiède et lumineux, au milieu d'une véritable forêt vierge de plantes exotiques et tropicales ; elle lisait Novalis, un des auteurs les plus subtils, les plus raréfiés, les plus immatériels qu'ait produits le spiritualisme allemand ; la comtesse n'aimait pas les livres qui peignent la vie avec des couleurs réelles et fortes, — et la vie lui paraissait un peu grossière à force d'avoir vécu dans un monde d'élégance, d'amour et de poésie.

Elle jeta son livre et leva lentement les yeux vers le comte. Elle craignait de rencontrer encore dans les prunelles noires de son mari ce regard ardent, orageux, chargé de pensées mystérieuses, qui l'avait si péniblement troublée et qui lui semblait — appréhension folle, idée extravagante — le regard d'un autre !

Dans les yeux d'Olaf éclatait une joie sereine, brûlait d'un feu égal un amour chaste et pur ; l'âme étrangère qui avait changé l'expression de ses traits s'était envolée pour toujours : Prascovie reconnut aussitôt son Olaf adoré, et une rapide rougeur de plaisir nuança ses joues transparentes. — Quoiqu'elle ignorât les transformations opérées par le docteur Cherbonneau, sa délicatesse de sensitive avait pressenti tous ces changements sans pourtant qu'elle s'en rendît compte.

« Que lisiez-vous là, chère Prascovie ? dit Olaf en ramassant sur la mousse le livre relié de maroquin bleu. — Ah ! l'histoire de Henri d'Ofterdingen, — c'est le même volume que je suis allé vous chercher à franc étrier à Mohilev, — un jour que vous aviez manifesté à table le désir de l'avoir. A minuit il était sur votre guéridon, à côté de votre lampe ; mais aussi Ralph en est resté poussif !

— Et je vous ai dit que jamais plus je ne manifesterais la moindre fantaisie devant vous. Vous êtes du caractère de ce grand d'Espagne qui priait sa maîtresse de ne pas regarder les étoiles, puisqu'il ne pouvait les lui donner.

— Si tu en regardais une, répondit le comte, j'essayerais de monter au ciel et de l'aller demander à Dieu. »

Tout en écoutant son mari, la comtesse repoussait une mèche révoltée de ses bandeaux qui scintillait comme une flamme dans un rayon d'or. Ce mouvement avait fait glisser sa manche et mis à nu son beau bras que cerclait au poignet le lézard constellé de turquoises qu'elle portait le jour de cette apparition aux Cascines, si fatale pour Octave.

« Quelle peur, dit le comte, vous a causée jadis ce pauvre petit lézard que j'ai tué d'un coup de badine lorsque, pour la première fois, vous êtes descendue au jardin sur mes instantes prières ! Je le fis mouler en or et orner de quelques pierres ; mais, même à l'état de bijou, il vous semblait toujours effrayant, et ce n'est qu'au bout d'un certain temps que vous vous décidâtes à le porter.

— Oh ! j'y suis habituée tout à fait maintenant, et c'est de mes joyaux celui que je préfère, car il me rappelle un bien cher souvenir.

— Oui, reprit le comte ; ce jour-là, nous convînmes que, le lendemain, je vous ferais demander officiellement en mariage à votre tante. »

La comtesse, qui retrouvait le regard, l'accent du vrai Olaf, se leva, rassurée d'ailleurs par ces détails intimes, lui sourit, lui prit le bras et fit avec lui quelques tours dans la serre, arrachant au passage, de sa main restée libre, quelques fleurs dont elle mordait les pétales de ses lèvres fraîches, comme cette Vénus de Schiavone qui mange des roses.

« Puisque vous avez si bonne mémoire aujourd'hui, dit-elle en jetant la fleur qu'elle coupait de ses dents de perle, vous devez avoir retrouvé l'usage de votre langue maternelle... que vous ne saviez plus hier.

— Oh ! répondit le comte en polonais, c'est celle que mon âme parlera dans le ciel pour te dire que je t'aime, si les âmes gardent au paradis un langage humain. »

Prascovie, tout en marchant, inclina doucement sa tête sur l'épaule d'Olaf.

« Cher cœur, murmura-t-elle, vous voilà tel que je vous aime. Hier vous me faisiez peur, et je vous ai fui comme un étranger. »

Le lendemain, Octave de Saville, animé par l'esprit du vieux docteur, reçut une lettre lisérée de noir, qui le priait d'assister aux service, convoi et enterrement de M. Balthazar Cherbonneau.

Le docteur, revêtu de sa nouvelle apparence, suivit son ancienne dépouille au cimetière, se vit enterrer, écouta d'un air de componction fort bien joué les discours que l'on prononça sur sa fosse, et dans lesquels on déplorait la perte irréparable que venait de faire la science ; puis il retourna rue Saint-Lazare et attendit l'ouverture du testament qu'il avait écrit en sa faveur.

Ce jour-là on lut aux *faits divers* dans les journaux du soir :

M. le docteur Balthazar Cherbonneau, connu par le long séjour qu'il a fait aux Indes, ses connaissances philologiques et ses cures merveilleuses, a été trouvé mort, hier, dans son cabinet de travail. L'examen minutieux du corps éloigne entièrement l'idée d'un crime. M. Cherbonneau a sans doute succombé à des fatigues intellectuelles excessives ou péri dans quelque expérience audacieuse. On dit qu'un testament olographe découvert dans le bureau du docteur lègue à la bibliothèque Mazarine des manuscrits extrêmement précieux, et nomme pour son héritier un jeune homme appartenant à une famille distinguée, M. O. de S. »

JETTATURA

I

Le *Léopold*, superbe bateau à vapeur toscan qui fait le trajet de Marseille à Naples, venait de doubler la pointe de Procida. Les passagers étaient tous sur le pont, guéris du mal de mer par l'aspect de la terre, plus efficace que les bonbons de Malte et autres recettes employées en pareil cas.

Sur le tillac, dans l'enceinte réservée aux premières places, se tenaient des Anglais tâchant de se séparer les uns des autres le plus possible et de tracer autour d'eux un cercle de démarcation infranchissable ; leurs figures splénétiques étaient soigneusement rasées, leurs cravates ne faisaient pas un faux pli, leurs cols de chemises roides et blancs ressemblaient à des angles de papier Bristol ; des gants de peau de Suède tout frais recouvraient leurs mains, et le vernis de lord Elliot miroitait sur leurs chaussures neuves. On eût dit qu'ils sortaient d'un des compartiments de leurs nécessaires ; dans leur tenue correcte, aucun des petits désordres de toilette, conséquence ordinaire du voyage. Il y avait là des lords, des membres de la chambre des Communes, des marchands de la Cité, des tailleurs de Regent's street et des couteliers de Sheffields tous convenables, tous graves, tous immobiles, tous ennuyés. Les femmes ne manquaient pas non plus, car les Anglaises ne sont pas sédentaires comme les

femmes des autres pays, et profitent du plus léger
prétexte pour quitter leur île. Auprès des ladies et
des mistresses, beautés à leur automne, vergetées
des couleurs de la couperose, rayonnaient, sous
leur voile de gaze bleue, de jeunes misses au teint
pétri de crème et de fraises, aux brillantes spirales de cheveux blonds, aux dents longues et
blanches, rappelant les types affectionnés par les
keepsakes et justifiant les gravures d'outre-
Manche du reproche de mensonge qu'on leur
adresse souvent. Ces charmantes personnes
modulaient, chacune de son côté, avec le plus
délicieux accent britannique, la phrase sacramentelle : « *Vedi Napoli e poi mori* », consultaient
leur Guide de voyage ou prenaient note de leurs
impressions sur leur carnet, sans faire la moindre
attention aux œillades à la don Juan de quelques
fats parisiens qui rôdaient autour d'elles, pendant
que les mamans irritées murmuraient à demi-
voix contre l'impropriété française.

Sur la limite du quartier aristocratique se promenaient, fumant des cigares, trois ou quatre
jeunes gens qu'à leur chapeau de paille ou de
feutre gris, à leurs paletots-sacs constellés de
larges boutons de corne, à leur vaste pantalon de
coutil, il était facile de reconnaître pour des
artistes, indication que confirmaient d'ailleurs
leurs moustaches à la Van Dyck, leurs cheveux
bouclés à la Rubens ou coupés en brosse à la Paul
Véronèse ; ils tâchaient, mais dans un tout autre
but que les dandies, de saisir quelques profils de
ces beautés que leur peu de fortune les empêchait
d'approcher de plus près, et cette préoccupation
les distrayait un peu du magnifique panorama
étalé devant leurs yeux.

A la pointe du navire, appuyés au bastingage ou
assis sur des paquets de cordages enroulés,
étaient groupés les pauvres gens des troisièmes
places, achevant les provisions que les nausées
leur avaient fait garder intactes, et n'ayant pas un
regard pour le plus admirable spectacle du

monde, car le sentiment de la nature est le privilège des esprits cultivés, que les nécessités matérielles de la vie n'absorbent pas entièrement.

Il faisait beau ; les vagues bleues se déroulaient
à larges plis, ayant à peine la force d'effacer le
sillage du bâtiment ; la fumée du tuyau, qui formait les nuages de ce ciel splendide, s'en allait
lentement en légers flocons d'ouate, et les palettes
des roues, se démenant dans une poussière dia-
mantée où le soleil suspendait des iris, brassaient
l'eau avec une activité joyeuse, comme si elles
eussent eu la conscience de la proximité du port.

Cette longue ligne de collines qui, de Pausilippe
au Vésuve, dessine le golfe merveilleux au fond
duquel Naples se repose comme une nymphe
marine se séchant sur la rive après le bain,
commençait à prononcer ses ondulations violettes, et se détachait en traits plus fermes de
l'azur éclatant du ciel ; déjà quelques points de
blancheur, piquant le fond plus sombre des terres
trahissaient la présence des villas répandues dans
la campagne. Des voiles de bateaux pêcheurs
rentrant au port glissaient sur le bleu uni comme
des plumes de cygne promenées par la brise, et
montraient l'activité humaine sur la majestueuse
solitude de la mer.

Après quelques tours de roue, le château Saint-
Elme et le couvent Saint-Martin se profilèrent
d'une façon distincte au sommet de la montagne
où Naples s'adosse, par-dessus les dômes des
églises, les terrasses des hôtels, les toits des maisons, les façades des palais, et les verdures des
jardins encore vaguement ébauchés dans une
vapeur lumineuse. — Bientôt le château de l'Œuf,
accroupi sur son écueil lavé d'écume, sembla
s'avancer vers le bateau à vapeur, et le môle avec
son phare s'allongea comme un bras tenant un
flambeau.

A l'extrémité de la baie, le Vésuve, plus rapproché, changea les teintes bleuâtres dont l'éloignement le revêtait pour des tons plus vigoureux et

plus solides ; ses flancs se sillonnèrent de ravines et de coulées de laves refroidies, et de son cône tronqué comme des trous d'une cassolette, sortirent très visiblement de petits jets de fumée blanche qu'un souffle de vent faisait tomber.

On distinguait nettement Chiatamone, Pizzo Falcone, le quai de Santa Lucia, tout bordé d'hôtels, le Palazzo Reale avec ses rangées de balcons, le Palazzo Nuovo flanqué de ses tours à moucharabys, l'Arsenal, et les vaisseaux de toutes nations, entremêlant leurs mâts et leurs espars comme les arbres d'un bois dépouillé de feuilles, lorsque sortit de sa cabine un passager qui ne s'était pas fait voir de toute la traversée, soit que le mal de mer l'eût retenu dans son cadre, soit que par sauvagerie il n'eût pas voulu se mêler au reste des voyageurs, ou bien que ce spectacle, nouveau pour la plupart, lui fût dès longtemps familier et ne lui offrît plus d'intérêt.

C'était un jeune homme de vingt-six à vingt-huit ans, ou du moins auquel on était tenté d'attribuer cet âge au premier abord, car lorsqu'on le regardait avec attention on le trouvait ou plus jeune ou plus vieux, tant sa physionomie énigmatique mélangeait la fraîcheur et la fatigue. Ses cheveux d'un blond obscur tiraient sur cette nuance que les Anglais appellent *auburn*, et s'incendiaient au soleil de reflets cuivrés et métalliques, tandis que dans l'ombre ils paraissaient presque noirs ; son profil offrait des lignes purement accusées, un front dont un phrénologue eût admiré les protubérances, un nez d'une noble courbe aquiline, des lèvres bien coupées, et un menton dont la rondeur puissante faisait penser aux médailles antiques ; et cependant tous ces traits, beaux en eux-mêmes, ne composaient point un ensemble agréable. Il leur manquait cette mystérieuse harmonie qui adoucit les contours et les fond les uns dans les autres. La légende parle d'un peintre italien qui, voulant représenter l'archange rebelle, lui composa un

masque de beautés disparates, et arriva ainsi à un
effet de terreur bien plus grand qu'au moyen des
cornes, des sourcils circonflexes et de la bouche
en rictus. Le visage de l'étranger produisait une
impression de ce genre. Ses yeux surtout étaient
extraordinaires ; les cils noirs qui les bordaient
contrastaient avec la couleur gris pâle des prunelles et le ton châtain brûlé des cheveux. Le peu
d'épaisseur des os du nez les faisait paraître plus
rapprochés que les mesures des principes de dessin ne le permettent, et, quant à leur expression,
elle était vraiment indéfinissable. Lorsqu'ils ne
s'arrêtaient sur rien, une vague mélancolie, une
tendance languissante s'y peignaient dans une
lueur humide ; s'ils se fixaient sur quelque personne ou quelque objet, les sourcils se rapprochaient, se crispaient, et modelaient une ride
perpendiculaire dans la peau du front : les prunelles, de grises devenaient vertes, se tigraient de
points noirs, se striaient de fibrilles jaunes ; le
regard en jaillissait aigu, presque blessant ; puis
tout reprenait sa placidité première, et le personnage à tournure méphistophélique redevenait un
jeune homme du monde — membre du Jockey-
Club, si vous voulez — allant passer la saison à
Naples, et satisfait de mettre le pied sur un pavé
de lave moins mobile que le pont du *Léopold*.

Sa tenue était élégante sans attirer l'œil par
aucun détail voyant : une redingote bleu foncé,
une cravate noire à pois dont le nœud n'avait rien
d'apprêté ni de négligé non plus, un gilet de
même dessin que la cravate, un pantalon gris
clair, tombant sur une botte fine, composaient sa
toilette ; la chaîne qui retenait sa montre était
d'or tout uni, et un cordon de soie plate suspendait son pince-nez ; sa main bien gantée agitait
une petite canne mince en cep de vigne tordu
terminé par un écusson d'argent.

Il fit quelques pas sur le pont, laissant errer
vaguement son regard vers la rive qui se rapprochait et sur laquelle on voyait rouler des voitures,

fourmiller la population et stationner ces groupes d'oisifs pour qui l'arrivée d'une diligence ou d'un bateau à vapeur est un spectacle toujours intéressant et toujours neuf quoiqu'ils l'aient contemplé mille fois.

Déjà se détachait du quai une escadrille de canots, de chaloupes, qui se préparaient à l'assaut du *Léopold*, chargés d'un équipage de garçons d'hôtel, de domestiques de place, de facchini et autres canailles variées habituées à considérer l'étranger comme une proie ; chaque barque faisait force de rames pour arriver la première, et les mariniers échangeaient, selon la coutume, des injures, des vociférations capables d'effrayer des gens peu au fait des mœurs de la basse classe napolitaine.

Le jeune homme aux cheveux *auburn* avait, pour mieux saisir les détails du point de vue qui se déroulait devant lui, posé son lorgnon double sur son nez ; mais son attention, détournée du spectacle sublime de la baie par le concert de criailleries qui s'élevait de la flottille, se concentra sur les canots ; sans doute le bruit l'importunait, car ses sourcils se contractèrent, la ride de son front se creusa, et le gris des prunelles prit une teinte jaune.

Une vague inattendue, venue du large et courant sur la mer, ourlée d'une frange d'écume, passa sous le bateau à vapeur, qu'elle souleva et laissa retomber lourdement, se brisa sur le quai en millions de paillettes, mouilla les promeneurs tout surpris de cette douche subite, et fit, par la violence de son ressac, s'entrechoquer si rudement les embarcations, que trois ou quatre facchini tombèrent à l'eau. L'accident n'était pas grave, car ces drôles nagent tous comme des poissons ou des dieux marins, et quelques secondes après ils reparurent, les cheveux collés aux tempes, crachant l'eau amère par la bouche et les narines, et aussi étonnés, à coup sûr, de ce plongeon, que put l'être Télémaque, fils d'Ulysse, lorsque Minerve, sous la figure du sage Mentor, le lança du haut d'une roche à la mer pour l'arracher à l'amour d'Eucharis.

Derrière le voyageur bizarre, à distance respectueuse, restait debout, auprès d'un entassement de malles, un petit groom, espèce de vieillard de quinze ans, gnome en livrée, ressemblant à ces nains que la patience chinoise élève dans des potiches pour les empêcher de grandir ; sa face plate, où le nez faisait à peine saillie, semblait avoir été comprimée dès l'enfance, et ses yeux à fleur de tête avaient cette douceur que certains naturalistes trouvent à ceux du crapaud. Aucune gibbosité n'arrondissait ses épaules ni ne bombait sa poitrine ; cependant il faisait naître l'idée d'un bossu, quoiqu'on eût vainement cherché sa bosse. En somme, c'était un groom très convenable, qui eût pu se présenter sans entraînement aux races d'Ascott ou aux courses de Chantilly ; tout gentleman-rider l'eût accepté sur sa mauvaise mine. Il était déplaisant, mais irréprochable en son genre, comme son maître.

L'on débarqua ; les porteurs, après des échanges d'injures plus qu'homériques, se divisèrent les étrangers et les bagages, et prirent le chemin des différents hôtels dont Naples est abondamment pourvu.

Le voyageur au lorgnon et son groom se dirigèrent vers l'hôtel de Rome, suivis d'une nombreuse phalange de robustes facchini qui faisaient semblant de suer et de haleter sous le poids d'un carton à chapeau ou d'une légère boîte, dans l'espoir naïf d'un plus large pourboire, tandis que quatre ou cinq de leurs camarades, mettant en relief des muscles aussi puissants que ceux de l'Hercule qu'on admire au Studj, poussaient une charrette à bras où ballottaient deux malles de grandeur médiocre et de pesanteur modérée.

Quand on fut arrivé aux portes de l'hôtel et que le *padron di casa* eut désigné au nouveau survenant l'appartement qu'il devait occuper, les por-

teurs, bien qu'ils eussent reçu environ le triple du
prix de leur course, se livrèrent à des gesticula-
tions effrénées et à des discours où les formules
suppliantes se mêlaient aux menaces dans la pro-
portion la plus comique ; ils parlaient tous à la
fois avec une volubilité effrayante, réclamant un
surcroît de paie, et jurant leurs grands dieux
qu'ils n'avaient pas été suffisamment récompen-
sés de leur fatigue. — Paddy, resté seul pour leur
tenir tête, car son maître, sans s'inquiéter de ce
tapage, avait déjà gravi l'escalier, ressemblait à
un singe entouré par une meute de dogues : il
essaya, pour calmer cet ouragan de bruit, un petit
bout de harangue dans sa langue maternelle,
c'est-à-dire en anglais. La harangue obtint peu de
succès. Alors, fermant les poings et ramenant ses
bras à la hauteur de sa poitrine, il prit une pose de
boxe très correcte, à la grande hilarité des facchini, et, d'un coup droit digne d'Adams ou de
Tom Cribbs et porté au creux de l'estomac, il
envoya le géant de la bande rouler les quatre fers
en l'air sur les dalles de lave du pavé.

Cet exploit mit en fuite la troupe ; le colosse se
releva lourdement, tout brisé de sa chute ; et sans
chercher à tirer vengeance de Paddy, il s'en alla
frottant de sa main, avec force contorsions,
l'empreinte bleuâtre qui commençait à irriser sa
peau, persuadé qu'un démon devait être caché
sous la jaquette de ce macaque, bon tout au plus à
faire de l'équitation sur le dos d'un chien, et qu'il
aurait cru pouvoir renverser d'un souffle.

L'étranger, ayant fait appeler le *padron di casa*,
lui demanda si une lettre à l'adresse de M. Paul
d'Aspremont n'avait pas été remise à l'hôtel de
Rome ; l'hôtelier répondit qu'une lettre portant
cette suscription attendait, en effet, depuis une
semaine, dans le casier des correspondances, et il
s'empressa de l'aller chercher.

La lettre, enfermée dans une épaisse enveloppe
de papier cream-lead azuré et vergé, scellée d'un
cachet de cire aventurine, était écrite de ce caractère penché aux pleins anguleux, aux déliés

cursifs, qui dénote une haute éducation aristocratique, et que possèdent, un peu trop uniformément peut-être, les jeunes Anglaises de bonne famille.

Voici ce que contenait ce pli, ouvert par M. d'Aspremont avec une hâte qui n'avait peut-être pas la seule curiosité pour motif :

« Mon cher monsieur Paul,

« Nous sommes arrivés à Naples depuis deux mois. Pendant le voyage fait à petites journées mon oncle s'est plaint amèrement de la chaleur, des moustiques, du vin, du beurre, des lits ; il jurait qu'il faut être véritablement fou pour quitter un confortable cottage, à quelques milles de Londres, et se promener sur des routes poussiéreuses bordées d'auberges détestables, où d'honnêtes chiens anglais ne voudraient pas passer une nuit ; mais tout en grognant il m'accompagnait, et je l'aurais mené au bout du monde ; il ne se porte pas plus mal et moi je me porte mieux. — Nous sommes installés sur le bord de la mer, dans une maison blanchie à la chaux et enfouie dans une sorte de forêt vierge d'orangers, de citronniers, de myrtes, de lauriers-roses et autres végétations exotiques. — Du haut de la terrasse on jouit d'une vue merveilleuse, et vous y trouverez tous les soirs une tasse de thé ou une limonade à la neige, à votre choix. Mon oncle, que vous avez fasciné, je ne sais pas comment, sera enchanté de vous serrer la main. Est-il nécessaire d'ajouter que votre servante n'en sera pas fâchée non plus, quoique vous lui ayez coupé les doigts avec votre bague, en lui disant adieu sur la jetée de Folkestone ?

« ALICIA W. »

II

Paul d'Aspremont, après s'être fait servir à dîner dans sa chambre, demanda une calèche. Il y en a toujours qui stationnent autour des grands

hôtels, n'attendant que la fantaisie des voyageurs ; le désir de Paul fut donc accompli sur-le-
champ. Les chevaux de louage napolitains sont
maigres à faire paraître Rossinante surchargée
d'embonpoint ; leurs têtes décharnées, leurs côtes
apparentes comme des cercles de tonneaux, leur
échine saillante toujours écorchée, semblent
implorer à titre de bienfait le couteau de l'équar-
risseur, car donner de la nourriture aux animaux
est regardé comme un soin superflu par l'insou-
ciance méridionale ; les harnais, rompus la plupart du temps, ont des suppléments de corde, et
quand le cocher a rassemblé ses guides et fait
clapper sa langue pour décider le départ, on croirait que les chevaux vont s'évanouir et la voiture
se dissiper en fumée comme le carrosse de Cendrillon lorsqu'elle revient du bal passé minuit,
malgré l'ordre de la fée. Il n'en est rien cependant ; les rosses se roidissent sur leurs jambes et,
après quelques titubations, prennent un galop
qu'elles ne quittent plus : le cocher leur commu-
nique son ardeur, et la mèche de son fouet sait
faire jaillir la dernière étincelle de vie cachée
dans ces carcasses. Cela piaffe, agite la tête, se
donne des airs fringants, écarquille l'œil, élargit
la narine, et soutient une allure que n'égaleraient
pas les plus rapides trotteurs anglais. Comment
ce phénomène s'accomplit-il, et quelle puissance
fait courir ventre à terre des bêtes mortes ? C'est
ce que nous n'expliquerons pas. Toujours est-il
que ce miracle a lieu journellement à Naples et
que personne n'en témoigne de surprise.

La calèche de M. Paul d'Aspremont volait à
travers la foule compacte, rasant les boutiques
d'acquajoli aux guirlandes de citrons, les cuisines
de fritures ou de macaronis en plein vent, les
étalages de fruits de mer et les tas de pastèques
disposés sur la voie publique comme les boulets
dans les parcs d'artillerie. A peine si les lazzaroni
couchés le long des murs, enveloppés de leurs
cabans, daignaient retirer leurs jambes pour les

soustraire à l'atteinte des attelages ; de temps à autre, un corricolo, filant entre ses grandes roues écarlates, passait encombré d'un monde de moines, de nourrices, de facchini et de polissons, à côté de la calèche dont il frisait l'essieu au milieu d'un nuage de poussière et de bruit. Les corricoli sont proscrits maintenant, et il est défendu d'en créer de nouveaux ; mais on peut ajouter une caisse neuve à de vieilles roues, ou des roues neuves à une vieille caisse : moyen ingénieux qui permet à ces bizarres véhicules de durer longtemps encore à la grande satisfaction des amateurs de couleur locale.

Notre voyageur ne prêtait qu'une attention fort distraite à ce spectacle animé et pittoresque qui eût certes absorbé un touriste n'ayant pas trouvé à l'hôtel de Rome un billet à son adresse, signé ALICIA W.

Il regardait vaguement la mer limpide et bleue, où se distinguaient, dans une lumière brillante, et nuancées par le lointain de teintes d'améthyste et de saphir, les belles îles semées en éventail à l'entrée du golfe, Capri, Ischia, Nisida, Procida, dont les noms harmonieux résonnent comme des dactyles grecs, mais son âme n'était pas là ; elle volait à tire-d'aile du côté de Sorrente, vers la petite maison blanche enfouie dans la verdure dont parlait la lettre d'Alicia. En ce moment la figure de M. d'Aspremont n'avait pas cette expression indéfinissablement déplaisante qui la caractérisait quand une joie intérieure n'en harmonisait pas les perfections disparates : elle était vraiment belle et sympathique, pour nous servir d'un mot cher aux Italiens ; l'arc de ses sourcils était détendu ; les coins de sa bouche ne s'abaissaient pas dédaigneusement, et une lueur tendre illuminait ses yeux calmes ; — on eût parfaitement compris en le voyant alors les sentiments que semblaient indiquer à son endroit les phrases demi-tendres, demi-moqueuses écrites sur le papier cream-lead. Son originalité soutenue de

beaucoup de distinction ne devait pas déplaire à
une jeune miss, librement élevée à la manière
anglaise par un vieil oncle très indulgent.

Au train dont le cocher poussait ses bêtes, l'on
eût bientôt dépassé Chiaja, la Marinella, et la
calèche roula dans la campagne sur cette route
remplacée aujourd'hui par un chemin de fer. Une
poussière noire, pareille à du charbon pilé, donne
un aspect plutonique à toute cette plage que
recouvre un ciel étincelant et que lèche une mer
du plus suave azur ; c'est la suie du Vésuve tamisée par le vent qui saupoudre cette rive, et fait
ressembler les maisons de Portici et de Torre del
Greco à des usines de Birmingham. M. d'Aspremont ne s'occupa nullement du contraste de la
terre d'ébène et du ciel de saphir, il lui tardait
d'être arrivé. Les plus beaux chemins sont longs
lorsque miss Alicia vous attend au bout, et qu'on
lui a dit adieu il y a six mois sur la jetée de
Folkestone : le ciel et la mer de Naples y perdent
leur magie.

La calèche quitta la route, prit un chemin de
traverse, et s'arrêta devant une porte formée de
deux piliers de briques blanchies, surmontées
d'urnes de terre rouge, où des aloès épanouis-
saient leurs feuilles pareilles à des lames de fer
blanc et pointues comme des poignards. Une
claire-voie peinte en vert servait de fermeture. La
muraille était remplacée par une haie de cactus,
dont les pousses faisaient des coudes difformes et
entremêlaient inextricablement leurs raquettes
épineuses.

Au-dessus de la haie, trois ou quatre énormes
figuiers étalaient par masses compactes leurs
larges feuilles d'un vert métallique avec une
vigueur de végétation tout africaine ; un grand
pin parasol balançait son ombrelle, et c'est à
peine si, à travers les interstices de ces frondai-
sons luxuriantes, l'œil pouvait démêler la façade
de la maison brillant par plaques blanches derrière ce rideau touffu.

Une servante basanée, aux cheveux crépus, et si épais que le peigne s'y serait brisé, accourut au bruit de la voiture, ouvrit la claire-voie, et, précédant M. d'Aspremont dans une allée de lauriers-roses dont les branches lui caressaient la joue avec leurs fleurs, elle le conduisit à la terrasse où miss Alicia Ward prenait le thé en compagnie de son oncle.

Par un caprice très convenable chez une jeune fille blasée sur tous les conforts et toutes les élégances, et peut-être aussi pour contrarier son oncle, dont elle raillait les goûts bourgeois, miss Alicia avait choisi, de préférence à des logis civilisés, cette villa, dont les maîtres voyageaient, et qui était restée plusieurs années sans habitants. Elle trouvait dans ce jardin abandonné, et presque revenu à l'état de nature, une poésie sauvage qui lui plaisait ; sous l'actif climat de Naples, tout avait poussé avec une activité prodigieuse. Orangers, myrtes, grenadiers, limons, s'en étaient donné à cœur joie, et les branches, n'ayant plus à craindre la serpette de l'émondeur, se donnaient la main d'un bout de l'allée à l'autre, ou pénétraient familièrement dans les chambres par quelque vitre brisée. — Ce n'était pas, comme dans le Nord, la tristesse d'une maison déserte, mais la gaieté folle et la pétulance heureuse de la nature du Midi livrée à elle-même ; en l'absence du maître, les végétaux exubérants se donnaient le plaisir d'une débauche de feuilles, de fleurs, de fruits et de parfums ; ils reprenaient la place que l'homme leur dispute.

Lorsque le commodore — c'est ainsi qu'Alicia appelait familièrement son oncle — vit ce fourré impénétrable et à travers lequel on n'aurait pu s'avancer qu'à l'aide d'un sabre d'abattage, comme dans les forêts d'Amérique, il jeta les hauts cris et prétendit que sa nièce était décidément folle. Mais Alicia lui promit gravement de faire pratiquer de la porte d'entrée au salon et du salon à la terrasse un passage suffisant pour un tonneau de malvoisie, — seule concession qu'elle pouvait accorder au positivisme avunculaire. — Le commodore se résigna, car il ne savait pas résister à sa nièce, et en ce moment, assis vis-à-vis d'elle sur la terrasse, il buvait à petits coups, sous prétexte de thé, une grande tasse de rhum.

Cette terrasse, qui avait principalement séduit la jeune miss, était en effet fort pittoresque, et mérite une description particulière, car Paul d'Aspremont y reviendra souvent, et il faut peindre le décor des scènes que l'on raconte.

On montait à cette terrasse, dont les pans à pic dominaient un chemin creux, par un escalier de larges dalles disjointes où prospéraient de vivaces herbes sauvages. Quatre colonnes frustes, tirées de quelque ruine antique et dont les chapiteaux perdus avaient été remplacés par des dés de pierre, soutenaient un treillage de perches enlacées et plafonnées de vigne. Des garde-fous tombaient en nappes et en guirlandes les lambruches et les plantes pariétaires. Au pied des murs, le figuier d'Inde, l'aloès, l'arbousier poussaient dans un désordre charmant, et au-delà d'un bois que dépassaient un palmier et trois pins d'Italie, la vue s'étendait sur des ondulations de terrain semées de blanches villas, s'arrêtait sur la silhouette violâtre du Vésuve, ou se perdait sur l'immensité bleue de la mer.

Lorsque M. Paul d'Aspremont parut au sommet de l'escalier, Alicia se leva, poussa un petit cri de joie et fit quelques pas à sa rencontre. Paul lui prit la main à l'anglaise, mais la jeune fille éleva cette main prisonnière à la hauteur des lèvres de son ami avec un mouvement plein de gentillesse enfantine et de coquetterie ingénue.

Le commodore essaya de se dresser sur ses jambes un peu goutteuses, et il y parvint après quelques grimaces de douleur qui contrastaient comiquement avec l'air de jubilation épanoui sur sa large face ; il s'approcha, d'un pas assez alerte pour lui, du charmant groupe des deux jeunes

gens, et tenailla la main de Paul de manière à lui
mouler les doigts en creux les uns contre les
autres, ce qui est la suprême expression de la
vieille cordialité britannique.

Miss Alicia Ward appartenait à cette variété
d'Anglaises brunes qui réalisent un idéal dont les
conditions semblent se contrarier : c'est-à-dire
une peau d'une blancheur éblouissante à rendre
jaune le lait, la neige, le lis, l'albâtre, la cire
vierge, et tout ce qui sert aux poètes à faire des
comparaisons blanches ; des lèvres de cerise, et
des cheveux aussi noirs que la nuit sur les ailes du
corbeau. L'effet de cette opposition est irrésistible
et produit une beauté à part dont on ne saurait
trouver l'équivalent ailleurs. — Peut-être quelques Circassiennes élevées dès l'enfance au sérail
offrent-elles ce teint miraculeux, mais il faut nous
en fier là-dessus aux exagérations de la poésie
orientale et aux gouaches de Lewis représentant
les harems du Caire. Alicia était assurément le
type le plus parfait de ce genre de beauté.

L'ovale allongé de sa tête, son teint d'une
incomparable pureté, son nez fin, mince, trans-
parent, ses yeux d'un bleu sombre frangés de
longs cils qui palpitaient sur ses joues rosées
comme des papillons noirs lorsqu'elle abaissait
ses paupières, ses lèvres colorées d'une pourpre
éclatante, ses cheveux tombant en volutes brillantes comme des rubans de satin de chaque côté
de ses joues et de son col de cygne, témoignaient
en faveur de ces romanesques figures de femmes
de Maclise, qui, à l'Exposition universelle, semblaient de charmantes impostures.

Alicia portait une robe de grenadine à volants
festonnés et brodés de palmettes rouges, qui
s'accordaient à merveille avec les tresses de corail
à petits grains composant sa coiffure, son collier
et ses bracelets ; cinq pampilles suspendues à une
perle de corail à facettes tremblaient au lobe de
ses oreilles petites et délicatement enroulées. —
Si vous blâmez cet abus du corail, songez que

nous sommes à Naples, et que les pêcheurs sortent tout exprès de la mer pour vous présenter ces branches que l'air rougit.

Nous vous devons, après le portrait de miss Alicia Ward, ne fût-ce que pour faire opposition, tout au moins une caricature du commodore à la manière de Hogarth.

Le commodore, âgé de quelque soixante ans, présentait cette particularité d'avoir la face d'un cramoisi uniformément enflammé, sur lequel tranchaient des sourcils blancs et des favoris de même couleur, et taillés en côtelettes, ce qui le rendait pareil à un vieux Peau Rouge qui se serait tatoué avec de la craie. Les coups de soleil, inséparables d'un voyage d'Italie, avaient ajouté quelques couches de plus à cette ardente coloration, et le commodore faisait involontairement penser à une grosse praline entourée de coton. Il était habillé des pieds à la tête, veste, gilet, pantalon et guêtres, d'une étoffe vigogne d'un gris vineux, et que le tailleur avait dû affirmer, sur son honneur, être la nuance la plus à la mode et la mieux portée, en quoi peut-être ne mentait-il pas. Malgré ce teint enluminé et ce vêtement grotesque, le commodore n'avait nullement l'air commun. Sa propreté rigoureuse, sa tenue irréprochable et ses grandes manières indiquaient le parfait gentleman, quoiqu'il eût plus d'un rapport extérieur avec les Anglais de vaudeville comme les parodient Hoffmann ou Levassor. Son caractère, c'était d'adorer sa nièce et de boire beaucoup de porto et de rhum de la Jamaïque pour entretenir l'humide radical, d'après la méthode du caporal Trimm.

« Voyez comme je me porte bien maintenant et comme je suis belle ! Regardez mes couleurs ; je n'en ai pas encore autant que mon oncle ; cela ne viendra pas, il faut l'espérer. — Pourtant ici j'ai du rose, du vrai rose, dit Alicia en passant sur sa joue son doigt effilé terminé par un ongle luisant comme l'agate ; j'ai engraissé aussi, et l'on ne sent

plus ces pauvres petites salières qui me faisaient
tant de peine lorsque j'allais au bal. Dites, faut-il
être coquette pour se priver pendant trois mois de
la compagnie de son fiancé, afin qu'après
l'absence il vous retrouve fraîche et superbe ! »

Et en débitant cette tirade du ton enjoué et
sautillant qui lui était familier, Alicia se tenait
debout devant Paul comme pour provoquer et
défier son examen.

« N'est-ce pas, ajouta le commodore, qu'elle est
robuste à présent et superbe comme ces filles de
Procida qui portent des amphores grecques sur la
tête ?

— Assurément, commodore, répondit Paul ;
miss Alicia n'est pas devenue plus belle, c'était
impossible, mais elle est visiblement en meilleure
santé que lorsque, par coquetterie, à ce qu'elle
prétend, elle m'a imposé cette pénible séparation. »

Et son regard s'arrêtait avec une fixité étrange
sur la jeune fille posée devant lui.

Soudain les jolies couleurs roses qu'elle se vantait d'avoir conquises disparurent des joues d'Alicia, comme la rougeur du soir quitte les joues de
neige de la montagne quand le soleil s'enfonce à
l'horizon ; toute tremblante, elle porta la main à
son cœur ; sa bouche charmante et pâlie se
contracta.

Paul alarmé se leva, ainsi que le commodore ;
les vives couleurs d'Alicia avaient reparu ; elle
souriait avec un peu d'effort.

« Je vous ai promis une tasse de thé ou un
sorbet ; quoique Anglaise, je vous conseille le
sorbet. La neige vaut mieux que l'eau chaude,
dans ce pays voisin de l'Afrique, et où le sirocco
arrive en droite ligne. »

Tous les trois prirent place autour de la table de
pierre, sous le plafond des pampres ; le soleil
s'était plongé dans la mer, et le jour bleu qu'on
appelle la nuit à Naples succédait au jour jaune.
La lune semait des pièces d'argent sur la terrasse,

par les déchiquetures du feuillage ; — la mer
bruissait sur la rive comme un baiser, et l'on
entendait au loin le frisson de cuivre des tambours de basque accompagnant les tarentelles...

Il fallut se quitter ; — Vicè, la fauve servante à
chevelure crépue, vint avec un falot pour
reconduire Paul à travers les dédales du jardin.
Pendant qu'elle servait les sorbets et l'eau de
neige, elle avait attaché sur le nouveau venu un
regard mélangé de curiosité et de crainte. Sans
doute, le résultat de l'examen n'avait pas été
favorable pour Paul, car le front de Vicè, jaune
déjà comme un cigare, s'était rembruni encore,
et, tout en accompagnant l'étranger, elle dirigeait
contre lui, de façon qu'il ne pût l'apercevoir, le
petit doigt et l'index de sa main, tandis que les
deux autres doigts, repliés sous la paume, se
joignaient au pouce comme pour former un signe
cabalistique.

III

L'ami d'Alicia revint à l'hôtel de Rome par le
même chemin : la beauté de la soirée était
incomparable ; une lune pure et brillante versait
sur l'eau d'un azur diaphane une longue traînée
de paillettes d'argent dont le fourmillement perpétuel, causé par le clapotis des vagues, multi-
pliait l'éclat. Au large, les barques de pêcheurs,
portant à la proue un fanal de fer rempli
d'étoupes enflammées, piquaient la mer d'étoiles
rouges et traînaient après elles des sillages écarlates ; la fumée du Vésuve, blanche le jour, s'était
changée en colonne lumineuse et jetait aussi son
reflet sur le golfe. En ce moment la baie présentait
cet aspect invraisemblable pour des yeux septen-
trionaux et que lui donnent ces gouaches italiennes encadrées de noir, si répandues il y a
quelques années, et plus fidèles qu'on ne pense
dans leur exagération crue.

Quelques lazzaroni noctambules vaguaient encore sur la rive, émus, sans le savoir, de ce spectacle magique, et plongeaient leurs grands yeux noirs dans l'étendue bleuâtre. D'autres, assis sur le bordage d'une barque échouée, chantaient l'air de *Lucie* ou la romance populaire alors en vogue : « *Ti voglio ben'assai* », d'une voix qu'auraient enviée bien des ténors payés cent mille francs. Naples se couche tard, comme toutes les villes méridionales ; cependant les fenêtres s'éteignaient peu à peu, et les seuls bureaux de loterie, avec leurs guirlandes de papier de couleur, leurs numéros favoris et leur éclairage scintillant, étaient ouverts encore, prêts à recevoir l'argent des joueurs capricieux que la fantaisie de mettre quelques carlins ou quelques ducats sur un chiffre rêvé pouvait prendre en rentrant chez eux.

Paul se mit au lit, tira sur lui les rideaux de gaze de la moustiquaire, et ne tarda pas à s'endormir. Ainsi que cela arrive aux voyageurs après une traversée, sa couche, quoique immobile, lui semblait tanguer et rouler, comme si l'hôtel de Rome eût été le *Léopold*. Cette impression lui fit rêver qu'il était encore en mer et qu'il voyait, sur le môle, Alicia très pâle, à côté de son oncle cramoisi, et qui lui faisait signe de la main de ne pas aborder ; le visage de la jeune fille exprimait une douleur profonde, et en le repoussant elle paraissait obéir contre son gré à une fatalité impérieuse.

Ce songe, qui prenait d'images toutes récentes une réalité extrême, chagrina le dormeur au point de l'éveiller, et il fut heureux de se retrouver dans sa chambre où tremblotait, avec un reflet d'opale, une veilleuse illuminant une petite tour de porcelaine qu'assiégeaient les moustiques en bourdonnant. Pour ne pas retomber sous le coup de ce rêve pénible, Paul lutta contre le sommeil et se mit à penser aux commencements de sa liaison avec miss Alicia, reprenant une à une toutes ces scènes puérilement charmantes d'un premier amour.

Il revit la maison de briques roses, tapissée d'églantiers et de chèvrefeuilles, qu'habitait à Richmond miss Alicia avec son oncle, et où l'avait introduit, à son premier voyage en Angleterre, une de ces lettres de recommandation dont l'effet se borne ordinairement à une invitation à dîner. Il se rappela la robe blanche de mousseline des Indes, ornée d'un simple ruban, qu'Alicia, sortie la veille de pension, portait ce jour-là, et la branche de jasmin qui roulait dans la cascade de ses cheveux comme une fleur de la couronne d'Ophélie, emportée par le courant, et ses yeux d'un bleu de velours, et sa bouche un peu entrouverte, laissant entrevoir de petites dents de nacre et son col frêle qui s'allongeait comme celui d'un oiseau attentif, et ses rougeurs soudaines lorsque le regard du jeune gentleman français rencontrait le sien.

Le parloir à boiseries brunes, à tentures de drap vert, orné de gravures de chasse au renard et de steeple-chases coloriés des tons tranchants de l'enluminure anglaise, se reproduisait dans son cerveau comme dans une chambre noire. Le piano allongeait sa rangée de touches pareilles à des dents de douairière. La cheminée, festonnée d'une brindille de lierre d'Irlande, faisait luire sa coquille de fonte frottée de mine de plomb ; les fauteuils de chêne à pieds tournés ouvraient leurs bras garnis de maroquin, le tapis étalait ses rosaces, et miss Alicia, tremblante comme la feuille, chantait de la voix la plus adorablement fausse du monde la romance d'*Anna Bolena* « *deh, non voler costringere* », que Paul, non moins ému, accompagnait à contretemps, tandis que le commodore, assoupi par une digestion laborieuse et plus cramoisi encore que de coutume, laissait glisser à terre un colossal exemplaire du *Times* avec supplément.

Puis la scène changeait : Paul, devenu plus intime, avait été prié par le commodore de passer quelques jours à son cottage dans le Lincolns-

hire... Un ancien château féodal, à tours crénelées,
à fenêtres gothiques, à demi enveloppé par un
immense lierre, mais arrangé intérieurement
avec tout le confortable moderne, s'élevait au
bout d'une pelouse dont le ray-grass, soigneusement arrosé et foulé, était uni comme du velours ;
une allée de sable jaune s'arrondissait autour du
gazon et servait de manège à miss Alicia, montée
sur un de ces ponies d'Écosse à crinière échevelée
qu'aime à peindre sir Edward Landseer, et auxquels il donne un regard presque humain. Paul,
sur un cheval bai-cerise que lui avait prêté le
commodore, accompagnait miss Ward dans sa
promenade circulaire, car le médecin, qui l'avait
trouvée un peu faible de poitrine, lui ordonnait
l'exercice.

Une autre fois un léger canot glissait sur
l'étang, déplaçant les lis d'eau et faisant envoler le
martin-pêcheur sous le feuillage argenté des
saules. C'était Alicia qui ramait et Paul qui tenait
le gouvernail ; qu'elle était jolie dans l'auréole
d'or que dessinait autour de sa tête son chapeau
de paille traversé par un rayon de soleil ! elle se
renversait en arrière pour tirer l'aviron ; le bout
verni de sa bottine grise s'appuyait à la planche
du banc ; miss Ward n'avait pas un de ces pieds
andalous tout courts et ronds comme des fers à
repasser que l'on admire en Espagne, mais sa
cheville était fine, son cou-de-pied bien cambré,
et la semelle de son brodequin, un peu longue
peut-être, n'avait pas deux doigts de large.

Le commodore restait *attaché* au rivage, non à
cause de sa *grandeur*, mais de son poids qui eût
fait sombrer la frêle embarcation ; il attendait sa
nièce au débarcadère, et lui jetait avec un soin
maternel un mantelet sur les épaules, de peur
qu'elle ne se refroidît, — puis la barque rattachée
à son piquet, on revenait *luncher* au château.
C'était plaisir de voir comme Alicia, qui ordinairement mangeait aussi peu qu'un oiseau, coupait à l'emporte-pièce de ses dents perlées une

rose tranche de jambon d'York mince comme une feuille de papier, et grignotait un petit pain sans en laisser une miette pour les poissons dorés du bassin.

Les jours heureux passent si vite ! De semaine en semaine Paul retardait son départ, et les belles masses de verdure du parc commençaient à revêtir des teintes safranées ; des fumées blanches s'élevaient le matin de l'étang. Malgré le râteau sans cesse promené du jardinier, les feuilles mortes jonchaient le sable de l'allée ; des millions de petites perles gelées scintillaient sur le gazon vert du boulingrin, et le soir on voyait les pies sautiller en se querellant à travers le sommet des arbres chauves.

Alicia pâlissait sous le regard inquiet de Paul et ne conservait de coloré que deux petites taches roses au sommet des pommettes. Souvent elle avait froid, et le feu le plus vif de charbon de terre ne la réchauffait pas. Le docteur avait paru soucieux, et sa dernière ordonnance prescrivait à miss Ward de passer l'hiver à Pise et le printemps à Naples.

Des affaires de famille avaient rappelé Paul en France ; Alicia et le commodore devaient partir pour l'Italie, et la séparation s'était faite à Folkestone. Aucune parole n'avait été prononcée, mais miss Ward regardait Paul comme son fiancé, et le commodore avait serré la main au jeune homme d'une façon significative : on n'écrase ainsi que les doigts d'un gendre.

Paul, ajourné à six mois, aussi longs que six siècles pour son impatience, avait eu le bonheur de trouver Alicia guérie de sa langueur et rayonnante de santé. Ce qui restait encore de l'enfant dans la jeune fille avait disparu ; et il pensait avec ivresse que le commodore n'aurait aucune objection à faire lorsqu'il lui demanderait sa nièce en mariage.

Bercé par ces riantes images, il s'endormit et ne s'éveilla qu'au jour. Naples commençait déjà son vacarme ; les vendeurs d'eau glacée criaient leur marchandise ; les rôtisseurs tendaient aux passants leurs viandes enfilées dans une perche : penchées à leurs fenêtres, les ménagères paresseuses descendaient au bout d'une ficelle les paniers de provisions qu'elles remontaient chargés de tomates, de poissons et de grands quartiers de citrouille. Les écrivains publics, en habit noir râpé et la plume derrière l'oreille, s'asseyaient à leurs échoppes ; les changeurs disposaient en piles, sur leurs petites tables, les grani, les carlins et les ducats ; les cochers faisaient galoper leurs haridelles quêtant les pratiques matinales, et les cloches de tous les campaniles carillonnaient joyeusement l'*Angelus*.

Notre voyageur, enveloppé de sa robe de chambre, s'accouda au balcon ; de la fenêtre on apercevait Santa Lucia, le fort de l'Œuf, et une immense étendue de mer jusqu'au Vésuve et au promontoire bleu où blanchissaient les vastes casini de Castellamare et où pointaient au loin les villas de Sorrente.

Le ciel était pur, seulement un léger nuage blanc s'avançait sur la ville, poussé par une brise nonchalante. Paul fixa sur lui ce regard étrange que nous avons déjà remarqué ; ses sourcils se froncèrent. D'autres vapeurs se joignirent au flocon unique, et bientôt un rideau épais de nuées étendit ses plis noirs au-dessus du château de Saint-Elme. De larges gouttes tombèrent sur le pavé de lave, et en quelques minutes se changèrent en une de ces pluies diluviennes qui font des rues de Naples autant de torrents et entraînent les chiens et même les ânes dans les égouts. La foule surprise se dispersa, cherchant des abris ; les boutiques en plein vent déménagèrent à la hâte, non sans perdre une partie de leurs denrées, et la pluie, maîtresse du champ de bataille, courut en bouffées blanches sur le quai désert de Santa Lucia.

Le facchino gigantesque à qui Paddy avait

appliqué un si beau coup de poing, appuyé contre un mur sous un balcon dont la saillie le protégeait un peu, ne s'était pas laissé emporter par la déroute générale, et il regardait d'un œil profondément méditatif la fenêtre où s'était accoudé M. Paul d'Aspremont.

Son monologue intérieur se résuma dans cette phrase, qu'il grommela d'un air irrité :

« Le capitaine du *Léopold* aurait bien fait de flanquer ce *forestiere* à la mer » ; et, passant sa main par l'interstice de sa grosse chemise de toile, il toucha le paquet d'amulettes suspendu à son col par un cordon.

IV

Le beau temps ne tarda pas à se rétablir, un vif rayon de soleil sécha en quelques minutes les dernières larmes de l'ondée, et la foule recommença à fourmiller joyeusement sur le quai. Mais Timberio, le portefaix, n'en parut pas moins garder son idée à l'endroit du jeune étranger français, et prudemment il transporta ses pénates hors de la vue des fenêtres de l'hôtel : quelques lazzaroni de sa connaissance lui témoignèrent leur surprise de ce qu'il abandonnait une station excellente pour en choisir une beaucoup moins favorable.

« Je la donne à qui veut la prendre, répondit-il en hochant la tête d'un air mystérieux ; on sait ce qu'on sait. »

Paul déjeuna dans sa chambre, car, soit timidité, soit dédain, il n'aimait pas à se trouver en public ; puis il s'habilla, et pour attendre l'heure convenable de se rendre chez miss Ward, il visita le musée des Studj : il admira d'un œil distrait la précieuse collection de vases campaniens, les bronzes retirés des fouilles de Pompéi, le casque grec d'airain vert-de-grisé contenant encore la tête du soldat qui le portait, le morceau de boue durcie conservant comme un moule l'empreinte d'un charmant torse de jeune femme surprise par l'éruption dans la maison de campagne d'Arrius Diomedès, l'Hercule Farnèse et sa prodigieuse musculature, la Flore, la Minerve archaïque, les deux Balbus, et la magnifique statue d'Aristide, le morceau le plus parfait peut-être que l'Antiquité nous ait laissé. Mais un amoureux n'est pas un appréciateur bien enthousiaste des monuments de l'art ; pour lui le moindre profil de la tête adorée vaut tous les marbres grecs ou romains.

Étant parvenu à user tant bien que mal deux ou trois heures aux Studj, il s'élança dans sa calèche et se dirigea vers la maison de campagne où demeurait miss Ward. Le cocher, avec cette intelligence des passions qui caractérise les natures méridionales, poussait à outrance ses haridelles et bientôt la voiture s'arrêta devant les piliers surmontés de vases de plantes grasses que nous avons déjà décrits. La même servante vint entrouvrir la claire-voie, ses cheveux s'entortillaient toujours en boucles indomptables ; elle n'avait, comme la première fois, pour tout costume qu'une chemise de grosse toile brodée aux manches et au col d'agréments en fil de couleur et qu'un jupon en étoffe épaisse et bariolée transversalement, comme en portent les femmes de Procida ; ses jambes, nous devons l'avouer, étaient dénuées de bas, et elle posait à nu sur la poussière des pieds qu'eût admirés un sculpteur. Seulement un cordon noir soutenait sur sa poitrine un paquet de petites breloques de forme singulière en corne et en corail, sur lequel, à la visible satisfaction de Vicè, se fixa le regard de Paul.

Miss Alicia était sur la terrasse, le lieu de la maison où elle se tenait de préférence. Un hamac indien de coton rouge et blanc, orné de plumes d'oiseau, accroché à deux des colonnes qui supportaient le plafond de pampres, balançait la nonchalance de la jeune fille, enveloppée d'un léger peignoir de soie écrue de la Chine, dont elle fripait impitoyablement les garnitures tuyautées. Ses pieds, dont on apercevait la pointe à travers les mailles du hamac, étaient chaussés de pantoufles en fibres d'aloès, et ses beaux bras nus se recroisaient au-dessus de sa tête, dans l'attitude de la Cléopâtre antique, car, bien qu'on ne fût qu'au commencement de mai, il faisait déjà une chaleur extrême, et des milliers de cigales grinçaient en chœur sous les buissons d'alentour.

Le commodore, en costume de planteur et assis sur un fauteuil de jonc, tirait à temps égaux la corde qui mettait le hamac en mouvement.

Un troisième personnage complétait le groupe : c'était le comte Altavilla, jeune élégant napolitain dont la présence amena sur le front de Paul cette contraction qui donnait à sa physionomie une expression de méchanceté diabolique.

Le comte était, en effet un de ces hommes qu'on ne voit pas volontiers auprès d'une femme qu'on aime. Sa haute taille avait des proportions parfaites, des cheveux noirs comme le jais, massés par des touffes abondantes, accompagnaient son front uni et bien coupé ; une étincelle du soleil de Naples scintillait dans ses yeux, et ses dents larges et fortes, mais pures comme des perles, paraissaient encore avoir plus d'éclat à cause du rouge vif de ses lèvres et de la nuance olivâtre de son teint. La seule critique qu'un goût méticuleux eût pu formuler contre le comte, c'est qu'il était trop beau.

Quant à ses habits, Altavilla les faisait venir de Londres, et le dandy le plus sévère eût approuvé sa tenue. Il n'y avait d'italien dans toute sa toilette que des boutons de chemise d'un trop grand prix. Là le goût bien naturel de l'enfant du Midi pour les joyaux se trahissait. Peut-être aussi que partout ailleurs qu'à Naples on eût remarqué comme d'un goût médiocre le faisceau de branches de corail bifurquées, de mains de lave de Vésuve aux doigts repliés ou brandissant un poignard, de chiens allongés sur leurs pattes, de cornes blanches et noires, et autres menus objets analogues qu'un anneau commun suspendait à la chaîne de sa montre ; mais un tour de promenade dans la rue de Tolède ou à la Villa Reale eût suffi pour démontrer que le comte n'avait rien d'excentrique en portant à son gilet ces breloques bizarres.

Lorsque Paul d'Aspremont se présenta, le comte, sur l'instante prière de miss Ward, chantait une de ces délicieuses mélodies populaires napolitaines, sans nom d'auteur, et, dont une seule, recueillie par un musicien, suffirait à faire la fortune d'un opéra. — A ceux qui ne les ont pas entendues, sur la rive de Chiaja ou sur le môle, de la bouche d'un lazzarone, d'un pêcheur ou d'une trovatelle, les charmantes romances de Gordigiani en pourront donner une idée. Cela est fait d'un soupir de brise, d'un rayon de lune, d'un parfum d'oranger et d'un battement de cœur.

Alicia, avec sa jolie voix anglaise un peu fausse, suivait le motif qu'elle voulait retenir, et elle fit, tout en continuant, un petit signe amical à Paul, qui la regardait d'un air assez peu aimable, froissé de la présence de ce beau jeune homme.

Une des cordes du hamac se rompit, et miss Ward glissa à terre, mais sans se faire mal ; six mains se tendirent vers elle simultanément. La jeune fille était déjà debout, toute rose de pudeur, car il est *improper* de tomber devant des hommes. Cependant, pas un des chastes plis de sa robe ne s'était dérangé.

« J'avais pourtant essayé ces cordes moi-même, dit le commodore, et miss Ward ne pèse guère plus qu'un colibri. »

Le comte Altavilla hocha la tête d'un air mystérieux : en lui-même évidemment il expliquait la rupture de la corde par une tout autre raison que celle de la pesanteur ; mais, en homme bien élevé, il garda le silence, et se contenta d'agiter la grappe de breloques de son gilet.

Comme tous les hommes qui deviennent maussades et farouches lorsqu'ils se trouvent en présence d'un rival qu'ils jugent redoutable, au lieu de redoubler de grâce et d'amabilité, Paul d'Aspremont, quoiqu'il eût l'usage du monde, ne parvint pas à cacher sa mauvaise humeur ; il ne répondait que par monosyllabes, laissait tomber la conversation, et en se dirigeant vers Altavilla, son regard prenait son expression sinistre ; les fibrilles jaunes se tortillaient sous la transparence grise de ses prunelles comme des serpents d'eau dans le fond d'une source.

Toutes les fois que Paul le regardait ainsi, le comte, par un geste en apparence machinal, arrachait une fleur d'une jardinière placée près de lui et la jetait de façon à couper l'effluve de l'œillade irritée.

« Qu'avez-vous donc à fourrager ainsi ma jardinière ? s'écria miss Alicia Ward, qui s'aperçut de ce manège. Que vous ont fait mes fleurs pour les décapiter ?

— Oh ! rien, miss ; c'est un tic involontaire, répondit Altavilla en coupant de l'ongle une rose superbe qu'il envoya rejoindre les autres.

— Vous m'agacez horriblement, dit Alicia ; et sans le savoir vous choquez une de mes manies. Je n'ai jamais cueilli une fleur. Un bouquet m'inspire une sorte d'épouvante : ce sont des fleurs mortes, des cadavres de roses, de verveines ou de pervenches, dont le parfum a pour moi quelque chose de sépulcral.

— Pour expier les meurtres que je viens de commettre, dit le comte Altavilla en s'inclinant, je vous enverrai cent corbeilles de fleurs vivantes. »

Paul s'était levé, et d'un air contraint tortillait le bord de son chapeau comme minutant une sortie.

« Quoi ! vous partez déjà ? dit miss Ward.

— J'ai des lettres à écrire, des lettres importantes.

— Oh ! le vilain mot que vous venez de pronon-

cer là ! dit la jeune fille avec une petite moue ;
est-ce qu'il y a des lettres importantes quand ce
n'est pas à moi que vous écrivez ?

— Restez donc, Paul, dit le commodore ;
j'avais arrangé dans ma tête un plan de soirée,
sauf l'approbation de ma nièce : nous serions
allés d'abord boire un verre d'eau de la fontaine
de Santa Lucia, qui sent les œufs gâtés, mais qui
donne l'appétit ; nous aurions mangé une ou deux
douzaines d'huîtres, blanches et rouges, à la pois-
sonnerie, dîné sous une treille dans quelque osteria bien napolitaine, bu du falerne et du lacryma-
christi, et terminé le divertissement par une visite
au seigneur Pulcinella. Le comte nous eût expli-
qué les finesses du dialecte. »

Ce plan parut peu séduire M. d'Aspremont, et il
se retira après avoir salué froidement.

Altavilla resta encore quelques instants ; et
comme miss Ward, fâchée du départ de Paul,
n'entra pas dans l'idée du commodore, il prit
congé.

Deux heures après, miss Alicia recevait une
immense quantité de pots de fleurs, des plus
rares, et, ce qui la surprit davantage, une monstrueuse paire de cornes de bœuf de Sicile, transparentes comme le jaspe, polies comme l'agate,
qui mesuraient bien trois pieds de long et se
terminaient par de menaçantes pointes noires.
Une magnifique monture de bronze doré permettait de poser les cornes, le piton en l'air, sur une
cheminée, une console ou une corniche.

Vicè, qui avait aidé les porteurs à déballer
fleurs et cornes, parut comprendre la portée de ce
cadeau bizarre.

Elle plaça bien en évidence, sur la table de
pierre, les superbes croissants, qu'on aurait pu
croire arrachés au front du taureau divin qui
portait Europe, et dit : « Nous voilà maintenant
en bon état de défense.

— Que voulez-vous dire, Vicè ? demanda miss
Ward.

— Rien... sinon que le signor français a de bien singuliers yeux. »

V

L'heure des repas était passée depuis long-temps, et les feux de charbon qui, pendant le jour changeaient en cratère du Vésuve la cuisine de l'hôtel de Rome, s'éteignaient lentement en braise sous les étouffoirs de tôle ; les casseroles avaient repris leur place à leurs clous respectifs et bril-laient en rang comme les boucliers sur le bordage d'une trirème antique ; — une lampe de cuivre jaune, semblable à celles qu'on retire des fouilles de Pompéi et suspendue par une triple chaînette à la maîtresse poutre du plafond, éclairait de ses trois mèches plongeant naïvement dans l'huile le centre de la vaste cuisine dont les angles restaient baignés d'ombre.

Les rayons lumineux tombant de haut mode-laient avec des jeux d'ombre et de clair très pittoresques un groupe de figures caractéris-tiques réunies autour de l'épaisse table de bois, toute hachée et sillonnée de coups de tranche-lard, qui occupait le milieu de cette grande salle dont la fumée des préparations culinaires avait glacé les parois de ce bitume si cher aux peintres de l'école de Caravage. Certes, l'Espagnolet ou Salvator Rosa, dans leur robuste amour du vrai, n'eussent pas dédaigné les modèles rassemblés là par le hasard, où, pour parler plus exactement, par une habitude de tous les soirs.

Il y avait d'abord le chef Virgilio Falsacappa, personnage fort important, d'une stature colos-sale et d'un embonpoint formidable, qui aurait pu passer pour un des convives de Vitellius si, au lieu d'une veste de basin blanc, il eût porté une toge romaine bordée de pourpre : ses traits prodi-gieusement accentués formaient comme une espèce de caricature sérieuse de certains types des

médailles antiques ; d'épais sourcils noirs saillants d'un demi-pouce couronnaient ses yeux,
coupés comme ceux des masques de théâtre ; un
énorme nez jetait son ombre sur une large bouche
qui semblait garnie de trois rangs de dents
comme la gueule du requin. Un fanon puissant
comme celui du taureau Farnèse unissait le menton, frappé d'une fossette à y fourrer le poing, à un
col d'une vigueur athlétique tout sillonné de
veines et de muscles. Deux touffes de favoris, dont
chacun eût pu fournir une barbe raisonnable à un
sapeur, encadraient cette large face martelée de
tons violents : des cheveux noirs frisés, luisants,
où se mêlaient quelques fils argentés, se tordaient
sur son crâne en petites mèches courtes, et sa
nuque plissée de trois boursouflures transversales
débordait du collet de sa veste ; aux lobes de ses
oreilles, relevées par les apophyses de mâchoires
capables de broyer un bœuf dans une journée,
brillaient des boucles d'argent grandes comme le
disque de la lune ; tel était maître Virgilio Falsacappa, que son tablier retroussé sur la hanche et
son couteau plongé dans une gaine de bois faisaient ressembler à un victimaire plus qu'à un
cuisinier.

Ensuite apparaissait Timberio le portefaix, que
la gymnastique de sa profession et la sobriété de
son régime, consistant en une poignée de macaroni demi-cru et saupoudré de cacio-cavallo, une
tranche de pastèque et un verre d'eau à la neige,
maintenait dans un état de maigreur relative, et
qui, bien nourri, eût certes atteint l'embonpoint
de Falsacappa, tant sa robuste charpente paraissait faite pour supporter un poids énorme de
chair. Il n'avait d'autre costume qu'un caleçon,
un long gilet d'étoffe brune et un grossier caban
jeté sur l'épaule.

Appuyé sur le bord de la table, Scazziga, le
cocher de la calèche de louage dont se servait
M. Paul d'Aspremont, présentait aussi une physionomie frappante ; ses traits irréguliers et spiri-

tuels étaient empreints d'une astuce naïve ; un sourire de commande errait sur ses lèvres moqueuses, et l'on voyait à l'aménité de ses manières qu'il vivait en relation perpétuelle avec les gens comme il faut ; ses habits achetés à la friperie simulaient une espèce de livrée dont il n'était pas médiocrement fier et qui, dans son idée, mettait une grande distance sociale entre lui et le sauvage Timberio ; sa conversation s'émaillait de mots anglais et français qui ne cadraient pas toujours heureusement avec le sens de ce qu'il voulait dire, mais qui n'en excitaient pas moins l'admiration des filles de cuisine et des marmitons, étonnés de tant de science.

Un peu en arrière se tenaient deux jeunes servantes dont les traits rappelaient avec moins de noblesse, sans doute, ce type si connu des monnaies syracusaines : front bas, nez tout d'une pièce avec le front, lèvres un peu épaisses, menton empâté et fort ; des bandeaux de cheveux d'un noir bleuâtre allaient se rejoindre derrière leur tête à un pesant chignon traversé d'épingles terminées par des boules de corail ; des colliers de même matière cerclaient à triple rang leurs cols de cariatide, dont l'usage de porter les fardeaux sur la tête avait renforcé les muscles. — Des dandies eussent à coup sûr méprisé ces pauvres filles qui conservaient pur de mélange le sang des belles races de la grande Grèce ; mais tout artiste, à leur aspect, eût tiré son carnet de croquis et taillé son crayon.

Avez-vous vu à la galerie du maréchal Soult le tableau de Murillo où des chérubins font la cuisine ? Si vous l'avez vu, cela nous dispensera de peindre ici les têtes des trois ou quatre marmitons bouclés et frisés qui complétaient le groupe.

Le conciliabule traitait une question grave. Il s'agissait de M. Paul d'Aspremont, le voyageur français arrivé par le dernier vapeur : la cuisine se mêlait de juger l'appartement.

Timberio le portefaix avait la parole, et il faisait

des pauses entre chacune de ses phrases, comme un acteur en vogue, pour laisser à son auditoire le temps d'en bien saisir toute la portée, d'y donner son assentiment ou d'élever des objections.

« Suivez bien mon raisonnement, disait l'orateur ; le *Léopold* est un honnête bateau à vapeur toscan, contre lequel il n'y a rien à objecter, sinon qu'il transporte trop d'hérétiques anglais...

— Les hérétiques anglais paient bien, interrompit Scazziga, rendu plus tolérant par les pourboires.

— Sans doute ; c'est bien le moins que lorsqu'un hérétique fait travailler un chrétien, il le récompense généreusement, afin de diminuer l'humiliation.

— Je ne suis pas humilié de conduire un *forestiere* dans ma voiture ; je ne fais pas, comme toi, métier de bête de somme, Timberio.

— Est-ce que je ne suis pas baptisé aussi bien que toi ? répliqua le portefaix en fronçant le sourcil et en fermant les poings.

— Laissez parler Timberio, s'écria en chœur l'assemblée, qui craignait de voir cette dissertation intéressante tourner en dispute.

— Vous m'accorderez, reprit l'orateur calmé, qu'il faisait un temps superbe lorsque le *Léopold* est entré dans le port ?

— On vous l'accorde, Timberio, fit le chef avec une majesté condescendante.

— La mer était unie comme une glace, continua le facchino, et pourtant une vague énorme a secoué si rudement la barque de Gennaro qu'il est tombé à l'eau avec deux ou trois de ses camarades. — Est-ce naturel ? Gennaro a le pied marin cependant, et il danserait la tarentelle sans balancier sur une vergue.

— Il avait peut-être bu un fiasque d'Asprino de trop, objecta Scazziga, le rationaliste de l'assemblée.

— Pas même un verre de limonade, poursuivit Timberio ; mais il y avait à bord du bateau à vapeur un monsieur qui le regardait d'une certaine manière, — vous m'entendez !

— Oh ! parfaitement, répondit le chœur en allongeant avec un ensemble admirable l'index et le petit doigt.

— Et ce monsieur, dit Timberio, n'était autre que M. Paul d'Aspremont.

— Celui qui loge au numéro 3, demanda le chef, et à qui j'envoie son dîner sur un plateau ?

— Précisément, répondit la plus jeune et la plus jolie des servantes ; je n'ai jamais vu de voyageur plus sauvage, plus désagréable et plus dédaigneux ; il ne m'a adressé ni un regard, ni une parole, et pourtant je vaux un compliment, disent tous ces messieurs.

— Vous valez mieux que cela, Gelsomina, ma belle, dit galamment Timberio ; mais c'est un bonheur pour vous que cet étranger ne vous ait pas remarquée.

— Tu es aussi par trop superstitieux, objecta le sceptique Scazziga, que ses relations avec les étrangers avaient rendu légèrement voltairien.

— A force de fréquenter les hérétiques tu finiras par ne plus même croire à saint Janvier.

— Si Gennaro s'est laissé tomber à la mer, ce n'est pas une raison, continua Scazziga qui défendait sa pratique, pour que M. Paul d'Aspremont ait l'influence que tu lui attribues.

— Il te faut d'autres preuves : ce matin je l'ai vu à la fenêtre, l'œil fixé sur un nuage pas plus gros que la plume qui s'échappe d'un oreiller décousu, et aussitôt des vapeurs noires se sont assemblées, et il est tombé une pluie si forte que les chiens pouvaient boire debout. »

Scazziga n'était pas convaincu et hochait la tête d'un air de doute.

« Le groom ne vaut d'ailleurs pas mieux que le maître, continua Timberio, et il faut que ce singe botté ait des intelligences avec le diable pour m'avoir jeté par terre, moi qui le tuerais d'une chiquenaude.

— Je suis de l'avis de Timberio, dit majes-
tueusement le chef de cuisine ; l'étranger mange
peu ; il a renvoyé les zuchettes farcies, la friture
de poulet et le macaroni aux tomates que j'avais
pourtant apprêtés de ma propre main ! Quelque
secret étrange se cache sous cette sobriété. Pourquoi un homme riche se priverait-il de mets
savoureux et ne prendrait-il qu'un potage aux
œufs et une tranche de viande froide ?

— Il a les cheveux roux, dit Gelsomina en passant les doigts dans la noire forêt de ses bandeaux.

— Et les yeux un peu saillants, continua
Pepina, l'autre servante.

— Très rapprochés du nez, appuya Timberio.

— Et la ride qui se forme entre ses sourcils se
creuse en fer à cheval, dit en terminant l'instruction le formidable Virgilio Falsacappa ; donc il
est...

— Ne prononcez pas le mot, c'est inutile, cria le
chœur moins Scazziga, toujours incrédule ; nous
nous tiendrons sur nos gardes.

— Quand je pense que la police me tourmente-
rait, dit Timberio, si par hasard je lui laissais
tomber une malle de trois cents livres sur la tête, à
ce *forestiere* de malheur !

— Scazziga est bien hardi de le conduire, dit
Gelsomina.

— Je suis sur mon siège, il ne me voit que le
dos, et ses regards ne peuvent faire avec les miens
l'angle voulu. D'ailleurs, je m'en moque.

— Vous n'avez pas de religion, Scazziga, dit le
colossal Palforio, le cuisinier à formes her-
culéennes ; vous finirez mal. »

Pendant que l'on dissertait de la sorte sur son
compte à la cuisine de l'hôtel de Rome, Paul, que
la présence du comte Altavilla chez miss Ward
avait mis de mauvaise humeur, était allé se promener à la Villa Reale ; et plus d'une fois la ride
de son front se creusa, et ses yeux prirent leur
regard fixe. Il crut voir Alicia passer en calèche
avec le comte et le commodore, et il se précipita

vers la portière en posant son lorgnon sur son nez pour être sûr qu'il ne se trompait pas : ce n'était pas Alicia, mais une femme qui lui ressemblait un peu de loin. Seulement, les chevaux de la calèche, effrayés sans doute du mouvement brusque de Paul, s'emportèrent.

Paul prit une glace au café de l'Europe sur le largo du palais : quelques personnes l'examinèrent avec attention, et changèrent de place en faisant un geste singulier.

Il entra au théâtre de Pulcinella, où l'on donnait un spectacle *tutto da ridere*. L'acteur se troubla au milieu de son improvisation bouffonne et resta court ; il se remit pourtant ; mais au beau milieu d'un lazzi, son nez de carton noir se détacha, et il ne put venir à bout de le rajuster, et comme pour s'excuser, d'un signe rapide il expliqua la cause de ses mésaventures, car le regard de Paul, arrêté sur lui, lui ôtait tous ses moyens.

Les spectateurs voisins de Paul s'éclipsèrent un à un ; M. d'Aspremont se leva pour sortir, ne se rendant pas compte de l'effet bizarre qu'il produisait, et dans le couloir il entendait prononcer à voix basse ce mot étrange et dénué de sens pour lui : un jettatore ! un jettatore !

VI

Le lendemain de l'envoi des cornes, le comte Altavilla fit une visite à miss Ward. La jeune Anglaise prenait le thé en compagnie de son oncle, exactement comme si elle eût été à Ramsgate dans une maison de briques jaunes, et non à Naples sur une terrasse blanchie à la chaux et entourée de figuiers, de cactus et d'aloès ; car un des signes caractéristiques de la race saxonne est la persistance de ses habitudes, quelque contraires qu'elles soient au climat. Le commodore rayonnait : au moyen de morceaux de glace fabriquée chimiquement avec un appareil, car on n'apporte que de la neige des montagnes qui s'élève derrière Castellamare, il était parvenu à maintenir son beurre à l'état solide, et il en étalait une couche avec une satisfaction visible sur une tranche de pain coupée en sandwich.

Après ces quelques mots vagues qui précèdent toute conversation et ressemblent aux préludes par lesquels les pianistes tâtent leur clavier avant de commencer leur morceau, Alicia, abandonnant tout à coup les lieux communs d'usage, s'adressa brusquement au jeune comte napolitain :

« Que signifie ce bizarre cadeau de cornes dont vous avez accompagné vos fleurs ? Ma servante Vicè m'a dit que c'était un préservatif contre le *fascino* ; voilà tout ce que j'ai pu tirer d'elle.

— Vicè a raison, répondit le comte Altavilla en s'inclinant.

— Mais qu'est-ce que le *fascino* ? poursuivit la jeune miss ; je ne suis pas au courant de vos superstitions... africaines, car cela doit se rapporter sans doute à quelque croyance populaire.

— Le *fascino* est l'influence pernicieuse qu'exerce la personne douée, ou plutôt affligée du mauvais œil.

— Je fais semblant de vous comprendre, de peur de vous donner une idée défavorable de mon intelligence si j'avoue que le sens de vos paroles m'échappe, dit miss Alicia Ward ; vous m'expliquez l'inconnu par l'inconnu : *mauvais œil* traduit fort mal, pour moi, *fascino* ; comme le personnage de la comédie je sais le latin, mais faites comme si je ne le savais pas.

— Je vais m'expliquer avec toute la clarté possible, répondit Altavilla ; seulement, dans votre dédain britannique, n'allez pas me prendre pour un sauvage et vous demander si mes habits ne cachent pas une peau tatouée de rouge et de bleu. Je suis un homme civilisé ; j'ai été élevé à Paris ; je parle anglais et français ; j'ai lu Voltaire ; je crois aux machines à vapeur, aux chemins de fer,

aux deux chambres comme Stendhal ; je mange
le macaroni avec une fourchette ; — je porte le
matin des gants de Suède, l'après-midi des gants
de couleur, le soir des gants paille. »

L'attention du commodore, qui beurrait sa
deuxième tartine, fut attirée par ce début étrange,
et il resta le couteau à la main, fixant sur Altavilla
ses prunelles d'un bleu polaire, dont la nuance
formait un bizarre contraste avec son teint rouge
brique.

« Voilà des titres rassurants, fit miss Alicia
Ward avec un sourire ; et après cela je serais bien
défiante si je vous soupçonnais de *barbarie*. Mais
ce que vous avez à me dire est donc bien terrible
ou bien absurde, que vous prenez tant de cir-
conlocutions pour arriver au fait ?

— Oui, bien terrible, bien absurde et même
bien ridicule, ce qui est pire, continua le comte ; si
j'étais à Londres ou à Paris, peut-être en rirais-je
avec vous, mais ici, à Naples...

— Vous garderez votre sérieux ; n'est-ce pas
cela que vous voulez dire ?

— Précisément.

— Arrivons au *fascino*, dit miss Ward, que la
gravité d'Altavilla impressionnait malgré elle.

— Cette croyance remonte à la plus haute Antiquité. Il y est fait allusion dans la Bible. Virgile en
parle d'un ton convaincu ; les amulettes de
bronze trouvées à Pompéïa, à Herculanum, à
Stabies, les signes préservatifs dessinés sur les
murs des maisons déblayées, montrent combien
cette superstition était jadis répandue (Altavilla
souligna le mot *superstition* avec une intention
maligne). L'Orient tout entier y ajoute foi encore
aujourd'hui. Des mains rouges ou vertes sont
appliquées de chaque côté de l'une des maisons
mauresques pour détourner la mauvaise
influence. On voit une main sculptée sur le cla-
veau de la porte du Jugement à l'Alhambra ; ce
qui prouve que ce *préjugé* est du moins fort ancien
s'il n'est pas fondé. Quand des millions d'hommes

ont pendant des milliers d'années partagé une opinion, il est probable que cette opinion si généralement reçue s'appuyait sur des faits positifs, sur une longue suite d'observations justifiées par l'événement... J'ai peine à croire, quelque idée avantageuse que j'aie de moi-même, que tant de personnes, dont plusieurs à coup sûr étaient illustres, éclairées et savantes, se soient trompées grossièrement dans une chose où seul je verrais clair...

— Votre raisonnement est facile à rétorquer, interrompit miss Alicia Ward : le polythéisme n'a-t-il pas été la religion d'Hésiode, d'Homère, d'Aristote, de Platon, de Socrate même, qui a sacrifié un coq à Esculape, et d'une foule d'autres personnages d'un génie incontestable ?

— Sans doute, mais il n'y a plus personne aujourd'hui qui sacrifie des bœufs à Jupiter.

— Il vaut bien mieux en faire des beefsteaks et des rumpsteaks, dit sentencieusement le commodore, que l'usage de brûler les cuisses grasses des victimes sur les charbons avait toujours choqué dans Homère.

— On n'offre plus de colombes à Vénus, ni de paons à Junon, ni de boucs à Bacchus ; le christianisme a remplacé ces rêves de marbre blanc dont la Grèce avait peuplé son Olympe ; la vérité a fait évanouir l'erreur, et une infinité de gens redoutent encore les effets du *fascino*, ou, pour lui donner son nom populaire, de la *jettatura*.

— Que le peuple ignorant s'inquiète de pareilles influences, je le conçois, dit miss Ward ; mais qu'un homme de votre naissance et de votre éducation partage cette croyance, voilà ce qui m'étonne.

— Plus d'un qui fait l'esprit fort, répondit le comte, suspend à sa fenêtre une corne, cloue un massacre au-dessus de sa porte, et ne marche que couvert d'amulettes ; moi, je suis franc, et j'avoue sans honte que lorsque je rencontre un *jettatore*, je prends volontiers l'autre côté de la rue, et que si je ne puis éviter son regard, je le conjure de mon mieux par le geste consacré. Je n'y mets pas plus de façon qu'un lazzarone, et je m'en trouve bien. Des mésaventures nombreuses m'ont appris à ne pas dédaigner ces précautions. »

Miss Alicia Ward était une protestante, élevée avec une grande liberté d'esprit philosophique, qui n'admettait rien qu'après examen, et dont la raison droite répugnait à tout ce qui ne pouvait s'expliquer mathématiquement. Les discours du comte la surprenaient. Elle voulut d'abord n'y voir qu'un simple jeu d'esprit ; mais le ton calme et convaincu d'Altavilla lui fit changer d'idée sans la persuader en aucune façon.

« Je vous accorde, dit-elle, que ce préjugé existe, qu'il est fort répandu, que vous êtes sincère dans votre crainte du mauvais œil, et ne cherchez pas à vous jouer de la simplicité d'une pauvre étrangère ; mais donnez-moi quelque raison physique de cette idée superstitieuse, car, dussiez-vous me juger comme un être entièrement dénué de poésie, je suis très incrédule : le fantastique, le mystérieux, l'occulte, l'inexplicable ont fort peu de prise sur moi.

— Vous ne nierez pas, miss Alicia, reprit le comte, la puissance de l'œil humain ; la lumière du ciel s'y combine avec le reflet de l'âme ; la prunelle est une lentille qui concentre les rayons de la vie, et l'électricité intellectuelle jaillit par cette étroite ouverture : le regard d'une femme ne traverse-t-il pas le cœur le plus dur ? Le regard d'un héros n'aimante-t-il pas toute une armée ? Le regard du médecin ne dompte-t-il pas le fou comme une douche froide ? Le regard d'une mère ne fait-il pas reculer les lions ?

— Vous plaidez votre cause avec éloquence, répondit miss Ward, en secouant sa jolie tête ; pardonnez-moi s'il me reste des doutes.

— Et l'oiseau qui, palpitant d'horreur et poussant des cris lamentables, descend du haut d'un arbre, d'où il pourrait s'envoler, pour se jeter dans la gueule du serpent qui le fascine, obéit-il à un préjugé ? a-t-il entendu, dans les nids, des commères emplumées raconter des histoires de jettatura ? — Beaucoup d'effets n'ont-ils pas eu lieu par des causes inappréciables pour nos organes ? Les miasmes de la fièvre paludéenne, de la peste, du choléra, sont-ils visibles ? Nul œil n'aperçoit le fluide électrique sur la broche du paratonnerre, et pourtant la foudre est soutirée ! Qu'y a-t-il d'absurde à supposer qu'il se dégage de ce disque noir, bleu ou gris, un rayon propice ou fatal ? Pourquoi cette effluve ne serait-elle pas heureuse ou malheureuse d'après le mode d'émission et l'angle sous lequel l'objet la reçoit ?

— Il me semble, dit le commodore, que la théorie du comte a quelque chose de spécieux ; je n'ai jamais pu, moi, regarder les yeux d'or d'un crapaud sans me sentir à l'estomac une chaleur intolérable, comme si j'avais pris de l'émétique ; et pourtant le pauvre reptile avait plus de raison de craindre que moi qui pouvais l'écraser d'un coup de talon.

— Ah ! mon oncle ! si vous vous mettez avec M. d'Altavilla, fit miss Ward, je vais être battue. Je ne suis pas de force à lutter. Quoique j'eusse peut-être bien des choses à objecter contre cette électricité oculaire dont aucun physicien n'a parlé, je veux bien admettre son existence pour un instant, mais quelle efficacité peuvent avoir pour se préserver de leurs funestes effets les immenses cornes dont vous m'avez gratifiée ?

— De même que le paratonnerre avec sa pointe soutire la foudre, répondit Altavilla, ainsi les pitons aigus de ces cornes sur lesquelles se fixe le regard du jettatore détournent le fluide malfaisant et le dépouillent de sa dangereuse électricité. Les doigts tendus en avant et les amulettes de corail rendent le même service.

— Tout ce que vous me contez là est bien fou, monsieur le comte, reprit miss Ward ; et voici ce que j'y crois comprendre : selon vous, je serais

sous le coup du fascino d'un jettatore bien dange-
reux ; et vous m'avez envoyé des cornes comme
moyens de défense ?

— Je le crains, miss Alicia, répondit le comte
avec un ton de conviction profonde.

— Il ferait beau voir, s'écria le commodore,
qu'un de ces drôles à l'œil louche essayât de
fasciner ma nièce ! Quoique j'aie dépassé la
soixantaine, je n'ai pas encore oublié mes leçons
de boxe. »

Et il fermait son poing en serrant le pouce
contre les doigts pliés.

« Deux doigts suffisent, milord, dit Altavilla en
faisant prendre à la main du commodore la position voulue. Le plus ordinairement la jettatura est
involontaire ; elle s'exerce à l'insu de ceux qui
possèdent ce don fatal, et souvent même, lorsque
les jettatori arrivent à la conscience de leur
funeste pouvoir, ils en déplorent les effets plus
que personne ; il faut donc les éviter et non les
maltraiter. D'ailleurs, avec les cornes, les doigts
en pointe, les branches de corail bifurquées, on
peut neutraliser ou du moins atténuer leur
influence.

— En vérité, c'est fort étrange, dit le commodore, que le sang-froid d'Altavilla impressionnait
malgré lui.

— Je ne me savais pas si fort obsédée par les
jettatori ; je ne quitte guère cette terrasse, si ce
n'est pour aller faire, le soir, un tour en calèche le
long de la Villa Reale, avec mon oncle, et je n'ai
rien remarqué qui pût donner lieu à votre supposition, dit la jeune fille dont la curiosité s'éveillait,
quoique son incrédulité fût toujours la même. Sur
qui se portent vos soupçons ?

— Ce ne sont pas des soupçons, miss Ward ; ma
certitude est complète, répondit le jeune comte
napolitain.

— De grâce, révélez-nous le nom de cet être
fatal ? » dit miss Ward avec une légère nuance de
moquerie.

Altavilla garda le silence.

« Il est bon de savoir de qui l'on doit se défier »,
ajouta le commodore.

Le jeune comte napolitain parut se recueillir ;
— puis il se leva, s'arrêta devant l'oncle de miss
Ward, lui fit un salut respectueux et lui dit :

« Milord Ward, je vous demande la main de
votre nièce. »

A cette phrase inattendue, Alicia devint toute
rose, et le commodore passa du rouge à l'écarlate.

Certes, le comte Altavilla pouvait prétendre à la
main de miss Ward ; il appartenait à une des plus
anciennes et plus nobles familles de Naples ; il
était beau, jeune, riche, très bien en cour, parfaitement élevé, d'une élégance irréprochable ; sa
demande, en elle-même, n'avait donc rien de choquant ; mais elle venait d'une manière si sou-
daine, si étrange ; elle ressortait si peu de la
conversation entamée, que la stupéfaction de
l'oncle et de la nièce était tout à fait convenable.
Aussi Altavilla n'en parut-il ni surpris ni découragé, et attendit-il la réponse de pied ferme.

« Mon cher comte, dit enfin le commodore, un
peu remis de son trouble, votre proposition
m'étonne — autant qu'elle m'honore. — En vérité,
je ne sais que vous répondre ; je n'ai pas consulté
ma nièce. — On parlait de fascino, de jettatura, de
cornes, d'amulettes, de mains ouvertes ou fermées, de toutes sortes de choses qui n'ont aucun
rapport au mariage, et puis voilà que vous me
demandez la main d'Alicia ! — Cela ne se suit pas
du tout, et vous ne m'en voudrez pas si je n'ai pas
des idées bien nettes à ce sujet. Cette union serait
à coup sûr très convenable, mais je croyais que
ma nièce avait d'autres intentions. Il est vrai
qu'un vieux loup de mer comme moi ne lit pas
bien couramment dans le cœur des jeunes
filles... »

Alicia, voyant son oncle s'embrouiller, profita
du temps d'arrêt qu'il prit après sa dernière
phrase pour faire cesser une scène qui devenait
gênante, et dit au Napolitain :

« Comte, lorsqu'un galant homme demande loyalement la main d'une honnête jeune fille, il n'y a pas lieu pour elle de s'offenser, mais elle a droit d'être étonnée de la forme bizarre donnée à cette demande. Je vous priais de me dire le nom du prétendu jettatore dont l'influence peut, selon vous, m'être nuisible, et vous faites brusquement à mon oncle une proposition dont je ne démêle pas le motif.

— C'est, répondit Altavilla, qu'un gentilhomme ne se fait pas volontiers dénonciateur, et qu'un mari seul peut défendre sa femme. Mais prenez quelques jours pour réfléchir. Jusque-là, les cornes exposées d'une façon bien visible suffiront, je l'espère, à vous garantir de tout événement fâcheux. »

Cela dit, le comte se leva et sortit après avoir salué profondément.

Vicè, la fauve servante aux cheveux crépus, qui venait pour emporter la théière et les tasses, avait, en montant lentement l'escalier de la terrasse, entendu la fin de la conversation ; elle nourrissait contre Paul d'Aspremont toute l'aversion qu'une paysanne des Abruzzes apprivoisée à peine par deux ou trois ans de domesticité, peut avoir à l'endroit d'un *forestiere* soupçonné de jettature ; elle trouvait d'ailleurs le comte Altavilla superbe, et ne concevait pas que miss Ward pût lui préférer un jeune homme chétif et pâle dont elle, Vicè, n'eût pas voulu, quand même il n'aurait pas eu le fascino. Aussi, n'appréciant pas la délicatesse de procédé du comte, et désirant soustraire sa maîtresse, qu'elle aimait, à une nuisible influence, Vicè se pencha vers l'oreille de miss Ward et lui dit :

« Le nom que vous cache le comte Altavilla, je le sais, moi.

— Je vous défends de me le dire, Vicè, si vous tenez à mes bonnes grâces, répondit Alicia. Vraiment toutes ces superstitions sont honteuses, et je les braverai en fille chrétienne qui ne craint que Dieu. »

VII

« Jettatore ! jettatore ! Ces mots s'adressaient bien à moi, se disait Paul d'Aspremont en rentrant à l'hôtel ; j'ignore ce qu'ils signifient, mais ils doivent assurément renfermer un sens injurieux ou moqueur. Qu'ai-je dans ma personne de singulier, d'insolite ou de ridicule pour attirer ainsi l'attention d'une manière défavorable ? Il me semble, quoique l'on soit assez mauvais juge de soi-même, que je ne suis ni beau, ni laid, ni grand, ni petit, ni maigre, ni gros, et que je puis passer inaperçu dans la foule. Ma mise n'a rien d'excentrique ; je ne suis pas coiffé d'un turban illuminé de bougies comme M. Jourdain dans la cérémonie du *Bourgeois gentilhomme*, je ne porte pas une veste brodée d'un soleil d'or dans le dos ; un nègre ne me précède pas jouant des timbales ; mon individualité, parfaitement inconnue, du reste, à Naples, se dérobe sous le vêtement uniforme, domino de la civilisation moderne, et je suis dans tout pareil aux élégants qui se promènent rue de Tolède ou au largo du Palais, sauf un peu moins de cravate, un peu moins d'épingle, un peu moins de chemise brodée, un peu moins de gilet, un peu moins de chaînes d'or et beaucoup moins de frisure.

« Peut-être ne suis-je pas assez frisé ! — Demain je me ferai donner un coup de fer par le coiffeur de l'hôtel. Cependant l'on a ici l'habitude de voir des étrangers, et quelques imperceptibles différences de toilette ne suffisent pas à justifier le mot mystérieux et le geste bizarre que ma présence provoque. J'ai remarqué, d'ailleurs, une expression d'antipathie et d'effroi dans les yeux des gens qui s'écartaient de mon chemin. Que puis-je avoir fait à ces gens que je rencontre pour la première fois ? Un voyageur, ombre qui passe pour ne plus revenir, n'excite partout que l'indifférence, à moins qu'il n'arrive de quelque région éloignée et ne soit

l'échantillon d'une race inconnue : mais les
paquebots jettent, toutes les semaines, sur le môle
des milliers de touristes dont je ne diffère en rien.
Qui s'en inquiète, excepté les facchini, les hôte-
liers et les domestiques de place ? Je n'ai pas tué
mon frère, puisque je n'en avais pas, et je ne dois
pas être marqué par Dieu du signe de Caïn, et
pourtant les hommes se troublent et s'éloignent à
mon aspect : à Paris, à Londres, à Vienne, dans
toutes les villes que j'ai habitées, je ne me suis
jamais aperçu que je produisisse un effet semblable ; l'on m'a trouvé quelquefois fier, dédaigneux, sauvage ; l'on m'a dit que j'affectais le
sneer anglais, que j'imitais lord Byron, mais j'ai
reçu partout l'accueil dû à un gentleman, et mes
avances, quoique rares, n'en étaient que mieux
appréciées. Une traversée de trois jours de Marseille à Naples ne peut pas m'avoir changé à ce
point d'être devenu odieux ou grotesque, moi que
plus d'une femme a distingué et qui ai su toucher
le cœur de miss Alicia Ward, une délicieuse jeune
fille, une créature céleste, un ange de Thomas
Moore. »

Ces réflexions, raisonnables assurément, cal-
mèrent un peu Paul d'Aspremont, et il se persuada qu'il avait attaché à la mimique exagérée
des Napolitains, le peuple le plus gesticulateur du
monde, un sens dont elle était dénuée.

Il était tard. — Tous les voyageurs, à l'exception
de Paul, avaient regagné leurs chambres respec-
tives ; Gelsomina, l'une des servantes dont nous
avons esquissé la physionomie dans le conciliabule tenu à la cuisine sous la présidence de Virgilio Falsacappa, attendait que Paul fût rentré pour
mettre les barres de clôture à la porte. Nanella,
l'autre fille, dont c'était le tour de veiller, avait
prié sa compagne plus hardie de tenir sa place, ne
voulant pas se rencontrer avec le *forestiere* soupçonné de jettature ; aussi Gelsomina était-elle
sous les armes : un énorme paquet d'amulettes se
hérissait sur sa poitrine, et cinq petites cornes de

corail tremblaient au lieu de pampilles à la perle taillée de ses boucles d'oreilles ; sa main, repliée d'avance, tendait l'index et le petit doigt avec une correction que le révérend curé Andréa de Jorio, auteur de la *Mimica degli antichi investigata nel gestire napoletano*, eût assurément approuvée.

La brave Gelsomina, dissimulant sa main derrière un pli de sa jupe, présenta le flambeau à M. d'Aspremont, et dirigea sur lui un regard aigu, persistant, presque provocateur, d'une expression si singulière, que le jeune homme en baissa les yeux : circonstance qui parut faire beaucoup de plaisir à cette belle fille.

A la voir immobile et droite, allongeant le flambeau avec un geste de statue, le profil découpé par une ligne lumineuse, l'œil fixe et flamboyant, on eût dit la Némésis antique cherchant à déconcerter un coupable.

Lorsque le voyageur eut monté l'escalier et que le bruit de ses pas se fut éteint dans le silence, Gelsomina releva la tête d'un air de triomphe, et dit : « Je lui ai joliment fait rentrer son regard dans la prunelle, à ce vilain monsieur, que saint Janvier confonde ; je suis sûre qu'il ne m'arrivera rien de fâcheux. »

Paul dormit mal et d'un sommeil agité ; il fut tourmenté par toutes sortes de rêves bizarres se rapportant aux idées qui avaient préoccupé sa veille : il se voyait entouré de figures grimaçantes et monstrueuses, exprimant la haine, la colère et la peur ; puis les figures s'évanouissaient ; les doigts longs, maigres, osseux, à phalanges noueuses, sortant de l'ombre et rougis d'une clarté infernale, le menaçaient en faisant des signes cabalistiques ; les ongles de ces doigts, se recourbant en griffes de tigre, en serres de vautour, s'approchaient de plus en plus de son visage et semblaient chercher à lui vider l'orbite des yeux. Par un effort suprême, il parvint à écarter ces mains, voltigeant sur des ailes de chauve-souris ; mais aux mains crochues succédèrent des

massacres de bœufs, de buffles et de cerfs, crânes
blanchis animés d'une vie morte, qui l'assail-
laient de leurs cornes et de leurs ramures et le
forçaient à se jeter à la mer, où il se déchirait le
corps sur une forêt de corail aux branches pointues ou bifurquées ; — une vague le rapportait à la
côte, moulu, brisé, à demi mort ; et, comme le don
Juan de lord Byron, il entrevoyait à travers son
évanouissement une tête charmante qui se penchait vers lui ; — ce n'était pas Haydée, mais
Alicia, plus belle encore que l'être imaginaire créé
par le poète. La jeune fille faisait de vains efforts
pour tirer sur le sable le corps que la mer voulait
reprendre, et demandait à Vicè, la fauve servante,
une aide que celle-ci lui refusait en riant d'un rire
féroce : les bras d'Alicia se fatiguaient, et Paul
retombait au gouffre.

Ces fantasmagories confusément effrayantes,
vaguement horribles, et d'autres plus insaisissables encore rappelant les fantômes informes
ébauchés dans l'ombre opaque des aquatintes de
Goya torturèrent le dormeur jusqu'aux premières
lueurs du matin ; son âme, affranchie par l'anéantissement du corps, semblait deviner ce que sa
pensée éveillée ne pouvait comprendre, et tâchait
de traduire ses pressentiments en image dans la
chambre noire du rêve.

Paul se leva brisé, inquiet, comme mis sur la
trace d'un malheur caché par ces cauchemars
dont il craignait de sonder le mystère ; il tournait
autour du fatal secret, fermant les yeux pour ne
pas voir et les oreilles pour ne pas entendre ;
jamais il n'avait été plus triste ; il doutait même
d'Alicia ; l'air de fatuité heureuse du comte napolitain, la complaisance avec laquelle la jeune fille
l'écoutait, la mine approbative du commodore,
tout cela lui revenait en mémoire enjolivé de
mille détails cruels, lui noyait le cœur d'amer-
tume et ajoutait encore à sa mélancolie.

La lumière a ce privilège de dissiper le malaise
causé par les visions nocturnes. Smarra, offusqué,

s'enfuit en agitant ses ailes membraneuses,
lorsque le jour tire ses flèches d'or dans la
chambre par l'interstice des rideaux. — Le soleil
brillait d'un éclat joyeux, le ciel était pur, et sur le
bleu de la mer scintillaient des millions de paillettes : peu à peu Paul se rasséréna ; il oublia ses
rêves fâcheux et les impressions bizarres de la
veille, ou, s'il y pensait, c'était pour s'accuser
d'extravagance.

Il alla faire un tour à Chiaja pour s'amuser du
spectacle de la pétulance napolitaine : les marchands criaient leurs denrées sur des mélopées
bizarres en dialecte populaire, inintelligible pour
lui qui ne savait que l'italien, avec des gestes
désordonnés et une furie d'action inconnue dans
le Nord ; mais toutes les fois qu'il s'arrêtait près
d'une boutique, le marchand prenait un air
alarmé, murmurait quelque imprécation à mi-
voix, et faisait le geste d'allonger les doigts
comme s'il eût voulu le poignarder de l'auri-
culaire et de l'index ; les commères, plus hardies,
l'accablaient d'injures et lui montraient le poing.

VIII

M. d'Aspremont crut, en s'entendant injurier
par la populace de Chiaja, qu'il était l'objet de ces
litanies grossièrement burlesques dont les marchands de poisson régalent les gens bien mis qui
traversent le marché ; mais une répulsion si vive,
un effroi si vrai se peignaient dans tous les yeux,
qu'il fut bien forcé de renoncer à cette inter-
prétation ; le mot *jettatore*, qui avait déjà frappé
ses oreilles au théâtre de San Carlino, fut encore
prononcé, et avec une expression menaçante cette
fois ; il s'éloigna donc à pas lents, ne fixant plus
sur rien ce regard, cause de tant de trouble. En
longeant les maisons pour se soustraire à l'attention publique, Paul arriva à un étalage de bouquiniste ; il s'y arrêta, remua et ouvrit quelques

livres, en manière de contenance : il tournait ainsi le dos aux passants, et sa figure à demi cachée par les feuillets évitait toute occasion d'insulte. Il avait bien pensé un instant à charger cette canaille à coups de canne ; la vague terreur superstitieuse qui commençait à s'emparer de lui l'en avait empêché. Il se souvint qu'ayant une fois frappé un cocher insolent d'une légère badine, il l'avait attrapé à la tempe et tué sur le coup, meurtre involontaire dont il ne s'était pas consolé. Après avoir pris et reposé plusieurs volumes dans leur case, il tomba sur le traité de la *jettatura* du signor Niccolo Valetta ; ce titre rayonna à ses yeux en caractères de flamme, et le livre lui parut placé là par la main de la fatalité ; il jeta au bouquiniste, qui le regardait d'un air narquois, en faisant brimbaler deux ou trois cornes noires mêlées aux breloques de sa montre, les six ou huit carlins, prix du volume, et courut à l'hôtel s'enfermer dans sa chambre pour commencer cette lecture qui devait éclaircir et fixer les doutes dont il était obsédé depuis son séjour à Naples.

Le bouquin du signor Valetta est aussi répandu à Naples que les *Secrets du grand Albert*, l'*Etteila* ou la *Clef des songes* peuvent l'être à Paris. Valetta définit la jettature, enseigne à quelles marques on peut la reconnaître, par quels moyens on s'en préserve ; il divise les jettatori en plusieurs classes, d'après leur degré de malfaisance, et agite toutes les questions qui se rattachent à cette grave matière.

S'il eût trouvé ce livre à Paris, d'Aspremont l'eût feuilleté distraitement comme un vieil almanach farci d'histoires ridicules, et eût ri du sérieux avec lequel l'auteur traite ces billevesées ; dans la disposition d'esprit où il était, hors de son milieu naturel, préparé à la crédulité par une foule de petits incidents, il le lut avec une secrète horreur, comme un profane épelant sur un grimoire des évocations d'esprits et des formules de cabale.

Quoiqu'il n'eût pas cherché à les pénétrer, les
secrets de l'enfer se révélaient à lui ; il ne pouvait
plus s'empêcher de les savoir, et il avait maintenant la conscience de son pouvoir fatal : il était
jettatore ! Il fallait bien en convenir vis-à-vis de
lui-même : tous les signes distinctifs décrits par
Valetta, il les possédait.

Quelquefois il arrive qu'un homme qui
jusque-là s'était cru doué d'une santé parfaite,
ouvre par hasard ou par distraction un livre de
médecine, et, en lisant la description patholo-
gique d'une maladie, s'en reconnaisse atteint ;
éclairé par une lueur fatale, il sent à chaque
symptôme rapporté tressaillir douloureusement
en lui quelque organe obscur, quelque fibre
cachée dont le jeu lui échappait, et il pâlit en
comprenant si prochaine une mort qu'il croyait
bien éloignée. — Paul éprouva un effet analogue.

Il se mit devant une glace et se regarda avec une
intensité effrayante : cette perfection disparate,
composée de beautés qui ne se trouvent pas ordinairement ensemble, le faisait plus que jamais
ressembler à l'archange déchu, et rayonnait sinistrement dans le fond noir du miroir ; les fibrilles
de ses prunelles se tordaient comme des vipères
convulsives ; ses sourcils vibraient pareils à l'arc
d'où vient de s'échapper la flèche mortelle ; la
ride blanche de son front faisait penser à la cica-
trice d'un coup de foudre, et dans ses cheveux
rutilants paraissaient flamber des flammes infernales ; la pâleur marmoréenne de la peau donnait
encore plus de relief à chaque trait de cette physionomie vraiment terrible.

Paul se fit peur à lui-même : il lui semblait que
les effluves de ses yeux, renvoyées par le miroir,
lui revenaient en dards empoisonnés : figurez-
vous Méduse regardant sa tête horrible et charmante dans le fauve reflet d'un bouclier d'airain.

L'on nous objectera peut-être qu'il est difficile
de croire qu'un jeune homme du monde, imbu de
la science moderne, ayant vécu au milieu du

scepticisme de la civilisation, ait pu prendre au
sérieux un préjugé populaire, et s'imaginer être
doué fatalement d'une malfaisance mystérieuse.
Mais nous répondrons qu'il y a un magnétisme
irrésistible dans la pensée générale, qui vous
pénètre malgré vous, et contre lequel une volonté
unique ne lutte pas toujours efficacement : tel
arrive à Naples se moquant de la jettature, qui
finit par se hérisser de précautions cornues et fuir
avec terreur tout individu à l'œil suspect. Paul
d'Aspremont se trouvait dans une position encore
plus grave : — il avait lui-même le fascino, — et
chacun l'évitait, ou faisait en sa présence les
signes préservatifs recommandés par le signor
Valetta. Quoique sa raison se révoltât contre une
pareille appréciation, il ne pouvait s'empêcher de
reconnaître qu'il présentait tous les indices
dénonciateurs de la jettature. — L'esprit humain,
même le plus éclairé, garde toujours un coin
sombre, où s'accroupissent les hideuses chimères
de la crédulité, où s'accrochent les chauves-souris
de la superstition. La vie ordinaire elle-même est
si pleine de problèmes insolubles, que l'impossible y devient probable. On peut croire ou nier
tout : à un certain point de vue, le rêve existe
autant que la réalité.

Paul se sentit pénétré d'une immense tristesse.
— Il était un monstre ! — Bien que doué des
instincts les plus affectueux et de la nature la plus
bienveillante, il portait le malheur avec lui ; son
regard, involontairement chargé de venin, nuisait
à ceux sur qui il s'arrêtait, quoique dans une
intention sympathique. Il avait l'affreux privilège
de réunir, de concentrer, de distiller les miasmes
morbides, les électricités dangereuses, les
influences fatales de l'atmosphère, pour les
dardes autour de lui. Plusieurs circonstances de
sa vie, qui jusque-là lui avaient semblé obscures
et dont il avait vaguement accusé le hasard,
s'éclairaient maintenant d'un jour livide : il se
rappelait toutes sortes de mésaventures énigma-

tiques, de malheurs inexpliqués, de catastrophes sans motifs dont il tenait à présent le mot ; des concordances bizarres s'établissaient dans son esprit et les confirmaient dans la triste opinion qu'il avait prise de lui-même.

Il remonta sa vie année par année : il se rappela sa mère morte en lui donnant le jour, la fin malheureuse de ses petits amis de collège, dont le plus cher s'était tué en tombant d'un arbre, sur lequel lui, Paul, le regardait grimper ; cette partie de canot si joyeusement commencée avec deux camarades, et d'où il était revenu seul, après des efforts inouïs pour arracher des herbes les corps des pauvres enfants noyés par le chavirement de la barque ; l'assaut d'armes où son fleuret, brisé près du bouton et transformé ainsi en épée, avait blessé si dangereusement son adversaire, — un jeune homme qu'il aimait beaucoup : — à coup sûr, tout cela pouvait s'expliquer rationnellement, et Paul l'avait fait ainsi jusqu'alors ; pourtant, ce qu'il y avait d'accidentel et de fortuit dans ces événements lui paraissait dépendre d'une autre cause depuis qu'il connaissait le livre de Valetta : l'influence fatale, le fascino, la jettatura, devaient réclamer leur part de ces catastrophes. Une telle continuité de malheurs autour du même personnage n'était pas *naturelle*.

Une autre circonstance plus récente lui revint en mémoire, avec tous ses détails horribles, et ne contribua pas peu à l'affermir dans sa désolante croyance.

A Londres, il allait souvent au théâtre de la Reine, où la grâce d'une jeune danseuse anglaise l'avait particulièrement frappé. Sans en être plus épris qu'on ne l'est d'une gracieuse figure de tableau ou de gravure, il la suivait du regard parmi ses compagnes du corps de ballet, à travers le tourbillon des manœuvres chorégraphiques ; il aimait ce visage doux et mélancolique, cette pâleur délicate que ne rougissait jamais l'animation de la danse, ces beaux cheveux d'un blond

soyeux et lustré, couronnés, suivant le rôle,
d'étoiles ou de fleurs, ce long regard perdu dans
l'espace, ces épaules d'une chasteté virginale frissonnant sous la lorgnette, ces jambes qui soulevaient à regret leurs nuages de gaze et luisaient
sous la soie comme le marbre d'une statue antique ; chaque fois qu'elle passait devant la rampe,
il la saluait de quelque petit signe d'admiration
furtif, ou s'armait de son lorgnon pour la mieux
voir.

Un soir, la danseuse, emportée par le vol circulaire d'une valse, rasa de plus près cette étincelante ligne de feu qui sépare au théâtre le monde
idéal du monde réel ; ses légères draperies de
sylphide palpitaient comme des ailes de colombe
prêtes à prendre l'essor. Un bec de gaz tira sa
langue bleue et blanche, et atteignit l'étoffe
aérienne. En un moment la flamme environna la
jeune fille, qui dansa quelques secondes comme
un feu follet au milieu d'une lueur rouge, et se jeta
vers la coulisse, éperdue, folle de terreur, dévorée
vive par ses vêtements incendiés. — Paul avait été
très douloureusement ému de ce malheur, dont
parlèrent tous les journaux du temps, où l'on
pourrait retrouver le nom de la victime, si l'on
était curieux de le savoir. Mais son chagrin n'était
pas mélangé de remords. Il ne s'attribuait aucune
part dans l'accident qu'il déplorait plus que personne.

Maintenant il était persuadé que son obstina-
tion à la poursuivre du regard n'avait pas été
étrangère à la mort de cette charmante créature.
Il se considérait comme son assassin ; il avait
horreur de lui-même et aurait voulu n'être jamais
né.

A cette prostration succéda une réaction violente ; il se mit à rire d'un rire nerveux, jeta au
diable le livre de Valetta et s'écria : « Vraiment je
deviens imbécile ou fou ! Il faut que le soleil de
Naples m'ait tapé sur la tête. Que diraient mes
amis du club s'ils apprenaient que j'ai sérieuse-

ment agité dans ma conscience cette belle question — à savoir si je suis ou non jettatore !

Paddy frappa discrètement à la porte. — Paul
ouvrit, et le groom, formaliste dans son service,
lui présenta sur le cuir verni de sa casquette, en
s'excusant de ne pas avoir de plateau d'argent,
une lettre de la part de miss Alicia.

M. d'Aspremont rompit le cachet et lut ce qui
suit :

« Est-ce que vous me boudez, Paul ? — Vous
n'êtes pas venu hier soir, et votre sorbet au citron
s'est fondu mélancoliquement sur la table.
Jusqu'à neuf heures j'ai eu l'oreille aux aguets,
cherchant à distinguer le bruit des roues de votre
voiture à travers le chant obstiné des grillons et
les ronflements des tambours de basque ; alors il
a fallu perdre tout espoir, et j'ai querellé le
commodore. Admirez comme les femmes sont
justes ! — Pulcinella avec son nez noir, don Limon
et donna Pangrazia ont donc bien du charme pour
vous ? car je sais par ma police que vous avez
passé votre soirée à San Carlino. De ces prétendues lettres importantes, vous n'en avez pas écrit
une seule. Pourquoi ne pas avouer tout bonnement et tout bêtement que vous êtes jaloux du
comte Altavilla ? Je vous croyais plus orgueilleux,
et cette modestie de votre part me touche. —
N'ayez aucune crainte, M. d'Altavilla est trop
beau, et je n'ai pas le goût des Apollons à breloques. Je devrais afficher à votre endroit un
mépris superbe et vous dire que je ne me suis pas
aperçue de votre absence ; mais la vérité est que
j'ai trouvé le temps fort long, que j'étais de très
mauvaise humeur, très nerveuse, et que j'ai manqué de battre Vicè, qui riait comme une folle — je
ne sais pourquoi, par exemple. A. W. »

Cette lettre enjouée et moqueuse ramena tout à
fait les idées de Paul aux sentiments de la vie
réelle. Il s'habilla, ordonna de faire avancer la
voiture, et bientôt le voltairien Scazziga fit claquer son fouet incrédule aux oreilles de ses bêtes

qui se lancèrent au galop sur le pavé de lave, à travers la foule toujours compacte sur le quai de Santa Lucia.

« Scazziga, quelle mouche vous pique ? vous allez causer quelque malheur ! » s'écria M. d'Aspremont. Le cocher se retourna vivement pour répondre, et le regard irrité de Paul l'atteignit en plein visage. — Une pierre qu'il n'avait pas vue souleva une des roues de devant, et il tomba de son siège par la violence du heurt, mais sans lâcher ses rênes. — Agile comme un singe, il remonta d'un saut à sa place, ayant au front une bosse grosse comme un œuf de poule.

« Du diable si je me retourne maintenant quand tu me parleras ! — grommela-t-il entre ses dents. Timberio, Falsacappa et Gelsomina avaient raison, — c'est un jettatore ! Demain, j'achèterai une paire de cornes. Si ça ne peut pas faire de bien, ça ne peut pas faire de mal. »

Ce petit incident fut désagréable à Paul ; il le ramenait dans le cercle magique dont il voulait sortir : une pierre se trouve tous les jours sous la roue d'une voiture, un cocher maladroit se laisse choir de son siège, — rien n'est plus simple et plus vulgaire. Cependant l'*effet* avait suivi la *cause* de si près, la chute de Scazziga coïncidait si justement avec le *regard* qu'il lui avait lancé, que ses appréhensions lui revinrent :

« J'ai bien envie, se dit-il, de quitter dès demain ce pays extravagant, où je sens ma cervelle ballotter dans mon crâne comme une noisette sèche dans sa coquille. Mais si je confiais mes craintes à miss Ward, elle en rirait, et le climat de Naples est favorable à sa santé. — Sa santé ! mais elle se portait bien avant de me connaître ! Jamais ce nid de cygnes balancé sur les eaux, qu'on nomme l'Angleterre, n'avait produit une enfant plus blanche et plus rose ! La vie éclatait dans ses yeux pleins de lumière, s'épanouissait sur ses joues fraîches et satinées ; un sang riche et pur courait en veines bleues sous sa peau transparente ; on

sentait à travers sa beauté une force gracieuse !
Comme sous mon regard elle a pâli, maigri,
changé ! comme ses mains délicates devenaient
fluettes ! Comme ses yeux si vifs s'entouraient de
pénombres attendries ! On eût dit que la
consomption lui posait ses doigts osseux sur
l'épaule. — En mon absence, elle a bien vite repris
ses vives couleurs ; le souffle joue librement dans
sa poitrine que le médecin interrogeait avec
crainte ; délivrée de mon influence funeste, elle
vivrait de longs jours. — N'est-ce pas moi qui la
tue ? — L'autre soir, n'a-t-elle pas éprouvé, pendant que j'étais là, une souffrance si aiguë, que ses
joues se sont décolorées comme au souffle froid de
la mort ? — Ne lui fais-je pas la jettatura sans le
vouloir ? — Mais peut-être aussi n'y a-t-il là rien
que de naturel. — Beaucoup de jeunes Anglaises
ont des prédispositions aux maladies de poitrine. »

Ces pensées occupèrent Paul d'Aspremont pendant la route. Lorsqu'il se présenta sur la terrasse,
séjour habituel de miss Ward et du commodore,
les immenses cornes des bœufs de Sicile, présent
du comte Altavilla, recourbaient leurs croissants
jaspés à l'endroit le plus en vue. Voyant que Paul
les remarquait, le commodore devint bleu : ce qui
était sa manière de rougir, car, moins délicat que
sa nièce, il avait reçu les confidences de Vicè...

Alicia, avec un geste de parfait dédain, fit signe
à la servante d'emporter les cornes et fixa sur Paul
son bel œil plein d'amour, de courage et de foi.

« Laissez-les à leur place, dit Paul à Vicè ; elles
sont fort belles. »

IX

L'observation de Paul sur les cornes données
par le comte Altavilla parut faire plaisir au
commodore ; Vicè sourit, montrant sa denture
dont les canines séparées et pointues brillaient

d'une blancheur féroce ; Alicia, d'un coup de paupière rapide, sembla poser à son ami une question
qui resta sans réponse.

Un silence gênant s'établit.

Les premières minutes d'une visite même cor-
diale, familière, attendue et renouvelée tous les
jours, sont ordinairement embarrassées. Pendant
l'absence, n'eût-elle duré que quelques heures, il
s'est reformé autour de chacun une atmosphère
invisible contre laquelle se brise l'effusion. C'est
comme une glace parfaitement transparente qui
laisse apercevoir le paysage et que ne traverserait
pas le vol d'une mouche. Il n'y a rien en apparence, et pourtant on sent l'obstacle.

Une arrière-pensée dissimulée par un grand
usage du monde préoccupait en même temps les
trois personnages de ce groupe habituellement
plus à son aise. Le commodore tournait ses
pouces avec un mouvement machinal ; d'Aspremont regardait obstinément les pointes noires et
polies des cornes qu'il avait défendu à Vicè
d'emporter, comme un naturaliste cherchant à
classer, d'après un fragment, une espèce
inconnue ; Alicia passait son doigt dans la rosette
du large ruban qui ceignait son peignoir de mousseline, faisant mine d'en resserrer le nœud.

Ce fut miss Ward qui rompit la glace la première, avec cette liberté enjouée des jeunes filles
anglaises, si modestes et si réservées, cependant,
après le mariage.

« Vraiment, Paul, vous n'êtes guère aimable
depuis quelque temps. Votre galanterie est-elle
une plante de serre froide qui ne peut s'épanouir
qu'en Angleterre, et dont la haute température de
ce climat gêne le développement ? Comme vous
étiez attentif, empressé, toujours aux petits soins,
dans notre cottage du Lincolnshire ! Vous m'abor-
diez la bouche en cœur, la main sur la poitrine,
irréprochablement frisé, prêt à mettre un genou à
terre devant l'idole de votre âme ; — tel, enfin,
qu'on représente les amoureux sur les vignettes
de roman.

— Je vous aime toujours, Alicia, répondit d'Aspremont d'une voix profonde, mais sans quitter des yeux les cornes suspendues à l'une des colonnes antiques qui soutenaient le plafond de pampres.

— Vous dites cela d'un ton si lugubre, qu'il faudrait être bien coquette pour le croire, continua miss Ward ; — j'imagine que ce qui vous plaisait en moi, c'était mon teint pâle, ma diaphanéité, ma grâce ossianesque et vaporeuse ; mon état de souffrance me donnait un certain charme romantique que j'ai perdu.

— Alicia ! jamais vous ne fûtes plus belle.

— Des mots, des mots, des mots, comme dit Shakspeare. Je suis si belle que vous ne daignez pas me regarder. »

En effet, les yeux de M. d'Aspremont ne s'étaient pas dirigés une seule fois vers la jeune fille.

« Allons, fit-elle avec un grand soupir comiquement exagéré, je vois que je suis devenue une grosse et forte paysanne, bien fraîche, bien colorée, bien rougeaude, sans la moindre distinction, incapable de figurer au bal d'Almacks, ou dans un livre de beautés, séparée d'un sonnet admiratif par une feuille de papier de soie.

— Miss Ward, vous prenez plaisir à vous calomnier, dit Paul les paupières baissées.

— Vous feriez mieux de m'avouer franchement que je suis affreuse. — C'est votre faute aussi, commodore ; avec vos ailes de poulet, vos noix de côtelettes, vos filets de bœuf, vos petits verres de vin des Canaries, vos promenades à cheval, vos bains de mer, vos exercices gymnastiques, vous m'avez fabriqué cette fatale santé bourgeoise qui dissipe les illusions poétiques de M. d'Aspremont.

— Vous tourmentez M. d'Aspremont et vous vous moquez de moi, dit le commodore interpellé ; mais certainement, le filet de bœuf est substantiel et le vin des Canaries n'a jamais nui à personne.

— Quel désappointement, mon pauvre Paul !
quitter une nixe, un elfe, une willis, et retrouver
ce que les médecins et les parents appellent une
jeune personne bien constituée ! — Mais écoutez-
moi, puisque vous n'avez plus le courage de
m'envisager, et frémissez d'horreur. — Je pèse
sept onces de plus qu'à mon départ d'Angleterre.

— Huit onces ! interrompit avec orgueil le
commodore, qui soignait Alicia comme eût pu le
faire la mère la plus tendre.

— Est-ce huit onces précisément ? Oncle terrible, vous voulez donc désenchanter à tout
jamais M. d'Aspremont ? » fit Alicia en affectant
un découragement moqueur.

Pendant que la jeune fille le provoquait par ces
coquetteries, qu'elle ne se fût pas permises, même
envers son fiancé, sans de graves motifs,
M. d'Aspremont, en proie à son idée fixe et ne
voulant pas nuire à miss Ward par son regard
fatal, attachait ses yeux aux cornes talismaniques
ou les laissait errer vaguement sur l'immense
étendue bleue qu'on découvrait du haut de la
terrasse.

Il se demandait s'il n'était pas de son devoir de
fuir Alicia, dût-il passer pour un homme sans foi
et sans honneur, et d'aller finir sa vie dans quelque île déserte où, du moins, sa jettature s'étein-
drait faute d'un regard humain pour l'absorber.

« Je vois, dit Alicia continuant sa plaisanterie,
ce qui vous rend si sombre et si sérieux ; l'époque
de notre mariage est fixée à un mois ; et vous
reculez à l'idée de devenir le mari d'une pauvre
campagnarde qui n'a plus la moindre élégance. Je
vous rends votre parole : vous pourrez épouser
mon amie miss Sarah Templeton, qui mange des
pickles et boit du vinaigre pour être mince ! »

Cette imagination la fit rire de ce rire argentin
et clair de la jeunesse. Le commodore et Paul
s'associèrent franchement à son hilarité.

Quand la dernière fusée de sa gaieté nerveuse se
fut éteinte, elle vint à d'Aspremont, le prit par la

main, le conduisit au piano placé à l'angle de la terrasse, et lui dit en ouvrant un cahier de musique sur le pupitre :

« Mon ami, vous n'êtes pas en train de causer aujourd'hui et, "ce qui ne vaut pas la peine d'être dit, on le chante" ; vous allez donc faire votre partie dans ce duettino, dont l'accompagnement n'est pas difficile : ce ne sont presque que des accords plaqués. »

Paul s'assit sur le tabouret, miss Alicia se mit debout près de lui, de manière à pouvoir suivre le chant sur la partition. Le commodore renversa sa tête, allongea ses jambes et prit une pose de béatitude anticipée, car il avait des prétentions au dilettantisme et affirmait adorer la musique ; mais dès la sixième mesure il s'endormait du sommeil des justes, sommeil qu'il s'obstinait, malgré les railleries de sa nièce, à appeler une extase, — quoiqu'il lui arrivât quelquefois de ronfler, symptôme médiocrement extatique.

Le duettino était une vive et légère mélodie, dans le goût de Cimarosa, sur des paroles de Métastase, et que nous ne saurions mieux définir qu'en la comparant à un papillon traversant à plusieurs reprises un rayon de soleil.

La musique a le pouvoir de chasser les mauvais esprits : au bout de quelques phrases, Paul ne pensait plus aux doigts conjurateurs, aux cornes magiques, aux amulettes de corail ; il avait oublié le terrible bouquin du signor Valetta et toutes les rêveries de la jettatura. Son âme montait gaiement, avec la voix d'Alicia, dans un air pur et lumineux.

Les cigales faisaient silence comme pour écouter, et la brise de mer qui venait de se lever emportait les notes avec les pétales des fleurs tombées des vases sur le rebord de la terrasse.

« Mon oncle dort comme les sept dormants dans leur grotte. S'il n'était pas coutumier du fait, il y aurait de quoi froisser notre amour-propre de virtuoses, dit Alicia en refermant le cahier. Pendant qu'il repose, voulez-vous faire un tour de jardin avec moi, Paul ? je ne vous ai pas encore montré mon paradis. »

Et elle prit à un clou planté dans l'une des colonnes, où il était suspendu par des brides, un large chapeau de paille de Florence.

Alicia professait en fait d'horticulture les principes les plus bizarres ; elle ne voulait pas qu'on cueillît les fleurs ni qu'on taillât les branches ; et ce qui l'avait charmée dans la villa, c'était, comme nous l'avons dit, l'état sauvagement inculte du jardin.

Les deux jeunes gens se frayaient une route au milieu des massifs qui se rejoignaient aussitôt après leur passage. Alicia marchait devant et riait de voir Paul cinglé derrière elle par les branches de lauriers-roses qu'elle déplaçait. A peine avait-elle fait une vingtaine de pas, que la main verte d'un rameau, comme pour faire une espièglerie végétale, saisit et retint son chapeau de paille en l'élevant si haut, que Paul ne put le reprendre.

Heureusement, le feuillage était touffu, et le soleil jetait à peine quelques sequins d'or sur le sable à travers les interstices des ramures.

« Voici ma retraite favorite », dit Alicia, en désignant à Paul un fragment de roche aux cassures pittoresques, que protégeait un fouillis d'orangers, de cédrats, de lentisques et de myrtes.

Elle s'assit dans une anfractuosité taillée en forme de siège, et fit signe à Paul de s'agenouiller devant elle sur l'épaisse mousse sèche qui tapissait le pied de la roche.

« Mettez vos deux mains dans les miennes et regardez-moi bien en face. Dans un mois, je serai votre femme. Pourquoi vos yeux évitent-ils les miens ? »

En effet, Paul, revenu à ses rêveries de jettature, détournait la vue.

« Craignez-vous d'y lire une pensée contraire ou coupable ? Vous savez que mon âme est à vous depuis le jour où vous avez apporté à mon oncle la lettre de recommandation dans le parloir de Richmond. Je suis de la race de ces Anglaises tendres, romanesques et fières, qui prennent en une minute un amour qui dure toute la vie, — plus que la vie peut-être, — et qui sait aimer, sait mourir. Plongez vos regards dans les miens, je le veux ; n'essayez pas de baisser la paupière, ne vous détournez pas, ou je penserai qu'un gentleman qui ne doit craindre que Dieu se laisse effrayer par de viles superstitions. Fixez sur moi cet œil que vous croyez si terrible et qui m'est si doux, car j'y vois votre amour, et jugez si vous me trouvez assez jolie encore pour me mener, quand nous serons mariés, promener à Hyde Park en calèche découverte.

Paul, éperdu, fixait sur Alicia un long regard plein de passion et d'enthousiasme. — Tout à coup la jeune fille pâlit ; une douleur lancinante lui traversa le cœur comme un fer de flèche : il sembla que quelque fibre se rompait dans sa poitrine, et elle porta vivement son mouchoir à ses lèvres. Une goutte rouge tacha la fine batiste, qu'Alicia replia d'un geste rapide.

« Oh ! merci, Paul ; vous m'avez rendue bien heureuse, car je croyais que vous ne m'aimiez plus ! »

X

Le mouvement d'Alicia pour cacher son mouchoir n'avait pu être si prompt que M. d'Aspremont ne l'aperçût ; une pâleur affreuse couvrit les traits de Paul, car une preuve irrécusable de son fatal pouvoir venait de lui être donnée, et les idées les plus sinistres lui traversaient la cervelle ; la pensée du suicide se présenta même à lui ; n'était-il pas de son devoir de se supprimer comme un être malfaisant et d'anéantir ainsi la cause involontaire de tant de malheurs ? Il eût accepté pour son compte les épreuves les plus

dures et porté courageusement le poids de la vie ;
mais donner la mort à ce qu'il aimait le mieux au
monde, n'était-ce pas aussi par trop horrible ?

L'héroïque jeune fille avait dominé la sensation
de douleur, suite du regard de Paul, et qui coïncidait si étrangement avec les avis du comte Altavilla. — Un esprit moins ferme eût pu se frapper
de ce résultat, sinon surnaturel, du moins difficilement explicable ; mais, nous l'avons dit, l'âme
d'Alicia était religieuse et non superstitieuse. Sa
foi inébranlable en ce qu'il faut croire rejetait
comme des contes de nourrice toutes ces histoires
d'influences mystérieuses, et se riait des préjugés
populaires les plus profondément enracinés. —
D'ailleurs, eût-elle admis la jettature comme
réelle, en eût-elle reconnu chez Paul les signes
évidents, son cœur tendre et fier n'aurait pas
hésité une seconde. — Paul n'avait commis
aucune action où la susceptibilité la plus délicate
pût trouver à reprendre, et miss Ward eût préféré
tomber morte sous ce regard, prétendu si funeste,
à reculer devant un amour accepté par elle avec le
consentement de son oncle et que devait couron-
ner bientôt le mariage. Miss Alicia Ward ressemblait un peu à ces héroïnes de Shakespeare chastement hardies, virginalement résolues, dont
l'amour subit n'en est pas moins pur et fidèle, et
qu'une seule minute lie pour toujours ; sa main
avait pressé celle de Paul, et nul homme au
monde ne devait plus l'enfermer dans ses doigts.
Elle regardait sa vie comme enchaînée, et sa
pudeur se fût révoltée à l'idée seule d'un autre
hymen.

Elle montra donc une gaieté réelle ou si bien
jouée qu'elle eût trompé l'observateur le plus fin,
et, relevant Paul, toujours à genoux à ses pieds,
elle le promena à travers les allées obstruées de
fleurs et de plantes de son jardin inculte, jusqu'à
une place où la végétation, en s'écartant, laissait
apercevoir la mer comme un rêve bleu d'infini. —
Cette sérénité lumineuse dispersa les pensées

sombres de Paul : Alicia s'appuyait sur le bras du jeune homme avec un abandon confiant, comme si déjà elle eût été sa femme. Par cette pure et muette caresse, insignifiante de la part de toute autre, décisive de la sienne, elle se donnait à lui plus formellement encore, le rassurant contre ses terreurs, et lui faisant comprendre combien peu la touchaient les dangers dont on la menaçait. Quoiqu'elle eût imposé silence d'abord à Vicè, ensuite à son oncle, et que le comte Altavilla n'eût nommé personne, tout en recommandant de se préserver d'une influence mauvaise, elle avait vite compris qu'il s'agissait de Paul d'Aspremont ; les obscurs discours du beau Napolitain ne pouvaient faire allusion qu'au jeune Français. Elle avait vu aussi que Paul, cédant au préjugé si répandu à Naples, qui fait un jettatore de tout homme d'une physionomie un peu singulière, se croyait, par une inconcevable faiblesse d'esprit, atteint du fascino, et détournait d'elle ses yeux pleins d'amour, de peur de lui nuire par un regard ; pour combattre ce commencement d'idée fixe, elle avait provoqué la scène que nous venons de décrire, et dont le résultat contrariait l'intention, car il ancra Paul plus que jamais dans sa fatale monomanie.

Les deux amants regagnèrent la terrasse, où le commodore, continuant à subir l'effet de la musique, dormait encore mélodieusement sur son fauteuil de bambou. — Paul prit congé, et miss Ward, parodiant le geste d'adieu napolitain, lui envoya du bout des doigts un imperceptible baiser en disant : « A demain, Paul, n'est-ce pas ? » d'une voix toute chargée de suaves caresses.

Alicia était en ce moment d'une beauté radieuse, alarmante, presque surnaturelle, qui frappa son oncle réveillé en sursaut par la sortie de Paul. — Le blanc de ses yeux prenait des tons d'argent bruni et faisait étinceler les prunelles comme des étoiles d'un noir lumineux ; ses joues se nuançaient aux pommettes d'un rose idéal, d'une pureté et d'une ardeur célestes, qu'aucun peintre ne posséda jamais sur sa palette ; ses tempes, d'une transparence d'agate, se veinaient d'un réseau de petits filets bleus, et toute sa chair semblait pénétrée de rayons : on eût dit que l'âme lui venait à la peau.

« Comme vous êtes belle aujourd'hui, Alicia ! dit le commodore.

— Vous me gâtez, mon oncle ; et si je ne suis pas la plus orgueilleuse petite fille des trois royaumes, ce n'est pas votre faute. Heureusement, je ne crois pas aux flatteries, même désintéressées.

— Belle, dangereusement belle, continua en lui-même le commodore ; elle me rappelle, trait pour trait, sa mère, la pauvre Nancy, qui mourut à dix-neuf ans. De tels anges ne peuvent rester sur terre : il semble qu'un souffle les soulève et que des ailes invisibles palpitent à leurs épaules ; c'est trop blanc, trop rose, trop pur, trop parfait ; il manque à ces corps éthérés le sang rouge et grossier de la vie. Dieu, qui les prête au monde pour quelques jours, se hâte de les reprendre. Cet éclat suprême m'attriste comme un adieu.

— Eh bien, mon oncle, puisque je suis si jolie, reprit miss Ward, qui voyait le front du commodore s'assombrir, c'est le moment de me marier : le voile et la couronne m'iront bien.

— Vous marier ! êtes-vous donc si pressée de quitter votre vieux peau-rouge d'oncle, Alicia ?

— Je ne vous quitterai pas pour cela ; n'est-il pas convenu avec M. d'Aspremont que nous demeurerons ensemble ? Vous savez bien que je ne puis vivre sans vous.

— M. d'Aspremont ! M. d'Aspremont !... La noce n'est pas encore faite.

— N'a-t-il pas votre parole... et la mienne ? — Sir Joshua Ward n'y a jamais manqué.

— Il a ma parole, c'est incontestable, répondit le commodore évidemment embarrassé.

— Le terme de six mois que vous avez fixé
n'est-il pas écoulé... depuis quelques jours ? dit
Alicia, dont les joues pudiques rosirent encore
davantage, car cet entretien, nécessaire au point
où en étaient les choses, effarouchait sa délicatesse de sensitive.

— Ah ! tu as compté les mois, petite fille ; fiez-
vous donc à ces mines discrètes !

— J'aime M. d'Aspremont, répondit gravement
la jeune fille.

— Voilà l'éclouure, fit sir Joshua Ward, qui,
tout imbu des idées de Vicè et d'Altavilla, se
souciait médiocrement d'avoir pour gendre un
jettatore. — Que n'en aimes-tu un autre !

— Je n'ai pas deux cœurs, dit Alicia ; je n'aurai
qu'un amour, dussé-je, comme ma mère, mourir à
dix-neuf ans.

— Mourir ! ne dites pas de ces vilains mots, je
vous en supplie, s'écria le commodore.

— Avez-vous quelque reproche à faire à
M. d'Aspremont ?

— Aucun, assurément.

— A-t-il forfait à l'honneur de quelque manière
que ce soit ? S'est-il montré une fois lâche, vil,
menteur ou perfide ? Jamais a-t-il insulté une
femme ou reculé devant un homme ? Son blason
est-il terni de quelque souillure secrète ? Une
jeune fille, en prenant son bras pour paraître dans
le monde, a-t-elle à rougir ou à baisser les yeux ?

— M. Paul d'Aspremont est un parfait gentleman, il n'y a rien à dire sur sa respectabilité.

— Croyez, mon oncle, que si un tel motif existait, je renoncerais à M. d'Aspremont sur l'heure,
et m'ensevelirais dans quelque retraite inacces-
sible ; mais nulle autre raison, entendez-vous,
nulle autre ne me fera manquer à une promesse
sacrée », dit miss Alicia Ward d'un ton ferme et
doux.

Le commodore tournait ses pouces, mouvement habituel chez lui lorsqu'il ne savait que
répondre, et qui lui servait de contenance.

« Pourquoi montrez-vous maintenant tant de froideur à Paul ? continua miss Ward. Autrefois vous aviez tant d'affection pour lui ; vous ne pouviez vous en passer dans notre cottage du Lincolnshire, et vous disiez, en lui serrant la main à lui couper les doigts, que c'était un digne garçon, à qui vous confieriez volontiers le bonheur d'une jeune fille.

— Oui, certes, je l'aimais, ce bon Paul, dit le commodore qu'émouvaient ces souvenirs rappelés à propos ; mais ce qui est obscur dans les brouillards de l'Angleterre devient clair au soleil de Naples...

— Que voulez-vous dire ? fit d'une voix tremblante Alicia abandonnée subitement par ses vives couleurs, et devenue blanche comme une statue d'albâtre sur un tombeau.

— Que ton Paul est un jettatore.

— Comment ! vous ! mon oncle ; vous, sir Joshua Ward, un gentilhomme, un chrétien, un sujet de Sa Majesté Britannique, un ancien officier de la marine anglaise, un être éclairé et civilisé, que l'on consulterait sur toutes choses, vous qui avez l'instruction et la sagesse, qui lisez chaque soir la Bible et l'Évangile, vous ne craignez pas d'accuser Paul de jettature ! Oh ! je n'attendais pas cela de vous !

— Ma chère Alicia, répondit le commodore, je suis peut-être tout ce que vous dites là lorsqu'il ne s'agit pas de vous, mais lorsqu'un danger, même imaginaire, vous menace, je deviens plus superstitieux qu'un paysan des Abruzzes, qu'un lazzarone du Môle, qu'un ostricajo de Chiaja, qu'une servante de la Terre de Labour ou même qu'un comte napolitain. Paul peut bien me dévisager tant qu'il voudra avec ses yeux dont le rayon visuel se croise, je resterai aussi calme que devant la pointe d'une épée ou le canon d'un pistolet. Le fascino ne mordra pas sur ma peau tannée, hâlée et rougie par tous les soleils de l'univers. Je ne suis crédule que pour vous, chère nièce, et j'avoue

que je sens une sueur froide me baigner les
tempes quand le regard de ce malheureux garçon
se pose sur vous. Il n'a pas d'intentions mauvaises, je le sais, et il vous aime plus que sa vie ;
mais il me semble que, sous cette influence, vos
traits s'altèrent, vos couleurs disparaissent, et que
vous tâchez de dissimuler une souffrance aiguë ;
et alors il me prend de furieuses envies de lui
crever les yeux, à votre M. Paul d'Aspremont,
avec la pointe des cornes données par Altavilla.

— Pauvre cher oncle, dit Alicia attendrie par la
chaleureuse explosion du commandeur ; nos existences sont dans les mains de Dieu : il ne meurt
pas un prince sur son lit de parade, ni un passe-
reau des toits sous sa tuile, que son heure ne soit
marquée là-haut ; le fascino n'y fait rien, et c'est
une impiété de croire qu'un regard plus ou moins
oblique puisse avoir une influence. Voyons, mon
oncle, continua-t-elle en prenant le terme d'affection familière du fou dans *Le Roi Lear*, vous ne
parliez pas sérieusement tout à l'heure ; votre
affection pour moi troublait votre jugement toujours si droit. N'est-ce pas, vous n'oseriez lui dire,
à M. Paul d'Aspremont, que vous lui retirez la
main de votre nièce, mise par vous dans la sienne,
et que vous n'en voulez plus pour gendre, sous le
beau prétexte qu'il est — jettatore !

— Par Joshua ! mon patron, qui arrêta le soleil,
s'écria le commodore, je ne le mâcherai pas, à ce
joli M. Paul. Cela m'est bien égal d'être ridicule,
absurde, déloyal même, quand il y va de votre
santé, de votre vie peut-être ! J'étais engagé avec
un homme, et non avec un fascinateur. J'ai promis ; eh bien, je fausse ma promesse, voilà tout ;
s'il n'est pas content, je lui rendrai raison. »

Et le commodore, exaspéré, fit le geste de se
fendre, sans faire la moindre attention à la goutte
qui lui mordait les doigts du pied.

« Sir Joshua Ward, vous ne ferez pas cela », dit
Alicia avec une dignité calme.

Le commodore se laissa tomber tout essoufflé
dans son fauteuil de bambou et garda le silence.

« Eh bien, mon oncle, quand même cette accusation odieuse et stupide serait vraie, faudra-t-il pour cela repousser M. d'Aspremont et lui faire un crime d'un malheur ? N'avez-vous pas reconnu que le mal qu'il pouvait produire ne dépendait pas de sa volonté, et que jamais âme ne fut plus aimante, plus généreuse et plus noble ?

— On n'épouse pas les vampires, quelque bonnes que soient leurs intentions, répondit le commodore.

— Mais tout cela est chimère, extravagance, superstition ; ce qu'il y a de vrai, malheureusement, c'est que Paul s'est frappé de ces folies, qu'il a prises au sérieux ; il est effrayé, halluciné ; il croit à son pouvoir fatal, il a peur de lui-même, et chaque petit accident qu'il ne remarquait pas autrefois, et dont aujourd'hui il s'imagine être la cause, confirme en lui cette conviction. N'est-ce pas à moi, qui suis sa femme devant Dieu, et qui le serai bientôt devant les hommes, — bénie par vous, mon cher oncle, — de calmer cette imagination surexcitée, de chasser ces vains fantômes, de rassurer, par ma sécurité apparente et réelle, cette anxiété hagarde, sœur de la monomanie, et de sauver, au moyen du bonheur, cette belle âme troublée, cet esprit charmant en péril ?

— Vous avez toujours raison, miss Ward, dit le commodore ; et moi, que vous appelez sage, je ne suis qu'un vieux fou. Je crois que cette Vicè est sorcière ; elle m'avait tourné la tête avec toutes ses histoires. Quant au comte Altavilla, ses cornes et sa bimbeloterie cabalistique me semblent à présent assez ridicules. Sans doute, c'était un stratagème imaginé pour faire éconduire Paul et t'épouser lui-même.

— Il se peut que le comte Altavilla soit de bonne foi, dit miss Ward en souriant ; — tout à l'heure vous étiez encore de son avis sur la jettature.

— N'abusez pas de vos avantages, miss Alicia ; d'ailleurs je ne suis pas encore si bien revenu de mon erreur que je n'y puisse retomber. Le meilleur serait de quitter Naples par le premier départ de bateau à vapeur, et de retourner tout tranquillement en Angleterre. Quand Paul ne verra plus les cornes de bœuf, les massacres de cerf, les doigts allongés en pointe, les amulettes de corail et tous ces engins diaboliques, son imagination se tranquillisera, et moi-même j'oublierai ces sornettes qui ont failli me faire fausser ma parole et commettre une action indigne d'un galant homme. — Vous épouserez Paul, puisque c'est convenu. Vous me garderez le parloir et la chambre du rez-de-chaussée dans la maison de Richmond, la tourelle octogone au castel de Lincolnshire, et nous vivrons heureux ensemble. Si votre santé exige un air plus chaud, nous louerons une maison de campagne aux environs de Tours, ou bien encore à Cannes, où lord Brougham possède une belle propriété, et où ces damnables superstitions de jettature sont inconnues, Dieu merci. — Que dites-vous de mon projet, Alicia ?

— Vous n'avez pas besoin de mon approbation, ne suis-je pas la plus obéissante des nièces ?

— Oui, lorsque je fais ce que vous voulez, petite masque », dit en souriant le commodore qui se leva pour regagner sa chambre.

Alicia resta quelques minutes encore sur la terrasse ; mais, soit que cette scène eût déterminé chez elle quelque excitation fébrile, soit que Paul exerçât réellement sur la jeune fille l'influence que redoutait le commodore, la brise tiède, en passant sur ses épaules protégées d'une simple gaze, lui causa une impression glaciale, et, le soir, se sentant mal à l'aise, elle pria Vicè d'étendre sur ses pieds froids et blancs comme le marbre une de ces couvertures arlequinées qu'on fabrique à Venise.

Cependant les lucioles scintillaient dans le gazon, les grillons chantaient, et la lune large et jaune montait au ciel dans une brume de chaleur.

XI

Le lendemain de cette scène, Alicia, dont la nuit n'avait pas été bonne, effleura à peine des lèvres le breuvage que lui offrait Vicè tous les matins, et le reposa languissamment sur le guéridon près de son lit. Elle n'éprouvait précisément aucune douleur, mais elle se sentait brisée ; c'était plutôt une difficulté de vivre qu'une maladie, et elle eût été embarrassée d'en accuser les symptômes à un médecin. Elle demanda un miroir à Vicè, car une jeune fille s'inquiète plutôt de l'altération que la souffrance peut apporter à sa beauté que de la souffrance elle-même. Elle était d'une blancheur extrême ; seulement deux petites taches semblables à deux feuilles de rose du Bengale tombées sur une coupe de lait nageaient sur sa pâleur. Ses yeux brillaient d'un éclat insolite, allumés par les dernières flammes de la fièvre ; mais le cerise de ses lèvres était beaucoup moins vif, et pour y faire revenir la couleur, elle les mordit de ses petites dents de nacre.

Elle se leva, s'enveloppa d'une robe de chambre en cachemire blanc, tourna une écharpe de gaze autour de sa tête, — car, malgré la chaleur qui faisait crier les cigales, elle était encore un peu frileuse, — et se rendit sur la terrasse à l'heure accoutumée, pour ne pas éveiller la sollicitude toujours aux aguets du commodore. Elle toucha du bout des lèvres au déjeuner, bien qu'elle n'eût pas faim, mais le moindre indice de malaise n'eût pas manqué d'être attribué à l'influence de Paul par sir Joshua Ward, et c'est ce qu'Alicia voulait éviter avant toute chose.

Puis, sous prétexte que l'éclatante lumière du jour la fatiguait, elle se retira dans sa chambre, non sans avoir réitéré plusieurs fois au commodore, soupçonneux en pareille matière, l'assurance qu'elle se portait à ravir.

« A ravir... j'en doute, se dit le commodore à

lui-même lorsque sa nièce s'en fut allée. — Elle avait des tons nacrés près de l'œil, de petites couleurs vives au haut des joues, — juste comme sa pauvre mère, qui, elle aussi, prétendait ne s'être jamais mieux portée. — Que faire ? Lui ôter Paul, ce serait la tuer d'une autre manière ; laissons agir la nature. Alicia est si jeune ! Oui, mais c'est aux plus jeunes et aux plus belles que la vieille Mob en veut ; elle est jalouse comme une femme. Si je faisais venir un docteur ? mais que peut la médecine sur un ange ! Pourtant tous les symptômes fâcheux avaient disparu... Ah ! si c'était toi, damné Paul, dont le souffle fit pencher cette fleur divine, je t'étranglerais de mes propres mains. Nancy ne subissait le regard d'aucun jettatore, et elle est morte. — Si Alicia mourait ! Non, cela n'est pas possible. Je n'ai rien fait à Dieu pour qu'il me réserve cette affreuse douleur. Quand cela arrivera, il y aura longtemps que je dormirai sous ma pierre avec le *Sacred to the memory of sir Joshua Ward*, à l'ombre de mon clocher natal. C'est elle qui viendra pleurer et prier sur la pierre grise pour le vieux commodore... Je ne sais ce que j'ai, mais je suis mélancolique et funèbre en diable ce matin ! »

Pour dissiper ces idées noires, le commodore ajouta un peu de rhum de la Jamaïque au thé refroidi dans sa tasse, et se fit apporter son hooka, distraction innocente qu'il ne se permettait qu'en l'absence d'Alicia, dont la délicatesse eût pu être offusquée même par cette fumée légère mêlée de parfums.

Il avait déjà fait bouillonner l'eau aromatisée du récipient et chassé devant lui quelques nuages bleuâtres, lorsque Vicè parut annonçant le comte Altavilla.

« Sir Joshua, dit le comte après les premières civilités, avez-vous réfléchi à la demande que je vous ai faite l'autre jour ?

— J'y ai réfléchi, reprit le commodore ; mais, vous le savez, M. Paul d'Aspremont a ma parole.

— Sans doute ; pourtant il y a des cas où une parole se retire ; par exemple, lorsque l'homme à qui on l'a donnée, pour une raison ou pour une autre, n'est pas tel qu'on le croyait d'abord.

— Comte, parlez plus clairement.

— Il me répugne de charger un rival ; mais, d'après la conversation que nous avons eue ensemble, vous devez me comprendre. Si vous rejetiez M. Paul d'Aspremont, m'accepteriez-vous pour gendre ?

— Moi, certainement ; mais il n'est pas aussi sûr que miss Ward s'arrangeât de cette substitution. — Elle est entêtée de ce Paul, et c'est un peu ma faute, car moi-même je favorisais ce garçon avant toutes ces sottes histoires. — Pardon, comte, de l'épithète, mais j'ai vraiment la cervelle à l'envers.

— Voulez-vous que votre nièce meure ? dit Altavilla d'un ton ému et grave.

— Tête et sang ! ma nièce mourir ! » s'écria le commodore en bondissant de son fauteuil et en rejetant le tuyau de maroquin de son hooka.

Quand on attaquait cette corde chez sir Joshua Ward, elle vibrait toujours.

« Ma nièce est-elle donc dangereusement malade ?

— Ne vous alarmez pas si vite, milord ; miss Alicia peut vivre, et même très longtemps.

— A la bonne heure ! vous m'aviez bouleversé.

— Mais à une condition, continua le comte Altavilla : c'est qu'elle ne voie plus M. Paul d'Aspremont.

— Ah ! voilà la jettature qui revient sur l'eau ! Par malheur, miss Ward n'y croit pas.

— Écoutez-moi, dit posément le comte Altavilla. Lorsque j'ai rencontré pour la première fois miss Alicia au bal chez le prince de Syracuse, et que j'ai conçu pour elle une passion aussi respectueuse qu'ardente, c'est de la santé étincelante, de la joie d'existence, de la fleur de vie qui éclataient dans toute sa personne que je fus d'abord frappé.

Sa beauté en devenait lumineuse et nageait comme dans une atmosphère de bien-être. — Cette phosphorescence la faisait briller comme une étoile ; elle éteignait Anglaises, Russes, Italiennes, et je ne vis plus qu'elle. — A la distinction britannique elle joignait la grâce pure et forte des anciennes déesses ; excusez cette mythologie chez le descendant d'une colonie grecque.

— C'est vrai qu'elle était superbe ! Miss Edwina O'Herty, lady Eleonor Lilly, mistress Jane Strangford, la princesse Véra Fédorowna Bariatinski faillirent en avoir la jaunisse de dépit, dit le commodore enchanté.

— Et maintenant ne remarquez-vous pas que sa beauté a pris quelque chose de languissant, que ses traits s'atténuent en délicatesses morbides, que les veines de ses mains se dessinent plus bleues qu'il ne faudrait, que sa voix a des sons d'harmonica d'une vibration inquiétante et d'un charme douloureux ? L'élément terrestre s'efface et laisse dominer l'élément angélique. Miss Alicia devient d'une perfection éthérée que, dussiez-vous me trouver matériel, je n'aime pas voir aux filles de ce globe. »

Ce que disait le comte répondait si bien aux préoccupations secrètes de sir Joshua Ward, qu'il resta quelques minutes silencieux et comme perdu dans une rêverie profonde.

« Tout cela est vrai ; bien que parfois je cherche à me faire illusion, je ne puis en disconvenir.

— Je n'ai pas fini, dit le comte ; la santé de miss Alicia avant l'arrivée de M. d'Aspremont en Angleterre avait-elle fait naître des inquiétudes ?

— Jamais : c'était la plus fraîche et la plus rieuse enfant des trois royaumes.

— La présence de M. d'Aspremont coïncide, comme vous le voyez, avec les périodes maladives qui altèrent la précieuse santé de miss Ward. Je ne vous demande pas, à vous, homme du Nord, d'ajouter une foi implicite à une croyance, à un

préjugé, à une superstition, si vous voulez, de nos
contrées méridionales, mais convenez cependant
que ces faits sont étranges et méritent toute votre
attention...

— Alicia ne peut-elle être malade... naturellement ? dit le commodore, ébranlé par les raisonnements captieux d'Altavilla, mais que retenait une sorte de honte anglaise d'adopter la
croyance populaire napolitaine.

— Miss Ward n'est pas malade ; elle subit une
sorte d'empoisonnement par le regard, et si
M. d'Aspremont n'est pas jettatore, au moins il est
funeste.

— Qu'y puis-je faire ? elle aime Paul, se rit de la
jettature et prétend qu'on ne peut donner une
pareille raison à un homme d'honneur pour le
refuser.

— Je n'ai pas le droit de m'occuper de votre
nièce : je ne suis ni son frère, ni son parent, ni son
fiancé ; mais si j'obtenais votre aveu, peut-être
tenterais-je un effort pour l'arracher à cette
influence fatale. Oh ! ne craignez rien ; je ne
commettrai pas d'extravagance ; — quoique
jeune, je sais qu'il ne faut pas faire de bruit autour
de la réputation d'une jeune fille ; — seulement
permettez-moi de me taire sur mon plan. Ayez
assez de confiance en ma loyauté pour croire qu'il
ne renferme rien que l'honneur le plus délicat ne
puisse avouer.

— Vous aimez donc bien ma nièce ? dit le
commodore.

— Oui, puisque je l'aime sans espoir ; mais
m'accorderez-vous la licence d'agir ?

— Vous êtes un terrible homme, comte Altavilla ; eh bien ! tâchez de sauver Alicia à votre
manière, je ne le trouverai pas mauvais, et même
je le trouverai fort bon. »

Le comte se leva, salua, regagna sa voiture et
dit au cocher de le conduire à l'hôtel de Rome.

Paul, les coudes sur la table, la tête dans ses
mains, était plongé dans les plus douloureuses

réflexions ; il avait vu les deux ou trois gouttelettes rouges sur le mouchoir d'Alicia, et, toujours
infatué de son idée fixe, il se reprochait son amour
meurtrier ; il se blâmait d'accepter le dévouement de cette belle jeune fille décidée à mourir
pour lui, et se demandait par quel sacrifice surhu-
main il pourrait payer cette sublime abnégation.

Paddy, le jockey-gnome, interrompit cette
méditation en apportant la carte du comte Altavilla.

« Le comte Altavilla ! que peut-il me vouloir ?
fit Paul excessivement surpris. Faites-le entrer. »

Lorsque le Napolitain parut sur le seuil de la
porte, M. d'Aspremont avait déjà posé sur son
étonnement ce masque d'indifférence glaciale qui
sert aux gens du monde à cacher leurs impressions.

Avec une politesse froide il désigna un fauteuil
au comte, s'assit lui-même, et attendit en silence,
les yeux fixés sur le visiteur.

« Monsieur, commença le comte en jouant avec
les breloques de sa montre, ce que j'ai à vous dire
est si étrange, si déplacé, si inconvenant, que vous
auriez le droit de me jeter par la fenêtre. —
Épargnez-moi cette brutalité, car je suis prêt à
vous rendre raison en galant homme.

— J'écoute, monsieur, sauf à profiter plus tard
de l'offre que vous me faites, si vos discours ne me
conviennent pas, répondit Paul, sans qu'un
muscle de sa figure bougeât.

— Vous êtes jettatore ! »

A ces mots, une pâleur verte envahit subitement
la face de M. d'Aspremont, une auréole rouge
cercla ses yeux ; ses sourcils se rapprochèrent, la
ride de son front se creusa, et de ses prunelles
jaillirent comme des lueurs sulfureuses ; il se
souleva à demi, déchirant de ses mains crispées
les bras d'acajou du fauteuil. Ce fut si terrible
qu'Altavilla, tout brave qu'il était, saisit une des
petites branches de corail bifurquées suspendues
à la chaîne de sa montre, et en dirigea instinctivement les pointes vers son interlocuteur.

Par un effort suprême de volonté, M. d'Aspremont se rassit et dit : « Vous aviez raison, monsieur ; telle est, en effet, la récompense que méri-
terait une pareille insulte ; mais j'aurai la
patience d'attendre une autre réparation.

— Croyez, continua le comte, que je n'ai pas
fait à un gentleman cet affront, qui ne peut se
laver qu'avec du sang, sans les plus graves motifs.
J'aime miss Alicia Ward.

— Que m'importe ?

— Cela vous importe, en effet, fort peu, car
vous êtes aimé ; mais moi, don Felipe Altavilla, je
vous défends de voir miss Alicia Ward.

— Je n'ai pas d'ordre à recevoir de vous.

— Je le sais, répondit le comte napolitain ;
aussi je n'espère pas que vous m'obéissiez.

— Alors quel est le motif qui vous fait agir ? dit
Paul.

— J'ai la conviction que le fascino dont malheureusement vous êtes doué influe d'une
manière fatale sur miss Alicia Ward. C'est là une
idée absurde, un préjugé digne du Moyen Age, qui
doit vous paraître profondément ridicule ; je ne
discuterai pas là-dessus avec vous. Vos yeux se
portent vers miss Ward et lui lancent malgré vous
ce regard funeste qui la fera mourir. Je n'ai aucun
autre moyen d'empêcher ce triste résultat que de
vous chercher une querelle d'Allemand. Au
XVIᵉ siècle, je vous aurais fait tuer par quelqu'un
de mes paysans de la montagne ; mais
aujourd'hui ces mœurs ne sont plus de mise j'ai
bien pensé à vous prier de retourner en France ;
c'était trop naïf : vous auriez ri de ce rival qui
vous eût dit de vous en aller et de le laisser seul
auprès de votre fiancée sous prétexte de jettature. »

Pendant que le comte Altavilla parlait, Paul
d'Aspremont se sentait pénétré d'une secrète horreur ; il était donc, lui chrétien, en proie aux
puissances de l'enfer, et le mauvais ange regardait par ses prunelles ! il semait les catastrophes,

son amour donnait la mort ! Un instant sa raison
tourbillonna dans son cerveau, et la folie battit de
ses ailes les parois intérieures de son crâne.

« Comte, sur l'honneur, pensez-vous ce que
vous dites ? s'écria d'Aspremont après quelques
minutes d'une rêverie que le Napolitain respecta.

— Sur l'honneur, je le pense.

— Oh ! alors ce serait donc vrai ! dit Paul à
demi-voix : je suis donc un assassin, un démon,
un vampire ! je tue cet être céleste, je désespère ce
vieillard ! » Et il fut sur le point de promettre au
comte de ne pas revoir Alicia ; mais le respect
humain et la jalousie qui s'éveillaient dans son
cœur retinrent ses paroles sur ses lèvres.

« Comte, je ne vous cache point que je vais de ce
pas chez miss Ward.

— Je ne vous prendrai pas au collet pour vous
en empêcher ; vous m'avez tout à l'heure épargné
les voies de fait, j'en suis reconnaissant ; mais je
serai charmé de vous voir demain, à six heures,
dans les ruines de Pompéi, à la salle des thermes,
par exemple ; on y est fort bien. Quelle arme
préférez-vous ? Vous êtes l'offensé : épée, sabre ou
pistolet ?

— Nous nous battrons au couteau et les yeux
bandés, séparés par un mouchoir dont nous tiendrons chacun un bout. Il faut égaliser les
chances : je suis jettatore ; je n'aurais qu'à vous
tuer en vous regardant, monsieur le comte ! »

Paul d'Aspremont partit d'un éclat de rire
strident, poussa une porte et disparut.

XII

Alicia s'était établie dans une salle basse de la
maison, dont les murs étaient ornés de ces paysages à fresques qui, en Italie, remplacent les
papiers. Des nattes de paille de Manille couvraient le plancher. Une table sur laquelle était
jeté un bout de tapis turc et que jonchaient les

poésies de Coleridge, de Shelley, de Tennyson et de Longfellow, un miroir à cadre antique et quelques chaises de canne composaient tout l'ameublement ; des stores de jonc de la Chine historiés de pagodes, de rochers, de saules, de grues et de dragons, ajustés aux ouvertures et relevés à demi, tamisaient une lumière douce ; une branche d'oranger, toute chargée de fleurs que les fruits, en se nouant, faisaient tomber, pénétrait familièrement dans la chambre et s'étendait comme une guirlande au-dessus de la tête d'Alicia, en secouant sur elle sa neige parfumée.

La jeune fille, toujours un peu souffrante, était couchée sur un étroit canapé près de la fenêtre ; deux ou trois coussins du Maroc la soulevaient à demi ; la couverture vénitienne enveloppait chastement ses pieds ; arrangée ainsi, elle pouvait recevoir Paul sans enfreindre les lois de la pudeur anglaise.

Le livre commencé avait glissé à terre de la main distraite d'Alicia ; ses prunelles nageaient vaguement sous leurs longs cils et semblaient regarder au-delà du monde ; elle éprouvait cette lassitude presque voluptueuse qui suit les accès de fièvre, et toute son occupation était de mâcher les fleurs de l'oranger qu'elle ramassait sur sa couverture et dont le parfum amer lui plaisait. N'y a-t-il pas une Vénus mâchant des roses, du Schiavone ? Quel gracieux pendant un artiste moderne eût pu faire au tableau du vieux Vénitien en représentant Alicia mordillant des fleurs d'oranger !

Elle pensait à M. d'Aspremont et se demandait si vraiment elle vivrait assez pour être sa femme ; non qu'elle ajoutât foi à l'influence de la jettature, mais elle se sentait envahie malgré elle de pressentiments funèbres : la nuit même, elle avait fait un rêve dont l'impression ne s'était pas dissipée au réveil.

Dans son rêve, elle était couchée, mais éveillée, et dirigeait ses yeux vers la porte de sa chambre, pressentant que *quelqu'un* allait apparaître. — Après deux ou trois minutes d'attente anxieuse, elle avait vu se dessiner sur le fond sombre qu'encadrait le chambranle de la porte une forme svelte et blanche, qui, d'abord transparente et laissant, comme un léger brouillard, apercevoir les objets à travers elle, avait pris plus de consistance en avançant vers le lit.

L'ombre était vêtue d'une robe de mousseline dont les plis traînaient à terre ; de longues spirales de cheveux noirs, à moitié détordues, pleuraient le long de son visage pâle, marqué de deux petites taches roses aux pommettes ; la chair du col et de la poitrine était si blanche qu'elle se confondait avec la robe, et qu'on n'eût pu dire où finissait la peau et où commençait l'étoffe ; un imperceptible jaseron de Venise cerclait le col mince d'une étroite ligne d'or ; la main fluette et veinée de bleu tenait une fleur — une rose-thé — dont les pétales se détachaient et tombaient à terre comme des larmes.

Alicia ne connaissait pas sa mère, morte un an après lui avoir donné le jour ; mais bien souvent elle s'était tenue en contemplation devant une miniature dont les couleurs presque évanouies, montrant le ton jaune d'ivoire, et pâles comme le souvenir des morts, faisaient songer au portrait d'une ombre plutôt qu'à celui d'une vivante, et elle comprit que cette femme qui entrait ainsi dans la chambre était Nancy Ward, — sa mère. — La robe blanche, le jaseron, la fleur à la main, les cheveux noirs, les joues marbrées de rose, rien n'y manquait, — c'était bien la miniature agrandie, développée, se mouvant avec toute la réalité du rêve.

Une tendresse mêlée de terreur faisait palpiter le sein d'Alicia. Elle voulait tendre ses bras à l'ombre, mais ses bras, lourds comme du marbre, ne pouvaient se détacher de la couche sur laquelle ils reposaient. Elle essayait de parler, mais sa langue ne bégayait que des syllabes confuses.

Nancy, après avoir posé la rose-thé sur le guéridon, s'agenouilla près du lit et mit sa tête contre la poitrine d'Alicia, écoutant le souffle des poumons, comptant les battements du cœur ; la joue froide de l'ombre causait à la jeune fille, épouvantée de cette auscultation silencieuse, la sensation d'un morceau de glace.

L'apparition se releva, jeta un regard douloureux sur la jeune fille, et, comptant les feuilles de la rose dont quelques pétales encore s'étaient séparés, elle dit : « Il n'y en a plus qu'une. »

Puis le sommeil avait interposé sa gaze noire entre l'ombre et la dormeuse, et tout s'était confondu dans la nuit.

L'âme de sa mère venait-elle l'avertir et la chercher ? Que signifiait cette phrase mystérieuse tombée de la bouche de l'ombre : — « Il n'y en a plus qu'une ? » — Cette pâle rose effeuillée était-elle le symbole de sa vie ? Ce rêve étrange avec ses terreurs gracieuses et son charme effrayant, ce spectre charmant drapé de mousseline et comptant des pétales de fleurs préoccupaient l'imagination de la jeune fille, un nuage de mélancolie flottait sur son beau front, et d'indéfinissables pressentiments l'effleuraient de leurs ailes noires.

Cette branche d'oranger qui secouait sur elle ses fleurs n'avait-elle pas aussi un sens funèbre ? les petites étoiles virginales ne devaient donc pas s'épanouir sous son voile de mariée ? Attristée et pensive, Alicia retira de ses lèvres la fleur qu'elle mordait ; la fleur était jaune et flétrie déjà...

L'heure de la visite de M. d'Aspremont approchait. Miss Ward fit un effort sur elle-même, rasséréna son visage, tourna du doigt les boucles de ses cheveux, rajusta les plis froissés de son écharpe de gaze, et repris en main son livre pour se donner une contenance.

Paul entra, et miss Ward le reçut d'un air enjoué, ne voulant pas qu'il s'alarmât de la trouver couchée, car il n'eût pas manqué de se croire la cause de sa maladie. La scène qu'il venait d'avoir avec le comte Altavilla donnait à Paul une physionomie irritée et farouche qui fit faire à Vicè le signe conjurateur, mais le sourire affectueux d'Alicia eut bientôt dissipé le nuage.

« Vous n'êtes pas malade sérieusement, je l'espère, dit-il à miss Ward en s'asseyant près d'elle.

— Oh ! ce n'est rien, un peu de fatigue seulement : il a fait sirocco hier, et ce vent d'Afrique m'accable ; mais vous verrez comme je me porterai bien dans notre cottage du Lincolnshire ! Maintenant que je suis forte, nous ramerons chacun notre tour sur l'étang ! »

En disant ces mots, elle ne put comprimer tout à fait une petite toux convulsive.

M. d'Aspremont pâlit et détourna les yeux.

Le silence régna quelques minutes dans la chambre.

« Paul, je ne vous ai jamais rien donné, reprit Alicia en ôtant de son doigt déjà maigri une bague d'or toute simple ; prenez cet anneau, et portez-le en souvenir de moi ; vous pourrez peut-être le mettre, car vous avez une main de femme ; — adieu ! je me sens lasse et je voudrais essayer de dormir ; venez me voir demain. »

Paul se retira navré ; les efforts d'Alicia pour cacher sa souffrance avaient été inutiles ; il aimait éperdument miss Ward, et il la tuait ! cette bague qu'elle venait de lui donner, n'était-ce pas un anneau de fiançailles pour l'autre vie ?

Il errait sur le rivage à demi fou, rêvant de fuir, de s'aller jeter dans un couvent de trappistes et d'y attendre la mort assis sur son cercueil, sans jamais relever le capuchon de son froc. Il se trouvait ingrat et lâche de ne pas sacrifier son amour et d'abuser ainsi de l'héroïsme d'Alicia : car elle n'ignorait rien, elle savait qu'il n'était qu'un jettatore, comme l'affirmait le comte Altavilla, et, prise d'une angélique pitié, elle ne le repoussait pas !

« Oui, se disait-il, ce Napolitain, ce beau comte

qu'elle dédaigne, est véritablement amoureux. Sa passion fait honte à la mienne : pour sauver Alicia, il n'a pas craint de m'attaquer, de me provoquer, moi, un jettatore, c'est-à-dire, dans ses idées, un être aussi redoutable qu'un démon. Tout en me parlant, il jouait avec ses amulettes, et le regard de ce duelliste célèbre qui a couché trois hommes sur le carreau, se baissait devant le mien ! »

Rentré à l'hôtel de Rome, Paul écrivit quelques lettres, fit un testament par lequel il laissait à miss Alicia Ward tout ce qu'il possédait, sauf un legs pour Paddy, et prit les dispositions indispensables à un galant homme qui doit avoir un duel à mort le lendemain.

Il ouvrit les boîtes de palissandre où ses armes étaient renfermées dans les compartiments garnis de serge verte, remua épées, pistolets, couteaux de chasse, et trouva enfin deux stylets corses parfaitement pareils qu'il avait achetés pour en faire don à des amis.

C'étaient deux lames de pur acier, épaisses près du manche, tranchantes des deux côtés vers la pointe, damasquinées, curieusement terribles et montées avec soin. Paul choisit aussi trois foulards et fit du tout un paquet.

Puis il prévint Scazziga de se tenir prêt de grand matin pour une excursion dans la campagne.

« Oh ! dit-il, en se jetant tout habillé sur son lit, Dieu fasse que ce combat me soit fatal ! Si j'avais le bonheur d'être tué, — Alicia vivrait ! »

XIII

Pompéi, la ville morte, ne s'éveille pas le matin comme les cités vivantes, et quoiqu'elle ait rejeté à demi le drap de cendre qui la couvrait depuis tant de siècles, même quand la nuit s'efface, elle reste endormie sur sa couche funèbre.

Les touristes de toutes nations qui la visitent pendant le jour sont à cette heure encore étendus dans leur lit, tout moulus des fatigues de leurs excursions, et l'aurore, en se levant sur les décombres de la ville-momie, n'y éclaire pas un seul visage humain. Les lézards seuls, en frétillant de la queue, rampent le long des murs, filent sur les mosaïques disjointes, sans s'inquiéter du *cave canem* inscrit au seuil des maisons désertes, et saluent joyeusement les premiers rayons du soleil. Ce sont les habitants qui ont succédé aux citoyens antiques, et il semble que Pompéi n'ait été exhumée que pour eux.

C'est un spectacle étrange de voir à la lueur azurée et rose du matin ce cadavre de ville saisie au milieu de ses plaisirs, de ses travaux et de sa civilisation, et qui n'a pas subi la dissolution lente des ruines ordinaires ; on croit involontairement que les propriétaires de ces maisons conservées dans leurs moindres détails vont sortir de leurs demeures avec leurs habits grecs ou romains ; les chars, dont on aperçoit les ornières sur les dalles, se remettre à rouler ; les buveurs à entrer dans ces thermopoles où la marque des tasses est encore empreinte sur le marbre du comptoir. — On marche comme dans un rêve au milieu du passé ; on lit en lettres rouges, à l'angle des rues, l'affiche du spectacle du jour ! — seulement le jour est passé depuis plus de dix-sept siècles. — Aux clartés naissantes de l'aube, les danseuses peintes sur les murs semblent agiter leurs crotales, et du bout de leur pied blanc soulever comme dans une écume rose le bord de leur draperie, croyant sans doute que les lampadaires se rallument pour les orgies du triclinium ; les Vénus, les Satyres, les figures héroïques ou grotesques, animées d'un rayon, essaient de remplacer les habitants disparus, et de faire à la cité morte une population peinte. Les ombres colorées tremblent le long des parois, et l'esprit peut quelques minutes se prêter à l'illusion d'une fantasmagorie antique. Mais ce jour-là, au grand effroi des lézards, la sérénité matinale de Pompéi fut troublée par un visiteur étrange : une voiture s'arrêta à l'entrée de la voie des Tombeaux ; Paul en descendit et se dirigea à pied vers le lieu du rendez-vous.

Il était en avance, et, bien qu'il dût être préoccupé d'autre chose que d'archéologie, il ne pouvait s'empêcher, tout en marchant, de remarquer mille petits détails qu'il n'eût peut-être pas aperçus dans une situation habituelle. Les sens que ne surveille plus l'âme, et qui s'exercent alors pour leur compte, ont quelquefois une lucidité singulière. Des condamnés à mort, en allant au supplice, distinguent une petite fleur entre les fentes du pavé, un numéro au bouton d'un uniforme, une faute d'orthographe sur une enseigne, ou toute autre circonstance puérile qui prend pour eux une importance énorme. — M. d'Aspremont passa devant la villa de Diomèdes, le sépulcre de Mammia, les hémicycles funéraires, la porte antique de la cité, les maisons et les boutiques qui bordent la voie Consulaire, presque sans y jeter les yeux, et pourtant des images colorées et vives de ces monuments arrivaient à son cerveau avec une netteté parfaite ; il voyait tout, et les colonnes cannelées enduites à mi-hauteur de stuc rouge ou jaune, et les peintures à fresque, et les inscriptions tracées sur les murailles ; une annonce de location à la rubrique s'était même écrite si profondément dans sa mémoire, que ses lèvres en répétaient machinalement les mots latins sans y attacher aucune espèce de sens.

Était-ce donc la pensée du combat qui absorbait Paul à ce point ? Nullement, il n'y songeait même pas ; son esprit était ailleurs : — dans le parloir de Richmond. Il tendait au commodore sa lettre de recommandation, et miss Ward le regardait à la dérobée ; elle avait une robe blanche, et des fleurs de jasmin étoilaient ses cheveux. Qu'elle était jeune, belle et vivace... alors !

Les bains antiques sont au bout de la voie

Consulaire, près de la rue de la Fortune ;
M. d'Aspremont n'eut pas de peine à les trouver.
Il entra dans la salle voûtée qu'entoure une rangée de niches formées par des atlas de terre cuite,
supportant une architrave ornée d'enfants et de
feuillages. Les revêtements de marbre, les
mosaïques, les trépieds de bronze ont disparu. Il
ne reste plus de l'ancienne splendeur que les atlas
d'argile et des murailles nues comme celles d'un
tombeau ; un jour vague provenant d'une petite
fenêtre ronde qui découpe en disque le bleu du
ciel, glisse en tremblant sur les dalles rompues du
pavé.

C'était là que les femmes de Pompéi venaient,
après le bain, sécher leurs beaux corps humides,
rajuster leurs coiffures, reprendre leurs tuniques
et se sourire dans le cuivre bruni des miroirs. Une
scène d'un genre bien différent allait s'y passer, et
le sang devait couler sur le sol où ruisselaient
jadis les parfums.

Quelques instants après, le comte Altavilla
parut : il tenait à la main une boîte à pistolets, et
sous le bras deux épées, car il ne pouvait croire
que les conditions proposées par M. Paul d'Aspremont fussent sérieuses ; il n'y avait vu qu'une
raillerie méphistophélique, un sarcasme infernal.

« Pourquoi faire ces pistolets et ces épées,
comte ? dit Paul en voyant cette panoplie ;
n'étions-nous pas convenus d'un autre mode de
combat ?

— Sans doute ; mais je pensais que vous chan-
geriez peut-être d'avis ; on ne s'est jamais battu
de cette façon.

— Notre adresse fût-elle égale, ma position me
donne sur vous trop d'avantages, répondit Paul
avec un sourire amer ; je n'en veux pas abuser.
Voilà des stylets que j'ai apportés ; examinez-les ;
ils sont parfaitement pareils ; voici des foulards
pour nous bander les yeux. — Voyez, ils sont
épais, et *mon regard* n'en pourra percer le tissu. »

Le comte Altavilla fit un signe d'acquiescement.

« Nous n'avons pas de témoins, dit Paul, et l'un de nous ne doit pas sortir vivant de cette cave. Écrivons chacun un billet attestant la loyauté du combat ; le vainqueur le placera sur la poitrine du mort.

— Bonne précaution ! » répondit avec un sourire le Napolitain en traçant quelques lignes sur une feuille du carnet de Paul qui remplit à son tour la même formalité.

Cela fait, les adversaires mirent bas leurs habits, se bandèrent les yeux, s'armèrent de leurs stylets, et saisirent chacun par une extrémité le mouchoir, trait d'union terrible entre leurs haines.

— Êtes-vous prêt ? dit M. d'Aspremont au comte Altavilla.

— Oui », répondit le Napolitain d'une voix parfaitement calme.

Don Felipe Altavilla était d'une bravoure éprouvée, il ne redoutait au monde que la jettature, et ce combat aveugle, qui eût fait frissonner tout autre d'épouvante, ne lui causait pas le moindre trouble ; il ne faisait ainsi que jouer sa vie à pile ou face, et n'avait pas le désagrément de voir l'œil fauve de son adversaire darder sur lui son regard jaune.

Les deux combattants brandirent leurs couteaux, et le mouchoir qui les reliait l'un à l'autre dans ces épaisses ténèbres se tendit fortement. Par un mouvement instinctif, Paul et le comte avaient rejeté leur torse en arrière, seule parade possible dans cet étrange duel ; leurs bras retombèrent sans avoir atteint autre chose que le vide.

Cette lutte obscure, où chacun pressentait la mort sans la voir venir, avait un caractère horrible. Farouches et silencieux, les deux adversaires reculaient, tournaient sautaient, se heurtaient quelquefois, manquant ou dépassant le but ; on n'entendait que le trépignement de leurs pieds et le souffle haletant de leurs poitrines.

Une fois Altavilla sentit la pointe de son stylet

rencontrer quelque chose ; il s'arrêta croyant avoir tué son rival, et attendit la chute du corps :
— il n'avait frappé que la muraille !

« Pardieu ! je croyais bien vous avoir percé de part en part, dit-il en se remettant en garde.

— Ne parlez pas, dit Paul, votre voix me guide. »

Et le combat recommença.

Tout à coup les deux adversaires se sentirent détachés. — Un coup du stylet de Paul avait tranché le foulard.

« Trêve ! cria le Napolitain ; nous ne nous tenons plus, le mouchoir est coupé.

— Qu'importe ! continuons », dit Paul.

Un silence morne s'établit. En loyaux ennemis, ni M. d'Aspremont ni le comte ne voulaient profiter des indications données par leur échange de paroles. — Ils firent quelques pas pour se dérouter, et se remirent à se chercher dans l'ombre.

Le pied de M. d'Aspremont déplaça une petite pierre ; ce léger choc révéla au Napolitain, agitant son couteau au hasard, dans quel sens il devait marcher. Se ramassant sur ses jarrets pour avoir plus d'élan, Altavilla s'élança d'un bond de tigre et rencontra le stylet de M. d'Aspremont.

Paul toucha la pointe de son arme et la sentit mouillée... des pas incertains résonnèrent lourdement sur les dalles ; un soupir oppressé se fit entendre et un corps tomba tout d'une pièce à terre.

Pénétré d'horreur, Paul abattit le bandeau qui lui couvrait les yeux, et il vit le comte Altavilla pâle, immobile, étendu sur le dos et la chemise tachée à l'endroit du cœur d'une large plaque rouge.

Le beau Napolitain était mort !

M. d'Aspremont mit sur la poitrine d'Altavilla le billet qui attestait la loyauté du duel, et sortit des bains antiques plus pâle au grand jour qu'au clair de lune le criminel que Prud'hon fait poursuivre par les Erinnyes vengeresses.

XIV

Vers deux heures de l'après-midi, une bande de touristes anglais, guidée par un cicerone, visitait les ruines de Pompéi ; la tribu insulaire, composée du père, de la mère, de trois grandes filles, de deux petits garçons et d'un cousin, avait déjà parcouru d'un œil glauque et froid, où se lisait ce profond ennui qui caractérise la race britannique, l'amphithéâtre, le théâtre de tragédie et de chant, si curieusement juxtaposés ; le quartier militaire, crayonné de caricatures par l'oisiveté du corps de garde ; le Forum, surpris au milieu d'une réparation, la basilique, les temples de Vénus et de Jupiter, le Panthéon et les boutiques qui les bordent. Tous suivaient en silence dans leur *Murray* les explications bavardes du cicerone et jetaient à peine un regard sur les colonnes, les fragments de statues, les mosaïques, les fresques et les inscriptions.

Ils arrivèrent enfin aux bains antiques, découverts en 1824, comme le guide le leur faisait remarquer. « Ici étaient les étuves, là le four à chauffer l'eau, plus loin la salle à température modérée » ; ces détails donnés en patois napolitain mélangé de quelques désinences anglaises paraissaient intéresser médiocrement les visiteurs, qui déjà opéraient une volte-face pour se retirer, lorsque miss Ethelwina, l'aînée des demoiselles, jeune personne aux cheveux blonds filasse, et à la peau truitée de taches de rousseur, fit deux pas en arrière, d'un air moitié choqué, moitié effrayé, et s'écria : « Un homme ! »

— Ce sera sans doute quelque ouvrier des fouilles à qui l'endroit aura paru propice pour faire la sieste ; il y a sous cette voûte de la fraîcheur et de l'ombre : n'ayez aucune crainte, mademoiselle, dit le guide en poussant du pied le corps étendu à terre. Holà ! réveille-toi, fainéant, et laisse passer Leurs Seigneuries. »

Le prétendu dormeur ne bougea pas.

« Ce n'est pas un homme endormi, c'est un mort », dit un des jeunes garçons, qui, vu sa petite taille, démêlait mieux dans l'ombre l'aspect du cadavre.

Le cicerone se baissa sur le corps et se releva brusquement, les traits bouleversés.

« Un homme assassiné ! s'écria-t-il.

— Oh ! c'est vraiment désagréable de se trouver en présence de tels objets ; écartez-vous, Ethelwina, Kitty, Bess, dit mistress Bracebridge, il ne convient pas à de jeunes personnes bien élevées de regarder un spectacle si impropre. Il n'y a donc pas de police dans ce pays-ci ! Le coroner aurait dû relever le corps.

— Un papier ! fit laconiquement le cousin, roide, long et embarrassé de sa personne comme le laird de Dumbidike de *La Prison d'Édimbourg*.

— En effet, dit le guide en prenant le billet placé sur la poitrine d'Altavilla, un papier avec quelques lignes d'écriture.

— Lisez », dirent en chœur les insulaires, dont la curiosité était surexcitée.

« Qu'on ne recherche ni n'inquiète personne pour ma mort. Si l'on trouve ce billet sur ma blessure, j'aurai succombé dans un duel loyal.
    « *Signé* FELIPE, comte D'ALTAVILLA. »

« C'était un homme comme il faut ; quel dommage ! soupira mistress Bracebridge, que la qualité de comte du mort impressionnait.

— Et un joli garçon, murmura tout bas Ethelwina, la demoiselle aux taches de rousseur.

— Tu ne te plaindras plus, dit Bess à Kitty, du manque d'imprévu dans les voyages : nous n'avons pas, il est vrai, été arrêtés par des brigands sur la route de Terracine à Fondi ; mais un jeune seigneur percé d'un coup de stylet dans les ruines de Pompéi, voilà une aventure. Il y a sans doute là-dessous une rivalité d'amour ; — au moins nous aurons quelque chose d'italien, de pittoresque et de romantique à raconter à nos amies. Je ferai de la scène un dessin sur mon album, et tu joindras au croquis des stances mystérieuses dans le goût de Byron.

— C'est égal, fit le guide, le coup est bien donné, de bas en haut, dans toutes les règles ; il n'y a rien à dire. »

Telle fut l'oraison funèbre du comte Altavilla.

Quelques ouvriers, prévenus par le cicerone, allèrent chercher la justice, et le corps du pauvre Altavilla fut reporté à son château, près de Salerne.

Quant à M. d'Aspremont, il avait regagné sa voiture, les yeux ouverts comme un somnambule et ne voyant rien. On eût dit une statue qui marchait. Quoiqu'il eût éprouvé à la vue du cadavre cette horreur religieuse qu'inspire la mort, il ne se sentait pas coupable, et le remords n'entrait pour rien dans son désespoir. Provoqué de manière à ne pouvoir refuser, il n'avait accepté ce duel qu'avec l'espérance d'y laisser une vie désormais odieuse. Doué d'un regard funeste, il avait voulu un combat aveugle pour que la fatalité seule fût responsable. Sa main même n'avait pas frappé ; son ennemi s'était enferré ! Il plaignait le comte Altavilla comme s'il eût été étranger à sa mort. « C'est mon stylet qui l'a tué, se disait-il, mais si je l'avais regardé dans un bal, un lustre se fût détaché du plafond et lui eût fendu la tête. Je suis innocent comme la foudre, comme l'avalanche, comme le mancenillier, comme toutes les forces destructives et inconscientes. Jamais ma volonté ne fut malfaisante, mon cœur n'est qu'amour et bienveillance, mais je sais que je suis nuisible. Le tonnerre ne sait pas qu'il tue ; moi, homme, créature intelligente, n'ai-je pas un devoir sévère à remplir vis-à-vis de moi-même ? je dois me citer à mon propre tribunal et m'interroger. Puis-je rester sur cette terre où je ne cause que des malheurs ? Dieu me damnerait-il si je me tuais par amour pour mes semblables ? Question terrible et profonde que je n'ose résoudre ; il me semble que, dans la position où je suis, la mort volontaire est excusable. Mais si je me trompais ? pendant l'éternité, je serais privé de la vue d'Alicia, qu'alors je pourrais regarder sans lui nuire, car les yeux de l'âme n'ont pas le fascino. — C'est une chance que je ne veux pas courir. »

Une idée subite traversa le cerveau du malheureux jettatore et interrompit son monologue intérieur. Ses traits se détendirent ; la sérénité immuable qui suit les grandes résolutions dérida son front pâle : il avait pris un parti suprême.

« Soyez condamnés, mes yeux, puisque vous êtes meurtriers ; mais, avant de vous fermer pour toujours, saturez-vous de lumière, contemplez le soleil, le ciel bleu, la mer immense, les chaînes azurées des montagnes, les arbres verdoyants, les horizons indéfinis, les colonnades des palais, la cabane du pêcheur, les îles lointaines du golfe, la voile blanche rasant l'abîme, le Vésuve, avec son aigrette de fumée ; regardez, pour vous en souvenir, tous ces aspects charmants que vous ne verrez plus ; étudiez chaque forme et chaque couleur, donnez-vous une dernière fête. Pour aujourd'hui, funestes ou non, vous pouvez vous arrêter sur tout ; enivrez-vous du splendide spectacle de la création ! Allez, voyez, promenez-vous. Le rideau va tomber entre vous et le décor de l'univers ! »

La voiture, en ce moment, longeait le rivage ; la baie radieuse étincelait, le ciel semblait taillé dans un seul saphir ; une splendeur de beauté revêtait toutes choses.

Paul dit à Scazziga d'arrêter ; il descendit, s'assit sur une roche et regarda longtemps, longtemps, longtemps, comme s'il eût voulu accaparer l'infini. Ses yeux se noyaient dans l'espace et la lumière, se renversaient comme en extase, s'imprégnaient de lueurs, s'imbibaient de soleil ! La nuit qui allait suivre ne devait pas avoir d'aurore pour lui.

S'arrachant à cette contemplation silencieuse, M. d'Aspremont remonta en voiture et se rendit chez miss Alicia Ward.

Elle était, comme la veille, allongée sur son étroit canapé, dans la salle basse que nous avons déjà décrite. Paul se plaça en face d'elle, et cette fois ne tint pas ses yeux baissés vers la terre, ainsi qu'il le faisait depuis qu'il avait acquis la conscience de sa jettature.

La beauté si parfaite d'Alicia se spiritualisait par la souffrance : la femme avait presque disparu pour faire place à l'ange : ses chairs étaient transparentes, éthérées, lumineuses ; on apercevait l'âme à travers comme une lueur dans une lampe d'albâtre. Ses yeux avaient l'infini du ciel et la scintillation de l'étoile ; à peine si la vie mettait sa signature rouge dans l'incarnat de ses lèvres.

Un sourire divin illumina sa bouche, comme un rayon de soleil éclairant une rose, lorsqu'elle vit les regards de son fiancé l'envelopper d'une longue caresse. Elle crut que Paul avait enfin chassé ses funestes idées de jettature et lui revenait heureux et confiant comme aux premiers jours, et elle tendit à M. d'Aspremont, qui la garda, sa petite main pâle et fluette.

« Je ne vous fais donc plus peur ? dit-elle avec une douce moquerie à Paul qui tenait toujours les yeux fixés sur elle.

— Oh ! laissez-moi vous regarder, répondit M. d'Aspremont d'un ton de voix singulier en s'agenouillant près du canapé ; laissez-moi m'enivrer de cette beauté ineffable ! » et il contemplait avidement les cheveux lustrés et noirs d'Alicia, son beau front pur comme un marbre grec, ses yeux d'un bleu noir comme l'azur d'une belle nuit, son nez d'une coupe si fine, sa bouche dont un sourire languissant montrait à demi les perles, son col de cygne onduleux et flexible, et semblait noter chaque trait, chaque détail, chaque perfection comme un peintre qui voudrait faire un portrait de mémoire ; il se rassasiait de l'aspect adoré, il se faisait une provision de souvenirs, arrêtant les profils, repassant les contours.

Sous ce regard ardent, Alicia, fascinée et charmée, éprouvait une sensation voluptueusement douloureuse, agréablement mortelle ; sa vie s'exaltait et s'évanouissait ; elle rougissait et pâlissait, devenait froide, puis brûlante. — Une minute de plus, et l'âme l'eût quittée.

Elle mit sa main sur les yeux de Paul, mais les regards du jeune homme traversaient comme une flamme les doigts transparents et frêles d'Alicia.

« Maintenant mes yeux peuvent s'éteindre, je la verrai toujours dans mon cœur », dit Paul en se relevant.

Le soir, après avoir assisté au coucher du soleil, — le dernier qu'il dût contempler, — M. d'Aspremont, en rentrant à l'hôtel de Rome, se fit apporter un réchaud et du charbon.

« Veut-il s'asphyxier ? dit en lui-même Virgilio Falsacappa en remettant à Paddy ce qu'il lui demandait de la part de son maître ; c'est ce qu'il pourrait faire de mieux, ce maudit jettatore ! »

Le fiancé d'Alicia ouvrit la fenêtre, contrairement à la conjecture de Falsacappa, alluma les charbons, y plongea la lame d'un poignard et attendit que le fer devînt rouge.

La mince lame, parmi les braises incandescentes, arriva bientôt au rouge blanc ; Paul, comme pour prendre congé de lui-même, s'accouda sur la cheminée en face d'un grand miroir où se projetait la clarté d'un flambeau à plusieurs bougies ; il regarda cette espèce de spectre qui était lui, cette enveloppe de sa pensée qu'il ne devait plus apercevoir, avec une curiosité mélancolique : « Adieu, fantôme pâle que je promène depuis tant d'années à travers la vie, forme manquée et sinistre où la beauté se mêle à l'horreur, argile scellée au front d'un cachet fatal, masque convulsé d'une âme douce et tendre ! tu vas disparaître à jamais pour moi : vivant, je te plonge dans les ténèbres éternelles, et bientôt je t'aurai oublié comme le rêve d'une nuit d'orage. Tu auras beau dire, misérable corps, à ma volonté inflexible : « Hubert, Hubert, mes pauvres yeux ! » tu ne l'attendriras point. Allons, à l'œuvre, victime et bourreau ! » Et il s'éloigna de la cheminée pour s'asseoir sur le bord de son lit.

Il aviva de son souffle les charbons du réchaud posé sur un guéridon voisin, et saisit par le manche la lame d'où s'échappaient en pétillant de blanches étincelles.

A ce moment suprême, quelle que fût sa résolution, M. d'Aspremont sentit comme une défaillance : une sueur froide baigna ses tempes ; mais il domina bien vite cette hésitation purement physique et approcha de ses yeux le fer brûlant.

Une douleur aiguë, lancinante, intolérable, faillit lui arracher un cri ; il lui sembla que deux jets de plomb fondu lui pénétraient par les prunelles jusqu'au fond du crâne ; il laissa échapper le poignard, qui roula par terre et fit une marque brune sur le parquet.

Une ombre épaisse, opaque, auprès de laquelle la nuit la plus sombre est un jour splendide, l'encapuchonnait de son voile noir ; il tourna la tête vers la cheminée sur laquelle devaient brûler encore les bougies ; il ne vit que des ténèbres denses, impénétrables, où ne tremblaient même pas ces vagues lueurs que les voyants perçoivent encore, les paupières fermées, lorsqu'ils sont en face d'une lumière. — Le sacrifice était consommé !

« Maintenant, dit Paul, noble et charmante créature, je pourrai devenir ton mari sans être un assassin. Tu ne dépériras plus héroïquement sous mon regard funeste : tu reprendras ta belle santé ; hélas ! je ne t'apercevrai plus, mais ton image céleste rayonnera d'un éclat immortel dans mon souvenir ; je te verrai avec l'œil de l'âme, j'entendrai ta voix plus harmonieuse que la plus suave musique, je sentirai l'air déplacé par tes mouvements, je saisirai le frisson soyeux de ta robe, l'imperceptible craquement de ton brodequin, j'aspirerai le parfum léger qui émane de toi et te fait comme une atmosphère. Quelquefois tu laisseras ta main entre les miennes pour me convaincre de ta présence, tu daigneras guider ton pauvre aveugle lorsque son pied hésitera sur son chemin obscur ; tu lui liras les poètes, tu lui raconteras les tableaux et les statues. Par ta parole, tu lui rendras l'univers évanoui ; tu seras sa seule pensée, son seul rêve ; privé de la distraction des choses et de l'éblouissement de la lumière, son âme volera vers toi d'une aile infatigable !

« Je ne regrette rien, puisque tu es sauvée : qu'ai-je perdu, en effet ? le spectacle monotone des saisons et des jours, la vue des décorations plus ou moins pittoresques où se déroulent les cent actes divers de la triste comédie humaine. — La terre, le ciel, les eaux, les montagnes, les arbres, les fleurs : vaines apparences, redites fastidieuses, formes toujours les mêmes ! Quand on a l'amour, on possède le vrai soleil, la clarté qui ne s'éteint pas ! »

Ainsi parlait, dans son monologue intérieur, le malheureux Paul d'Aspremont, tout enfiévré d'une exaltation lyrique où se mêlait parfois le délire de la souffrance.

Peu à peu ses douleurs s'apaisèrent ; il tomba dans ce sommeil noir, frère de la mort et consolateur comme elle.

Le jour, en pénétrant dans la chambre, ne le réveilla pas. — Midi et minuit devaient désormais, pour lui, avoir la même couleur ; mais les cloches tintant l'*Angelus* à joyeuses volées bourdonnaient vaguement à travers son sommeil, et, peu à peu devenant plus distinctes, le tirèrent de son assoupissement.

Il souleva ses paupières, et, avant que son âme endormie encore se fût souvenue, il eut une sensation horrible. Ses yeux s'ouvraient sur le vide, sur le noir, sur le néant, comme si, enterré vivant, il se fût réveillé de léthargie dans un cercueil ; mais il se remit bien vite. N'en serait-il pas toujours ainsi ? ne devait-il point passer, chaque matin, des ténèbres du sommeil aux ténèbres de la veille ?

Il chercha à tâtons le cordon de la sonnette.

Paddy accourut.

Comme il manifestait son étonnement de voir son maître se lever avec les mouvements incertains d'un aveugle :

« J'ai commis l'imprudence de dormir la fenêtre ouverte, lui dit Paul, pour couper court à toute explication, et je crois que j'ai attrapé une goutte sereine, mais cela se passera ; conduis-moi à mon fauteuil et mets près de moi un verre d'eau fraîche. »

Paddy, qui avait une discrétion tout anglaise, ne fit aucune remarque, exécuta les ordres de son maître et se retira.

Resté seul, Paul trempa son mouchoir dans l'eau froide, et le tint sur ses yeux pour amortir l'ardeur causée par la brûlure.

Laissons M. d'Aspremont dans son immobilité douloureuse et occupons-nous un peu des autres personnages de notre histoire.

La nouvelle de la mort étrange du comte Alta-villa s'était promptement répandue dans Naples et servait de thème à mille conjectures plus extra-vagantes les unes que les autres. L'habileté du comte à l'escrime était célèbre ; Altavilla passait pour un des meilleurs tireurs de cette école napo-litaine si redoutable sur le terrain ; il avait tué trois hommes et en avait blessé grièvement cinq ou six. Sa renommée était si bien établie en ce genre, qu'il ne se battait plus. Les duellistes les plus sur la hanche le saluaient poliment et, les eût-il regardés de travers, évitaient de lui mar-cher sur le pied. Si quelqu'un de ces rodomonts eût tué Altavilla, il n'eût pas manqué de se faire honneur d'une telle victoire. Restait la supposi-

tion d'un assassinat, qu'écartait le billet trouvé
sur la poitrine du mort. On contesta d'abord
l'authenticité de l'écriture ; mais la main du
comte fut reconnue par des personnes qui avaient
reçu de lui plus de cent lettres. La circonstance
des yeux bandés, car le cadavre portait encore un
foulard noué autour de la tête, semblait toujours
inexplicable. On retrouva, outre le stylet planté
dans la poitrine du comte, un second stylet
échappé sans doute de sa main défaillante : mais
si le combat avait eu lieu au couteau, pourquoi
ces épées et ces pistolets qu'on reconnut pour
avoir appartenu au comte, dont le cocher déclara
qu'il avait amené son maître à Pompéi, avec ordre
de s'en retourner si au bout d'une heure il ne
reparaissait pas ?

C'était à s'y perdre.

Le bruit de cette mort arriva bientôt aux
oreilles de Vicè, qui en instruisit sir Joshua Ward.
Le commodore, à qui revint tout de suite en
mémoire l'entretien mystérieux qu'Altavilla avait
eu avec lui au sujet d'Alicia, entrevit confusément
quelque tentative ténébreuse, quelque lutte horrible et désespérée où M. d'Aspremont devait se
trouver mêlé volontairement ou involontairement. Quant à Vicè, elle n'hésitait pas à attribuer
la mort du beau comte au vilain jettatore, et en
cela sa haine la servait comme une seconde vue.
Cependant M. d'Aspremont avait fait sa visite à
miss Ward à l'heure accoutumée, et rien dans sa
contenance ne trahissait l'émotion d'un drame
terrible, il paraissait même plus calme qu'à
l'ordinaire.

Cette mort fut cachée à miss Ward, dont l'état
devenait inquiétant, sans que le médecin anglais
appelé par sir Joshua pût constater de maladie
bien caractérisée : c'était comme une sorte d'évanouissement de la vie, de palpitation de l'âme
battant des ailes pour prendre son vol, de suffoca-
tion d'oiseau sous la machine pneumatique, plutôt qu'un mal réel, possible à traiter par les

moyens ordinaires. On eût dit un ange retenu sur terre et ayant la nostalgie du ciel ; la beauté d'Alicia était si suave, si délicate, si diaphane, si immatérielle, que la grossière atmosphère humaine ne devait plus être respirable pour elle ; on se la figurait planant dans la lumière d'or du Paradis, et le petit oreiller de dentelles qui soutenait sa tête rayonnait comme une auréole. Elle ressemblait, sur son lit, à cette mignonne Vierge de Schoorel, le plus fin joyau de la couronne de l'art gothique.

M. d'Aspremont ne vint pas ce jour-là : pour cacher son sacrifice, il ne voulait pas paraître les paupières rougies, se réservant d'attribuer sa brusque cécité à une tout autre cause.

Le lendemain, ne sentant plus de douleur, il monta dans sa calèche, guidé par son groom Paddy.

La voiture s'arrêta comme d'habitude à la porte en claire-voie. L'aveugle volontaire la poussa, et, sondant le terrain du pied, s'engagea dans l'allée connue. Vicè n'était pas accourue selon sa coutume au bruit de la sonnette mise en mouvement par le ressort de la porte ; aucun de ces mille petits bruits joyeux qui sont comme la respiration d'une maison vivante ne parvenait à l'oreille attentive de Paul ; un silence morne, profond, effrayant, régnait dans l'habitation, que l'on eût pu croire abandonnée. Ce silence qui eût été sinistre, même pour un homme clairvoyant, devenait plus lugubre encore dans les ténèbres qui enveloppaient le nouvel aveugle.

Les branches qu'il ne distinguait plus semblaient vouloir le retenir comme des bras suppliants et l'empêcher d'aller plus loin. Les lauriers lui barraient le passage ; les rosiers s'accrochaient à ses habits, les lianes le prenaient aux jambes, le jardin lui disait dans sa langue muette : « Malheureux ! que viens-tu faire ici ? Ne force pas les obstacles que je t'oppose, va-t'en ! » Mais Paul n'écoutait pas et, tourmenté de pressentiments terribles, se roulait dans le feuillage, repoussait les masses de verdure, brisait les rameaux et avançait toujours du côté de la maison.

Déchiré et meurtri par les branches irritées, il arriva enfin au bout de l'allée. Une bouffée d'air libre le frappa au visage, et il continua sa route les mains tendues en avant.

Il rencontra le mur et trouva la porte en tâtonnant.

Il entra ; nulle voix amicale ne lui donna la bienvenue. N'entendant aucun son qui pût le guider, il resta quelques minutes hésitant sur le seuil. Une senteur d'éther, une exhalaison d'aromates, une odeur de cire en combustion, tous les vagues parfums des chambres mortuaires saisirent l'odorat de l'aveugle pantelant d'épouvante ; une idée affreuse se présenta à son esprit, et il pénétra dans la chambre.

Après quelques pas, il heurta quelque chose qui tomba avec grand bruit ; il se baissa et reconnut au toucher que c'était un chandelier de métal pareil aux flambeaux d'église et portant un long cierge.

Éperdu, il poursuivit sa route à travers l'obscurité. Il lui sembla entendre une voix qui murmurait tout bas des prières ; il fit un pas encore, et ses mains rencontrèrent le bord d'un lit ; il se pencha, et ses doigts tremblants effleurèrent d'abord un corps immobile et droit sous une fine tunique, puis une couronne de roses et un visage pur et froid comme le marbre.

C'était Alicia allongée sur sa couche funèbre.

« Morte ! s'écria Paul avec un râle étranglé ! morte ! et c'est moi qui l'ai tuée ! »

Le commodore, glacé d'horreur, avait vu ce fantôme aux yeux éteints entrer en chancelant, errer au hasard et se heurter au lit de mort de sa nièce : il avait tout compris. La grandeur de ce sacrifice inutile fit jaillir deux larmes des yeux rougis du vieillard, qui croyait bien ne plus pouvoir pleurer.

Paul se précipita à genoux près du lit et couvrit de baisers la main glacée d'Alicia ; les sanglots secouaient son corps par saccades convulsives. Sa douleur attendrit même la féroce Vicè, qui se tenait silencieuse et sombre contre la muraille, veillant le dernier sommeil de sa maîtresse.

Quand ces adieux muets furent terminés, M. d'Aspremont se releva et se dirigea vers la porte, roide, tout d'une pièce, comme un automate mû par des ressorts, ses yeux ouverts et fixes, aux prunelles atones, avaient une expression surnaturelle : quoique aveugles, on aurait dit qu'ils voyaient. Il traversa le jardin d'un pas lourd comme celui des apparitions de marbre, sortit dans la campagne et marcha devant lui, dérangeant les pierres du pied, trébuchant quelquefois, prêtant l'oreille comme pour saisir un bruit dans le lointain, mais avançant toujours.

La grande voix de la mer résonnait de plus en plus distincte ; les vagues, soulevées par un vent d'orage, se brisaient sur la rive avec des sanglots immenses, expression de douleurs inconnues, et gonflaient, sous les plis de l'écume, leurs poitrines désespérées ; des millions de larmes amères ruisselaient sur les roches, et les goélands inquiets poussaient des cris plaintifs.

Paul arriva bientôt au bord d'une roche qui surplombait. Le fracas des flots, la pluie salée que la rafale arrachait aux vagues et lui jetait au visage auraient dû l'avertir du danger ; il n'en tint aucun compte ; un sourire étrange crispa ses lèvres pâles, et il continua sa marche sinistre, quoique sentant le vide sous son pied suspendu.

Il tomba ; une vague monstrueuse le saisit, le tordit quelques instants dans sa volute et l'engloutit.

La tempête éclata alors avec furie : les lames assaillirent la plage en files pressées, comme des guerriers montant à l'assaut, et lançant à cinquante pieds en l'air des fumées d'écume ; les nuages noirs se lézardèrent comme des murailles d'enfer, laissant apercevoir par leurs fissures l'ardente fournaise des éclairs ; des lueurs sulfureuses, aveuglantes, illuminèrent l'étendue ; le sommet du Vésuve rougit, et un panache de vapeur sombre, que le vent rabattait, ondula au front du volcan. Les barques amarrées se choquèrent avec des bruits lugubres, et les cordages trop tendus se plaignirent douloureusement. Bientôt la pluie tomba en faisant siffler ses hachures comme des flèches, — on eût dit que le chaos voulait reprendre la nature et en confondre de nouveau les éléments.

Le corps de M. Paul d'Aspremont ne fut jamais retrouvé, quelques recherches que fît faire le commodore.

Un cercueil de bois d'ébène à fermoirs et à poignées d'argent, doublé de satin capitonné, et tel enfin que celui dont miss Clarisse Harlowe recommande les détails avec une grâce si touchante « à monsieur le menuisier », fut embarqué à bord d'un yacht par les soins du commodore, et placé dans la sépulture de famille du cottage du Lincolnshire. Il contenait la dépouille terrestre d'Alicia Ward, belle jusque dans la mort.

Quant au commodore, un changement remarquable s'est opéré dans sa personne. Son glorieux embonpoint a disparu. Il ne met plus de rhum dans son thé, mange du bout des dents, dit à peine deux paroles en un jour, le contraste de ses favoris blancs et de sa face cramoisie n'existe plus, — le commodore est devenu pâle !

TABLE

DISTRIBUTION

ALLEMAGNE

SWAN BUCH-VERTRIEB GMBH
Goldscheuerstrasse 16
D-77694 Kehl/Rhein

BELGIQUE

UITGEVERIJ EN BOEKHANDEL
VAN GENNEP BV
Spuistraat 283
1012 VR Amsterdam
Pays-Bas

CANADA

EDILIVRE INC.
DIFFUSION SOUSSAN
5518 Ferrier
Mont-Royal, QC H4P 1M2

ESPAGNE

RIBERA LIBRERIA
Dr Areilza 19
48011 Bilbao

ÉTATS-UNIS

POWELL'S BOOKSTORE
1501 East 57th Street
Chicago, Illinois 60637

TEXAS BOOKMAN
8650 Denton Drive
75235 Dallas, Texas

FRANCE

BOOKKING INTERNATIONAL
16 rue des Grands Augustins
75006 Paris

GRANDE-BRETAGNE

SANDPIPER BOOKS LTD
22 a Langroyd Road
London SW17 7PL

ITALIE

MAGIS BOOKS s.r.l.
Vicolo Trivelli 6
42100 Reggio Emilia

LIBAN

LA PHENICIE
BP 50291
Furn El Chebback
Beyrouth

MAROC

LIBRAIRIE DES ÉCOLES
12 av. Hassan II
Casablanca

PAYS-BAS

UITGEVERIJ EN BOEKHANDEL
VAN GENNEP BV
Spuistraat 283
1012 VR Amsterdam

SUISSE

MEDEA DIFFUSION
Z.I. 3 Corminboeuf
Case Postale 559
1701 Fribourg

TAIWAN

POINT FRANCE LIVRE
Diffusion de l'édition française
Han Yang Bd. 7 F
374 Pa Teh Rd.
Section 2 - Taipei

IMPRIMÉ EN FRANCE PAR BRODARD ET TAUPIN
6619H-5 Usine de La Flèche (Sarthe), le 04-10-1993
B/067-93 – Dépôt légal, octobre 1993
ISBN : 287714-155-1